A.E. Johann

Die Leute von Babentin

A.E. Johann

Die Leute von Babentin

Roman eines Dorfes

Bechtermünz Verlag

Genehmigte Lizenzausgabe für
Weltbild Verlag GmbH, Augsburg 1999

Einbandgestaltung: DYADEsign, Düsseldorf
Umschlagmotiv: AKG, Berlin
Gesamtherstellung: Clausen & Bosse, Leck
Printed in Germany
ISBN 3-8289-0237-5

1

Das Dorf Babentin liegt im Nordwesten der Heide, nur einige Dutzend Kilometer von der großen alten Stadt Bremen entfernt. Bremen jedoch – das ist für die Leute von Babentin schon ganz und gar die Fremde. Allerdings, wer in Babentin etwas auf sich hält, muß wenigstens einmal in seinem Leben in Bremen gewesen sein und davon zu erzählen wissen. So ist man dann draußen in der Welt herumgekommen, in der ganz anderen Welt, die Handel und Wandel, Schiffsbau und Schiffahrt bedeutet. Wenn man nicht scharf aufpaßt, verläuft man sich in Bremen, denn der Trubel dort ist unbeschreiblich.

Wenn es einfacher wäre, nach Bremen zu gelangen, als es ist, würden die Leute von Babentin wohl öfter dorthin reisen. Aber das ist eine ziemlich umständliche Sache: Zunächst muß man mit dem Wagen acht Kilometer weit nach Hohwede fahren. Hohwede liegt an der Kleinbahn; mit der trödelt man dann nach Blauenburg – und erst dort erreicht man den Personenzug nach Bremen, nachdem man hübsch lange auf den Anschluß gewartet und unnötig viel Bier getrunken hat, was dann später, und meistens zur unrechten Zeit, gewisse drängende Folgeerscheinungen zeitigt.

Nein, die Babentiner sind wirklich ›vom Lande‹. Die hohe See, Schiffe und Häfen sind nicht ihr Fall. Zu Hause fühlen sie sich nur, wenn sie den leicht sandigen Boden ihrer Gegend knirschend unter den Sohlen spüren. Die Babentiner Feldmark ist in weitem Kreis von dunklen Wäldern umgeben, die einen duftenden Wall zwischen Babentin und die übrige Welt legen. Kiefern und Eichen wachsen in den Wäldern; auch der schöne Ahorn ist nicht selten, und an den Rändern leuchten im Spätsommer die roten Beeren der Ebereschen. Wo die Wälder sumpfig sind, und das sind sie vielfach, bildet der Kaiserfarn am Boden schwer durchdringliche Dickichte. Die alten Landwege, von denen nur wenige zu gepflasterten ›Chausseen‹ avancierten, werden von Birken gesäumt oder auch von Pappeln, die ihr unruhiges Laub unablässig im Winde flüstern lassen.

Die Wiesen und Weiden zum großen Moor hin leuchten grün – selbst noch im Winter, denn Schnee hält sich hier niemals lange. Die Nordsee ist nahe im Westen; sie schenkt den Babentiner Fluren im Sommer warmen, aber nie heißen Wind und im Winter eine kühle Frische, die nur dann zu Kälte ausartet, wenn der Wind auf Osten dreht. Allerdings, wenn die Babentiner sich wohl fühlen sollen, dann muß der Wind von Westen her wehen, sommers wie winters.

Heute, nach bald drei Jahrzehnten, nimmt sich vieles anders aus. Bremen ist längst unmittelbar von Babentin aus zu erreichen. Auf der Kleinbahnstrecke verkehren nur noch Güterzüge. Statt des scheppernden Triebwagens verbindet ein Autobus die Kreisstadt über Babentin und Hohwede mit Bremen. Und viele Babentiner haben längst ihr eigenes Auto, das versteht sich von selbst. Obwohl sie nun so ›nahegerückt‹ ist, hat die große Stadt Bremen nicht viel an Anziehungskraft gewonnen. Babentin bleibt Babentin, und die Babentiner sind mit ihrem Dorf von knapp zwölfhundert Einwohnern zufrieden.

Aber mit solcher Feststellung hat man der Geschichte weit vorausgegriffen, viel zu weit! Man muß am Anfang anfangen.

Nun gut, drehen wir die Uhr um rund ein Vierteljahrhundert zurück!

Dem Bauern Karl Klootmann sind im vorigen Jahr zwei große Schuppen und der Kuhstall abgebrannt. Die Ursache des verheerenden Brandes konnte nicht eindeutig geklärt werden. Aber die Feuerversicherung hat schließlich doch bezahlt, was sie schuldig war. Der Bauer griff obendrein in den Säckel und ließ die Gebäude stattlicher als zuvor erstehen. Letzte Woche wurde Richtfest gefeiert. Sage und schreibe einhundertzwanzig Personen waren geladen. Es gab so viel und so kräftig zu essen und zu trinken, daß man zwei Tage hintereinander feiern mußte, um mit all dem Gesottenen, Gebratenen und Gebrannten fertig zu werden. In der Nacht wurde nicht allzuviel geschlafen. Der Schnaps war schon vier Wochen zuvor mit frischen Kirschen angesetzt worden, und an Zucker hatte man nicht zu sparen brauchen. Klootmann hat nämlich in den letzten zwei Jahren weit über sein Soll hinaus Kartoffeln und Getreide abgeliefert und seitdem den Prämienzucker auf Vorrat genommen; der versüßte nun der zahlreich erschienen weiblichen Verwandtschaft und Nachbarschaft den selbst gebrannten und gefilterten Rübenschnaps zu deftigem Likör. Klootmann hat schon immer ausgezeichneten Schnaps gebrannt; nicht aus rohen Zuckerrüben, wie es auf den meisten anderen Höfen geschieht, sondern aus stark eingekochtem Sirup, einem duftenden dunkelbraunen Saft, der schon im Kessel mit Anis gewürzt wird – so man hat, aber Klootmann hatte. In seiner Küche war das angenehme Gewürz auch in den Jahren des Krieges und der bösen Nachkriegszeit nicht ausgegangen.

Überhaupt ist seit anderthalb Jahren der Schnaps im Dorf viel besser geworden. Der Allerweltskerl Erich Sankt, Flüchtling aus Schlesien, hat sich damals gegen Geld, Eier, Speck und Butter einen großen Branntweinfilter modernster Konstruktion aus Bremen zu beschaffen gewußt. Seitdem gibt sich keiner in Babentin mit dem Rüben-Aroma zufrieden. Jeder, der etwas auf sich hält, bringt jetzt dem Sankt seinen Schnaps. Der Rübengeschmack verliert sich durch das Filtern; selbst der Ortspolizist kann das bestätigen. Der Polizist braut zwar nicht selbst, aber er genehmigt sich gern ein Gläschen oder auch mehrere – und fragt nicht, wo sie herkommen. Wer viel fragt, kriegt viel Antwort. Der Polizist stammt aus dem übernächsten Nachbardorf, aus Luttrum, und weiß ohnedies Bescheid.

Ärgerlich bei der neuen Filterei ist nur, daß der Sankt sich nicht mehr wie früher mit Schnaps bezahlen lassen will. Nach seiner Behauptung gibt es in Bremen, Oldenburg und Wesermünde zum Beispiel – der Sankt kommt weit umher – Alkoholika in Hülle und Fülle, nur viel teurer und viel schlechter als in Babentin. Sankt will also jetzt bar Geld sehen, wenn er filtern soll, oder zumindest guten Speck, nicht unter fünf Zentimeter dick. Der läßt sich immer noch recht vorteilhaft verkaufen.

Außer Sankt verfügen nur noch Klootmann und der alte Heinrich Heinricke, der Bauer mit dem größten Hof in Babentin, über einen Filter. Aber Heinricke ist sehr vorsichtig. Er leugnet das Ding immer ab; er besitze nichts dergleichen, nichts! Heinricke hat nämlich viele Feinde im Dorf, unter den Alteingesessenen ebenso wie unter den Flüchtlingen. Auf einem so großen Anwesen wie dem seinen läßt sich nicht viel geheimhalten. Also muß er ganz allein, so heißt es, ohne jede fremde Hilfe, auf seinem Schlafzimmer filtern. Denn wenn Heinricke gelegentlich jemanden zum Schnaps einlädt – das ist ja nicht immer zu vermeiden, die Sitten sind streng in Babentin –, gefiltert ist sein Schnaps bestimmt. Glasklar, stark mit Kümmel und ein wenig Zucker und Pfeffer gewürzt, duftet er aus den Gläsern. Und bei Sankt filtert Heinricke nicht. Bei Klootmann erst recht nicht. Klootmann ist der Zweitgrößte im Dorf. Die beiden Bauern können sich nicht ausstehen. Warum, weiß kein Mensch. Sie selbst wahrscheinlich auch nicht.

Klootmann hält es mit dem Herrn Pastor. Heinricke geht nicht in die Kirche. Dafür hat er seine Gründe. Der Pastor hat – es ist schon mehr als zwanzig Jahre her – in einer Sonntagspredigt den Großen und Mächtigen im Dorf unverblümt ins Gewissen geredet, hat gewaltig vom Leder gezogen, wie es immer passiert, wenn er ehrlich in Zorn gerät. Die Hofbesitzer und auch ihre Söhne sollten die Hände von den Mägden und Küchenmädchen und sonstiger Weiblichkeit lassen, die ihnen in Feld, Wald und Hof vor die Flinte liefen. Die Gemeinde war sich natürlich darüber im klaren gewesen, an wen sich diese Ermahnung in erster Linie richtete. Heinrickens Heinrich war in jungen Jahren ein großer Schürzenjäger. Er hat sich zwar nach jener Predigt, wenigstens dem Anschein nach, gebessert, aber mit dem Pastor und dem ganzen ›Kerkenklüngelkram‹ wollte er seither nichts mehr zu tun haben. Er läßt sich um die Kirchensteuer regelmäßig pfänden und geht nirgends mehr hin, wo er mit dem Pastor eine Luft atmen muß.

Zu Klootmanns Richtfest ist Heinricke natürlich nicht erschienen, obgleich die Höfe der beiden mit den Gemüsegärten aneinandergrenzen und obgleich bei dem Brand vor einem Jahr der Wind von Klootmanns brennendem Schuppen auf Heinrickes großen Torfstall zu stand und die Funken manchmal dichter prasselten als Regen. Heinricke und seine ganze Belegschaft schleppten Wasser wie toll.

Nein, von Klootmanns Richtfest hat Heinricke keine Notiz genommen. Erstens wegen Klootmann, und dann, weil der Pastor auch eine Rede halten mußte. Klootmann, ein schwerer, breiter Mensch mit buschigen, strohblonden Brauen und kleinen merkwürdig hellen Augen, legt Wert darauf, als guter Christ zu gelten und hat also auch seinen Nachbarn Heinricke eingeladen, sogar besonders feierlich. Sein Sohn Hinrich, der erst vor zwei Monaten aus russischer Gefangenschaft heimgekehrt ist und immer noch wie fremd durchs Dorf läuft, ohne irgendwem ins Gesicht zu blicken – Hinrich mußte sich seinen neuen Sportanzug anziehen, den der Vater ihm gleich beim Schneider Brinkmalte hat machen lassen, und mußte sonntags vor dem Mittagessen bei Heinricke anklopfen und die Einladung überbringen. Hinrich Klootmann bekam drei glasklare Schnäpse und die blutjunge Friedchen Heinricke vorgesetzt (der einzige Sohn ist im Krieg verschollen). Der alte Heinricke weiß natürlich, was sich gehört. Bei aller Abneigung gegen Klootmann, den er für einen kirchenfrommen Schleicher hält, vergißt er nie, daß die beiden Höfe aneinandergrenzen. Klootmann und Heinricke haben noch nie ein Sterbenswörtchen von ›Romeo und Julia auf dem Dorfe‹ vernommen; aber sicherlich wären sie der Meinung, daß solch eine Sache nicht immer gleich so tragisch auszulaufen braucht, wie sie seinerzeit erzählt worden ist.

So hat also Klootmann mit seiner Einladung an Heinricke bewiesen, was ein guter Christ zu tun hat. Liebet eure Feinde (Heinricke zum Beispiel) und ladet sie ein. So ähnlich steht es geschrieben. Außerdem kommt der ja doch nicht.

Indessen bringt sich Klootmann meist selbst um die Wirkung seiner guten Taten. So auch in diesem Fall. Die Leute glauben ihm den Gehorsam nicht, den er bei solchen Gelegenheiten der Bergpredigt erweist. Denn er macht dann im Dorf viel her davon, damit es auch jeder zur Kenntnis nimmt. Sonst ist er nicht so großzügig. Das Richtfest hat gut und gern einige hundert Mark verschlungen, wobei das Schwein, das aus diesem Anlaß geschlachtet wurde, gar nicht mitgerechnet ist. Aber vierzehn Tage zuvor ist der Flüchtling August Schlunk, der bei Klootmann wohnt und arbeitet, bei seinem Brotherrn darum eingekommen, ihm den Monatslohn von vierzig auf fünfzig Mark zu erhöhen. Klootmann hat es ihm rundweg abgeschlagen. Natürlich erfuhr das ganze Dorf davon. Auf dem Dorf weiß jeder alles von jedem, wenn auch meistens etwas anderes, als jeder von sich selber weiß. Zum Ruhme Babentins sei gesagt, daß die meisten Leute im Dorf Klootmann bitter verurteilten, auch mit der Meinung nicht hinterm Berge hielten, sein ganzes Christentum sei für die Katz! Doch wer von ihm eingeladen war, der ging trotzdem hin. Der August Schlunk war natürlich mit von der Partie; er ist ja so etwas ähnliches wie Großknecht oder Hofmeister bei Klootmanns. Er soll sich so fürchterlich die Nase begossen haben, daß Klootmann ihn persönlich, noch vor des Herrn Pastors Ansprache, auf seine Kammer gebracht hat. Das war nun wieder christlich von Klootmann gehandelt, sagen die Leute. Aber zehn Mark mehr im Monat, das bringt er nicht übers Herz, der Klootmann!

August Schlunk ist im Juni 1945 in Babentin hängengeblieben. Er war mit zwei guten Pferden, mit Frau und Tochter und Wagen angekommen – von Westpreußen her, aus der Schlochauer Gegend, nach mannigfachen Irrfahrten. Schlunk hat niemals viel davon erzählt, was er auf der langen Reise über die Oder und die Elbe alles erlebt hat. Nur einmal hat er nach einem guten Dutzend ›Klarer‹ verlauten lassen, die Pferde, mit denen er in Babentin aufgekreuzt war, seien keineswegs dieselben gewesen, mit denen er aus seiner Heimat abgezogen war. Und der Wagen, das sei der dritte gewesen seit Beginn der Flucht, und was drauf war auf dem Wagen – aus Westpreußen stammte das längst nicht mehr. Bloß Frau und Tochter, das seien noch immer dieselben wie damals in grauer Vorzeit, als Königsberg noch Königsberg und nicht Kaliningrad hieß. Hier in Babentin hat der Bauer August Schlunk seine Flucht beendet. Viel weiter nach Westen ging es sowieso nicht mehr. Er meinte, er habe nun genügend leere Luft zwischen sich und die Russen gelegt. Denn darauf kam es ihm an, so weit weg von den Russen wie möglich! Der nüchterne, wortarme Mann schüttelt sich vor Grauen, wenn er das sagt, auch heute noch! Er hat nur eine seiner beiden Töchter nach Babentin mitgebracht; die zweite ist noch vor der Oder von den Russen abgefangen worden. Die Familie hielt sich damals im Wald versteckt, ohne Wagen und ohne Pferde und Gepäck; das alles hatten sie in einem Dorf zurücklassen müssen, das plötzlich von einer russischen Panzerkolonne überrannt worden war und in Flammen aufging. Das schützende Waldesdickicht hatten Vater, Mutter und die Töchter gerade noch erreicht. Ganz ohne Proviant waren sie auch nicht. Aber nun saßen sie da und wußten nicht weiter.

Maria Schlunk, genannt Mariechen, sei – so beschrieb Vater Schlunk die jüngere Tochter – schon immer vorwitziger und ungeduldiger gewesen als seine ältere Tochter Irene, genannt Renchen. Mariechen habe also das unschlüssige Warten im Walde sattbekommen und sei ins nächste Dorf geschlichen, um zu erfragen, wie und wo man am besten über die Oder käme. Mariechen muß sich wohl allzu vorwitzig verhalten haben, denn sie wurde aufgegriffen, die vielen Kühe zu melken, die die Russen zusammengetrieben hatten. Sie mußte die Herden dann ostwärts begleiten, als das Vieh nach Rußland in Marsch gesetzt wurde. Acht weitere Mädchen aus den umliegenden Dörfern sind damals mit ihr zugleich verschwunden – auf Nimmerwiedersehen! Schlunk kennt die Adressen der Eltern einiger dieser Mädchen. Die Eltern sitzen jetzt in der sowjetischen oder in der amerikanischen Besatzungszone. Denn inzwischen haben die Polen all die Deutschen, die jenseits der Oder noch zurückgeblieben waren, an die Luft gesetzt, soweit man sie nicht als Arbeiter oder Spezialisten gebrauchen konnte. Schlunk ist damals, als die Luft wieder einigermaßen rein war, seinem geliebten Mariechen in jenes pommersche Dorf nachgegangen und hat sich die Namen von zwei Vätern gemerkt, die ihre Töchter ebenfalls verloren hatten. Über die Suchstelle des Roten Kreuzes hatte Schlunk dann von Babentin aus den jetzigen Aufenthalt dieser Väter erkundet. Und er weiß nun: keines der Mädchen, die damals das Vieh nach Osten treiben mußten, hat je wieder ein Sterbenswörtchen verlauten lassen.

Der Pfarrer von Babentin – er heißt Werner Friske und ist derselbe, dem der alte Heinricke die Freundschaft für alle Zeiten gekündigt hat – hat sich natürlich das Schicksal von Mariechen Schlunk und den Kummer ihres Vaters zu Herzen genommen. Der Pfarrer ist ein etwas schwerfälliger Mann, dem aber keiner nachsagen kann, daß er allzu häufig in pastörliche Salbaderei verfiele. Ganz im Gegenteil: Er bemüht sich ehrlich um das seelische und körperliche Wohl seiner Gemeindeglieder. So hat er denn auch vor ein paar Wochen mit Schlunk über die verschollene Tochter geredet und ihn ein wenig trösten wollen aus Gottes Wort, wie es seines Amtes ist. Aber Schlunk hat gesagt:

»Lassen Sie man, Herr Pastor! Sie meinen es sicher gut. Aber es ist vielleicht besser so, daß sie gar nicht wiederkommt. Die Russen haben inzwischen mein Mariechen ganz bestimmt in Grund und Boden gewirtschaftet. Oder was glauben Sie sonst, Herr Pastor? Sollte sie noch einmal wiederkommen, mein Mariechen ist sie jedenfalls dann nicht mehr, Herr Pastor.«

Pastor Friske hat auf diese Rede nicht viel zu antworten gewußt. Babentin ist Pastor Friskes erste Amtsstelle gewesen, und es wird auch seine letzte sein, darüber ist er sich im klaren. Er weiß, daß er kein großer Prediger ist, erst recht kein scharfsinniger Theologe. So bleibt ihm nur, ein guter Seelsorger zu sein; darum bemüht er sich nach Kräften. Selbstverständlich kann er nicht über seinen Babentiner Schatten springen. Seine Frau Klara, eine Pfarrerstochter aus dem Mecklenburgischen, bringt solche Sprünge erst recht nicht fertig. Die Greuel, die viele der ostpreußischen und pommerschen Flüchtlinge zu berichten wissen, passen verzweifelt wenig in die wohlgesetzten, bürgerlich-bäuerlichen Vorstellungen, die das Leben der alteingesessenen Babentiner noch immer bestimmen und denen sich Herr und Frau Pastor Friske ohne große Mühe angepaßt haben. Wie alle älteren Leute in Babentin, leben auch diese beiden immer noch in der Zeit vor dem Ersten Weltkrieg, als es noch unanständig war, über Scheußlichkeiten zu reden, ja, sie auch nur zur Kenntnis zu nehmen.

Manchmal setzt der Pastor sonntags an und will den Einheimischen ins Gewissen predigen: Die Leute aus den östlichen Landesteilen hätten nun einmal Entsetzliches erlebt, also müsse man ihnen vieles nachsehen und sie freundlich behandeln. Aber er dringt damit nicht durch, glaubt er doch im Grunde selbst nicht recht an die Ungeheuerlichkeiten, die von den Flüchtlingen berichtet werden. Derartiges liegt außerhalb seiner Welterfahrung. Es ist ihm ebenso unfaßbar wie das, was von Buchenwald, von Auschwitz, Katyn oder Dachau berichtet wird. So etwas gibt es nicht, weil es so etwas nicht geben darf. In dieser Hinsicht ist sich Pastor Friske im geheimen mit den eingesessenen Babentinern einig – soweit sie nicht selbst an der Front gestanden und ihre Augen und Ohren aufgesperrt haben (nicht alle haben das getan).

Der Krieg hat Babentin verschont, ja, er hat einen weiten Bogen um Babentin geschlagen. Am schlechtesten ging es dem Dorf in der Weimarer Zeit, ehe die großzügige Agrarhilfe einsetzte. Unter Hitler hat Babentin floriert. Den Bauern wurde viel ›Blut und Boden‹ ums Maul geschmiert, eine Art Honig, die den Babentinern, wenn auch keineswegs allen, gar nicht schlecht geschmeckt hat. Das will jetzt keiner mehr wahrhaben. Von ein paar Widerborstigen abgesehen, hat es den Babentinern im Dritten Reich ganz gut gefallen. Doch sind sie in ihrem Wesen viel zu beharrlich, ja stur, als daß sie vorschnell von heut auf morgen das Kreuz, so wie es von Dr. Martin Luther aufgerichtet worden ist, mit einem unbewährten Hakenkreuz vertauscht hätten. Was kann schon von außerhalb viel Gutes kommen, sagten sich die Babentiner, und schon gar aus Braunau, aus dem katholischen Österreich! – und so ein komisches Bärtchen hat er auch, und Stirnlokken sind in Babentin immer nur für nichts weiter als unordentlich gehalten worden.

Gewiß sind auch Söhne, Brüder und Väter aus Babentin vor dem Feind gefallen, und viele in Ländern, die man bis dahin kaum dem Namen nach gekannt hatte. Das Leben des Dorfes jedoch lief unverändert fort. Niemand hatte hier je gehungert und gedürstet. Schweine wurden wie immer geschlachtet, bald mehr, bald weniger ›schwarz‹. Das ist im Ersten Weltkrieg nicht anders gewesen als im Zweiten. Schnaps wurde gebraut und weißes Mehl verbacken und Butter gebuttert, auch mehr oder weniger ›schwarz‹. Und wenn die Bomben auf Hamburg, Bremen oder Hannover regneten, wenn der Boden leise dröhnte und der Nachthimmel sich unheimlich rötete, so war das wie ein fernes Gomorrha, von dessen sagenhaften Schrecken man sich nicht unmittelbar betroffen fühlte. Man hatte seinen Ärger mit dem Soll, das zu erfüllen war, mußte sich hüten, den Ortsgruppenleiter der Partei und den Ortsbauernführer zu verärgern, sorgte sich auch ehrlich um die Männer, die im Felde standen, soweit die nie abreißende Arbeit Zeit dazu ließ. Im übrigen aber wurde reichlich Geld verdient, und der Bauer bedeutete etwas, gerade im Kriege; er war der ›Nährstand‹ und wurde von jedermann, auch von Amts wegen, mit Respekt behandelt.

Allerdings brachte der Weltkrieg nicht nur Trauer und Unannehmlichkeiten nach Babentin. Gerhard, zum Beispiel, hatte sehr schönen Kleiderstoff aus Paris nach Hause geschickt und Hannes einen Silberfuchs aus Norwegen. Der überkandidelte Sohn vom Herrn Lehrer Franz Knoche, der Tilemann, hatte, als er auf Urlaub kam, aus Tunis sogar einen echten arabischen Gebetsteppich angeschleppt. Das ganze Dorf kam zu Knoches und bestaunte das Wunderding, obwohl keiner recht begriff, wieso die Leute da unten in Afrika einen Teppich zum Beten brauchten. In Babentin hielt man sich mehr an das ›stille Kämmerlein‹. Ohne Teppich.

So war während des Krieges ein wenig vom Atem der weiten Welt in das entlegene Dorf (acht Kilometer bis zur Kleinbahnstation!) geweht. Einige fanden Krieg gar nicht so übel, wenn er bloß für manche ihrer Lieben nicht so lebensgefährlich gewesen wäre.

Die Schlachten, die noch vor dem Zusammenbruch auf deutschem Boden geschlagen wurden, fanden ebenfalls weit jenseits der Babentiner Feldmark statt. Ans Babentiner Ufer unmittelbar spülte der Krieg nur wenige matte Wellen: In den ersten warmen Tagen des Jahres 1945 rollten flüchtende Abteilungen der Deutschen Wehrmacht vom Westen her durchs Dorf. Soldaten in feldgrauer Uniform zuckelten über Feldwege und Seitenpfade ostwärts, zumeist auf eigene Faust und ohne Waffen; sie hatten genug vom Krieg und waren entschlossen, sich ohne viel Umstände nach Hause zu begeben. Der Anführer des Babentiner Volkssturms, der einzige ›wilde Nazi‹ im Dorf, der Bäcker Paul Sneppendahl, wollte die müden Krieger allesamt fangen, wollte sie beschwören, ›den Führer nicht im Stich zu lassen‹, sie andernfalls erschießen oder aufhängen. Aber Ortsgruppenleiter Sorsmann, der Grobschmied, war ein besonnener Mann, dem die Bauern das Amt vor Jahren aufgedrängt hatten; man war sich darüber einig, daß Sorsmann nicht zum Verrücktspielen neigte, andererseits aber gewichtig genug war, dem Dorf die ›Hundertfünfzigprozentigen‹ aus der Kreisstadt vom Leibe zu halten.

Daß die Babentiner mit Sorsmann die richtige Wahl getroffen hatten, erwies sich noch einmal in den letzten Tagen vor dem Einrücken der Engländer. Sneppendahl tobte durchs Dorf, fuchtelte gewaltig mit der Pistole, schwafelte vom Endsieg und forderte Widerstand bis zum letzten Mann und zum letzten Haus. Wilhelm Sorsmann schnappte sich heimlich den Volkssturm-General bei einem seiner nächtlichen Kontrollgänge. Hartjens und Heinricke waren mit von der Partie. Die drei hatten ihre

›Führertreue‹ längst vergessen und fürchteten als rechte Bauern nur eins: daß der Krieg ihnen noch in letzter Minute Haus und Hof zerstören könnte. Sie sperrten Sneppendahl in Heinrickes tiefsten Keller und ließen ihn erst wieder heraus, als Babentin ›erobert‹ war. Das Dorf hatte sich vermittels vieler weißer, aus den Fenstern hängender Bettlaken ergeben. Sorsmann mußte sich allerdings ins ›Lager‹ stecken lassen, denn er war nun einmal Ortsgruppenleiter gewesen. Es war ein übler Witz, daß Sneppendahl schon nach ein paar Wochen wieder zurückkehren durfte, denn er hatte kein Parteiamt bekleidet und sich als Volkssturmheld nur ›militärisch‹ betätigt und trotz seiner wilden Reden keiner Fliege etwas zuleide getan. Aber auch Sorsmann wurde schon Ende 1946 von den Engländern aus dem Lager entlassen. Ein Jude aus dem Nachbardorf Fuhrenbüttel, der mit einer ›Arierin‹ verheiratet war, die den Ehemann nicht im Stich gelassen hatte, einer der ganz wenigen Juden aus der Gegend, der sich dem Würgegriff der Gestapo entzogen hatte (wobei Sorsmann mehrfach den heimlichen Warner gespielt haben mußte) – dieser Jude aus Fuhrenbüttel soll für Sorsmann gutgesagt haben.

Lange zuvor schon waren die Flüchtlinge aufgetaucht, zu Fuß, zu Rad, zu Wagen, allein, zu zweien und in ganzen Horden. Sie erzählten jene Geschichten, die keiner im Dorf so recht glauben wollte. Als die Babentiner sie endlich glaubten, hatte man sie schon so oft gehört, daß sie keinen Menschen mehr aufregten. Die ersten Flüchtlinge waren gut aufgenommen worden. Aber dann wurden sie von Amts wegen den Höfen zugeteilt. Was von Amts wegen kommt, das ist immer von Übel nach Meinung der Leute in Babentin: Steuern oder Ablieferungssoll oder Viehbestandsaufnahme oder Einheitswertberechnung. Dagegen muß man sich wehren. Und man wehrte sich. Denn schnell wurde es eng im Dorf.

Die wenigen ›Bombengeschädigten‹ aus Hamburg und

Bochum, die schon im Laufe des Krieges einpassiert waren, hatte man kaum wahrgenommen. Es hatte sich auch in allen Fällen um Verwandte oder gute Freunde eingesessener Familien gehandelt, die in dem stillen abgelegenen Winkel Obdach suchten. Und das war gern gewährt worden. Damit entlastete man sein Gewissen: ging es doch den Leuten im Dorfe gut, ja besser als zuvor, während die Menschen in den Städten sicherlich mancherlei auszustehen hatten. Um Platz war man damals im Dorf noch nicht verlegen. Viele Männer waren eingezogen, und allzu beschränkt gewohnt hatten auch die Ärmsten nicht.

Jetzt aber wurde es eng. Als die Durchwandernden in ihren Kinderwagen, Handkarren oder Rucksäcken gelegentlich dies oder das mitgehen ließen, was sie sicherlich gut gebrauchen konnten, aber die Babentiner auch, da lernte man langsam, die Flüchtlinge als Landplage zu betrachten. Und bald ging in den Dörfern unter den Einheimischen das Wort um, das grausige Wort: »Kartoffelkäfer, Wildschweine und Flüchtlinge, das ist die Pest von heute!« Bürgermeister Oltje hat neulich Hentzels Kuno eine hinter die Löffel geklebt, daß er brüllend nach Hause gerannt ist. Oltje hat nämlich aus dem Fenster vom Bürgermeisteramt mit angehört, wie der Rüpel von dreizehn Jahren zwei kleinen Flüchtlingsmädchen jene üble Redensart hinterhergeschrien hat. Oltje trat ganz ruhig vor die Tür und sagte: »Kuno, bestell du man deinem Vater, daß du den Vers ausgesungen hast, und da hätt' ich ihm die Arbeit abgenommen, dir eine hinter die Ohren zu hauen!« Und – bautz! – hatte Kuno eine Schelle sitzen, die nicht von schlechten Eltern war. Er sank in die Ligusterhecke vor dem Spritzenhaus. Dann sauste er davon, als wäre der Teufel hinter ihm her.

Am Tag darauf saß ein Mann beim Bürgermeister, der zwar auch zu den Flüchtlingen zu rechnen war, aber merkwürdigerweise von beinahe jedermann nicht dazu gerechnet wurde. Dieser Mann trug den für Babentin einigermaßen ungewöhnlichen Namen Odaffsky. Er stammte aus Schlesien, wie etwa die Hälfte der Babentiner Flüchtlinge. In Schlesien am Rande des Riesengebirges sollte er ein Landgut, vor allem aber eine Anzahl von Kiesgruben, Sandgruben und Steinbrüchen besessen haben, sei also ein wohlhabender und angesehener Mann gewesen. Die Babentiner glaubten im allgemeinen nicht, was die Leute aus dem Osten von ihren Besitztümern zu berichten wußten. Odaffskys nur sehr karge Andeutungen von den Verhältnissen, in denen er früher gelebt hatte, wurden jedoch für bare Münze genommen.

Werner Odaffsky war den Babentinern nämlich kein Fremder mehr gewesen, als er einige Monate nach Kriegsende, zwar mittellos und abgerissen, mit seiner Frau Josephine unerwartet in Babentin auftauchte. Immerhin war er mit einem leichten Jagdwagen ins Dorf gerollt, der von zwei vorzüglichen Rappen gezogen wurde. Die Babentiner verstanden etwas von Pferden, und Odaffskys Gespann war von guter Rasse. Ungarische Jucker, meinte der Schmied Wilhelm Sorsmann. Die Leute im Dorf erkannten Odaffsky sofort wieder, obgleich er keine Uniform mehr trug. Im vorletzten Jahr des Krieges hatte eine Nachrichten-Einheit der Luftwaffe für einige Wochen in und bei Babentin in den Feldern und Wäldern gelegen, um neuartige Abhörgeräte oder dergleichen auszuprobieren und Spezial-Mannschaften daran zu schulen. Der Kommandeur dieser Einheit war Major Werner Odaffsky gewesen. Der Major hatte nicht nur bei seinen Soldaten große Achtung genossen, sondern sich auch im Dorf sehr schnell Respekt verschafft, als er die neugierigen Fragen der hiesigen Nazigrößen ebenso entschieden zurückwies wie die Anbiederung der großen Bauern. Er hatte zu seinen Soldaten gehalten und lehnte jede Vorzugsbehandlung ab. Dabei konnte man ihn keineswegs hochmütig nennen; er gab sich vielmehr in jeder Hinsicht höflich, sachlich und zurückhaltend.

Die Babentiner glaubten also zu wissen, wen sie vor sich hatten, als er im November 1945 wieder auftauchte. Der Bauer Peter Oltje war von den Engländern als Bürgermeister eingesetzt worden, da er nicht in der Partei gewesen war und mit den Nazis, wie jedermann bestätigen konnte, stets nur Ärger gehabt hatte. Odaffsky fuhr also bei Oltje vor, gab an, daß er in Schlesien alles verloren hatte, daß ihm Babentin wie eine friedliche Insel im Sinn geblieben sei und daß er darum bitte, sich hier niederlassen zu dürfen. Bürgermeister Oltje hatte sich später selbst darüber gewundert, daß er die Bitte Odaffskys, ohne zu zögern, mit dem Satz beantwortet hatte:

»Herr Major, es wird uns eine Ehre sein, wenn Sie hierbleiben. Bleiben Sie man ruhig hier!«

Odaffsky und seine Frau hatten dann im Obergeschoß des Hauses von Wilhelm Sorsmann, des ehemaligen Ortsgruppenleiters (er saß damals schon im Lager), ein Zimmer angewiesen bekommen, hatten sich einen Bodenverschlag als Küche eingerichtet und scheuten sich seither vor keiner Arbeit, die im Dorf, wo und wie auch immer, anfiel. Den ›Major‹ hatte sich Odaffsky bald verbeten und das ›Herr‹ ebenfalls. Im Dorf war es üblich, daß sich die gestandenen Männer untereinander mit Vornamen anredeten. Odaffsky hielt es mit den Bauern ebenso, und schließlich gewöhnten auch sie sich daran, ihn Werner zu nennen.

Am Tage nach jener Ohrfeige, die Bürgermeister Oltje dem Rüpel Kuno Hentzel verabreicht hatte, saß Odaffsky also abends beim Bürgermeister. Er wollte ihn darum bitten, ihm zwei Fuder Torf aus dem Moor zu holen. Der Winter stand vor der Tür; der Torf war trocken und mußte unter Dach. Ja, gewiß, Oltje war bereit, den Torf anzufahren, Ende der Woche, dann hätte er Zeit, die Herbstbestellung sei so ziemlich erledigt; er habe auch noch seinen eigenen Torf einzufahren, und das gehe dann in einem hin. Die beiden Männer saßen in Oltjes Wohnstube und beredeten noch manches andere. Oltje erzählte dem Besucher von der Backpfeife und lachte dabei auf seine schallend vergnügte Art.

»Da habe ich ein gutes Werk verrichtet!« meinte er. »Aber paß nur auf, Werner, der Hentzel, der erscheint noch bei mir. Das läßt er nicht so hingehen, der Dickkopf, mit seinem Kuno und der Backpfeife.«

Kaum hatte Oltje das gesagt, tat sich die Tür auf, und der lange Hentzel stakste ins Zimmer.

»Setz dich hin, Jürgen!« sagte Oltje, und Hentzel setzte sich.

Zuerst wollte Hentzel wissen, wie das mit der Wählerliste sei. Zuerst werde ja wohl zur Gemeindeverwaltung gewählt, damit fange die Demokratie doch wohl an, von der jetzt soviel geredet wurde. Na schön, ihm sollte es recht sein. Sein Ältester sei frisch aus der Gefangenschaft zurück und wollte auch mitwählen:

»Rechts natürlich, kann mir gar nicht rechts genug sein, Bürgermeister!«

Oltje erwiderte: »Deinen Ältesten haben wir gleich mit aufgeschrieben.«

Danach gab sich Hentzel sichtbar einen Ruck und richtete das Wort an Odaffsky: »Werner, geh doch mal fünf Minuten raus! Ich muß mit Oltje was Persönliches besprechen, es dauert nicht lange.«

»Gewiß, Jürgen«, sagte Odaffsky und nahm nebenan bei Mutter Oltje Platz; sie schnippelte Bohnen. Im Wohnzimmer wurde es dann ziemlich laut. Nach fünf Minuten knallte die Haustür ins Schloß. Der Bürgermeister erschien in der Küche am häuslichen Herd, zog sich einen Schemel herbei und fing auch an, Bohnen zu schnippeln.

»Na, in dem Kuno seiner Haut möchte ich jetzt nicht stecken«, meinte Oltje beiläufig. Was der Bürgermeister sagt, hat meistens Hand und Fuß, so auch diesmal.

Am nächsten Tag konnte Hentzels Kuno die Schule

nicht besuchen, so kräftig hatte ihn noch am gleichen Abend sein Vater vertobakt. Vor der ganzen Schule war Kuno also blamiert, und die Guten im Dorfe freuten sich, Alt- wie Neueingesessene, und von den Guten gibt es eigentlich bei Licht besehen eine ganze Menge in Babentin. Jener üble Vers jedenfalls läuft seitdem nicht mehr im Dorf um. Die Kinder sind kuriert. Bei den Alten ist er wohl noch im Schwange, besonders aber hinter Hentzels Stirn. Hentzel ist nicht dumm und weiß, daß die Blamage ihn treffen sollte und nicht seinen Kuno. Er hat 1946 eine alte Flüchtlingsfrau von siebzig Jahren, die ihm ins Haus gewiesen war, eine ganze Nacht lang auf einem Stuhl in der Vorhalle sitzen lassen, nachdem der Gendarm ihr endlich Einlaß verschafft hatte. Das war selbst für die hartgesottensten Sünder im Dorf ein allzu starkes Stück. Klootmann hatte sich damals gleich bereiterklärt, die alte Frau aufzunehmen. Bei ihm wohnt Mutter Manschewski nun in einem kleinen Giebelstübchen und macht sich nützlich, so gut sie kann. Am Nachmittag hütet sie für gewöhnlich beim Barbier Klinkbiel die Kinder, wenn Frau Klinkbiel im Geschäft aushelfen muß.

Der redselige dürre Meister Klinkbiel hat schon ein halbes Dutzend Kinder in die Welt gesetzt, betreibt in seinem Friseurgeschäft die Nachrichtenzentrale des Dorfes und fällt manchen Leuten wegen seiner Neugier auf die Nerven. Doch sind weder er noch seine Frau im Dorf zu entbehren. Zum nächsten Friseurgeschäft sind es zwei Stunden zu Fuß.

Die alte Mutter Manschewski ist außerordentlich fleißig. Es hat sie noch nie jemand beim Nichtstun überrascht. Wenn sie nicht für Klootmanns oder Klinkbiels beschäftigt ist, dann strickt sie für jedermann, der einen bescheidenen Preis zu zahlen bereit ist, Pullover, Strampelhöschen, Wolljacken, wollene Handschuhe, sogar ganze Kostüme. Von Klootmanns verlangt sie immer nur den Preis für die Wolle, sofern ihr Klootmann nicht die Wolle von seinen eigenen Schafen liefert. Gute Taten machen sich bezahlt, sagen die Leute. Das hätte der lange Hentzel auch haben können!

Mutter Manschewski hat schon nach wenigen Monaten im Dorf Wurzeln geschlagen. Wer hätte das damals für möglich gehalten, zumal sie doch mit keiner Menschenseele in oder um Babentin verwandt oder verschwägert war. Erstaunlicherweise kommen vor allem die jungen Mädchen gern zu ihr und schütten ihr Herz aus. Die Alte weiß für viele Schmerzen einen Rat. Ihre alten wissenden Augen blicken freundlich, auch mit gutmütigem Spott aus dem faltigen Gesicht. Ein böses Wort hat noch nie jemand von ihr vernommen. Niemand weiß, welche Rolle sie in ihrer alten Heimat, in Hinterpommern, gespielt hat. Im Gegensatz zu den meisten anderen schweigt sie sich über ihre Vergangenheit aus, klagt auch nie über das, was sie verloren hat. Offenbar besitzt sie keinen Anhang mehr, sie schreibt nie einen Brief, und Post bekommt sie auch nicht. Sie bleibt von Geheimnis umwoben. Mancher, der sie sprechen hört und ein Ohr dafür hat, mag meinen, eine gebildete alte Dame vor sich zu haben, obgleich ihre ärmliche Kleidung und ihre Bescheidenheit das nicht gerade nahelegen. Ihr Rock ist verwaschen und geflickt; mit der Bluse aus Barchent ist auch nicht viel Staat zu machen, und die abgetragenen Schuhe scheinen zu groß für die alten Füße. Wie dem auch sei, Mutter Manschewski ist unbestreitbar eine Persönlichkeit, ein Mensch, der sich im Dorf durchgesetzt und Ansehen erworben hat, ohne etwas anderes zu tun, als einfach dazusein und auf bescheidene Weise hilfreich einzugreifen, wo er gebraucht wird.

Mutter Manschewski ist nicht die einzige unter den ›Fremden‹, die hier heimisch geworden ist. Auch der Flüchtling August Schlunk und die Seinen dürfen zu den Babentinern gerechnet werden, als hätten sie von jeher dazugehört. Der Ärger, den Klootmann allgemein erregte, als er seinem tüchtigen Großknecht die Erhöhung des Lohns um zehn Mark verweigerte – die Flüchtlinge wunderten sich noch am wenigsten darüber; sie waren solche Behandlung gewöhnt –, die Entrüstung unter den Bauern des Dorfes bewies deutlich genug, daß Schlunk von ihnen nicht mehr als ein ›Zugereister‹ angesehen wurde. Wenn nämlich einem Fremden in Babentin Unrecht geschieht, regen sich die Alteingesessenen nicht allzusehr darüber auf.

Es ist eigentlich ein blanker Zufall gewesen, daß Schlunk, als er Anfang Juni 1945 mit seinen zwei Pferden, mit Wagen, Frau und Tochter ins Dorf kam, gerade auf dem Klootmannschen Hof Quartier erbat. Frau Olga Klootmann – sie ist ein wenig ängstlich und umständlich – hat selber den Schlunks nahegelegt, doch auf dem Hof zu bleiben, als die drei Tage vergangen waren, für die sie Gastfreundschaft erbeten hatten; es war den Pferden anzusehen gewesen, daß sie eine Ruhepause brauchten. Schlunk hatte durchaus weiter nach Westen ziehen wollen, »bis an die holländische Grenze«, so sagte er stets, hat aber dann dem Drängen von Frau und Tochter nachgegeben und sich allmählich auf dem Klootmannschen Hof eingerichtet. Die Jahre vergingen, und die Schlunks sind immer noch bei Klootmanns. Trotzdem sagt man sich schon lange im Dorf, daß es sich wohl ›um eine Vorläufigkeit‹ handeln wird. Irgendwann sollte Schlunk wieder eigene Felder und Wiesen bewirtschaften, sein eigenes Vieh im Stalle haben und mit seiner und der Seinen Arbeit nicht anderer Leute, sondern seine eigenen Taschen zu polstern suchen. Kein Fremder und kein Einheimischer im Dorf verspricht sich etwas von dem ›Lastenausgleich‹, von dem soviel geredet und geschrieben wird. Aber daß der Lastenausgleich gerade Leuten wie Schlunk zugute kommen muß, wenn er überhaupt einen Sinn haben soll, darüber sind sich alle verständigen Leute einig. Denn hinter vorgehaltener Hand geben es sogar manche der eingesessenen Bauern zu: der Schlunk versteht mehr von der

Landwirtschaft als Klootmann, wahrscheinlich sogar – aber das sagen sie nun doch nicht – mehr als die meisten Bauern im Dorf.

Als die Schlunks auf dem Klootmannschen Hof eintrafen, war das Anwesen so gut wie verwaist. Von Klootmanns Hinrich hieß es, er sei an der afrikanischen Front verschollen. Und Vater Klootmann hatte auch schon längere Zeit keine Nachricht mehr gegeben. Der Bauer war noch im Herbst 1944 eingezogen und zur Flak nach Belgien kommandiert worden. Dann hatte eine deutsche Troß-Kolonne auf dem Rückmarsch die zwei besten Pferde des Hofes des Nachts kurzerhand von der Krippe gebunden und statt dessen zwei abgehetzte, blessierte Gäule dagelassen, die schon nach wenigen Tagen krepierten. Die beiden Pferde, die dem Hof noch verblieben waren, konnten die Arbeit nicht bewältigen. Anna Klootmann hatte ohnehin die Übersicht verloren; die Bewirtschaftung des Hofes ging über ihre Kräfte. Die Schlunks waren ihr also wie rettende Engel erschienen. Die Polen und Russen, die während der Kriegsjahre für die eingezogenen Bauern und Bauernsöhne die Feld- und Hofarbeit verrichtet hatten, waren längst auf und davon.

August Schlunk sprang sozusagen ans Steuer des führungslos treibenden Klootmannschen Schiffes und bewies den Leuten aus Babentin schon im Sommer 1945, was ein Bauer aus dem Osten auch auf fremdem Boden zu leisten imstande ist.

Vielleicht hat sich Schlunk schon allzu sicher im Sattel gefühlt. Als der Bauer Karl Klootmann gegen Anfang des Jahres 1947 wieder heimkehrte, gab es bald Ärger zwischen den beiden Männern. Oltje, der von den Engländern eingesetzte neue Bürgermeister, mußte sich energisch ins Mittel legen. Schlunk hatte einige Pflöcke zurückzustecken und begnügte sich mit der Hofmeisterstelle. Klootmann erkannte schnell, daß er die Schlunkschen Pferde vom Hof schaffen mußte, denn ein Großknecht, der am lebenden Inventar des Hofes beteiligt ist – das darf es einfach nicht geben!

Schlunk wußte sich zu helfen. Er verlieh seine Pferde gegen eine monatliche Gebühr an Pipendorp. Auch dem Pipendorpschen Hof waren die Pferde von einer flüchtenden deutschen Abteilung ausgespannt worden.

Mit dem Pipendorpschen Hof geht es übrigens schon seit längerer Zeit bergab. Das ist in Babentin kein Geheimnis. Die Höfe im Dorf steigen auf, werden stolz und stark. Andere sinken ab und verkommen. Das ist so ›auf dem Lande‹. Jeder empfängt da früher oder später den Lohn für seinen Fleiß – oder für seine Faulheit – und hat mit den Folgen selber fertig zu werden, so oder so. Der alte Ernst Pipendorp ist nie ein guter Wirtschafter gewesen. Die beiden ältesten Söhne fielen im Krieg. Der dritte und letzte, Otto, ist ohne sein linkes Bein heimgekehrt. Der Schenkel ist ihm fast bis zum Rumpf von einem großen Granatsplitter weggerissen worden. Ein Wunder, daß er nicht verblutet ist. Am linken Fuß sind ihm obendrein einige Zehen abgefroren. So vermag sich Otto Pipendorp nur sehr mühsam fortzubewegen. Aber da er von jeher einen klugen Kopf gehabt hat und von angenehmem Wesen ist, hat er sich bei der Landwirtschaftlichen Genossenschaft des Dorfes als Buchhalter und Kassierer eingearbeitet und wird allgemein geachtet.

Der Pipendorpsche Hof aber kommt auf den Hund. Der alte Ernst Pipendorp nämlich wird im Dorf nur unter seinem Spitznamen, und das recht verächtlich, als der ›Bücherbauer‹ erwähnt. Der Alte liest zuviel und bis weit in die Nacht hinein. Dann kann er am nächsten Morgen nicht rechtzeitig aufstehen. Er trinkt auch zuviel Kaffee. Und er liest nicht etwa nur ›Landwirtschaftliches‹. Ernst Pipendorp hat gelegentlich und auch mit einem gewissen Hochmut bekannt, daß er über ›Historie‹ liest und auch über ›Philosophie‹ oder ›Theologie‹. Kein Wunder, sagen die Leute, dabei muß jeder Hof auf den Hund kommen.

Und obendrein ist Ernst Pipendorp auch noch schwach und alt, und kränklich ist er auch.

Aber noch scheint über das Schicksal der Pipendorps nicht das letzte Wort gesprochen zu sein. Es bahnt sich eine Wandlung an, die sicherlich zu weiteren Verwirrungen führen wird, aber vielleicht auch zu einigen Hoffnungen Anlaß gibt. Schlunks Tochter, die Irene, ist, wie alle Schlunks, von angenehmem Wesen und ein kluges Geschöpf. Sie hat auf Fürsprache vom alten Heinricke und vom Bürgermeister Oltje ebenfalls eine Stellung bei der ›Genossenschaft‹ gefunden, wo sie mittlerweile die rechte Hand des Vorstehers geworden ist. Otto Pipendorp hat sich in Irene bis über beide Ohren verliebt. Irene besitzt ein gutes, starkes Herz und gute, starke Arme. Sie wird den schwerbehinderten Mann ein Leben lang stützen können. Vernünftige Leute im Dorf bezweifeln das nicht.

Die Vernünftigen, nein, die nicht! Sie sind in der Mehrzahl unter den Neu-Babentinern, den Flüchtlingen, zu finden. Die Unvernünftigen reden anders: Wo kommen wir da hin, sagen sie, wenn unsere jungen Männer fremde Mädchen heiraten! Kein Mensch weiß, was die Flüchtlinge im Osten wirklich besessen haben. Vielleicht haben sie uns nur was vorgeflunkert. Unsere Jungens müssen unseren Mädchen vorbehalten bleiben. Es sind sowieso nicht genug Männer aus dem Krieg zurückgekehrt, als daß alle Mädchen sich verheiraten könnten. Die Fremden sollen unter sich oder nach auswärts heiraten; die Babentiner stehen nur Babentinern zu.

Otto Pipendorp, der schwer angeschlagene und behinderte Mann, kümmert sich nicht um diese Altweiberrechnung. Er fühlt sich vom Schicksal benachteiligt, und auch die Schlunks haben vieles verloren. Otto und Irene sind sich einig geworden, ohne daß sie viel darüber geredet haben. Sie machen auch kein Hehl mehr daraus.

Dem alten Pipendorp ist das Verhältnis seines letzten Sohnes Otto mit der ›Flüchtlingsziege‹ ein Dorn im Auge.

Er schimpft ganz öffentlich über ›das Pack aus dem Osten‹, das sich hier in die alten Höfe einnisten will. Pipendorp hat sich hinter Klootmann gesteckt, bei dem das Ehepaar Schlunk im Dienst steht. Klootmann hat ja auch eine Tochter, die dickliche, dümmliche Magdalene, die als einzigen Vorzug aufzuweisen hat, daß sie im Kirchenchor mitsingt, steinerweichend. Und Klootmann hätte nichts dagegen einzuwenden, wenn seine Magdalene den Otto Pipendorp heiratete. Den Pipendorpschen Hof wollte er dann schon in Schuß bringen. Und Schlunk, Irenes Vater, tut sowieso schon, als gehörte er nach Babentin. Man muß ihm zeigen, daß er ein Fremder bleibt und nur als Knecht willkommen ist. Deshalb hat ihm ja auch Klootmann die zehn Mark Lohnerhöhung verweigert. Damit er merkt, wer in Babentin das Sagen hat.

Peter Oltje, der Bürgermeister, sieht die Sache ganz anders an: »Pipendorp sollte froh sein, daß er eine so gute Schwiegertochter bekommt. Er kriegt sie ja doch, wenn Otto es sich in den Kopf gesetzt hat. Dann würde Irenes Vater den Hof wieder auf die Beine stellen, und allen wäre geholfen. Pipendorp ist längst zu alt und schlusterig dazu. Wenn Schlunk ihm den Hof besorgt, dann kann er lesen jede Nacht bis ein Uhr morgens und braucht erst um zehn aufzustehen. Und wenn seine Enkel groß sind, dann haben sie einen schönen Besitz.«

Nun, es sah alles danach aus, daß die Sache bald zum Klappen kommen würde. Der Bürgermeister will nämlich eingreifen. Es macht ihm nicht das geringste aus, daß die ›großen‹ Bauern im Dorf – er ist ja nur ein ›Halbhöfner‹ – ihn ›Bürgermeister von Englands Gnaden‹ nennen. Oltje sagt sich: Sie reden immer, auch wenn sie nicht gefragt sind. Außerdem kommt es nur darauf an, daß ich mein Amt anständig und gerecht führe. Und schließlich: die Engländer kümmern sich nicht mehr um uns. Und ich bin längst von der Mehrheit im Dorf bestätigt.

Das stimmt. Oltje ist ein halbes Jahr zuvor, beinahe mit

allen Stimmen der Flüchtlinge, wiedergewählt worden. Die Flüchtlinge hatten sogar darauf verzichtet, für den Gemeinderat einen eigenen Kandidaten aufzustellen. Oltje faßte es seitdem als seinen besonderen Auftrag an, sich um das Wohl der ›Fremden‹ zu kümmern. Und er denkt manchmal im stillen weiter: Ich habe den Nazikram nie für etwas anderes als verbrecherischen Unsinn gehalten. Ich bin nicht verantwortlich für das, was da angerichtet worden ist. Aber eins steht ja wohl fest: die Leute aus dem Osten können nichts dafür, daß sie bei uns unterschlüpfen mußten. Wenn es anders gekommen wäre, hätte das auch uns passieren können. Gerechtigkeit muß sein.

An Peter Oltje ist ein großer Diplomat verlorengegangen. Das hatte er schon in den Jahren unter Hitler bewiesen, als er sich durch alle Drohungen und Verdächtigungen hindurchzuwinden wußte. Es war ihm sogar gelungen, sich um Partei und SA herumzumogeln.

Dem Bürgermeister tut der schwerbeschädigte Otto Pipendorp leid, und die warmherzige Irene Schlunk hat bei ihm schon lange einen Stein im Brett.

Nun also, in den fünfziger Jahren, lag das Dorf noch immer abseits vom Lauf der großen Welt. Keine Autobahn, keine wichtige Landstraße oder Eisenbahnstrecke führte in der Nähe vorüber. Die Wälder schwiegen und dufteten, wie sie seit je geschwiegen und geduftet hatten. Die Sorge und Arbeit der Menschen des Dorfes gehörte den Feldern und Wiesen und dem Vieh in den Ställen. Die alten Gewohnheiten und Sitten regierten ungebrochen. Die Muskeln der Pferde und Menschen allein lieferten die Kraft, welche die dörfliche Wirtschaft in Gang hielt. Zwar war kurz vor dem Krieg die elektrische Überlandleitung bis nach Babentin vorgestoßen, und elektrische Glühbirnen hatten in den Häusern die Petroleumlampen ersetzt. Aber die weitere Entwicklung war durch den Krieg unterbrochen worden, und im Grunde hielten die älteren Babentiner das elektrische Licht nach wie vor für Luxus. Ziemlich regelmäßig ging man am Sonntag zur Kirche und hörte sich an, was Pastor Friske zu sagen hatte. War etwas Besonderes in der Woche vorgefallen, hatte es Streit oder gar eine Schlägerei gegeben, war einer des Nachts bei der Heimfahrt im Suff vom Wagen gestürzt und hatte sich verletzt, hatte eine Frau den ehelichen Zank auf die Straße getragen oder war ein Kind unehelich zur Welt gekommen, so war die Kirche am Sonntag darauf gewöhnlich vollbesetzt; jeder wollte hören, wie der Pastor mit den Übeltätern abrechnete. Denn so war es mit den Babentinern: sie waren Sünder alle zusammen, aber sie hielten auch dafür, daß der Pastor ihnen von Fall zu Fall ins Gewissen zu reden hatte, ›wie es geschrieben steht‹. Der Polizist spielte keine große Rolle in Babentin; er fand sich auf der untersten Stufe der allgemeinen Rangordnung. Was im Dorfe zu klären war, das erledigten die Leute unter sich oder legten die Sache dem Pastor vor, wenn der nicht schon in der Sonntagspredigt sein Urteil gesprochen hatte.

Gewiß, dieser oder jener fuhr zuweilen nach Bremen oder auch nur nach Hohwede und kaufte ein, was in Babentin nicht zu haben war. Meist nützte man den Einkauf nur als Vorwand: man wollte sich einmal anderen Wind um die Nase wehen lassen. In Babentin gab es eigentlich alles, was man brauchte: einen Schneider, einen Schmied, einen Bäcker, einen Schlachter, Tischler und Zimmermann, Stellmacher und Maurer. Der Schlachter allerdings konnte nicht leben und nicht sterben, denn noch lebte man in Babentin, was die fleischliche Ernährung anbelangte, fast ausschließlich von ›Selbstgeschlachtetem‹. Die Kinder gingen in die alte, finstere Babentiner Schule, lernten Lesen, Schreiben und Rechnen, Erdkunde, Geschichte und Religion, und das gar nicht einmal schlecht, wie sich's immer dann erwies, wenn ein Babentiner in die Welt hinauskam und feststellte, daß er nicht dümmer oder ungebildeter war als die Leute in Bremen oder Hamburg.

2

Der Bauer Peter Oltje war zu seinem Bürgermeisteramt gekommen wie die Jungfer zum Kinde – sozusagen, das heißt, er hatte ›Ja‹ gesagt, ohne die Folgen zu bedenken. Er wußte später selbst nicht mehr genau, wie es sich eigentlich abgespielt hatte. Gegen Ende des Krieges war eine englische Artillerie-Abteilung ins Dorf gedonnert, hatte am Waldrand Stellung bezogen und, ohne daß die erschreckten Babentiner begriffen, worum es ging, einen Nachmittag lang gewaltige Salven in die Luft geballert. Am Tag darauf waren die Soldaten mit ebensoviel Gerassel und Geklirr ostwärts abgerollt. Sie hatten lediglich eine als Plakat gedruckte Warnung hinterlassen, wonach sich niemand weiter als einen Kilometer von seinem Wohnsitz entfernen durfte, und der Besitz von Waffen werde durch sofortiges Erschießen geahndet. Die Babentiner allerdings dachten nicht daran, ihre Waffen beim Gendarmen abzugeben, wie es befohlen war; sie versteckten oder vergruben ihre zwei, drei Dutzend Schießeisen an geschickt ausgesuchten Plätzen.

Als einige Tage später eine Abteilung englischer Feldpolizei ins Dorf drang und sich in der Schule einquartierte, hatte der Gendarm nichts weiter vorzuweisen als zwei Jagdflinten aus dem vorigen Jahrhundert, die eben noch geeignet waren, eine Wand über dem Kamin zu schmükken. Die englische Polizei fragte auch nicht viel danach. Um so mehr interessierten sie sich dafür, wer ein Parteiamt im Dorf bekleidete, wer Volkssturmführer gewesen war und wer sonst als ›wilder Nazi‹ galt.

Für die Babentiner wurde sehr schnell zur Hauptfigur unter den englischen Polizeisoldaten ein gewisser Oberleutnant Gold. Dieser zierliche dunkelhaarige Mann in stets korrekter Uniform sprach zum Erstaunen der Einheimischen ein so blütenreines Hochdeutsch, wie es in Babentin kein Mensch zustande brachte. Ein paar kluge Leute sagten sich bald – und damit hatten sie durchaus recht –, daß es sich bei Gold um einen jüdischen Emigranten handeln müsse, der von Hitler vertrieben worden und nun mit den Truppen der Sieger wiedergekehrt war, um ›aufzuräumen‹. Daß in Deutschland aufgeräumt werden mußte, darüber waren sich eigentlich alle Babentiner, außer den ›wilden‹, einig. Nun mußte sich also jeder, der in Babentin auch nur das geringste bedeutete, bei Gold einfinden und sein Sprüchlein aufsagen. Danach hatte er einen ellenlangen Fragebogen auszufüllen und sich ›bereitzuhalten‹. Oberleutnant Gold vernahm die Babentiner mit einer so schneidenden Höflichkeit, daß ihnen, die dergleichen nicht gewöhnt waren, angst und bange wurde. Zwar war auch nach Babentin die Kunde davon gedrungen, was sich in Konzentrationslagern und anderswo an kaum vorstellbar Grausigem ereignet hatte, auch wußte man natürlich, wie den Juden in der näheren und weiteren Umgebung mitgespielt worden war. Aber was es wahrhaftig damit auf sich hatte, das begriffen die Babentiner erst, als sie dem mit eisiger Unerbittlichkeit fragenden Oberleutnant Rede und Antwort zu stehen hatten. O Gott im Himmel, ja, die ganze blutige Fantasterei des Adolf Hitler und seiner braunen Vasallen hatte sich in faulen Zauber aufgelöst, und nun würde jeder Deutsche die Folgen zu tragen haben, ob er nun mitgewirkt hatte oder nicht.

Oberleutnant Gold machte allen Parteileuten im Dorfe klar, daß die Zeit der Abrechnung gekommen war. Sie alle würden früher oder später in ein Vernehmungslager überführt werden, um sich dort im einzelnen zu verantworten. Einige Tage später wurden sechs Männer und eine Frau auf ein Lastauto geladen und abtransportiert, niemand wußte zunächst, wohin.

Oberleutnant Gold und seine Mannschaft hatten indessen auch noch einer anderen Sorte von Babentinern nachgespürt, solchen nämlich, die unter den Nazis gar nicht glücklich gewesen waren, oder sogar, wie man sagte, mit der Partei ›großen Ärger‹ gehabt hatten. Es stellte sich bald heraus, daß unter den Babentinern vor allem ein Mann aus seiner Ablehnung des ›Tausendjährigen Reiches‹ niemals Hehl gemacht und deshalb sozusagen mit einem Fuß im KZ gestanden hatte. Das, so hieß es allgemein, sei der Bauer Peter Oltje gewesen. Dreimal hatte die Gestapo ihn verhaftet, aber immer wieder hatten dann die Babentiner entschlossen für ihn gutgesagt und ihn herausgepaukt. Der ohnehin nicht begriffsstutzige Oberleutnant Gold erkannte schließlich: die Babentiner mochten sich untereinander mächtig in den Haaren liegen, aber nach außen bildeten sie, wenn es darauf ankam, einen der Ihren zu schützen, sofort eine geschlossene Front. Und da auch die Parteigrößen im Dorf richtige Babentiner waren, hatten sie, wenn auch widerwillig, selbst gegenüber dem Kreisleiter der Partei zusammengehalten, wenn einer der Ihren in Gefahr geraten war.

Peter Oltje war viel zu sehr Babentiner, als daß er nicht selbst der Meinung gewesen wäre, das Amt des Bürgermeisters im Dorfe stünde einem der großen Bauern zu – nicht ihm, einem der mittleren. Aber als Oberleutnant Gold durchblicken ließ, er sei gewillt, seiner obersten Dienstbehörde Peter Oltje als Bürgermeister vorzuschlagen, bestürmten die Babentiner den altvertrauten Querkopf Peter, sich dem Auftrag nicht zu entziehen.

»Was wollt ihr eigentlich«, sagte er zu den Babentinern, »ich bin ja gar nicht ›euer‹ Bürgermeister, sondern Bürgermeister von Mister Golds Gnaden. Aber einer muß es ja schließlich machen, und es ist besser, es macht's einer von uns als ein Fremder.«

Oberleutnant Gold hatte ihm seine Bestallungsurkunde ausgehändigt und mit dem Stempel der Militärregierung versehen, hatte ihm erlaubt, sich irgendwo ein Auto zu requirieren und Benzin zu empfangen und war dann zur Fortsetzung seiner segensreichen Tätigkeit in Richtung Hamburg weitergezogen. Und die Babentiner hatten zum erstenmal seit Menschengedenken einen ›Mittelbauern‹, einen ›Halbhöfner‹ als Bürgermeister. Zum Glück für Babentin kamen Oltjes Zwillinge, Ludwig und Tobias, Anfang 1946 aus englischer Gefangenschaft unversehrt zurück und machten sich mit Begeisterung daran, den väterlichen Hof, den Oltje in Anbetracht seiner bürgermeisterlichen Pflichten nur schlecht und recht hatte versehen können, wieder in Schwung zu bringen. Nun konnte sich Oltje also mit gutem Gewissen seinen Verwaltungs- und Fürsorgepflichten widmen. Er tat es mit so viel Ernst, Eifer und Verstand, daß selbst seine Feinde auf den großen Höfen sich eingestehen mußten: Unter den gegebenen Verhältnissen hätte Babentin keinen besseren Bürgermeister haben können.

Niemand wußte sich zu erklären, am wenigsten Oltje selbst, wie es gekommen war, daß der Bürgermeister bald nicht nur als Vertreter der Besatzungs- und später der Staatsgewalt wirkte, sondern daß er auch in gleichsam seelsorgliche Aufgaben hineinwuchs. An wen aber sollte sich auch ein rat- und hilfsbedürftiger Mensch im Dorfe wenden, wenn er in rechtliche oder moralische Schwierigkeiten geriet oder sein Gewissen ihn nicht schlafen ließ, wenn nicht an den Bürgermeister? Denn die Instanzen, die für dergleichen früher zuständig gewesen waren, hatten abgewirtschaftet: Der Lehrer, der zwar kein Parteiamt innegehabt hatte, saß ebenso im Lager wie die ehemaligen braunen ›Hoheitsträger‹. Und Pfarrer Friske hatte die Welt schon nicht mehr verstanden, als Hitler zur Macht gekommen war. Er sehnte die Pensionierung herbei. Deutschland war eigentlich schon mit dem Ende des Kaiserreiches für ihn vergangen. Dies neue Deutschland der vier Besatzungszonen blieb ihm ein Buch mit sieben Siegeln – ebenso das, was sich an neuen demokratischen Kräften darin regte. Demokratische Kräfte? Es steht geschrieben: Jedermann sei untertan der Obrigkeit. Und damit basta! Obrigkeit waren neuerdings die Siegermächte. Und dann wurde den Deutschen eine weitere Obrigkeit verordnet, die aus verschiedenen Parteien hervorgehen sollte. Parteien, Wahlen, Abstimmungen – das hatte Pastor Friske nie eingeleuchtet. Verstand ist stets bei wenigen nur gewesen, pflegte er zu zitieren. Ja, um bei der Wahrheit zu bleiben, Pastor Friske war kein sehr starker und auch kein besonders kluger Mann. Er hatte sich stets in seinem Amt bemüht, den Auftrag Gottes, so wie er ihn verstand, nach bestem Wissen und Gewissen zu erfüllen, aber allzuviel war dabei nicht herausgekommen. Das leugnete er im stillen Kämmerlein auch vor sich selber nicht ab. Er fühlte sich den oftmals turbulenten Schicksalen und komplizierten Problemen anderer Leute keineswegs gewachsen. Völlig am Ende seines Lateins war er, als nach dem Kriege die vielen Fremden ins Dorf strömten, die allesamt von grausigen Erlebnissen, von unvorstellbar harten Verlusten an Gut und Blut zu berichten wußten. Er zitterte, wenn jemand an die Tür klopfte, um seinen Rat zu erbitten. Er pflegte dann gar nicht richtig zuzuhören, sondern speiste den Bittsteller mit einigen Allerweltsweisheiten oder Bibelzitaten ab, die oft genug mit dem Fall, der ihm vorgetragen wurde, wenig oder gar nichts zu tun hatten. Nein, Pastor Friske war reif für die Pension, sagten sich die Leute im Dorf. Aber vorläufig hatte man keinen anderen, und ohne Pastor konnte nun einmal nicht getauft, konfirmiert, getraut oder begraben werden.

Die Flüchtlinge wußten erst recht nichts mit dem lutherischen Pfarrer Friske anzufangen. Einige waren sogar katholisch, wie Werner Odaffsky und seine Frau, auch Mutter Manschewski. Die Flüchtlinge waren, so hieß es, allesamt ›nicht in der Partei gewesen‹. Was es mit ihnen im fernen Ost- oder Westpreußen, im Warthegau oder in Schlesien wirklich auf sich gehabt hatte, das vermochte in Babentin niemand festzustellen. Im Notfall bestätigten die Zugezogenen sich gegenseitig, schon immer ›dagegen gewesen‹ zu sein. Die eingeborenen Babentiner ärgerten sich darüber und glaubten es den Fremden nicht. Aber auch die Babentiner lernten mit der Zeit, sich untereinander aus alten peinlichen Nazi-Verstrickungen herauszubezeugen.

Bürgermeister Oltje hatte Verständnis für solche Schliche und Pfiffe. Aber er machte auch kein Hehl daraus, daß man besonders den Fremden helfen müßte, denn die hätten alles verloren, wogegen die Babentiner nach wie vor im Fett säßen. Also gewöhnten sich zunächst die Flüchtlinge daran, den Bürgermeister als Helfer und Ratgeber in Seelen- und Leibesnöten aufzusuchen.

Die Flüchtlinge und die jungen Leute im Dorf waren es auch, die später dafür sorgten, daß Oltje wieder und wieder zum Bürgermeister gewählt wurde. Daß Oltje einmal, in ferner Vergangenheit, von einem aus Berlin stammenden Oberleutnant Gold in englischer Uniform eingesetzt worden war, ohne daß ein einziger Babentiner seine Zustimmung oder Ablehnung hätte erklären können, war längst vergessen.

Jetzt also kam es darauf an, den erbitterten Widerstand des alten ›Bücherbauern‹ Ernst Pipendorp gegen die Heirat seines schwerbeschädigten Sohnes Otto mit dem ›Flüchtlingsmädchen‹ Irene Schlunk zu überwinden, ohne daß dabei allzuviel in die Brüche ging.

In Oltjes guter Stube, die dem Bürgermeister, wenn es sich um vertrauliche Angelegenheiten handelte, gelegentlich auch als Amtszimmer diente, saßen drei Männer beieinander, redeten und rauchten bedächtig. Es handelte sich um Mitglieder des Gemeinderates, und zwar um den Bürgermeister selbst, den ehemaligen Major und Gutsbesitzer Odaffsky und den Vorsteher der Landwirtschaftlichen Berufsgenossenschaft, Kurt Hartjens, den Bruder des Gastwirts Fritz Hartjens. Diese drei hatten sich im Laufe der Jahre, die sie nun schon im Gemeinderat zusammenarbeiteten, schätzengelernt. Kurt Hartjens kümmerte sich um die Finanzen des Dorfes. Odaffsky vertrat insbesondere die Belange der Flüchtlinge. Bürgermeister Oltje stand über den Parteien. Unverdrossen versuchte er immer wieder, den Leuten zu ihrem Recht zu verhelfen, mochten sich dabei auch bittere Konflikte ergeben, zwischen arm und reich, klug und dumm, Fremden und Einheimischen.

Die drei Männer waren nicht in ihrer amtlichen Eigenschaft in Oltjes guter Stube versammelt, sonst hätten sie sicherlich im Gemeinderat, der einzigen Behörde des Dorfes, getagt. Da sie sich sozusagen privat bei Oltje trafen, konnten die anderen Ratsmitglieder nicht auf den Gedanken kommen, sie sollten womöglich von einer ›Clique‹ ausgeschaltet werden. Aber genau darum ging es. Die drei klugen Männer wußten jedoch, daß sie jeden Verdacht vermeiden mußten. Sonst schossen Beschwerden, Mißtrauen und Ärger wie giftige Pilze nach einem Regen aus dem Boden und machten jede vernünftige Zusammenarbeit unmöglich. Setzte man sich aber in Oltjes guter Stube zusammen, so ging das niemanden etwas an, zumal wenn man sich erst nach Dunkelwerden traf, und noch dazu an solch einem nebelverhangenen Novemberabend.

Die drei hatten schon eine ganze Weile miteinander geredet, bei Bremer Bier, wie es in Babentin ausschließlich getrunken wurde. Oltje faßte zusammen:

»Wir sind uns also in Sachen Pipendorp einig. Erstens: Der Alte wird nicht zu bewegen sein, der Heirat seines Sohnes Otto mit der Irene Schlunk zuzustimmen. Zweitens: Der Pipendorpsche Hof muß so bald wie möglich einen fleißigen Bewirtschafter bekommen, sonst geht er unweigerlich in die Binsen. Drittens: Der junge Hinrich

Klootmann hat sich von der Gefangenschaft längst erholt, war immerhin für drei Winter auf der Landwirtschaftsschule, traut sich aber nicht recht, die Verantwortung für den Hof zu übernehmen. Der alte Klootmann kümmert sich nur noch um kirchliche Angelegenheiten und hockt ewig mit dem Pastor zusammen. August Schlunk ist ein tüchtiger Landwirt; er regiert auf dem Klootmannschen Hofe, wenn er auch bloß Großknecht ist, so zuverlässig und tüchtig, daß der junge Hinrich Klootmann gar nicht zum Zuge kommt. Auf die Dauer gibt das bestimmt nichts Gutes; die kriegen sich alle drei in die Haare. Was soll nun also geschehen?«

Odaffsky richtete sich auf:

»Ja, meine Herren, ich habe vorgestern die Irene Schlunk abends auf dem Nachhauseweg getroffen. Ihr war das offenbar sehr recht. Wir sind noch ein bißchen auf und ab gegangen. Sie hätte sich mir schon seit längerer Zeit anvertrauen wollen, sagte sie. Um es kurz zu machen: Otto Pipendorp und Irene Schlunk sind sich völlig einig. Sie werden heiraten. Wenn der alte Pipendorp dem Sohn den Hof noch immer nicht abtreten will, dann werden die beiden in die Stadt ziehen, um zu heiraten. Otto wird als Schwerbeschädigter bestimmt eine Stellung beim Landratsamt oder auf der Kreissparkasse bekommen, und für Irene wird sich auch was finden. Dann aber ist die Genossenschaft ihren tüchtigen Buchhalter und Kassierer los und der Vorsteher seine Sekretärin. Und wie« – er wandte sich an Hartjens – »hilft sich dann der Vorsteher der Genossenschaft aus der Bredouille?«

Kurt Hartjens sog so nachdrücklich an seiner Pfeife, daß es gluckerte. Dann klopfte er sie auf dem gläsernen Aschenbecher aus. Für einen Augenblick verbreitete sich im Raum ein strenger Tabaksgeruch. Hartjens steckte die Pfeife in seine Rocktasche. Jetzt wurde es ihm also ernst. Er war kein Mann von vielen Worten. Aber jetzt bewogen ihn seine Sorgen zu einer kleinen Ansprache:

»Hört mal gut zu, Peter und Herr Major, was ich sagen wollte, wir können uns das überhaupt nicht leisten, daß der Pipendorpsche Hof vor die Hunde geht. Ernst Pipendorp steht so hoch bei der Genossenschaft in Kreide, daß sie in ernstliche Gefahr geriete, käme der Pipendorpsche Hof unter den Hammer. Dann müßte die Zentral-Genossenschaft eingreifen, es gäbe einen Riesenkrach, und ich wäre meine Stellung los. Außerdem sind wir ja eben eine Genossenschaft, und die übrigen Genossen könnten haftbar gemacht werden. Es gibt nur eine Lösung: Der Pipendorpsche Hof muß wieder in Gang gebracht werden. Er ist ja nicht der größte, aber zu ihm gehört das beste Land, das wir überhaupt in der Gemarkung haben. Ernst Pipendorp hätte Professor werden sollen, wo er doch so gern dicke Bücher liest. Den Hof hat er verkommen lassen; der ist ganz und gar verloddert. Wir müssen unbedingt dafür sorgen, daß er wieder was einbringt, so daß Pipendorp nach und nach seine Schulden abzahlen kann. Ich werde in den nächsten Tagen zu Ernst Pipendorp gehen und ihm die Hölle heiß machen. Ich werde ihm klipp und klar sagen, daß er keinen Pfennig Vorschuß mehr von der Genossenschaft zu erwarten hat, daß die von ihm abgelieferte Ernte bei weitem nicht reicht, auch nur einen Teil seiner Schulden zu decken, und daß ich ihn schlankweg koppheister gehen lasse, wenn er nicht endlich dafür sorgt, daß der Hof wieder richtig bewirtschaftet wird. Aber das wird bei dem Holzkopp wohl nicht genügen. Du wirst nachhelfen müssen, Peter.«

Der Bürgermeister erwiderte ruhig:

»Das werde ich ganz gewiß tun, Kurt. Pipendorp wird ja toben, aber das soll mir egal sein. Er muß den Hof jetzt an seinen Sohn abtreten. Dann braucht Otto nicht mehr nach ihm zu fragen und kann die Irene Schlunk heiraten. Danach soll Otto den August Schlunk, der ja dann sein Schwiegervater geworden ist, auf den Hof nehmen und die Frau Schlunk dazu, beides fleißige, tüchtige Leute. Die werden sich schon wegen ihrer Tochter und der zu erwartenden Enkel kaputtarbeiten und den Hof wieder rentabel machen. Ich werde dem Alten auch klarmachen, daß er seinen letzten Sohn verliert, wenn er nicht nachgibt. Werde ihn auch fragen, wie er das vor seiner verstorbenen Frau verantworten will!«

Odaffsky gab zu bedenken: »Hoffentlich stellen wir uns das alles nicht zu leicht vor, meine Herren. Es wäre in Babentin das erste Mal, daß ein Sohn von einem großen Hof ein Flüchtlingsmädchen heiratet. Damit wären die bisherigen Verhältnisse auf den Kopf gestellt. Außerdem befindet sich der August Schlunk in einer Zwickmühle, das habe ich längst herausgehört. Einen Hof wie den Pipendorpschen wieder in Gang zu bringen, wäre schon nach seinem Herzen. Aber andererseits hat er mir neulich ein schreckliches Wort gesagt: ›Daß meine Irene, die einzige Tochter, die ich noch habe, einen Krüppel heiraten soll, das will mir gar nicht in den Kopf und meiner Frau erst recht nicht!‹ Ich habe ihm zugeredet wie einem kranken Schimmel, schließlich habe ich ihn gehörig beschimpft. Ob es gewirkt hat, weiß ich nicht. Ich werde noch einmal sehr ernsthaft mit ihm reden müssen und ihm klarmachen, daß Irene stark genug ist, um den schwerbehinderten Mann zu stützen, und daß schließlich Kinder kommen werden, und dann wird alles gut. Und wenn ich mit Schlunk nicht zu Rande komme, werde ich mit der Frau reden müssen. Die versteht ihre Tochter besser als der Vater. Und Schlunk wird ihr schließlich auch gehorchen, davon bin ich überzeugt.«

Damit war eigentlich alles gesagt, was zu sagen war. Jeder wußte, was er in den nächsten Tagen zu tun hatte.

Die drei Männer – wohl die klügsten im Dorf – kamen an diesem Abend noch auf einige andere Dinge zu sprechen:

Heinrich Heinricke, der größte Bauer im Dorf, und natürlich auch Karl Klootmann, der zweitgrößte, hatten sich bei der Firma Hanomag zwei starke Trecker bestellt.

»Dann wird Heinricke sich wohl von seinen Pferden trennen«, meinte Odaffsky. »Schade um die schönen Tiere! Aber Heinricke denkt nur an die Rendite. Er wird die Pferde verkaufen, und dann wird Hundefutter oder Katzenfutter aus ihnen gemacht.«

Kurt Hartjens entgegnete: »Aber Herr Major, es ist doch unausweichlich, daß sich die Bauern motorisieren. Wir kommen hier alle unter den Schlitten, wenn wir nicht Arbeitskräfte sparen. Trecker brauchen nicht morgens früh um viere gefüttert und gestriegelt zu werden. Und der Treibstoff wird von Staats wegen verbilligt. Heinricke hat das längst begriffen, und Klootmann macht es ihm einfach nach. Die andern werden früher oder später folgen müssen.«

Odaffsky ließ nicht locker: »Landwirtschaft ohne Pferde, das kann ich mir gar nicht vorstellen!«

»Ich auch nicht, weiß Gott!« sagte der Bürgermeister.

Aber Kurt Hartjens hatte in der Genossenschaft täglich die Finanzen seiner Bauern vor Augen. Er blieb bei seiner Meinung: »Kinder, Kinder, mit Gefühl ist da nicht viel auszurichten. In ganz Deutschland schuften die Leute wie verrückt und bauen alles aufs modernste wieder auf. In Bremen und Hamburg montieren die Engländer unsere Werften ab – aber wir errichten unsere neuen gleich daneben, und die sind dreimal so leistungsfähig wie die alten! Die Amerikaner wollen uns ihren billigen Weizen liefern und die Neuseeländer ihre billige Butter. In Neuseeland und in Amerika haben die Landwirte längst rationalisiert, und wenn wir hier nicht auch technisieren und automatisieren und die Preise senken, indem wir Kosten sparen und Maschinen anschaffen, um teure Arbeitskräfte zu ersetzen, dann werden wir über kurz oder lang vor die Hunde gehen. Mein Gott, wer hat Pferde nicht gern, und in Babentin hatten wir die schönsten weit und breit. Aber wir haben ja nur die Wahl, ob *wir* leben wollen – oder die Pferde. Und das ist ja wohl in Wahrheit keine Wahl.«

Oltje fragte dagegen:

»Ich möchte aber mal wissen, was aus den kleinen Bauern werden soll, die sich keine Maschinen leisten können. Und was wird aus den Flüchtlingen, die bei den Bauern Quartier und Arbeit gefunden haben, wenn sie auch nicht allzuviel dabei verdienen?«

Aber auch darauf wußte Kurt Hartjens eine Antwort:

»Einige sind ja schon beim Straßenbau beschäftigt. Und andere sind bei der Kleinbahn untergekommen. Und jetzt bauen sie hinter Hohwede auf der grünen Wiese das Elektrowerk. Und dann soll es ja dort auch mächtige Braunkohlenlager geben, die abgebaut werden müssen. Da werden viele Flüchtlinge Arbeit finden und all die Kleinbauern, die nicht mehr hinten hochkommen, auch.«

Der Bürgermeister erhob sich. Es war Zeit zum Nachhausegehen für die anderen; jeder mußte früh wieder aus dem Bett.

»Das paßt mir eigentlich gar nicht«, sagte Oltje, reichlich mißmutig. »Es gefällt mir nicht. Aber was soll man machen!«

Die drei Männer verabschiedeten sich sonderbar bedrückt voneinander.

3

Es war schon spät, sehr spät sogar für Babentiner Verhältnisse, nämlich neun Uhr abends, als Kurt Hartjens, der Vorsteher der Genossenschaft, bei dem Bauern Ernst Pipendorp anklopfte. Er hatte sich angemeldet. Pipendorp saß in der Wohnstube am großen Eichentisch und las in einem dicken Buch mit vielen Illustrationen.

Hartjens hatte die Haustür unverschlossen gefunden, und da niemand auf sein Klopfen geantwortet hatte, war er eingetreten.

Pipendorp hob den Kopf, ohne aufzustehen.

»Da bist du, Kurt. Setz dich hin!«

Kurt Hartjens setzte sich Pipendorp gegenüber an den großen Tisch.

»Willst du etwas zu essen oder zu trinken? Ich glaube, die alte Breden ist noch zu Gange. Sie könnte dir was machen.«

Gleich darauf tat sich die Tür von der Küche her auf, und die ältliche Frau Breden, eine beleibte, langsame Person, wollte wissen, ob der Bauer noch was wünsche. Nein, sie könne gehen. Bier und die Schnapsflasche mit dem Klaren stünden ja auf dem Fensterbrett.

»Na denn, gute Nacht!« sagte die alte Breden und verschwand. Es war zu hören, wie sie über die knarrende Stiege zum Obergeschoß hinauftapste.

Hartjens fragte: »Ist dein Otto schon zu Bett gegangen, Ernst?«

»Bei so scheußlichem Wetter wie heute hat Otto immer Schmerzen im Beinstumpf; dann hilft ihm bloß das warme Bett. Aber davon abgesehen: wir sprechen kaum noch miteinander, seit er sich in den Kopf gesetzt hat, mir diese bettelarme Irene Schlunk aus Oberschlesien oder Westpreußen oder von Gott weiß woher als Schwiegertochter ins Haus zu bringen.«

»Darüber wollte ich gar nicht mit dir reden«, sagte Kurt Hartjens. »Das hat ja wohl auch keinen Zweck. Da beißt man bei dir auf Granit. Geht mich ja auch nichts an, daß du dem Glück deines einzigen Sohnes im Wege stehen willst, Ernst. Aber über etwas anderes muß ich heute mit dir reden, und das geht mich eine Menge an. Und ich sage dir gleich, Ernst, dies ist mein letzter Versuch! Das nächste Mal schreibe ich dir einen Brief und zitiere dich vor den Beirat der Genossenschaft. Dann wird die Geschichte überall breitgetreten und du bist blamiert. Deshalb habe ich mich heute abend trotz des Sauwetters aufgemacht, mit dir noch einmal im Guten zu reden. Sieh, Ernst, du hast Schulden über Schulden. Die Erträge von deinem Betrieb sind von Jahr zu Jahr zurückgegangen. Und kein einziger Großbauer steht bei der Genossenschaft so tief in der Kreide wie du. Wie soll das weitergehen? Sogar Kaufmann Brinkmayer will dir nichts mehr verkaufen. Alles, weil du so viel Kaffee brauchst, habe ich mir sagen lassen. So'n dummes Zeug! Trink lieber mal einen anständigen Schnaps, als ewig dieses Gesöff zu dir zu nehmen, nur damit du nachts wachbleibst und deine Bücher lesen kannst. Ich will heute von dir wissen, wie und wann du deine Schulden zurückzahlen wirst. Auf alle Fälle aber will ich wissen, wie und wodurch dein Hof wieder rentabel zu machen ist, damit er wenigstens für Otto und deine Enkel erhalten bleibt. Du kannst ja nicht einmal mehr die alte Breden bezahlen, die dir die Wirtschaft führt, unzulänglich und schlampig genug, weiß der liebe Himmel!«

Kurt Hartjens hatte sich in einen wilden Zorn hineingesteigert. Das passierte ihm regelmäßig, wenn er etwas Unangenehmes zu erledigen hatte.

Ernst Pipendorp hatte sich die harten Vorwürfe angehört, ohne mit der Wimper zu zucken. Er hatte den Besucher nicht einmal angesehen. Jetzt schlug er das Buch zu und schob es beiseite. Er verzog die Lippen, als hätte er einen schlechten Geschmack im Mund.

»Ein Benehmen habt ihr alle, ihr jungen Leute! Ich werde dir mal was sagen, Kurt Hartjens, hör du man gut zu! Du bist doch wohl kaum fünf oder zehn Jahre älter als mein Sohn – und redest mit mir, als wäre ich einer von deinen Angestellten! Das laß man lieber bleiben! Du bist ja wohl noch Anfang der Nazizeit auf der Schule gewesen. Damals haben sie dir hoffentlich beigebracht, daß Babentin ein alter Ort ist und der Pipendorpsche Hof einer der allerältesten in Babentin, oder vielleicht noch älter als das Dorf selber. Inzwischen sind solche Sachen aus der Mode gekommen. Aber wahr bleiben sie doch. Wenn mein Hof also schon wer weiß wie viele Jahre besteht, und immer war ein Pipendorp drauf, dann wird er ja noch ein weiteres Jahrhundert bestehen, und immer noch wird ein Pipendorp drauf sein. Ihr mit eurem Soll und Haben! Du weißt wohl gar nicht, daß wir das beste Land in der Gemarkung haben, und die Gebäude sind auch noch ganz in Ordnung, und unser Viehbestand ist gar nicht so schlecht. Die Schulden in deinen dummen Büchern, die drücken mich nicht. Was ich dagegen hier auf meinem Hof einzusetzen habe, das ist wer weiß wievielmal mehr wert, als das, was du von mir haben willst. Also rege ich nicht auf! Früher oder später wirst du dein verdammtes Geld schon wiederbekommen, und dann wirst du froh sein, daß ich noch bei dir ein Konto habe, das du führen darfst. Hast du gehört und hast du mich verstanden, mein Junge?«

Ernst Pipendorp wuchtete seine Faust so schwer auf den Tisch, daß die Gläser im Seitenschrank klirrten. Der Vorsteher der Genossenschaft fragte sich einen Augenblick lang bestürzt, ob er sich nicht doch zuviel vorgenommen hatte. Diese Großbauern auf den alten niedersächsischen Höfen mit den zwei Pferdeköpfen am Giebel waren ja wirklich wie die Könige und wurzelten im Lande seit tausend Jahren und mehr. Aber, zum Teufel, das galt auch für die Hartjens. Die waren auch nicht schlechter, wenn auch der Landbesitz, der zu seines Bruders Gastwirtschaft gehörte, ihm nur den Rang eines Halbhöfners verlieh. Und außerdem – Kurt Hartjens richtete sich auf –, außerdem:

»Wenn du nichts Besseres weißt, Ernst Pipendorp, als mit der Faust auf den Tisch zu schlagen, dann kann ich lieber gleich gehen. Ob du dich ärgerst, das ist mir egal, aber ich möchte mit deiner Sache nicht den Ärger haben, der unvermeidlich wäre, wenn dein Hof versteigert würde. Und deshalb rede ich noch einmal weiter. Was nutzt dir das heute, daß die Pipendorps zu Babentin gehören? Das nutzt dir gar nichts! Deinen Hof kann ich schon morgen weiterverkaufen, geteilt oder aufgeteilt. Denn dein Hof, der ist längst nur noch ein Stück Vermögen, das heißt, ein Stück Geld! Wenn du zuviel Geld darauf aufnimmst, dann gehört er nicht mehr dir, sondern dann gehört er vor allen Dingen der Genossenschaft. Nimm doch Vernunft an, Ernst Pipendorp! Ich bin ja nicht gekommen, um dich ans Messer zu liefern, sondern um dich davor zu bewahren! Deine Frau ist tot, leider, kann man nur sagen, die verstand mehr von der Wirtschaft als du. Und damals hast du auch nicht soviel Kaffee getrunken wie jetzt. Ein einziger Sohn ist dir geblieben, der Otto, ein anständiger und fleißiger Kerl, das sehe ich ja jeden Tag bei mir im Geschäft. Aber den Hof kann er nicht mehr verwalten, schwerbeschädigt wie er nun einmal ist, und das nicht nur am Körper, sondern auch an der Seele. Das solltest du eigentlich begreifen. Und du selber – neulich erst hast du's Heinricke zugegeben, als er dich besuchte, an deinem letzten Geburtstag –, du selber hast mit der Landwirtschaft nie viel im Sinn gehabt. Dich hätte dein Vater lieber studieren lassen sollen, aber der hat wahrscheinlich auch gemeint, daß es nichts Großartigeres auf der Welt gibt, als Bauer auf dem Pipendorpschen Hof zu sein. Das stimmt ja vielleicht, aber nur dann, wenn man die Sache ernst nimmt, und du hast sie niemals richtig ernst genommen. Dachtest immer, das läuft von alleine. Auf diesen Hof gehört ein tüchtiger Landwirt, der seinen Kram versteht, möglichst einer in mittleren Jahren. Dazu eine richtige Bäuerin, morgens die erste aus dem Bett und abends die letzte rein! Nimm dies in allem Ernst zur Kenntnis, Pipendorp: Wenn du mir bis zu Heilige Drei Könige im kommenden Januar nicht nachweisen kannst, daß dein Hof in geordnete Verwaltung gekommen ist und daß du die dreckige Breden an die Luft gesetzt hast und daß statt dessen eine vernünftige Frau hier die Zügel in die Hand genommen hat, dann werde ich – das habe ich mit der Zentral-Genossenschaft schon verabredet – die Zwangsversteigerung deines Hofes beantragen. Ich wollte, ich hätte dir das nicht so grob zu sagen brauchen, aber du hast es ja so gewollt.«

Der Bauer saß wie versteinert. In dem zerfurchten, lederbraunen Gesicht glühten die Augen unter den tiefhängenden Brauen, als wollten sie den Besucher aufspießen. Seine beiden Unterarme ruhten mit geballten Fäusten auf dem Tisch. Schließlich konnte er nicht länger an sich halten. Brüllend brach es aus ihm heraus:

»Zwangsversteigern! Einen Pipendorp zwangsversteigern! Du hast ja den Verstand verloren, Hartjens! Das hat's noch nie gegeben, und das wird es auch nie geben! Kein Kaiser und kein Gott kann mich von meinem Land vertreiben! Ich werde dir was sagen, Hartjens! Bis zum Ende des Jahres brauche ich zehntausend Mark, und die wirst du rechtzeitig für mich bereithalten, damit ich mir einen neuen Trecker bestellen kann! Zwangsversteigern! Bist du wahnsinnig? Lieber lasse ich den ganzen Hof in Flammen aufgehen und mich dazu. Irgendwann wirst du dein Geld schon wiederkriegen, und bis dahin ist es deine verdammte Pflicht und Schuldigkeit, dem Hof die nötigen Mittel zu bewilligen. Und jetzt mach, daß du aus dem Hause kommst! Und denk gefälligst darüber nach, wie du mir die zehntausend Mark verschaffst, die ich bis Ende des Jahres brauche!«

Es war kaum zu begreifen, daß in der ausgemergelten Brust des alten Bauern soviel Stimmgewalt steckte. Er hatte sich langsam erhoben und stützte sich, weit vorgebeugt, schwer auf den Tisch, als wollte er sich den Besucher an der anderen Seite greifen und ihn schütteln.

Der Bauer schien nichts vernommen zu haben. Aber für Kurt Hartjens war draußen im Flur ein Stampfen die Stiege herunter hörbar gewesen. Der Bauer hatte seinen donnernden Rausschmiß gerade beendet, als die Tür aufflog und Otto Pipendorp sich an zwei Krücken ins Zimmer schwang. Er trug nur Hemd und Hose. Das leere rechte Hosenbein hatte er in den Gürtel gesteckt; offenbar hatte er schon im Bett gelegen. Er rief:

»Was ist denn hier los? Ein Gebrüll wie auf dem Viehmarkt! Hört sich an, als wolltet ihr euch an den Kragen!«

Der eben noch aus dem Haus gewiesene Besucher hatte seine Beherrschung wiedergewonnen. Auch er hatte sich erhoben und wandte sich nun an Pipendorp, den Sohn:

»Gut, Otto, daß du kommst. Mit deinem Vater ist nicht zu reden. Damit du es gleich weißt, und ohne jede Beschönigung: Der Pipendorpsche Hof ist so gut wie ruiniert, und wenn ich nicht die feste Zusicherung bekomme, daß hier fortan vernünftig und sparsam gewirtschaftet wird und daß obendrein ein tüchtiger Landwirt und eine zuverlässige Bäuerin ins Haus kommen, dann muß ich die Zwangsversteigerung beantragen, ob ich will oder nicht. Sonst komme ich selber in des Teufels Küche. Und der erste Schritt besteht darin, Otto, daß dein Vater dir den Hof endgültig überschreibt. Ohne Vorbehalt!«

Otto stakste an das Kopfende des Tisches, ließ seine Krücken auf die Tischplatte klappern und nahm mühsam auf dem breiten Stuhl Platz, der eigentlich dem Vater gebührte. Er faltete die Hände vor sich und sprach wie zu den Händen hinunter:

»Ja, Vater, daß erst ein Fremder dir das sagen muß! Ich habe ja oft genug versucht, mit dir zu reden, und heute abend gehe ich noch einen Schritt weiter, damit du genau weißt, wie es mit mir steht. Mir ist es egal, ob dieser Hof zum Teufel geht oder nicht. Wenn nicht hier auf dem Hof, dann heirate ich in Hohwede oder in Bremen Irene Schlunk, und Babentin sieht mich nie wieder. Noch ist ja der Hof nicht mein Hof, und für die Schulden hast allein du geradezustehen. Wenn du keine Vernunft annimmst, Vater, dann will ich nicht für deine Unvernunft büßen müssen. Dies ist das letzte Mal, daß ich mit dir rede, und ich glaube, auch Hartjens hat keine Lust, sich noch einmal anbrüllen zu lassen!«

Kurt Hartjens, der selber heranwachsende Kinder besaß, spürte bei diesen harten Worten des Sohnes zum Vater eine merkwürdige Schwäche in den Knien. Er trat zwei Schritte zurück und setzte sich auf einen der Stühle, die an der Wand standen, ganz im dämmrigen Hintergrund des Zimmers. Von dort her sprach er noch einmal – aber mit so veränderter, ganz gedämpfter Stimme, als säße in der Ecke ein anderer Mensch. Das kam so unerwartet, daß selbst der verstockte alte Bauer aufhorchen mußte. Auf diese schlicht menschlichen, freundschaftlichen Worte mußte er hören.

»Onkel Ernst – so haben wir dich alle genannt, als wir noch Kinder waren –, Onkel Ernst, weder dein Otto noch ich wollen dir was Böses. Aber wenn du weiter so starrköpfig bleibst, dann wirst du nicht nur deinen Hof, sondern auch deinen Sohn verlieren. Wenn du aber den Hof auf Otto überträgst, so daß dein Sohn in Zukunft die Verantwortung dafür hat, dann will ich zusehen, daß ich dir im Beirat noch einmal die zehntausend Mark durchsetze. Der Beirat wird große Bedenken haben, das weiß ich schon jetzt. Aber wenn ich auf deiner Seite bin, werden sie dir letzten Endes das Geld nicht verweigern. Du hast dich lange genug geplagt, Onkel Ernst! Sei doch zufrieden, daß du dich ins Altenteil setzen kannst. Dann kannst du die Sorgen den anderen überlassen und dich endlich mit gutem Gewissen deinen Büchern widmen. So, mehr habe ich nicht zu sagen.« Hartjens erhob sich schwerfällig, griff nach seiner dicken graugrünen Joppe und wandte sich zur Tür. »Macht's gut, ihr beiden!«

Die Zimmertür fiel hinter ihm zu, und wenige Sekunden später mit hartem Schlag auch die Haustür.

Für ein paar Sekunden schwiegen Vater und Sohn. Dann murmelte der Alte:

»Du hast mir also nichts weiter zu sagen, Otto?«

»Nichts!«

Und dann fiel auch hinter Otto Pipendorp die Tür ins Schloß, die hölzerne Stiege stöhnte unter seinem Gewicht. Jedesmal, wenn er den verbliebenen Fuß, gestützt auf die Krücken, auf die nächsthöhere Stufe setzte, dröhnte es durch das stille Haus.

Der Bauer blieb allein. Zu einer klaren Überlegung war er kaum noch fähig. Nur ein Gedanke ließ ihn nicht los: Wenn doch bloß Erna noch lebte...

Aber Erna lebte längst nicht mehr. Sie hatte ihrem Mann zur Seite gestanden, hatte ihm Kinder geboren und hatte versucht, seine Fehler und Unzulänglichkeiten auszugleichen. Nun lag sie schon seit Jahren unter der Erde.

Schon am nächsten Vormittag erfuhr der Bürgermeister in allen Einzelheiten, was sich ereignet hatte. Oltje hatte auf der Genossenschaft Kunstdünger bestellen müssen und sich im übrigen nach einem dieser neuen elektrischen Zäune für Kuhweiden erkundigen wollen. Kurt Hartjens hatte den Bürgermeister vom Fenster des Vorsteherbüros aus gesehen und ihn hereingebeten. Als Oltje das Büro betreten hatte, einen nüchternen Raum mit hölzernen Schränken, ebensolchen Regalen und Stellagen, dazu einem Schreibtisch und einem Telefon, schloß Hartjens hinter dem Besucher die Tür. Das war für alle Arbeiter und

Angestellten der Genossenschaft ein Zeichen, daß er nicht gestört werden wollte.

Nachdem der Vorsteher ausführlich berichtet hatte, fragte der Bürgermeister:

»Glaubst du, Kurt, daß Pipendorp Vernunft annehmen wird?«

»Das weiß der liebe Himmel, Peter Oltje! Ich weiß es nicht. Der hat einen verdammt harten Schädel. Und sein Sohn hat ihn auch, das habe ich gestern gemerkt.«

»Haben wir alle, Kurt. Oder ist dir das was Neues? Aber was hältst du davon, Kurt? Soll ich bei den Pipendorps noch einmal hinterherbohren? Oder hat dein gestriger Auftritt genügt?«

Der Vorsteher wehrte ab:

»Hat genügt. Bleib du lieber aus dem Spiel! Man muß jetzt Pipendorp ein paar Tage Zeit lassen. Es dauert ja immer eine ganze Weile, bis so was unseren Leuten unter die Haut gegangen ist. Aber vorsichtshalber sollte Odaffsky bald mit Schlunk reden, ob von dessen Seite alles in Ordnung geht. Denn schließlich, Peter Oltje, seien wir doch ehrlich, es kommt uns doch in erster Linie darauf an, daß der Pipendorpsche Hof wieder vernünftig bewirtschaftet wird. Otto kann das nicht, mit seinem einen Bein. Der Pipendorpsche Hof soll pipendorpisch bleiben. Wenn August Schlunk Ottos Schwiegervater wird, schlagen wir zwei Fliegen mit einer Klappe. Erstens: Schlunk bekommt eine Aufgabe, die ihm auf den Leib geschrieben ist; als Knecht bei Klootmann ist er eigentlich zu schade. Und zweitens: Ottos Sohn – Otto wird schon einen bekommen, irgendwann! – der erbt dann einen hoffentlich wieder gesunden Hof.«

Der Bürgermeiser erwiderte:

»Ja, so ist das wohl, Odaffsky muß mit Schlunk vertraulich alles Notwendige besprechen. Wir können von Glück sagen, Kurt, daß wir mit den Flüchtlingen einen so vernünftigen Menschen wie Odaffsky ins Dorf bekommen haben. Der würde übrigens aus dem Pipendorpschen Hof auch etwas zu machen wissen.«

Der Vorsteher schüttelte den Kopf.

»Sicherlich würde er das, aber er nähme den Auftrag nicht an. Odaffsky bekommt jetzt eine Pension. Groß ist sie nicht, aber immerhin macht sie ihn und seine Frau unabhängig. Sie brauchen nicht mehr überall herumzuverdienen. Aber Odaffsky hat kein Talent zum Pensionär. Mehr oder weniger hat er sich mit seinem kleinen Textilhandel schon selbständig gemacht. Der will auch wieder unabhängig sein, wie er es früher gewesen ist. Denn bei ihm glaube ich, daß alles stimmt, was er von seiner Vergangenheit erzählt.«

»Nein, der erzählt keine Märchen. Darüber sind wir uns einig. Komisch ist das ja: viele Leute sagen immer noch ›Herr Major‹ zu ihm. Er aber sagt zu allen Leuten ›du‹. Er denkt wohl, daß sie ihn auch duzen werden. Aber ich glaube, das kommt nie. Warum auch? Es ist schon ganz in Ordnung, wie es ist.«

Als Odaffsky am nächsten Sonntagnachmittag den Schneeregen von seinem Mantel abklopfte und die niedrige Wohnstube in dem kleinen Beihaus betrat, das die Schlunks auf dem Klootmannschen Hof bewohnten, räumte Irene Schlunk gerade den Kaffeetisch ab. Sie war ein vollerblühtes Geschöpf, neigte ein wenig zur Üppigkeit, aber einer angenehmen, verführerischen. Ihr dunkelblondes Haar bauschte sich ein wenig um den schön geschnittenen Kopf mit den freundlichen braunen Augen. Die Leute blickten Irene gerne an und lächelten dann, ohne zu wissen warum.

Der Besucher wurde herzlich, doch mit einem gewissen Respekt, von Vater, Mutter und Tochter Schlunk willkommen geheißen: »Sie trinken doch eine Tasse Kaffee, Herr Major? Sie müssen auch Irenes Kuchen probieren, der ist ihr nämlich diesmal ganz besonders gut gelungen!«

Eine Tasse konnte Odaffsky nicht ausschlagen, obgleich er schon seinen Kaffee getrunken hatte. Man sprach ein Weilchen hin und her.

Schlunk berichtete, umständlich wie gewöhnlich, daß er die Zeit bis zum Frost dazu benutze, ein Stück Unland von Klootmanns Schafweide urbar zu machen. Mit Klootmanns neuem Trecker gehe das großartig, man schaffe damit soviel am Tag, wie früher zehn Mann nicht hätten ausrichten können.

»Klootmann hat mir neulich erzählt, daß sein Vater immer gesagt hat: acht Jahre dauert es, bis ein Stück urbar gemachte Heide wirklich Frucht bringt. Und jetzt? Neulich hat der Bauer von dem Stück, auf dem ich mich abarbeite, Erdproben nach Oldenburg an das Amt geschickt, und schon jetzt haben sie ihm mitgeteilt, welcher Kunstdünger dafür der beste sein wird. Und wenn er dann das Zeug rechtzeitig ausstreut und der Boden einigermaßen durchgelüftet ist nach der Umarbeitung, dann kann er schon nächstes Jahr eine mittlere Ernte von Roggen oder Kartoffeln einbringen. Das ist doch fast wie ein Wunder, meinen Sie nicht auch, Herr Major?«

Ja, so war es. Odaffsky hatte sich schon mehr als einmal gesagt: Mit richtig ausgewähltem und in der richtigen Dosis ausgestreutem Kunstdünger kann man aus dem Sand der Heide jede beliebige Ernte herausholen. Die Bauern haben hier alle viel Land, aber es war bis in die letzten Jahrzehnte nichts weiter als ärmliche Schafweide, oder eben gerade gut genug für ein bißchen Buchweizen oder Hafer. Jetzt aber sichert ihnen der Kunstdünger ohne jedes Risiko so reichliche und gute Frucht, als wäre der Boden hier herum nicht Sand, sondern schwarze Marscherde. Sehr schnell von Verstand sind die Leute hier nicht. Sie fangen erst an zu begreifen, daß aus jedem Morgen Unland beinahe im Handumdrehen, wenn nur genügend Regen fällt, eine gute Ernte herausgewirtschaftet werden kann. Plötzlich sind sie reich geworden. Neugierig kann man darauf sein, ob das den Heidebauern gut bekommen wird.

Überlegungen wie diese beschäftigten Odaffsky schon eine ganze Weile. Als die grobe Wolle der Heideschafe, der Heidschnucken, kaum noch abzusetzen war, und auch der Hirsebrei des deutschen Märchens, der Buchweizen, den Leuten in den Städten nicht mehr schmecken wollte, war den Heidebauern als rettender Engel die moderne Chemie erschienen und hatte ihnen mit Kali und Phosphat, mit Stickstoff, Düngekalk und anderen unscheinbaren Pülverchen die Zaubermittel in die Hand gespielt, ihre armseligen Böden in Gärten der Fruchtbarkeit zu verwandeln. Der Major Odaffsky, ein nachdenklicher und gebildeter Kopf, der in Oberschlesien seinen nicht allzu großen Besitz als Musterbetrieb geleitet hatte, war sich über diese Zusammenhänge eher klar geworden als die Bauern von Babentin, die es unmittelbar anging. August Schlunk sagte also dem Major nichts Neues.

Odaffsky war indessen nicht gekommen, um sich mit August Schlunk über Kunstdünger, Sandböden und starke Traktoren zu unterhalten. Jedoch kam Schlunk vorweg auf ein anderes Thema. Er fragte, ob Odaffsky aus seinem Textilienangebot wohl auch Bettwäsche in guter Qualität zu verkaufen hätte.

»Ja, August, komm nur herüber in den nächsten Tagen, abends nach 8 Uhr irgendwann, dann bin ich mit Sicherheit von meiner Tagesfahrt zurück. Bring deine Frau mit, die weiß wohl besser Bescheid mit solchen Sachen. Ich habe gute Ware preisgünstig anzubieten.«

Obwohl es um sein Geschäft ging, verspürte Odaffsky keine Lust, jetzt den Textilienhandel zu erörtern, der sich, halb gegen seinen Willen, in den Jahren nach dem Kriege zunächst aus dem Schwarzhandel entwickelt hatte, den er notgedrungen hatte betreiben müssen, um sich über Wasser zu halten und langsam wieder zu Geld zu kommen. Odaffsky war in vielen Sätteln gerecht. Er wollte nicht in der Stadt wohnen, wollte sich nicht in eine Abhängigkeit als Arbeiter oder Angestellter begeben; er wollte auf dem Lande bleiben, wo er sich allein wohlfühlte und wo er irgendwann wieder festen Boden unter die Füße bekommen würde.

Odaffsky hatte überall im Dorf bei den Leuten ausgeholfen, wo er verlangt wurde und wo man ihn mit Nahrungsmitteln gut bezahlte oder auf andere Weise schadlos hielt. Nach der Währungsreform allerdings hatte er sich nur auf Handel gegen Geld eingelassen, sofort begreifend, daß Unabhängigkeit und Selbständigkeit fortan nur noch mit Geld zu erhalten waren. Die Eingesessenen sowohl wie die Flüchtlinge waren ihm dankbar, daß er es verstand, ihnen Dinge zu bringen, die sie lange entbehrt hatten. Lieferanten in Oldenburg, Bremen oder Hamburg wußte er sich durch prompte Bezahlung geneigt zu machen. Seine Frau hatte ihm hilfreich zur Seite gestanden, hatte Buch geführt und mit den Vertretern verhandelt, wenn er unterwegs war. Ohne es eigentlich geplant zu haben, war Odaffsky zum Textilhändler auf dem Lande geworden.

Doch heute ging es ihm nicht um seine Textilien. Er wollte zur Sache kommen.

»August, ich will etwas Wichtiges unter vier Augen mit dir besprechen. Es wäre vielleicht gut, wenn deine Frau und deine Tochter uns für eine halbe Stunde allein ließen. Sonst würde ich wohl sagen: wir wollen einen Gang durch die Felder machen, da sind wir ungestört, aber bei diesem Wetter ist daran nicht zu denken.«

Frau Schlunk, Hertha, geborene Mikuleitis aus Masuren, zeigte sich keineswegs beleidigt.

»Na, ihr Männer, wer weiß, was das wieder für Geheimnisse sind! Aber wir müssen sowieso noch die Kammer und die Küche aufräumen. Also redet ihr nur! Komm, Irene!«

Odaffsky hielt sich nicht lange bei der Vorrede auf.

»August, du hast eine gute Frau und eine ansehnliche Tochter. Ansehnlich ganz bestimmt! Jeder sieht Irene gern an, und sie ist tüchtig in ihrer Stellung; sicherlich verdient sie auch gut Geld. Bürgermeister Oltje, Kurt Hartjens und ich, wir haben neulich ausführlich über Irene und über euch Schlunks im allgemeinen gesprochen. Und natürlich auch über den Pipendorpschen Hof. Da wird's wohl bald einen großen Knall geben, wenn das nicht mit Gottes und der Genossenschaft Hilfe noch gerade so eben abgewendet werden kann. Und in dieser Hinsicht haben wir dir eine wichtige Rolle zugedacht, August. Es ist dir bestimmt nicht verborgen geblieben, daß Otto Pipendorp und deine Tochter Irene sich längst einig sind. Aber manchmal wissen die Eltern weniger von ihren Kindern als alle anderen Leute. Wie stehst du denn dazu?«

Dem August Schlunk, einem beweglichen, manchmal sogar allzu beweglichen Mann, war es gar nicht recht, so ohne Umschweife nach einem eindeutigen Urteil gefragt zu werden. Aber dem Major durfte er nicht ausweichen. Der Major war der Vornehmste unter den Flüchtlingen; außerdem gehörte er zum Gemeinderat und war damit auch für die Einheimischen zu einer sozusagen amtlich bestätigten Würde gelangt. August Schlunk drehte für ein Weilchen den Kaffeelöffel zwischen den Fingern. Dann begann er, sich umständlich zu erklären:

»Es gibt einige Leute, Herr Major, die da glauben, wir Schlunks müßten uns glücklich schätzen, daß unsere Irene den Sohn von einem unserer großen Höfe heiraten kann. Meine Frau und ich, wir sind aber ganz anderer Meinung. Erstens hat der alte Pipendorp mehr Schulden als Haare auf dem Kopf, das weiß wohl jeder. Und zweitens kann Otto Pipendorp den verlotterten Hof nicht wieder in die Höhe bringen, weil er dazu körperlich gar nicht in der Lage ist; er ist ja nicht umsonst ins Büro gegangen. Und da bin ich auch schon beim eigentlichen Grund, weswegen wir gar nicht glücklich sind. Um es grob herauszusagen, Herr Major, wir hätten es lieber, wenn Irene keinen Krüppel heiratet. Ein Mann ist der Otto ja geblieben, so daß meine Frau und ich auf Enkel rechnen könnten. Aber so schwerbeschädigte Männer leben nicht sehr lange oder werden bettlägerig, und was hätte Irene für eine Last, wenn sie den kranken Krüppel dauernd versorgen müßte und vielleicht noch einige Kinder, womöglich dazu einen bankrotten Bauernhof? Nein, nein, Herr Major, wir haben nur Irenes Wohlergehen im Sinn. Wir möchten sie gern davon abbringen, den Otto zu heiraten. Und wenn Sie uns einen Gefallen tun wollen, dann sollten auch Sie der Irene empfehlen, sich den Gedanken, Frau Pipendorp zu werden, aus dem Kopf zu schlagen.«

Odaffsky sagte sich: Das hätte ich mir denken können! Irene ist das einzige, was den beiden geblieben ist. Sie wollen die Tochter nicht einem schwerbeschädigten Mann anvertrauen, der nichts weiter hinter sich hat als eine knappe Versehrtenrente, ein mageres Angestelltengehalt und einen hochverschuldeten Hof. Ich muß versuchen, Schlunk zu bestechen.

»August, ich glaube, daß du die Zusammenhänge nicht richtig überschaust. Es handelt sich für uns, das heißt für den Bürgermeister und den Genossenschaftsvorsteher, und für mich auch, nicht nur um Irene und Otto, sondern auch um dich und deine Frau, und ein bißchen auch um den Pipendorpschen Hof und den alten Pipendorp. Sieh mal: Hinrich Klootmann, der 1949 aus russischer Gefangenschaft gekommen ist, der macht sich ganz gut, will sicherlich auch mal heiraten und wird dann hier auf dem Hof regieren. Du, August, bist mir eigentlich zu gut, um dann bei dem Hinrich Klootmann, der beinahe dein Sohn sein könnte, den Großknecht zu machen. Andererseits, wenn Irene den Otto heiratet, wärst du doch der Vater von der Bäuerin auf dem Pipendorpschen Hof. Und da dein Schwiegersohn dort wegen seiner Behinderung nicht wirtschaften kann, könntest du mit deiner Frau hier beweisen, daß wir im Osten schon seit Jahren bessere Landwirte gewesen sind als die Leute hier. Der alte Pipendorp muß aufs Altenteil, das ist beschlossene Sache, und wenn wir ihn mit Gewalt dazu zwingen müßten. Und du könntest das Pipendorpsche Besitztum verwalten, als wäre es dein eigenes. Alles, was du und deine Frau leisten, kommt dann deiner Tochter und dem Schwiegersohn zugute und letzten Endes den Enkeln, deinen Enkeln, August! Und irgendwann kämst du schließlich aufs Altenteil mit deiner Frau und wärst bis an dein Lebensende gesichert. Otto, meine ich, ist ein vernünftiger Mensch. Er würde es dir danken, wenn du seinen Hof wieder auf Hochglanz bringst, und die Genossenschaft, das kann ich dir wohl zusichern, und dazu auch die Kreissparkasse – sobald die sehen, daß es auf dem Pipendorpschen Hof wieder vorangeht, würden sie dir bestimmt so lange unter die Arme greifen, bis der Hof wieder Gewinn abwirft und die Verschuldung dann auch von Jahr zu Jahr zurückgeht.

Und noch eins, August: Wenn du denkst, daß zwischen Otto und Irene noch was rückgängig zu machen ist, dann irrst du dich! Die beiden werden zwar versuchen, sich nach den Wünschen ihrer Väter zu richten, aber nur bis zu einer gewissen Grenze. Schließlich sind sie erwachsen und müssen selber wissen, wie sie sich ihr Leben einrichten wollen.«

August Schlunk blickte mit zusammengekniffenen Brauen ins Ungewisse. Auch Odaffsky rührte sich nicht; er mußte Schlunk Zeit lassen, die Vorschläge, die er ihm gemacht hatte, gründlich zu bedenken.

Man konnte dem August Schlunk nicht nachsagen, daß er langsam von Begriff wäre. Auch jetzt faßte er sich nach wenigen Sekunden. Allerdings mußte er sich erst heftig räuspern, ehe er sprechen konnte. Mit belegter Stimme sagte er:

»Alles ganz schön und gut, Herr Major. Aber der alte Pipendorp würde sich ständig einmischen und meiner

Irene, also seiner unerwünschten Schwiegertochter, und erst recht meiner Frau und mir das Leben auf dem Hof zur Hölle machen. Der Plan ist fein ausgedacht, Herr Major, aber viel zu schön, um wahr zu werden.«

Schlunk hatte, das war klar, die schwache Stelle erkannt. Odaffskys Gegenargument klang nicht sehr überzeugend:

»Ich glaube, daß Otto dir schon den Rücken freihalten könnte, wenn der Alte erst auf dem Ausgedinge sitzt. Und noch etwas anderes, August: Deine Tochter Irene ist eine so warmherzige und liebenswürdige Person, daß sie selbst diesen alten Griesgram und Bücherwurm aufheitern würde. Der wird, wenn der erste Schock erst einmal vorbei ist, noch glauben, daß er das Große Los gezogen hat! Überleg's dir, August, ich verabschiede mich gleich hier von dir. Sag den Frauen einen schönen Gruß. Es ist das beste, du ziehst sie beide ins Vertrauen. Aber bedenke, August, die ganze Geschichte muß noch vor Weihnachten zum Klappen kommen. Die Genossenschaft wartet bestenfalls bis eine Woche nach Neujahr; dann will sie den alten Pipendorp zum Offenbarungseid laden. Der Genossenschaft bleibt gar nichts weiter übrig, und bei der Kreissparkasse wird Pipendorp auch noch in der Kreide stehen. Also schieb die Geschichte nicht auf die lange Bank, August. Guten Abend!«

August Schlunk hatte sich mit dem Besucher erhoben und reichte ihm wie geistesabwesend die Hand. Odaffsky mußte sich seinen Weg zur Haustür selber suchen. Er tappte durch Schnee und Dunkelheit davon.

4

Unter den Flüchtlingen, die der Krieg nach Babentin verschlagen hatte, gab es manchen, der den Lauf der Welt besser und schneller begriff als die eingesessenen Babentiner. Im Osten des Reiches, das es nicht mehr gab, hatten sich die ungeheuren Veränderungen, die der Weltkrieg bewirkt hatte, auch im Dasein jeder einzelnen Familie vollzogen. Die Menschen waren entwurzelt und auf die große Wanderung nach Westen gejagt worden. Anton Biegert, einer derjenigen, die der Zufall in Babentin auf Grund gesetzt hatte, pflegte zu sagen:

»Uns hat man's eingeprügelt: Was ist, kommt nicht wieder, und was sein wird, ist ganz anders!«

Die Biegerts hatten nicht allzu weit von Thorn am Rande der Weichselniederung in einem Siedlungsdorf gesessen, waren nach ostdeutschen Begriffen nur Kleinbauern gewesen, allerdings auf gutem Boden und mit fetten Weiden in der Niederung.

Als gegen Ende des Krieges der Geschützdonner immer näher rückte, als sich die Beteuerungen der Parteigrößen, der Führer sei nach wie vor Herr der Lage, als fauler Zauber erwiesen, als lügnerisch und bösartig dazu, hatten Anton Biegert und seine Frau Anna die beiden kleinen zähen Pferde vor den Leiterwagen gespannt, hatten hastig aufgeladen, was ihnen für eine weite Reise ins Ungewisse notwendig schien, hatten ihren geliebten Nachkömmling, die drollige dreijährige Ludmilla, ins Stroh gepackt und waren mit ihren beiden halbwüchsigen Söhnen, dem älteren Max und dem jüngeren Stephan, nach Westen gezogen, um erst in Babentin ans Ende, wenn auch nicht ans Ziel der hoffnungslosen Fahrt zu gelangen. Denn ein Ziel hätten die Biegerts ja gar nicht nennen können. Sie wußten nur, daß ihre alte Welt eingestürzt war und nie wieder auferstehen würde.

Anton Biegert aus Richnau im Landkreis Thorn hatte nie dazu geneigt, sich ein X für ein U vorzumachen. Was ihn auszeichnete, war eine manchmal geradezu bestürzende Nüchternheit, die sich mit völliger Humorlosigkeit verband. In Babentin begriff er schnell, was die Glocke geschlagen hatte. Alles Land war vergeben; freien Boden, den man beackern konnte, gab es nicht mehr; und wenn die Eingesessenen überhaupt geneigt waren, Land zu veräußern, dann wiederum nur an Eingesessene. Für die meisten Bauern blieben die Fremden im Dorf ›die Fremden‹. Es gab im Dorf zwei Familien, von denen die eine vor etwa hundert Jahren, die andere vor mehr als zweihundert Jahren zugewandert war – beide waren noch immer nicht in Babentin richtig zu Hause, das heißt, sie waren es, aber die ›richtigen‹ Babentiner erkannten ihnen insgeheim das Heimatrecht ab.

Anton Biegert hatte sich also, nachdem er anfangs im Schulhaus untergekommen war (die Kinder wieder zur Schule zu schicken, daran war damals noch gar nicht zu denken), entschlossen, seine Pferde zu verkaufen, die bis dahin bei dem Voll- oder Großbauern Heinricke untergestellt gewesen waren und gearbeitet hatten – genauso wie ihr Besitzer Anton Biegert, meistenteils. Biegert ließ sich aber nicht in Geld ausbezahlen, denn Geld war damals nichts wert, sondern in Speck, in Fleisch, in Wurst und anderen kräftigen Nahrungsmitteln. Er wollte nicht mehr bei einem Bauern unterkriechen, der ihn und die Seinen unentwegt zur Arbeit heranzog, ohne sie angemessen zu entschädigen. Biegert hatte sein Auge auf ein kleines Jagdhaus geworfen, das sich am Rande der dörflichen Feldmark unter die hohen Bäume des mächtigen Babentiner Waldes duckte. Der Forst erstreckte sich beinahe ununterbrochen bis an die Grenze von Hohwede. Das Häuschen hatte einem hohen Bremer Finanzbeamten gehört;

der war schwer verwundet aus dem Krieg heimgekehrt und hatte obendrein Amt und Würden verloren, da man ihm enge Beziehungen zur Nazipartei nachsagte. Als Biegert ihm den Vorschlag machte, sein Jagdhaus gegen eine beträchtliche Menge guter und dauerhafter Nahrungsmittel abzutreten, vermochte der ohnehin geschlagene Mann im hungernden Bremen nicht zu widerstehen. Die Jagdhütte ging also in den Besitz von Biegert über. Das war ein gutes Geschäft gewesen, denn noch fast die Hälfte der für seine Pferde eingetauschten Nahrungsmittel hatte er für sich und seine Familie zurückbehalten können.

Biegert wurde so zum ersten der Flüchtlinge im Dorf, die wieder ein eigenes Dach über dem Kopf hatten. Die versteckte Lage des Hauses bot weitere Vorteile. Man konnte ein wenig wildern, ein paar Hasen oder Kaninchen in der Schlinge fangen; man konnte, wenn die Gerste oder der Hafer reiften, ein wenig vorweg ernten, und das so gewonnene frische Korn sowohl zur eigenen Ernährung wie auch zum Schnapsbrennen benutzen; man konnte, wenn die Kartoffeln geerntet und zu Mieten zusammengefahren wurden, einiges abzweigen, sagen wir je einen Zentner von den weit verstreuten Mieten, solange sie noch nicht zugedeckt waren, was dann kein Bauer merkte. Aus dem so zusammengekarrten Vorrat ließ sich über Winter ein Schwein füttern oder auch zwei, die dann, schwarz geschlachtet, den Speisezettel der Familie Biegert aufs nahrhafteste ergänzten.

Solch ein zwar außerhalb der Gesetzlichkeit stehendes, aber in der damaligen Zeit durchaus nicht ehrenrühriges Verhalten bedeutete jedoch keineswegs, daß die Biegert-Familie darauf aus war, sich auch in Zukunft auf schiefe Weise zu bereichern und dem Herrgott den Tag zu stehlen. Ganz im Gegenteil! Anton Biegert stand als überaus tüchtiger Arbeiter, ebenso wie seine Frau, bei allen Bauern in hohem Ansehen. Auf ihn konnte man sich verlassen. Auch seine beiden heranwachsenden Söhne wurden von den Eltern angehalten, sich gegen Entgelt zu betätigen, sei es, daß sie für Hentzel das Vieh auf die Weide trieben, sei es, daß sie Klootmann jeden Abend beim Schweinefüttern halfen oder beim Gastwirt Fritz Hartjens den Gemüsegarten umgruben und in Ordnung hielten.

Biegert hatte also seine Familie ganz leidlich durch die üblen Jahre gebracht, hatte sich auch bei den eingesessenen Babentinern ein gewisses Ansehen erworben, stand aber merkwürdigerweise mit anderen Flüchtlingen auf dem Kriegsfuß. Biegert blickte nach vorn und nicht nach hinten. Das nahm ihm mancher übel. Wenn die Flüchtlinge untereinander barmten, wie herrlich sie es in der verlorenen Heimat gehabt hätten und wie übel sie nun in Babentin dran wären, dann warf er auf seine knochentrockene Art dazwischen:

»Ach was! In Pommern oder in Schlesien hat's ja wohl überhaupt keine Nazis gegeben, wenn man den Leuten hier zuhört. Und in Pommern und Schlesien, da war ja wohl alles Gold und Fettlebe! Da war alles blütenweiß, und hier ist alles rabenschwarz. Ich will euch was sagen: Früher war alles grau, und jetzt ist auch alles grau! So ist das Leben, ihr Leute!«

Die Währungsreform, die im Jahre 1948 von den westlichen Siegermächten dem deutschen Volk verordnet worden war, hatte sich bald als eine höchst heilsame Pferdekur erwiesen. Anton Biegert hatte das sofort begriffen. Sein Vater hatte ihm oft genug von der Währungsreform nach dem Ersten Weltkrieg erzählt und wie sich danach im Handumdrehen die Verhältnisse gewandelt hätten. Das hatte er nicht vergessen.

Als verkündet wurde, daß am Stichtag jedermann in Deutschland nur noch 60 Mark – neue D-Mark! – zur Verfügung haben würde, sagte Anton Biegert zu seiner Frau:

»Anna, jetzt kommt es drauf an! Ab sofort hat das Geld wieder Wert, und der elende Handel mit Zigaretten,

Speck und Kartoffeln ist vorbei. Jetzt gilt nur noch eins: Arbeit gegen Geld, und dann sparen! So kommen wir wieder zu was!«

Anna Biegert hatte in ihrer Ehe oft genug festgestellt, daß man sich auf Antons gesunden Menschenverstand verlassen konnte. Sie sagte:

»Unsere Jungens dürfen nicht mehr für ein paar Liter Milch oder ein paar Zentner Rübenschnitzel arbeiten. Wir müssen für beide eine Lehrstelle suchen. So kriegt langsam alles wieder seinen Schick!«

Anna war sich also ohne viele Worte mit ihrem Manne einig.

Anton Biegert brauchte nicht darüber nachzudenken: Wenn er seine Arbeitskraft gegen bares Geld verkaufen wollte, so mußte er sich außerhalb von Babentin umsehen. Denn die Arbeit auf dem Lande läßt sich nicht nach Stunden bemessen oder bezahlen, sie muß getan werden, sobald sie anfällt, und dann gewöhnlich vom frühesten Morgen bis in die sinkende Nacht. Biegert war selbst Bauer gewesen in der östlichen Heimat und wußte Bescheid. Handarbeit aber muß nach Stunden bezahlt werden, wenn sie dem Arbeiter Geld einbringen soll. Wenn jedoch der Bauer nach Stunden bezahlen muß, zahlt er sich bald tot. Wenn ich Geld verdienen will, dann raus aus Babentin, sagte sich Anton Biegert.

Als Anfang 1949 die ›Braunkohle Elektro Hohwede‹ bekanntgab, daß die zu Kriegsbeginn eingestellte Aufschließung der Braunkohlenfelder nördlich von Hohwede erneut in Angriff genommen würde, meldete sich Anton Biegert. Er wurde ohne viel Umstände eingestellt. Doch konnte er nur als gewöhnlicher Erdarbeiter anfangen, denn besondere Kenntnisse als Handwerker, Maschinist oder dergleichen hatte er nicht aufzuweisen. In der langgestreckten Bürobaracke fragte Anton Biegert den Mann hinter dem Schalter: »Mir geht's nur darum, wieder einen festen Arbeitsplatz zu bekommen. Aufsteigen kann man dann immer noch. Oder ist das von vornherein ausgeschlossen?«

Der müde Mann streifte den Fragesteller nur mit einem Blick.

»Ausgeschlossen? Was weiß ich? Ich bin nicht der Herr Direktor!«

Und schon wandte er sich dem nächsten der dürftig gekleideten Männer zu, die in langer Reihe auf eine Anstellung warteten. Längst nicht alle würden Glück haben. Denn der Bedarf war zunächst sehr begrenzt. Anton Biegert hatte das vorausgesehen und war schon vor Tau und Tag von seiner Waldhütte mit dem Fahrrad losgegondelt. Immerhin waren fünfzehn Kilometer zurückzulegen.

Biegert hatte sich nicht verrechnet. Schon gegen 8 Uhr stand er wieder auf der Straße, hatte erreicht, was er wollte und wurde von dem merkwürdig erregenden Gefühl beherrscht, daß ein neuer Abschnitt seines Lebens begonnen hatte.

Anton Biegert war, wie gesagt, ein Mann, der nicht dazu neigte, sich Illusionen zu machen. Aber was ihm nun bei der ›Braunkohle Elektro Hohwede‹ abverlangt wurde, das brachte ihn, besonders im ersten Jahr, mehr als einmal an den Rand des Verzagens und Versagens. Dabei war es nicht einmal so sehr die Arbeit selbst, die ihm so zusetzte, sondern der unerbittliche Zwang, jeden Morgen und jeden Abend, bei jedem Wetter und in jeder Jahreszeit fünfzehn Kilometer Anmarsch und fünfzehn Kilometer Rückfahrt hinter sich bringen zu müssen.

Im Sommer zwar wurde die lange Anfahrt zur Arbeitsstätte in Morgenfrühe und Morgenglanz manchmal fast zum Vergnügen. Wenn Anton Biegert auch zu überschwenglichen Gefühlen kaum fähig war, so hatte er doch Sinn für die einfache Schönheit der Landschaft um Babentin und Hohwede, und wenn er zur Arbeit fuhr, erfüllte sie ihn oft mit Zufriedenheit und einer unbestimmten Freude. Als jedoch im Herbst das schlechte Wetter einsetzte, verwandelten sich die täglichen Fahrten zur Arbeit bald in eine Quälerei. Denn es war noch dunkel, wenn Biegert abfuhr, und war schon wieder dunkel, wenn er heimkehrte. Und die elende Fahrradlampe versagte oft gerade dann, wenn sie am dringendsten benötigt wurde.

Die Bauverwaltung der ›Braunkohle Elektro Hohwede‹ sah schließlich ein, daß sie ihren von weither anreisenden Arbeitern während der Woche Unterkunft und Verpflegung bieten mußte, um sie bei der Stange zu halten. Denn seit der Währungsreform ging es überall mit Macht aufwärts. Energie wurde beinahe dringender benötigt als das tägliche Brot; schon vor dem Krieg war ja das neue Kraftwerk hinter Hohwede kaum noch zu entbehren gewesen.

Anton Biegert versuchte es im Januar und Februar, sich mit der Baracken-Unterkunft bei der Grube zufriedenzugeben. Aber die ewige Unruhe in dem großen Schlafraum, die schlechte Luft, die grob gezimmerten, in zwei, ja drei Etagen übereinander getürmten Betten, die gleichgültig zubereiteten Mahlzeiten an langen Tischen – nein, da war es doch noch besser, durch Dreck, Regen und Kälte jeden Abend wieder nach Hause zu strampeln. Kaum wurden also im März die Tage wieder länger, versuchte Anton Biegert von neuem, jeden Abend und nicht nur am Wochenende nach Hause zu fahren. Er sprach oft mit seiner Anna darüber, ob sie sich nicht in der Nähe der Arbeitsstätte eine neue Unterkunft suchen sollten. Aber inzwischen hatte Max Biegert, der älteste Sohn, eine Lehrstelle bei dem Bäcker Sneppendahl gefunden, dem ›wilden Nazi‹, der so bald schon aus dem Lager heimgekehrt war und seine Bäckerei wieder übernommen hatte. Während seiner Abwesenheit hatten die tüchtige Frau Sneppendahl und der früh aus der Kriegsgefangenschaft zurückgekehrte erste Geselle den für Babentin unentbehrlichen Betrieb weitergeführt, wenn auch, wie die alten Babentiner samt und sonders behaupteten, das Brot und die Brötchen unter der Bäckerin nicht zu vergleichen waren mit jenen, zu denen Paul Sneppendahl selbst den Teig angerührt hatte.

Der jüngere der Söhne Anton Biegerts, Stephan, ging dem einstigen Ortsgruppenleiter, dem Grobschmied Wilhelm Sorsmann, als Lehrling zur Hand. Stephan war kräftig gebaut, hatte geschickte, starke Hände, und der Umgang mit Hämmern, Feilen und Bolzen machte ihm nicht nur Spaß, sondern bewies dem Lehrherrn schon nach wenigen Wochen, daß Stephan Biegert das Zeug nicht nur zum Grobschmied, sondern sogar zu einem Kunstschmied in sich trug. Der stämmige Stephan kam also mit seinem Meister vorzüglich aus. Max Biegert dagegen erwies sich in der Bäckerei als unverbesserlicher Windhund und handelte sich manche gewaltige Ohrfeige ein. Bäcker Sneppendahl huldigte der bis in die fünfziger Jahre noch allgemein geltenden Auffassung, daß Lehrjahre keine Herrenjahre sind und daß ein Lehrling, der sich den Erfordernissen des Handwerks nicht fügt, just so zurechtgeprügelt werden muß, wie es auch den Meistern in ihrer Lehrzeit widerfahren war.

Übrigens hatten sich in der Lagerhaft sowohl Sorsmann wie Sneppendahl auf bemerkenswerte Weise verändert.

Der Huf- und Grobschmied Wilhelm Sorsmann mochte zwar ein grobes Handwerk ausüben, aber in seinem gewaltigen, muskelbepackten Leib wohnte keine grobe Seele. Er war Ortsgruppenleiter der Partei gewesen und deshalb ›ins Lager‹ gekommen. Doch hatte er sich zu diesem Amt, wie schon einmal gesagt, keineswegs gedrängt. Die Babentiner waren ziemlich einhellig der Meinung gewesen, daß sich für ihr abgelegenes Dorf kein besserer Mann finden ließe als Sorsmann – und irgendeiner mußte ja in der ›Nazizeit‹ für die Parteibelange sorgen. Die Babentiner hatten mit wenigen Ausnahmen (wie zum Beispiel Peter Oltje) dem Druck von oben nachgegeben und waren sang- und klanglos in die Partei ›eingetreten worden‹. Doch unausgesprochen huldigten sie allesamt der Meinung, daß eigentlich an Babentin nicht allzuviel zu ändern wäre, und daß die Dinge auch ohne ›Partei‹ bisher gar nicht so übel gelaufen seien: Immerhin, als von oben gefragt wurde, wer wohl als Ortsgruppenleiter in Frage käme, hatte Babentin nur mit einer Stimme gesprochen: der Sorsmann, der ›weiß, was der Führer will‹, den wollen wir haben. Und der war es geworden.

Das Dorf hatte sich nicht in Sorsmann getäuscht. Der Schmied neigte nicht zu Extremen oder Exzessen. Er gab auf biblische Weise und auf lutherische Art (was beides in Babentin immer noch recht hoch im Kurse stand) dem Kaiser, was des Kaiser ist – das heißt in diesem Falle dem ›Adolf‹ –, aber das war eben nicht allzuviel. Babentin war gut dabei gefahren. Es hatte sich keineswegs durch besondere Gesinnungstüchtigkeit unter den Dörfern der Gegend ausgezeichnet, doch hatte ihm auch niemand nachsagen können, die Leute von Babentin stünden nicht ›treu zum Führer‹.

Eingesperrt zu sein auf engstem Raum in primitiven Holzbaracken, in denen es von Wanzen wimmelte, eingepfercht mit Tausenden von Männern, von denen die allermeisten dem Schmied von Babentin nicht sonderlich sympathisch waren; gelegentlich vernommen zu werden, auf eine lässige und nicht recht ernsthafte Weise – das alles war für den Schmied Sorsmann ein fürchterliches Erlebnis gewesen, aus dem er sich auf den einzigen standhaften Felsen in der großen Brandung gerettet hatte, der ihm verblieben war: auf sich selbst! Bei genauer Prüfung brauchte er sich nichts vorzuwerfen, was er vor seinem Gewissen nicht hätte verantworten können – soweit es seine eigenen Handlungen betraf. Doch machte er sich klar, daß er als ein ›Hoheitsträger‹ der Partei dazu beigetragen hatte, ein verbrecherisches, ja wahnwitziges und schließlich tobsüchtiges System zu stützen.

Wenn ich auch selber, sagte er sich, nicht absichtlich Böses verursacht oder getan habe, so bin ich doch mitschuldig daran, daß alles so kam, wie es gekommen ist, daß der deutsche Name mit Schande bedeckt ist und Deutschland selbst aufgehört hat zu bestehen.

Nach anderthalb Jahren kehrte Sorsmann also wieder in das heimatliche Dorf zurück. Er nahm die Arbeit in seiner Werkstatt wieder auf, als wäre er nur ein paar Tage zwischendurch krank gewesen. Auf Fragen nach seiner Lagerhaft ging er ebensowenig ein wie auf solche nach seiner Meinung über die Zeit des Tausendjährigen Reiches. Ein Mann vieler Worte war er nie gewesen, jetzt ging er noch wesentlich karger damit um. Alles, was nach einem Amt oder etwas Ähnlichem aussah, lehnte er grundsätzlich ab. Ich habe es verwirkt, in der Öffentlichkeit das Wort zu führen – so ähnlich hatte er dem neuen Bürgermeister Oltje geantwortet, als der ihn, wohl wissend, was dieser Sorsmann wert war, für den neuen Gemeinderat gewinnen wollte.

Der Bäcker Sneppendahl war, wie gesagt, nur für ein paar Wochen in Lagerhaft gekommen. Sneppendahl hatte kein Amt in der Partei bekleidet. Aber er hatte sich stets als ein ›150prozentiger‹ gebärdet. Ebenso ›fanatisch‹ wie sein ›geliebter Führer‹ hatte er nachgebetet, ›heute gehört uns Deutschland, und morgen die ganze Welt‹. Er weigerte sich einzusehen, was für Deutschland und die ganze Welt daraus geworden wäre. Aber eins hatte er doch im Lager gelernt, und insofern war er auch verwandelt: Es empfahl sich, den Mund zu halten und mit den neuerdings durch die Lande streifenden demokratischen Wölfen zu heulen. In meinem Herzen werde ich dem Führer nicht die Treue brechen, nie! Aber nach außen hin mache ich in Demokratie. Und entsprechend redete er daher. Doch auf dem Dorf kann man sich nicht viel vormachen; die Leute kannten Bäcker Sneppendahl. Sie hatten vorher seinen ›Fanatismus‹ nicht besonders ernst genommen, und sie glaubten ihm auch die Demokratie nicht recht. Sehr wichtig nahm das keiner. Bäcker Sneppendahl buk gutes Brot und knusprige Brötchen, auch ausgezeichneten Butterkuchen, Pflaumen- oder Mohnkuchen. Und das war den Babentinern wichtiger als die Frage, ob der Urheber demokratische oder reaktionäre Überzeugungen hegte. Dem jungen Max Biegert allerdings, der bei Sneppendahl in der Lehre war, konnte ein solcher Meister keine Hochachtung abnötigen. Max mußte also durch Ohrfeigen davon überzeugt werden, daß er trotzdem zu gehorchen hatte.

5

Die Jahre gingen hin. Es war so viel wieder aufzubauen und neu einzurichten, daß die Leute nicht mehr wußten, wo ihnen der Kopf stand. Mit Schleichhandel und am Schwarzmarkt war nichts mehr zu verdienen. Nur noch Arbeit, Fleiß und Unternehmungsgeist brachten etwas ein. Das sogenannte Wirtschaftswunder ließ ›tausend Blumen blühen‹, wenn auch nicht alle Früchte reifen.

Die Männer, die bei der ›Braunkohle Elektro Hohwede‹ als Arbeiter eingetreten waren, zu einer Zeit, da das halbfertige Werk und die noch nicht abbaureife Grube fortentwickelt und schließlich in Gang gesetzt werden sollten, hatten trotz verhältnismäßig günstiger Löhne die schweren Jahre des Anfangs nur zu einem kleinen Teil durchgestanden. Die Gewitzteren unter ihnen sagten sich bald: Es gibt noch andere Möglichkeiten, Geld zu verdienen, als ausgerechnet hier, bei jedem dreckigen Wetter, in Schlamm und Unrat. Die wenigen aber, die wirklich klug waren, sagten sich etwas anderes: Wenn man nicht nur Arbeit haben, sondern auch weiterkommen will, dann muß man bei der Stange bleiben. Denn die gehobeneren und besser bezahlten Stellen werden nach Erfahrung und Zuverlässigkeit vergeben. Wer sich in der schwierigen Anfangszeit nicht unterkriegen läßt, der hat nachher, wenn die Sache erst läuft, die besseren Chancen.

Zu denen, die unverdrossen durchhielten, gehörte Anton Biegert aus Babentin. Trotz des weiten Anmarschweges erschien er nie zu spät zur Arbeit und war auch stets bereit, Überstunden zu leisten, wenn die Umstände es erforderten. Um ihn her wechselten die Arbeitskollegen so häufig, daß er kaum Gelegenheit hatte, sich ihre Namen einzuprägen. Wie von selbst rückte er zum Vormann auf;

er hatte längst begriffen, wie in seinem Abschnitt der Abbau der Braunkohle vorangetrieben werden mußte. Es fiel ihm also zu, die Arbeiter seiner Gruppe einzuweisen.

Schließlich, als die Maschinen und Turbinen des Elektrowerks schon in Probeläufen getestet wurden, als der Abbau-Plan für die inzwischen freigelegte Braunkohle schon in groben Umrissen feststand, wurde Anton Biegert aufs Büro der Technischen Leitung des Gesamtbetriebes zitiert und dort von dem leitenden Ingenieur gefragt, ob er sich nicht zum Baggerführer ausbilden lassen wolle. Dieser Ingenieur hatte, wie Anton Biegert, in den dunklen Jahren mit der Schippe in der Hand angefangen. Ihm war damals nichts weiter übriggeblieben, denn auch er war, wie es hieß, ›belastet‹. Da ihm aber außer einer verkehrten Gesinnung nichts Ehrenrühriges hatte nachgewiesen werden können, war er schließlich im Betrieb, als der Bedarf an Fachkräften ständig zunahm, schnell aufgerückt und schließlich wegen seiner Fach- und Sachkenntnis zum Betriebsingenieur befördert worden. Er hatte Biegert als harten, zuverlässigen Arbeiter mit beträchtlicher praktischer Intelligenz kennengelernt und wußte, daß man ihm ein so kostbares und kompliziertes Gerät wie die riesigen Förderbagger der Grube anvertrauen konnte.

Ein gutes Jahr später konnte die Familie Biegert in ihrem Waldhäuschen am Rande der Gemarkung von Babentin ein Fest feiern, das gleich ein halbes Dutzend von Anlässen aufzuweisen hatte. Ursprünglich hatte Anna Biegert, die eigentliche Urheberin des Plans, nur das stolze Diplom feiern wollen, das ihren Mann fortan berechtigte, selbst größere und komplizierteste Baggermaschinen zu führen. Der anspruchsvolle Kursus, den Anton Biegert im Ruhrgebiet bei einer großen Maschinenbaugesellschaft hatte absolvieren müssen, war dem nicht mehr jungen, auch nicht besonders elastischen Mann schwer geworden. Er hatte nicht damit gerechnet, noch einmal in seinem Leben so viel lernen zu müssen. Aber er hatte sich immer wieder gesagt: Dies ist meine große und wahrscheinlich letzte Chance; wenn ich sie nicht wahrnehme, bleibe ich ewig ungelernter Arbeiter.

Er hatte es also geschafft, hatte sogar zu jenem Drittel von Anwärtern gehört, das die besten Leistungen aufzuweisen hatte, zu jenen Leuten also, denen man sofort eines der kostbaren Riesengeräte anvertrauen konnte. Nach der Rückkehr vom Kursus hatte ihm der technische Betriebsleiter als besonderes Zeichen seiner Anerkennung einen bezahlten einwöchigen Sonderurlaub gewährt.

Anna Biegert war stolz auf ihren Mann. Ihr Anton war nie ein berauschender Liebhaber gewesen, doch hatte er auf seine etwas karge Weise seiner Frau stets Genüge getan. Nun hatte er den Kursus bestanden, war von seiner Firma ausgezeichnet worden, hatte mit seiner Anna eine herzerwärmende Wiedersehensnacht gefeiert und sollte nun – das nahm sich Anna am nächsten Morgen vor – durch ein Familienfest belohnt werden.

Dann wollte es der Zufall, daß gerade in diese Woche des unverhofften Urlaubs einige weitere Ereignisse fielen, die geeignet schienen, den Glanz des Festes noch zu erhöhen. Schon vor Monaten hatte Anton Biegert sich einen Volkswagen bestellt. Die tägliche Strampelei war ihm schließlich doch zu viel geworden. Die Biegerts hatten eisern gespart, hatten Mark zu Mark gelegt, und wunderten sich selbst, wieviel dabei herausgekommen war. Am Freitag der Urlaubswoche, die durch das Familienfest am Samstag abgeschlossen werden sollte, stand der grüne ›Käfer‹ vor der Tür des Waldhauses. Doch damit nicht genug:

Max und Stephan waren längst aus dem Hause, hatten ihre Gesellenzeit in Osnabrück und Oldenburg hinter sich gebracht und sich auf die Meisterprüfung vorbereitet. Die beiden Brüder waren in der Fremde nicht heimisch geworden. Babentin war ihr Zuhause geblieben. Sie hatten auch die Verbindung zu ihren ehemaligen Lehrherren freundschaftlich aufrechterhalten. Es hatte sich in beiden Fällen gelohnt. Bäcker Sneppendahl und Schmied Sorsmann waren nicht mehr die Jüngsten. Sie hatten ihre Betriebe mit einiger Mühe wieder auf die Höhe bringen müssen und spürten nun bis in die alternden Knochen, daß sie reif waren, in Pension zu gehen oder zum mindesten kürzer zu treten. Aber weder Sorsmann noch Sneppendahl besaßen Söhne, die ihre Betriebe hätten weiterführen können. Sorsmann hatte seine beiden Jungen in Stalingrad verloren. Und Sneppendahls einziger Sohn war der Bäckerei und dem allzu diktatorischen Vater schon früh entlaufen und ›zur See‹ gegangen. Kapitän würde er nicht werden, aber vielleicht schaffte er's bis zum Bootsmann. Er schickte dem Vater nur noch selten einen Gruß aus der Ferne. Mutter Sneppendahl lebte nicht mehr; ihr Mann hatte sie mit seinem politischen Geschwätz, seiner Nörgelsucht und dem unermüdlichen bösartigen Gezeter über den verlorenen Sohn ins Grab geärgert.

Doch weder Sorsmann noch Sneppendahl dachten daran, ihre Betriebe aufzugeben. Schmiede und Bäckerei gehörten ins Dorf und durften nicht eingehen. Die beiden Handwerksmeister empfanden es als ihre Pflicht, für das Gedeihen ihrer Betriebe auch weiterhin zu sorgen. Sie entsannen sich der zwei gescheitesten Lehrjungen, die sie im vergangenen Jahrzehnt unter der Fuchtel gehabt hatten, des Max und des Stephan Biegert. Beide hatten inzwischen in der Fremde die Meisterprüfung abgelegt; was lag also näher, als ein günstiges Angebot zu machen? Eines Tages würden sie die Betriebe, in denen sie zunächst als Stellvertreter der alten Meister arbeiten sollten, in eigener Regie und als ihr Eigentum übernehmen. Max und Stephan waren also nach Babentin zurückgekehrt.

Sneppendahl und Sorsmann waren unabhängig voneinander auf den gleichen Gedanken gekommen. Sie waren bereit, sich den Preis für ihre Betriebe in Raten zahlen zu lassen – zu jeweils fünfzig Prozent des Jahresgewinns. Dabei hatten sie den Preis sehr niedrig angesetzt, denn die beiden jungen Meister sollten sich obendrein verpflichten, für den Unterhalt der beiden Alten bis an ihr Lebensende zu sorgen.

Die Verhandlungen mit Sneppendahl und Sorsmann waren gerade in jener Woche zum glücklichen Abschluß gelangt, die dem Vater Biegert in Anerkennung seiner Leistungen als Freizeit geschenkt worden war. Max und Stephan Biegert waren also endgültig für Babentin gewonnen. Auch das mußte gefeiert werden.

Um das Maß an erfreulichen Ereignissen voll zu machen, kam für Anton Biegert noch ein weiterer Erfolg hinzu. Seine Jüngste, die kleine Ludmilla, war zu einem sehr schönen Mädchen herangewachsen. Anton Biegert liebte sie zärtlich, inniger als seine beiden Söhne. Seine schöne Ludmilla sollte einmal stolz verheiratet werden. Dazu brauchte sie indessen einen ›Hintergrund‹. Das kleine, mit der Zeit recht verwohnte Jagdhaus am Waldrand der Gemarkung von Babentin machte allerdings nicht viel her. Anton Biegert hatte also schon lange Ausschau gehalten nach einem geeigneten Bauplatz, dicht am Dorf, wo er für sich und seine Frau, vor allem aber – wie er sich insgeheim sagte – für Ludmilla ein schönes, geräumiges Haus bauen könnte.

Dietrich Kruse, einer der Viertelhöfner, der Kleinbauern des Dorfes, hatte Anton Biegert einen alten Obst- und Gemüsegarten angeboten. Er grenzte mit seinem unteren Ende an den Dorfbach, die Queste, und lehnte sich mit dem oberen an einen leidlich gepflasterten Feldweg an, der hinter den letzten Häusern des Dorfes von der Hauptstraße abzweigte. Dietrich Kruse war kein besonders tüchtiger Landwirt; das Rechnen fiel ihm schwer; er hatte auch keine glückliche Hand mit dem Vieh. Und es hatte sich auch zu ihm herumgesprochen, aus dem Radio, aus der Kreiszeitung, daß die kleinen landwirtschaftlichen Betriebe allmählich unrentabel würden, da sie sich die modernen, Arbeit und Kosten sparenden Maschinen nicht leisten konnten. Die Entwicklung auf dem Lande drängte zu immer größeren Betrieben und zu umfangreicheren, zusammenhängenden Feldern; nur auf solchen waren die Maschinen sinnvoll und rentabel einzusetzen.

Der Kleinbauer Dietrich Kruse merkte am eigenen Leibe, wie sehr diese Voraussagen mit der Wirklichkeit übereinstimmten. Er und seine Frau, dazu Jochen Kruse, sein Sohn, arbeiteten sich fast zu Tode und kamen doch auf keinen grünen Zweig. Im Gegenteil: Jedes Jahr nahmen die Schulden bei der Landwirtschaftlichen Genossenschaft wie auch bei der Kreissparkasse um einiges zu, und es war nicht schwer vorauszusagen, wann der allzu klein geratene Betrieb würde aufgeben müssen. Dietrich Kruse hatte also kurzentschlossen sein eigenes Land an Heinricke und Hentzel verkauft und alles Pachtland wieder zurückgegeben. Damit war er seiner Schulden ledig geworden und wollte nun auch noch den großen Garten abstoßen, der ihm viel Arbeit machte und viel mehr an Obst und Gemüse hervorbrachte, als die Kruses verwenden konnten.

Vor einiger Zeit hatte sich Kruse von der ›Grube Hohwede‹ anwerben lassen. Seine Frau verdiente Geld als Wirtschaftshilfe beim Gastwirt Hartjens, und Sohn Jochen, den die Industrie nicht reizte, war als Treckerführer bei dem Großbauern Heinricke eingetreten; auch er verdiente nun bares Geld, das zuvor bei den Kruses so schrecklich rar gewesen war.

Seinen Obstgarten jedoch hatte Dietrich Kruse nicht losschlagen können, denn die Bäume waren schon alt, und es fanden sich kaum noch Leute, die Lust hatten, nach den Äpfeln, Birnen und Pflaumen in den Zweigen umherzuklettern. Dietrich Kruse war also durchaus bereit gewesen, mit Anton Biegert zu verhandeln. Und gerade in der Woche vor dem Freudenfest, das Anna Biegert ausrichten wollte, hatte die Post dem Anton Biegert das Dokument ins Haus gebracht, in welchem ihm für 250 Mark das Vorkaufsrecht auf das Krusesche Grundstück an der Queste zugesichert wurde. Ein Grund mehr, die Familienfeier nicht länger aufzuschieben.

»Jetzt, Anfang Mai, das wäre ja noch schöner, wenn wir da nicht mit gutem Wetter rechnen könnten!« – hatte Anna Biegert im Familienrat ausgerufen. »Wir werden ja an die zwanzig Leute sein! Wenn wir die alle bei Gastwirt Hartjens bewirten wollen, dann kostet das ein Vermögen. Das können wir uns sparen. Wir nehmen nur die Getränke von Hartjens, und er leiht uns dafür ein paar Tische, die stellen wir unter den Bäumen hinter dem Hause auf, da ist es kühl und schattig. Das Kochen und Braten besorge ich selbst; die Gäste werden ein Picknick im Grünen großartig finden, und der heilige Petrus wird uns nicht im Stich lassen, da bin ich ganz sicher!«

Mutter Biegert war die einzige unter den Biegerts, die in der Babentiner evangelisch-lutherischen Umgebung noch gut katholisch geblieben war und daraus auch kein Hehl machte. Für die anderen Biegerts gehörte das Katholische in den Osten an die Weichsel und war dort geblieben. Hier befand man sich im lutherischen Niedersachsen und hatte sich, ohne es recht zu wollen oder auch nur zu merken, angepaßt.

Die Liste der Gäste war schnell aufgestellt. Sneppendahl und Sorsmann als – hoffentlich! – zukünftiger Seniorpartner von Max und Stephan Biegert mußten natürlich an erster Stelle eingeladen werden. Beide hatten auch gern für den Samstagnachmittag zugesagt. Ganz ohne Frage mußte auch Dietrich Kruse und sein Sohn Jochen mit von der Partie sein; die brauchte man kaum zu fragen. Gastwirt Hartjens würde natürlich nicht kommen können, aber sein Bruder, der Genossenschaftsvorsteher Kurt Hartjens, der würde sicherlich gern die Einladung annehmen. Und wenn man den Vorsteher einlud, dann mußte man auch seinen ersten Buchhalter, den Otto Pipendorp, und seine Frau Irene, geborene Schlunk, einladen – und wenn diese beiden, dann auch Vater und Mutter Schlunk. Die Großen im Dorf durfte man keineswegs übergehen; vielleicht würde Heinrich Heinricke die Einladung gar nicht annehmen und irgend etwas vorschützen, aber einladen mußte man ihn schon, und auch seine Tochter Friedchen. Desgleichen auch den zweitgrößten Bauern, Karl Klootmann, mit seiner Frau und der Tochter Magdalene. Der Sohn Hinrich Klootmann würde nicht kommen können, denn der große Hof konnte am Nachmittag und Abend männliche Aufsicht nicht entbehren. Wenn man aber Heinricke und Klootmann lud, dann verstand es sich von selbst, daß auch Bürgermeister Peter Oltje und der wichtigste der Flüchtlinge, der angesehene und längst nicht mehr armselige Werner Odaffsky, nicht vergessen werden durften.

Anton Biegert kraulte sich den Hinterkopf, als die Liste zusammengestellt war.

»Ein großer Haufen Leute, Anna. Mit den Tischen und Stühlen werden wir schon hinkommen, da hilft uns Gastwirt Hartjens. Aber wirst du denn das mit dem Essen und Trinken schaffen? Und wenn bloß das Wetter so schön bleibt wie jetzt!«

»Nur keine Sorge, Anton! Wenn wir noch in Richnau wären, würde ich dem heiligen Petrus eine dicke Kerze weihen. Hier kann ich das ja nur in unserem Schlafzimmer im Herrgottswinkel tun. Und das mache ich auch. Du wirst sehen, das Wetter bleibt gut!«

Anton Biegert murrte: »Ja, ja, bitte du nur die Heiligen um gutes Wetter!«

»Kannst du nicht auch ein bißchen beten helfen?« fragte Mutter Biegert leise.

Aber Anton Biegert wandte sich ab. »Ach, Anna, mit meinem Beten ist kein Staat mehr zu machen!« Er zog die

Tür hinter sich zu. Seine Frau blickte ihm mit traurigen Augen nach.

Aber das Wetter blieb strahlend, warm und hell; die Blätter an den Bäumen entfalteten sich zu voller Größe; die Luft duftete von den Wiesen herüber und mischte sich vor Biegerts Haus mit den herberen Gerüchen des Babentiner Waldes. Mächtige weiße Wolkentürme hoben sich über den Horizont und vergingen gegen Abend. Die Nächte wurden vom Funkelschwarm der Sterne silbern und zart durchhellt.

Daß Oltje und Odaffsky, daß die Kruses und die Schlunks die Einladung zu Biegerts Waldfest annehmen würden, hatte keiner bezweifelt. Schlunk und Biegert, als Habenichtse aus dem Osten ins Dorf geschneit, hatten manchem alten Babentiner längst den Rang abgelaufen. Die kleinen Leute, die Arbeiter, die Handwerker, die Viertel- und sogar die Halbhöfner hatten das längst zur Kenntnis genommen. Die mächtigen Großbauern jedoch, die schon seit vielen Generationen auf ihren Höfen saßen und regierten wie die Könige, sie hatten von den veränderten Umständen noch nicht viel bemerkt. Leuten wie Heinricke, Klootmann, Hentzel oder Pipendorp, denen gehörte das beste Land; die brauchten die übrige Welt eigentlich überhaupt nicht. Die übrige Welt brauchte sie und hatte sie entsprechend zu respektieren.

Als der alte Heinricke und der alte Klootmann die Biegertsche Einladung empfingen, dachten beide das gleiche: Wie kommt dieser Flüchtling dazu, mich einzuladen? Der glaubt wohl, wir wären auch nichts Besseres als er. Waldfest, Familienfest – dummes Zeug!

Bei nächster Gelegenheit maulte der alte Heinricke bei Oltje:

»Sag mal, Bürgermeister, diese Flüchtlinge, die kommen wohl verdammt schnell voran, wie? Ob das alles mit rechten Dingen zugeht? Aber die werden ja auch vom

Staat unterstützt, und unsereiner muß dafür Steuern zahlen. Und nun feiern sie Feste.«

»Ja, das kann wohl angehen, Heinrich. Manche kommen gut voran und halten ihr Geld zusammen. Aber man muß gerecht sein: Sie wollen schließlich nicht die einzigen sein, die den Krieg verloren haben. Wir sollten über jeden froh sein, der wieder Boden unter die Füße kriegt.«

Heinrich erwiderte mürrisch: »Kunststück, Peter! Die bekommen doch alle Lastenausgleich!«

Peter Oltje mimte einen kleinen Zorn: »Lastenausgleich, Heinrich, der kommt mir immer mehr vor wie ein schlechter Witz! Die Leute rennen sich die Hacken ab, müssen Dokumente und Papiere vorlegen und Zeugen beibringen, und keiner will ihnen so recht glauben. Sie müssen sich von den Beamten auf den Ausgleichsämtern Frechheiten sagen lassen, und wenn sie dann jahrelang gewartet haben, dann kriegen sie einen Dreck – verglichen mit dem, was sie wirklich verloren haben. Und dann, Heinrich, seien wir doch mal ehrlich, viele von denen aus dem Osten sind tüchtige Landwirte. Die haben da viel weiter von den Städten, also weit entfernt von den großen Märkten, gesessen und mußten sich viel mehr Mühe geben als unsereiner, wenn sie was verdienen wollten. Wir können viel von ihnen lernen, das kann ich dir sagen, Heinrich!«

Heinrich Heinricke hörte das nicht gern. »Na ja, laß man, Peter Oltje! Du hast schon immer ein bißchen linke Schlagseite gehabt. Babentin wird ja wohl niemals mehr werden, was es war. Früher wußte jeder bei uns, wo er hingehört. Wenn ich Leute brauchte für die Rüben oder die Kartoffeln, dann ging ich zu den Viertelhöfnern oder zu den Arbeitern und sagte: du kommst morgen und du kommst morgen, und übermorgen will ich Fichten setzen in meiner Rodung, und dann kommst du mit deiner ganzen Familie zur Arbeit. Na ja, und dann kamen sie! Sie hatten alle ein paar Morgen von mir gepachtet. Aber jetzt?

Jetzt sagen sie mir glatt ins Gesicht: Sieh nur zu, Heinrich, wo du deine Arbeiter herbekommst; ich arbeite jetzt in der Grube! Und die Flüchtlinge, die kommen auch nicht mehr zur Arbeit! Die lassen sich nicht einmal mehr mit Speck und Butter locken. Die einen arbeiten bei der ›Braunkohle Elektro‹, und die anderen an der neuen Autobahn von Bremen nach Dortmund. Übrigens soll es da sogar eine Abfahrt Babentin geben. Weißt du was davon, Bürgermeister?«

»Genaues weiß da wohl noch keiner, Heinrich, aber gut bezahlte Arbeit gibt es bestimmt für viele Jahre. Darüber sollten wir froh sein, Heinrich; die Leute bringen Geld ins Dorf und sind zufrieden. Und überhaupt du, Heinrich, du schaffst dir eine Maschine nach der anderen an und brauchst bald keine Arbeiter mehr. Das läuft doch alles, wie es laufen soll. Es tut uns in Babentin ganz gut, daß wir merken, draußen in der Welt verstehen die Leute auch ihr Geschäft. Sieh dir nur den Anton Biegert an, der hat jetzt sein Examen als Baggerführer bestanden und wird in der Grube noch viel Geld verdienen, wenn es erst soweit ist. Der wird bestimmt noch Ingenieur. Und langsam kapieren wir auch, daß wir unsere Söhne auf die Landwirtschaftsschule schicken müssen, denn das Wirtschaften wird immer schwieriger. Wer immer nur so weitermacht wie der Urgroßvater, der kann bald einpacken. Hör mal gut zu, Heinrich Heinricke, wenn du gekommen bist, um zu hören, was es mit dem Fest bei Anton Biegert auf sich hat, dann kann ich dir nur raten: Geh hin und nimm dein Friedchen mit, damit ihr begreift, daß die Biegerts, die Schlunks und die Odaffskys gute Leute sind!«

In alten, längst vergangenen Zeiten, also vor dem Zweiten Weltkrieg, hätte sich wohl kaum ein Babentiner Vollhöfner wie Heinricke oder Klootmann von dem Halbhöfner Oltje belehren lassen, mochte er auch Bürgermeister sein (was er in jenen alten Zeiten auch gar nicht geworden wäre). Aber nun waren auch ihre Vorstellungen von Rang und Wert ins Wanken geraten. So nahmen denn Heinricke und Klootmann die Einladung zum Waldfest an, verspätet natürlich, um anzudeuten, daß ihnen wirklich nicht viel daran gelegen war.

Die Klootmannschen Frauensleute jedoch, die Bäuerin Olga und die ein wenig dickliche, dümmliche, in ihrer drallen Jugendlichkeit aber ganz appetitlich wirkende Tochter Magdalene – für diese beiden war das Fest eine willkommene Abwechslung in ihrem arbeitsreichen Dasein. Der alte Klootmann mit den buschigen, strohblonden Augenbrauen führte in Haus und Hof ein strenges Regiment. Und auch Friedchen Heinricke, die dem Vater nach dem Tode der Mutter die Wirtschaft führte, freute sich auf das Fest.

So kam mit dem Segen des heimlich beschworenen Heiligen – zum Ende der letzten Maiwoche des Jahres 1959 – mit warmer Sonne, jungem Grün und Waldesduft der ersehnte Festtag in voller Pracht. Man hatte die vom Gastwirt entliehenen eisernen Klapptische unter Kiefern, Birken und Eichen zu einer Reihe zusammengestellt.

»Wenn wir die Reihe möglichst lang machen«, hatte der kluge Anton Biegert gemeint, »dann können wir die Gäste, die sich nicht leiden können, weit auseinander setzen.«

Mit dieser Bemerkung zielte Biegert insbesondere auf die Großbauern Heinricke und Klootmann, die sich von jeher nicht grün waren. Heinricke wurde also an das eine und Klootmann an das andere Ende des Tisches plaziert. So konnte sich jeder einbilden, ihm sei ›das obere Ende‹ zugedacht, und beide fühlten sich sehr geschmeichelt. In der Mitte der Reihe, mit dem Rücken zur Küchentür, saßen Frau Biegert und ihre Tochter Ludmilla, um schnell für Nachschub an Kaffee und Milch sorgen zu können. Über den Tisch verteilt waren auf sechs Tellern Gebirge von Butterkuchen und Streuselkuchen in länglichen Stükken. Auf den weißleinenen Tischtüchern, dem Stolz von

Frau Biegert, prangte makellos das neue Kaffeegeschirr, blau aus Mutter Biegerts Besitz und mit rotem Muster aus Ludmillas langsam wachsender Aussteuer.

Der Gastgeber hatte geraten, ›bunte Reihe‹ zu bilden. Anton Biegert hatte die von ihm sehr verehrte Frau Josephine Odaffsky an seiner Seite und bediente und unterhielt sie auf seine etwas steife, aber herzliche Weise. Frau Biegert hatte sich zu Dietrich Kruse gesetzt, um mit ihm über das Grundstück zu sprechen, das sie am liebsten schon morgen unter ihre Obhut genommen hätte. Fast von selbst hatte sich damit ergeben, daß auf der anderen Seite Jochen Kruse neben Ludmilla Biegert Platz gefunden hatte.

Olga Klootmann, die Bäuerin, hatte sich mit Odaffsky zusammengetan, der sich bemühte, die scheue, unter der ehemännlichen Fuchtel seufzende Frau mit ein bißchen Dorfklatsch aufzuheitern. August Schlunk hatte sich zu seiner Tochter Irene gesetzt. Endlich hatte er das geliebte Geschöpf wieder einmal für sich allein. Zu anderer Zeit war sie ja durch ihren Beruf und durch die Sorge um ihren schwerbeschädigten Mann so stark in Anspruch genommen, daß sie für den Vater kaum Zeit hatte. Otto Pipendorp ließ sich gern einmal von seiner Schwiegermutter, der freundlich gesprächigen Hertha Schlunk, geborene Mikuleitis, unterhalten. Und Stephan Biegert, der junge Schmiedemeister, hatte sich der etwas schüchternen, blutjungen Elfriede Heinricke, genannt Friedchen, angenommen und sie, zu ihrer eigenen Verwunderung, sehr schnell zum Lachen gebracht.

Es hatte sich somit fast von selbst ergeben, daß für den jungen Bäckermeister Max Biegert nur noch die ein wenig langsame, leicht errötende, aber keineswegs unansehnliche Magdalene Klootmann übriggeblieben war. Max hatte es ja faustdick hinter den Ohren, und so machte es ihm beinahe sportlichen Spaß, auch in diesem Fall zu beweisen, daß er ›die Mädchen zu nehmen wußte‹. Bald hatte

Magdalene am Kaffeetisch reichlich zu kichern und mußte so oft erröten, daß es auch den anderen auffiel. Schließlich bat sie ihren Kavalier, doch ein wenig gnädiger mit ihr umzugehen, sonst bekäme sie später Krach mit ihrem Vater. Aber Max beruhigte sie.

»Ach, Lene, laß man! Du mußt jetzt endlich mal ein bißchen über die Stränge schlagen; das ist das einzige im Leben, was Spaß macht.«

»Ich – über die Stränge schlagen? Ach du meine Güte, da käm' ich bei Vater schön mit an!« Magdalene erstickte beinahe vor Lachen und hielt sich ihr Taschentuch vor den Mund.

Max ließ nicht locker: »Wenn du immer erst deinen Herrn Vater fragen mußt, Lene, dann wirst du wohl ein recht langweiliges Leben haben. Nur die verbotenen Früchte schmecken süß!«

Es sah aus, als wäre es die bloße Vorstellung, an einer solchen Frucht auch nur zu kosten, die Magdalenes Gesicht blutrot färbte. Aber es sah eben nur so aus.

Am oberen Ende des Tisches saßen neben Heinricke der Bürgermeister und Kurt Hartjens, der Genossenschaftsvorsteher. Die drei gereiften Männer legten auf weibliche Gesellschaft nicht mehr allzu großen Wert. Sie hatten ernstere Probleme.

Kurt Hartjens berichtet: »In der letzten Woche sind gleich drei von den kleinen Besitzern bei mir gewesen und haben mir gesagt, daß sie verkaufen wollen oder verpachten. Sie hätten daran gedacht, eine Maschinengemeinschaft zu gründen, denn für einen allein wäre so ein moderner Rübenroder oder Mähdrescher viel zu groß und zu teuer. Aber man sähe es ja bei den beiden Gemeinschaften, die sich schon gebildet hätten, daß sich die Teilhaber sofort in die Haare bekommen, weil sie sich nicht einigen können, wer nun bei unsicherem Wetter die Maschinen als erster benutzen darf. Dann gibt's immer gleich Zank und Streit, und die gute Nachbarschaft geht in die Brüche.

Außerdem sind die Maschinen noch längst nicht bezahlt. Die Genossenschaft, das heißt ich, wir haben ihnen die nötigen Gelder vorgeschossen. Ich sitze dann da mit meinem Talent und kann mir den Kopf zerbrechen, von wem ich die fälligen Teilzahlungen einziehe. Am besten sind noch die mittleren Betriebe dran, wo die Großeltern und die Kinder mithelfen. Da lohnen sich die Maschinen schon eher, wenigstens die kleineren Modelle. Arbeitslöhne an Fremde brauchen nicht bezahlt zu werden; die Familienangehörigen rechnen sich die Stunden nicht vor, und bei großen Ausgaben schnallt eben die ganze Belegschaft den Gürtel enger, weil jeder weiß, worum es geht.« Kurt Hartjens wandte sich an den Bürgermeister und fuhr fort: »Es kommt mir immer so vor, Peter, als ob gerade dein Betrieb die richtige Größe hat, nicht zu groß und nicht zu klein. Und dann deine Frau, du selber, dein Sohn und im Notfall noch der zweite Sohn – früher kamt ihr ohne fremde Arbeitskraft nicht aus; jetzt, mit den Maschinen, geht das tadellos. Und alles, was verdient wird, bleibt im Hof.«

Dem Bürgermeister widerstrebte es durchaus, zugeben zu müssen, daß an seinem Familienbetrieb eigentlich wenig auszusetzen wäre. Wie allen Bauern, lag es ihm viel näher, sich über seine Lage zu beklagen. Wind und Wetter bleiben stets unzuverlässig. Also empfiehlt es sich stets, zu zweifeln, zu zögern, nichts Gutes für endgültig zu nehmen und ständig auf schlimme Zwischenfälle gefaßt zu sein. Es ist jedenfalls nie falsch zu klagen, denn Grund dafür wird, wenn auch nicht heute, so doch morgen und übermorgen zu finden sein.

Bürgermeister Oltje wehrte also ab: »Es geht allenfalls leidlich. Die Maschinen sind teuer, und immer ist was zu reparieren. Und das Schweröl kostet einen Haufen Geld. Früher hielt ein guter Pflug zum Tiefackern viele Jahre, und war noch nach Jahrzehnten zu gebrauchen. Die Maschinen haben alle Nase lang eine Panne. Aber unsere

Pferde, die fraßen das Gras von der eigenen Wiese und im Winter Heu und Hafer von den eigenen Feldern. Und den Dung brachte man wieder auf die Felder zurück. Das Chemiezeug, das wir jetzt verwenden, kostet einen Haufen Geld. Und wenn man den falschen Dünger erwischt, oder falsch dosiert, dann richtet man mehr Schaden an als Nutzen. Das gab es beim Stalldung eben nicht. Diese mechanisierte und wie eine Wissenschaft betriebene Landwirtschaft hat schon ihre zwei Seiten. Früher lebte der Hof aus sich selber, und was auf ihm nicht hergestellt werden konnte, wie Pflüge oder Eggen, das haben uns die Handwerker im Dorf geliefert. Heute ist man schon kaum mehr Bauer, viel eher Maschinist. Oder, wenn's gut geht, Fabrikant, Inhaber einer Fabrik für die Herstellung von Schweinen, Kartoffeln, Zuckerrüben und so weiter. Ich werde mir einfach nicht klar darüber, ob ein Bauer auch noch stolz darauf sein soll, daß er jetzt genauso rechnen muß wie ein Industrieller.«

Oltje dachte eben weiter als die meisten.

Heinrich Heinricke griff nach einer der Flaschen deutschen Weinbrands und schenkte sich ein Gläschen ein. Er redete bedachtsam und nicht allzu laut. Aber wenn Heinrich Heinricke sprach, hatte jedermann zuzuhören.

»Meine Friedchen ist eine gute Wirtschafterin. Da kann ich stolz darauf sein. Aber für die Feldarbeit hat sie natürlich keine Zeit. Ja, und mit den beiden Flüchtlingsfamilien, die ich jetzt auf dem Hof habe, ist auch nicht viel los. Wie es weitergehen soll, weiß ich auch nicht. Nach dem Krieg hatten wir noch gut hundert Pferde in Babentin; jetzt haben wir nur noch drei, zwei bei Pipendorp und eins bei Hentzel, und die kriegen auch nur noch das Gnadenbrot. Aber ich frage mich, was machen wir, wenn uns mal das Schweröl ausgeht für die Maschinen und Traktoren? Und das Benzin für die Autos? Dann werden wir wieder lernen müssen, mit Pferden umzugehen. Ach, wenn ich so an meine jungen Jahre denke, wie man da den schweren Boden tief umpflügte, mit drei guten Pferden vor, und man legte so schön gleichmäßig eine Furche nach der anderen um, und die feuchten Schollen blinkerten in der Sonne, und den Pferden stand ein bißchen weißer Schweiß zwischen den Hinterschenkeln, und die schwarzen Schwänze von unseren Braunen fegten nach rechts und links, und man ging so gemächlich hinter dem Pflug her, brauchte ihn kaum festzuhalten, zog Furche um Furche und, weiß der Himmel: man war zufrieden mit sich und der Welt. Heute hockt man auf dem Trecker und kann sich nicht rühren, auch wenn's naß oder kalt ist, wird durchgestuckert vom Hintern her, daß einem bald das Kreuz abbricht. Vor lauter Krach kann man sein eigenes Wort nicht verstehen, und wenn der Wind danach steht, kriegt man die verdammten Abgase in die Lunge, bis einem kotzübel wird.«

Kurt Hartjens blickte den Sprecher verwundert an. »Daß du so gefühlvoll werden kannst, Heinrich, wenn du auf deine Pferde zu sprechen kommst, das hätte ich dir gar nicht zugetraut. Was mich angeht – ich habe nichts gegen Maschinen; wenn wir die nicht hätten, könnten wir einpacken. Die langen Arbeitsstunden auf dem Land will keiner mehr mitmachen. Die Maschinen kamen gerade zur rechten Zeit. Jede leistet so viel wie zehn oder zwanzig Leute. Rechnet man genau nach, so sind sie nämlich billig. In der Gewerkschaft sind sie auch nicht, und wenn man sie nicht braucht, stehen sie im Schuppen und kosten gar nichts. Du weißt es doch selber am besten, Heinrich: was sollten wir denn machen? Ohne Maschinen wären wir gar nicht konkurrenzfähig gegenüber dem Weizen und Mais, den die Amerikaner oder die Kanadier liefern. Und wenn du nicht konkurrenzfähig bist, in welcher Branche auch immer, dann kannst du einpacken. Heute braucht der Bauer vor allen Dingen Köppchen und muß scharf rechnen können. Und weil viele das nicht zustande bringen, gehen so viele Höfe in die Binsen. Aber nicht wegen der

Maschinen! Man kann lange darüber reden, Heinrich, und kommt doch zu keinem Ende. Und kein Hof ist wie der andere, das muß man auch immer wieder sagen. Ich glaube, wir reden mal von was anderem. Sag mal, Bürgermeister, wie ist das eigentlich mit deinem Sohn, will der denn gar nicht heiraten?«

Bürgermeister Oltje verzog die Mundwinkel. »Die Herren Söhne heutzutage! Meine Frau und ich, wir reden uns den Mund fusselig, aber der Junge sagt immer nur: Das hat noch Zeit. Ich bin ja nur froh, daß er nicht wie so viele in die Industrie will. Aber heiraten – das ist noch nicht drin. Dabei gibt es hier doch hübsche Mädchen genug. Aber die Sache ist so; neulich hat mir eine das ganz deutlich gesagt: ›Einen Bauern heiraten, das kommt für mich gar nicht mehr in Frage, da schuftet man sich ja zu Tode. Nein, wenn ich heirate, dann muß es ein Beamter sein oder Angestellter oder auch ein Arbeiter, die verdienen manchmal besser als die im Büro. Aber da weiß man wenigstens als Frau, wann der Mann nach Hause kommt, man hat Urlaub und ein freies Wochenende und kann zusammen was unternehmen und braucht nicht daran zu denken, daß man schon um halb sechs zu Hause sein muß, um das Vieh zu füttern.‹ So reden viele Mädchen heute. Eine zu finden, die wirklich Bäuerin sein will, das ist gar nicht so leicht. Am ehesten noch unter den Flüchtlingen. Wir sagen dem Jungen immer: Ein tüchtiges Mädchen aus dem Osten ist uns genauso recht wie eine von hier. Die haben schon mal erlebt, daß es den Menschen auch dreckig gehen kann. Unsere Mädchen, die möchten am liebsten so leben wie in der Stadt.«

An dieser Stelle wurde Bürgermeister Oltje unterbrochen. Anton Biegert hatte sich erhoben und mit dem Kaffeelöffel an seine Tasse geklopft. Zunächst war er ein wenig erregt und stotterte. Aber nach den ersten Sätzen gab sich das, und dann schien ihm seine kleine Rede sogar Spaß zu machen.

»Liebe Freunde und Nachbarn! Was Sie heute in meiner Person vor sich sehen, das ist ein glücklicher Mensch. Und das nicht nur, weil meine Frau recht behalten hat und das Wetter so schön geworden ist. Ich bin heute ein glücklicher Mensch, weil ich nun endlich das Gefühl haben darf: Wir sind wieder soweit, wie wir im Osten gewesen sind, ehe uns der Adolf und sein Krieg um die Früchte unserer Arbeit gebracht hatten. Ich habe mein Examen als Baggerführer bestanden; damit bin ich schon so gut wie unter die Ingenieure der Grube aufgerückt. Früher war ich Landwirt und hatte einen schönen Hof. Aber als wir dann hierher kamen, sah ich, daß wir hier keinen Platz mehr für einen eigenen Hof finden würden. Außerdem hatte ich kein Geld, und das bißchen Lastenausgleich war ja kaum der Rede wert. Wir haben bei Null anfangen müssen. Es ist mir nicht ganz leicht geworden, mich an den Umgang mit den Maschinen zu gewöhnen. Und erst recht war es für mich nicht einfach, einen Vorgesetzten über mir zu haben, wo ich doch als Bauer mein eigener Herr gewesen bin. Aber auch daran gewöhnt man sich. Mit der Zeit werden wir uns auch wieder ein schönes Haus bauen im Dorf, denn ich will nicht bei der Grube wohnen mit all dem Krach. Ich gehöre aufs Land, und die Meinen auch. Und die haben es schließlich auch geschafft. Meine Söhne sitzen hier am Tisch und sind, soweit ich weiß, die jüngsten Handwerksmeister im ganzen Landkreis. Max hat mir manchmal Sorgen gemacht, das kann ich wohl sagen. Bei Stephan war das nicht so schlimm. Aber nun haben sie beide fast zur gleichen Zeit die Meisterprüfung bestanden und, so Gott will, ist jetzt alles in Ordnung und bleibt auch so. Und unsere Ludmilla« – er unterbrach sich für eine Sekunde und schickte einen zärtlichen Blick zu dem schönen, zierlichen Mädchen hinüber – »ja, Ludmilla hat uns noch keinen Ärger gemacht, sie ist fleißig und geschickt, und wer die mal kriegt, der hat das Große Los gezogen.«

»Dann fang mal an mit der Lotterie!« rief Kurt Hartjens vom Ende des Tisches her. Alle lachten.

»Und dann ist da noch meine gute Frau Anna. Die ist immer gut katholisch gewesen und ist es hier geblieben. Sie hat auf ihre Weise für uns alle gebetet. Das darf ich wohl auch in Babentin sagen, wo alles lutherisch ist. Aber ohne meine Frau wäre mir hier wohl überhaupt nichts geglückt – und dafür möchte ich ihr vor allen Freunden und Nachbarn ganz herzlich danken!«

Anna Biegert sah auf ihre Hände im Schoß hinunter und errötete tief. Anton Biegert sah es wohl und redete schnell weiter:

»Und wir Biegerts sind ja in Babentin nicht die einzigen Zugewanderten, die es geschafft haben. Da ist mein Freund Schlunk zum Beispiel und der Herr Major Odaffsky und seine Frau Josephine aus Oberschlesien. Ich finde es einfach großartig, daß ausgerechnet hier am Rande von Babentin eine kleine Fabrik entstehen wird, in welcher Herr Major Odaffsky zweckmäßige Arbeitskleidung für Landwirte herstellen wird. Dann werden wieder einige aus unserem Dorf, die bisher auswärts ihr Geld verdienen mußten, innerhalb unserer Siedlung Arbeit finden, und es wird auch wieder mehr Geld ins Dorf kommen. So, liebe Freunde und Nachbarn, nun fordere ich Sie alle auf, Ihr Gläschen zu erheben. Prost!«

Alle tranken, was sie sich eingegossen hatten, auch die Bauern in der Runde, wenn auch mit etwas süßsaurem Gesicht. So schienen Klootmann und Heinricke nicht mit allem einverstanden zu sein. Anton Biegert nahm das leichte Zögern Heinrickes, auch des Bürgermeisters Oltje, wohl wahr, aber es störte ihn nicht. Er hatte niemand von seinen Gästen verärgern wollen, das lag ihm völlig fern. Er hatte nur andeuten wollen, daß sich in Babentin seit dem Kriege neben den früher gültigen auch noch andere Maßstäbe durchgesetzt hatten. Früher war das sehr einfach gewesen: wer einen sehr großen Hof hatte, der war etwas; wer einen kleineren hatte, der war weniger; und wer keinen hatte, der war gar nichts – eine eindeutige, jedermann verständliche und auch von jedermann anerkannte Wertordnung. Dann hatte die Nachkriegszeit den Babentinern neue Nachbarn beschert, die sich im Dorf innerhalb weniger Jahre durchsetzen konnten. Der einzige, der diese Zusammenhänge deutlich begriff, war der ehemalige Major und jetzige Textilhändler Odaffsky. Aber Werner und Josephine Odaffsky waren zu höflich und auch zu klug, als daß sie den Bauern von Babentin ihre Erkenntnisse aufgedrängt hätten.

Bürgermeister Oltje hatte für eine Weile nachdenklich auf seinen Kuchenteller geblickt, als könne er nicht begreifen, daß der schon wieder leer war. Nun aber klopfte er mit dem Löffel an die Tasse und erhob sich.

»Liebe Mitbürger von Babentin, alte und neue! Anton Biegert hat uns eine schöne und kluge Rede gehalten, und mir kommt es zu auszusprechen, daß es unserer Weltabgeschiedenheit ganz gut bekommen ist, daß uns ein Haufen fremder Leute ins Dorf geschleust wurde. Aber das hat bei uns nicht jeder gleich kapiert, und wir sind nun mal immer sehr mißtrauisch gegen alles, was von außen kommt. Und für euch Neue war es ja auch nicht ganz leicht, in der ›Braunkohle Elektro‹ oder beim Autobahnbau oder in den neuen Fabriken in Hohwede oder der Kreisstadt unterzukommen. Aber wir Alten hatten schließlich auch unser Kreuz zu tragen. Manch einer von uns, der mit der veränderten Zeit nicht zurechtkam, wakkelt heute sehr, und manch einer, das fürchte ich, wird noch koppheister gehen. Die kleinen Höfe kommen einfach nicht mehr mit. Es stimmt also, daß nicht nur die zugewanderten, sondern auch die alten Babentiner in den letzten Jahren ungeheuer viel Neues lernen und sich oft genug auch total umstellen mußten. Das hat uns einander nähergebracht. Das neue Babentin ist sicherlich anders als das alte, aber es braucht deswegen nicht schlechter zu sein. Vielleicht ist es sogar besser. Erheben wir also unser Glas auf das neue Babentin!«

Weinbrand und Likör waren den Leuten langsam in den Kopf gestiegen und sorgten dafür, daß Bürgermeister Oltje noch stärkeren Beifall fand als Anton Biegert. Überall am langen Tisch wurde jetzt gelacht und laut geredet. Die Kuchenberge waren abgetragen, und auch nach Kaffee verlangte niemand mehr. Das Tageslicht wurde milder. Ein sanfter Wind strich um das kleine Haus und kühlte die Stirnen.

»Man muß sich ein wenig die Beine vertreten«, knurrte August Schlunk in bester Stimmung, »sonst schmeckt einem das Abendbrot nicht.«

Bald verstreuten sich kleine Gruppen und einzelne Paare hinter dem Haus, am Waldrand und an der Straße entlang. Die Straße war leer an diesem Tag. Man konnte sie zu vieren oder zu fünfen nebeneinander unbedenklich als Spazierweg benutzen. Was in den Reden angeklungen war, das wurde erneut besprochen und von verschiedenen Seiten beleuchtet. Aber eines galt für alle: Seit langem war man mit sich und der Welt nicht so zufrieden gewesen.

Die Biegertschen Frauen hatten inzwischen mit Hilfe von Frau Schlunk und Frau Odaffsky auf den langen Tisch viele Teller mit belegten Broten gesetzt, dazu Schüsseln mit Kartoffel- und Heringsalat, mit gekochten Eiern und anderen guten Sachen. Da aber die meisten zum Kaffee zuviel gegessen hatten, blieben große Mengen übrig, und ehe noch die Dunkelheit vollends hereingebrochen war, machten sich die Gäste nach überschwenglichem Dank und herzlichem Abschied auf den Rückweg ins Dorf. Kein Mißton hatte das Fest gestört. Anton Biegert war glücklich, und das galt auch für seine Frau.

Als die Biegerts gerade damit begonnen hatten, den Tisch abzuräumen, erschien plötzlich der alte Klootmann um die Ecke des Hauses und fragte, wie es schien, ein bißchen aufgeregt, nach seiner Magdalene. »Ich dachte, sie wäre schon mit den anderen vorausgegangen. Aber bei denen war sie nicht. Hat sie einer von euch gesehen?«

Anton Biegert sah sich um; er hatte sich schon etwas gedacht, denn sein Sohn Max war ebenfalls seit der Kaffeetafel nicht mehr gesehen worden. Doch er hielt es für besser, den alten Klootmann darauf nicht eigens hinzuweisen.

»Sie wird sicher schon im Dorf sein, Karl, wo sonst?«

Karl Klootmann knurrte ein mißmutiges ›Guten Abend denn allerseits‹ und trollte sich in die schon von Sternen durchfunkelte Nacht.

Eine Viertelstunde später trat Max ins Haus. Der Vater nahm den Sohn beiseite:

»Wo kommst du denn jetzt her?«

»Wo soll ich schon herkommen! Ich habe neben Magdalene Klootmann gesessen. Wir sind dann, wie die anderen, ein bißchen im Wald spazierengegangen und haben uns zum Abendessen verspätet. So habe ich sie gleich ins Dorf gebracht. Ich habe die meisten Gäste noch unterwegs getroffen.«

War das eine plausible Erklärung? Anton Biegert wußte, daß er keine bessere zu erwarten hatte. Und außerdem, der Bengel war erwachsen und Magdalene Klootmann auch kein Kind mehr.

Und auch keine Jungfrau, wenn man den bösen Jungen im Dorf Glauben schenken wollte...

6

Der alte Schlunk und seine Frau Hertha hatten abgewehrt, als sie zu ihrem Schwiegersohn Otto Pipendorp und ihrer Tochter Irene ins Auto steigen sollten.

»Fahrt ihr nur! Wir gehen gern das Stück zu Fuß. Nach dem reichlichen Essen tut uns der Spaziergang gut. Aber seht noch mal in die Ställe, ob alles in Ordnung ist.«

So hatten die Pipendorps den Bürgermeister Oltje und seine Frau in ihr kleines Auto genommen. Otto Pipendorp hatte zwar sein linkes Bein bis zum Rumpf hinauf verloren, aber diesen VW mit automatischem Getriebe konnte er so mühelos fahren, als wäre er noch im Besitz all seiner Glieder. Lediglich der Fußschalter für das Fernlicht hatte umgelegt werden müssen, damit Otto ihn mit der Hand bedienen konnte. Dieses Auto hatte sehr dazu beigetragen, daß Pipendorps Selbstbewußtsein und Selbstsicherheit wiederhergestellt wurden. Vor allem aber hatte die Heirat mit der ansehnlichen und mütterlichen Irene Schlunk den invaliden Mann wieder zu sich gebracht. Es bedeutete für ihn viel mehr als für einen Unversehrten, solch eine blühende Frau zu besitzen – und gottlob war er Mann geblieben, ganz und gar!

Nun hatte ihm seine Irene auch noch verraten, daß sie ›mit einem Kinde ging‹. Ein Sohn? Das wäre für Otto Pipendorp, der nicht nur körperlich, sondern auch seelisch schwer beschädigt aus dem Krieg gekommen war, die Vollendung seines zweiten Lebens geworden. Doch auch mit einer Tochter wäre er zufrieden – ja, vielleicht wäre das sogar noch schöner: so eine lüttje, vergnügte, zärtliche.

Es gab jedoch einen Umstand, der Otto Pipendorps Gemüt zuweilen verdunkelte. Sein Vater hatte nämlich seinerzeit, unter dem Druck seiner finanziellen Misere und gemäß dem Rat der einflußreichsten Männer des Dorfes, seinen Hof auf den Sohn überschrieben und damit jeden bestimmten Einfluß auf die Lenkung des großen, aber völlig verwahrlosten Betriebes verloren. Die neue Zeit war über den alten Ernst Pipendorp hinweggeschritten. Otto hatte seine Irene, die Tochter eines Flüchtlings von Gott weiß woher, geheiratet, ein schmuckes Mädchen gewiß, fleißig, freundlich und voll aufrichtigen Respekts vor dem Schwiegervater. Aber beide ›gingen ins Büro‹. Eine vielleicht notwendige, aber durchaus verächtliche Beschäftigung war das nach des alten Bauern Überzeugung. Im Büro hocken, zu ›tippen‹, Zahlen in Kontobüchern zu Kolumnen aufzureihen, Geld zu quittieren oder auszuzahlen – war das überhaupt eine Arbeit, die diesen Namen verdiente? Für den alten Bauern gab es überhaupt nur eine einzige Arbeit, die nach Gottes Willen Arbeit war: im Schweiße seines Angesichts dem Acker zu dienen, das tägliche Brot wachsen zu lassen, Vieh, Haus, Hof und Gesinde zu versorgen. Das allein ist wahre Arbeit.

Nur noch eine Sorte Mensch hielt der kauzige alte Mann dem Bauern auf eigenem Boden für gleichwertig. Das waren die Autoren geistesgeschichtlich bedeutsamer Werke, wie Goethe oder Schleiermacher, Kant, Hegel oder Wilhelm von Humboldt, aber auch heutige, wie Jaspers oder Mitscherlich, Heidegger oder Klages. Diese allein, so sagte sich Ernst Pipendorp oft genug im stillen, sind wie die Bauern: sie schaffen aus dem Nichts heraus. Wir Bauern schaffen das Korn auf dem Acker, und diese Schreiber schaffen die Gedanken auf Papier. In Wahrheit war, was der alte Pipendorp sich da zumutete, allzu schwere Kost. Denn oft genug verstand er nur die Hälfte von dem, was er las – oder auch gar nichts. Trotzdem las er weiter, langsam, Wort für Wort; manchmal die ganze Nacht hindurch ackerte er sich durch die Bücher. Und leider hatte er, besonders seit dem Tode seiner Frau, nur allzu häufig vergessen, daß er eigentlich anderswo ackern sollte.

Wenn auch Ernst Pipendorp zuweilen die kostspieligen Bücher, die er sich im Lauf der Jahre gekauft hatte, nur höchst unvollkommen verstand, so hatte sich ihm doch mit der Zeit ein weites Nebelreich von Ideen erschlossen, in dem er, halb benommen und zugleich sonderbar beglückt, immer neue Gefilde zu erkunden suchte.

Dann aber hatte er eines Tages entdecken müssen, daß sein geliebter Hof, der seit vielen Generationen den Pipendorps gehörte, sich für den Mangel an Aufmerksamkeit und Betreuung rächte. Als ihm das bewußt wurde, hatte er in einer Art von Panik den Hof auf den Sohn übertragen, obgleich der Sohn niemals als Bauer würde arbeiten können. Ganz plötzlich hatte Ernst Pipendorp sich der Verantwortung nicht mehr gewachsen gefühlt, hatte sie von sich fort, dem Sohn zugeschoben. Dem Sohn und der Schwiegertochter, der Starken, Gesunden, der nüchtern Gutwilligen. Sohn und Schwiegertochter hatten nichts Versponnenes. Die lasen nichts außer der Kreiszeitung, den landwirtschaftlichen Fachblättern und den beruflich wichtigen Mitteilungen der Hauptgenossenschaft. Otto Pipendorp hatte also kurzerhand den Hof an die Schwiegereltern verpachtet, hatte ihnen ein kleines Beihaus wohnlich hergerichtet mit Garage und Telefon, sogar mit einigem Luxus, einer Einbauküche und einer Dusche.

Bald hatten August Schlunk und seine Frau damit begonnen, Ordnung zu schaffen auf dem verschlampten Hof, einen klugen Anbauplan mit sinnvoller Fruchtfolge auf den Äckern zu entwerfen und die vernachlässigten Maschinen wieder auf Hochglanz zu bringen. Einige mußten durch neue ersetzt werden; Kredit bei der Genossenschaft und bei der Sparkasse stand wieder zur Verfügung. Und schon bald zeigten sich die vorzüglichen, tiefgründigen Äcker für liebevolle und sachkundige Pflege mit reichlichen und hochwertigen Erträgen erkenntlich.

August Schlunk kannte seine Vorurteile gegenüber den

Beratern der Düngemittel-Industrie und beachtete auch die Vorschläge und Hinweise der Bauernverbände und der landwirtschaftlichen Fakultäten. Er hatte auf diesen nordwestdeutschen Böden von neuem anfangen müssen zu lernen, und jetzt hatte er nur eins im Sinn: den Ertrag. Freunde hatte sich der Flüchtlingsbauer unter den eingesessenen Besitzern nicht erworben. Aber Respekt wurde ihm nicht mehr vorenthalten. Außerdem sagte sich mancher Babentiner im geheimen: Laß ihn man schuften; erben tun es dann doch die Pipendorpschen Söhne! August Schlunk und seine Frau wußten wohl, daß manch einer so dachte, aber es würden ja nicht nur Pipendorps Kinder, sondern auch die Kinder ihrer Irene den Nutzen von all ihrer Arbeit haben, und damit hätte ihr Leben wieder einen Sinn bekommen.

Ernst Pipendorp, der Alte, war seit Ottos Heirat noch mehr als zuvor aufs Lesen und Studieren gekommen. Er wurde kaum noch um Rat und nur noch selten um praktische Hilfe im Hof gebeten. Er saß in seinem Ausgedinge im Oberstock des weitläufigen Bauernhauses, erschien lediglich zu den gemeinsamen Mahlzeiten, ließ sie sich aber auch oft genug nach oben bringen, kümmerte sich nur wenig um seine zunehmenden Altersgebrechen, sein Rheuma und seine Heiserkeit, wusch sich einmal in der Woche die Füße und einmal im Monat den ganzen Leib, wie es sich gehört, wenn es nicht gerade, nach schmutziger, schwitziger Feldarbeit, öfter geboten schien – und verstieg sich immer weiter in eine weglose, wirre Welt von Gedanken und Vorstellungen. Er ging auch nicht mehr in die Kirche, denn nach der Lektüre all dieser dicken, widerspruchsvollen Bücher war er zu der Ansicht gelangt, daß er die Beschäftigung mit ›Gottes Wort‹ nicht mehr nötig hätte. So ließ er die ehrwürdige Familienbibel verstauben.

Jener Gott aber, den der alte Bauer nicht mehr zur

Kenntnis nehmen mochte, durchschaute sein Sorgenkind und wußte wohl, daß im Grunde nur eine einzige Klage sein Herz beschwerte: Sie haben mir meinen Hof genommen, ich habe auf meinem eigenen Hof nichts mehr zu sagen!

Das Ehepaar Schlunk war weit hinter den Schwarm der Gäste zurückgefallen, die nach dem Biegertschen Fest wieder dem Dorf zustrebten. Sie genossen die strahlende, linde Mainacht, und natürlich beredeten sie auch die Ereignisse der vergangenen Stunden.

August Schlunk meinte: »Der Biegert hat das eigentlich ganz gut gemacht, und auch der Bürgermeister. Nun ja, was sollen die auch anderes über uns sagen als: Sie haben es geschafft, und wir haben keinen Grund mehr, auf sie herabzusehen, zum Beispiel auf Biegert, auf uns und auf Odaffsky. Und daß die beiden dicksten Bauern sich anhören mußten, was der Bürgermeister den Babentinern ins Stammbuch geschrieben hat, das wird sich bald im Dorf verbreiten, dafür werden Heinricke und Klootmann schon selber sorgen.«

Mutter Schlunk hatte nichts einzuwenden, aber sie fügte nach einigen Minuten des Schweigens hinzu:

»Ja, August, und dann kann wohl jeder sehen, daß unsere Irene den Otto Pipendorp glücklich gemacht hat, und ein Kind ist da nun auch in Aussicht. Die beiden sind glücklich, Gott sei Dank, glücklicher, als manche von den Ehen, die im Dorf so zusammengeredet werden, damit Acker bei Acker und Geld bei Geld bleibt. Manch einer von den Jüngeren wird eine Lehre daraus ziehen und sich sagen, es geht auch ohne Geld, wenn man heiratet. Vielleicht sogar besser. Und damit wird sich wieder einiges im Dorfe ändern.«

Aus dem Dunkel kam ihnen jemand entgegen. Bald erkannten sie den alten Klootmann. Als er sah, wen er vor sich hatte, fragte er mit hörbarer Unruhe: »Habt ihr nicht meine Magdalene gesehen? Wir dachten, die wäre mit dem großen Haufen losgezogen, aber da ist sie gar nicht bei. Ich geh' jetzt noch mal zurück zu den Biegerts.«

Auch die Schlunks konnten nur beteuern, daß sie die Magdalene seit dem Nachmittag nicht mehr gesehen hätten und daß sie sicherlich auch nicht mehr im Biegertschen Haus gewesen wäre, als sie sich auf den Weg gemacht hätten.

»Na, da soll doch gleich dieser und jener!« fluchte Klootmann vor sich hin, ließ die Schlunks ohne Gruß stehen und machte sich mit eiligen Schritten wieder auf den Weg zurück.

»Der ist doch immer unhöflich und großkotzig, der Klootmann!« schimpfte Schlunk, als der Bauer außer Hörweite war.

»Ich weiß nicht, August«, sagte Frau Schlunk, »ob du es auch gemerkt hast? Der Max Biegert und die Magdalene Klootmann, die sind nach dem Kaffee im Wald verschwunden, und dann habe ich sie nicht wieder gesehen. Der Max Biegert ist ein Teufelsbraten. Und Magdalenchen ist längst nicht mehr so dumm, wie ihre Eltern vielleicht noch glauben – oder hoffen. Mir hat die alte Frieda Brede, die früher bei Pipendorp Haushälterin war und jetzt Rente bezieht, neulich beim Kaufmann versetzt – ich wollte das gar nicht hören –, daß der schmierige Knecht bei Klootmann, der Franz Purskat, der aus Stettin, der sieben Jahre Soldat gewesen ist und dann nichts gelernt hat, daß also der Franz sich bei Gastwirt Hartjens in der Kneipe, als er einen zuviel getrunken hatte, gerühmt haben soll, er werde einmal den Klootmann beerben. Das kann doch nur bedeuten, daß es die Magdalene schon mit ihm probiert hat.«

August Schlunk spürte nicht die geringste Lust, solchem Klatsch nachzudenken.

»Ach, Hertha, davon will ich nichts wissen. Erzähl so was bloß nicht weiter, wir machen uns damit nicht beliebt, und ob es stimmt, weiß man auch nicht. Der Purskat ist eine Großschnauze und hat uns Flüchtlingen niemals Ehre gemacht. Aber Gott sei Dank, geht uns das alles nichts an. Von mir aus: Schwamm drüber!«

Hertha Schlunk hatte vorausgesehen, daß ihr Mann so antworten würde. Aber sie hielt es trotzdem für richtig, daß auch August wußte, was im Dorf getuschelt wurde.

Vor ihnen in der samtenen Dunkelheit kündigte sich das Dorf durch helle Lichter an. Vor kurzem erst hatte Bürgermeister Oltje die Straßenkreuzungen im Ort durch neuartige Bogenlampen beleuchten lassen. Das hatte allgemein Beifall gefunden, sieht man von einigen Anspruchsvollen, wie Odaffsky und dem Pastor, ab, denen die Lampen nicht in das ländliche Bild passen wollten.

Noch aber waren die Lampen für das gemächlich heimwandernde Ehepaar zu weit entfernt, als daß sie das unermeßliche Gefunkel der Sterne überstrahlt hätten. Die Schlunks kamen ja aus dem Osten des alten Reiches, aus einer Landschaft, wo die Städte weit jenseits der Horizonte liegen, wo das Netz der Straßen viel lockerer geknüpft ist, wo die Wälder noch Wälder und nicht nur Plantagen für Nutzholz gewesen waren. Wo also die Menschen von Kind auf spürten, daß auch sie nur Geschöpfe der grünen Natur waren, immer noch verschwistert den klaren Bächen und den sonnigen Lichtungen im Walde, den Wolken, Winden und Sternen. So waren die Schlunks in dieser Nacht, wenn auch fern der alten Heimat, dankbar, daß sie ihnen den gleichen klaren Himmel wie einst im Osten schenkte: ein Stück unverlierbarer Heimat.

»Das Wetter wird sich halten, Hertha«, sagte August Schlunk. »Es wird warm bleiben und in diesem Jahr keinen Frost mehr geben. Wir sollten morgen mit dem Rübenpflanzen beginnen. Kommst du selber auf die neue Maschine? Ich habe sie schon ausprobiert, es ist großartig, wie gleichmäßig und genau sie die Pflanzen setzt. Was war das früher nicht für eine Schufterei, da brach einem fast das Kreuz in Stücke. Jetzt fährt man gemächlich mit der Maschine hinter dem Trecker die Felder auf und ab, und hinterher stehen die Pflänzchen alle da wie die Soldaten auf dem Exerzierplatz. Der alte Pipendorp wollte natürlich davon nichts wissen. ›Rüben müssen mit der Hand gesetzt werden!‹ Na, Otto wird ihm inzwischen wohl klargemacht haben, daß diese Maschine mehr leistet als zehn Rübensetzerinnen. Aber schließlich, ich wollte dem Alten nicht widersprechen, der ist ja immer so leicht gekränkt.«

Hertha Schlunk erwiderte, bedauernd und zugleich etwas hilflos: »Ja, August, so lange sind wir nun schon auf dem Pipendorpschen Hof, und daß wir uns halb tot schuften, um seinen Kram zusammenzuhalten, das kann uns wohl keiner abstreiten. Aber trotzdem: der Alte ist gekränkt und bleibt gekränkt, und wenn er mit uns redet, dann hat man immer das Gefühl, er möchte eigentlich sagen: Was wollt ihr hier eigentlich auf meinem Hof?«

»Ich mach' mir nichts mehr draus. Wir tun, was wir können, und mehr kann kein Mensch von uns verlangen. Otto hat alles vernünftig geordnet. Und wir arbeiten ja auch für unsere Irene, für Otto und die Enkel. Auf die werden wir nicht mehr lange warten müssen.«

All das war schon viele Dutzend Male hin und her erörtert worden, was aber nicht bedeutete, daß es nicht mehr erörtert zu werden brauchte.

Auch was in den nächsten Wochen zu verrichten sein würde, beschäftigte die beiden noch für eine geraume Weile. Sie hatten das Dorf erreicht und bogen vorbei an den hellen Lampen von der Hauptstraße in den Nebenweg ab, der zu dem Pipendorpschen Hof am Rande Babentins führte. Otto und Irene schienen noch nicht da zu sein, denn alle Fenster des Haupthauses waren dunkel.

Aber als das Ehepaar das von ihm bewohnte Beihaus neben der Milchkammer betreten wollte, näherten sich über die Zufahrt zwei Autoscheinwerfer.

Irene stieg als erste aus dem Wagen.

»Bürgermeister Oltje wollte mit Otto noch was bereden, und Frau Oltje hat mir Bettwäsche gezeigt, die sie erst vor wenigen Tagen von Odaffsky gekauft hat. Schöne Wäsche mit blauen Streifen, wie es jetzt modern ist. Und auch preiswert.«

Otto fuhr das Auto wie üblich auf den Scheunenflur und kam mit sicheren, starken Schwüngen auf seinen Krücken über den dunklen Hof. Es war soviel Leben und Selbstbewußtsein in dieser kräftigen, weit ausholenden Bewegung, daß man meinen konnte, er wollte das Fliegen lernen. Er hatte nicht viel getrunken: Alkohol lag ihm nicht.

»Komm doch noch ein bißchen zu uns ins Zimmer, Schwiegervater. Es ist ja erst halb elf.«

Im Haupthaus, in dem großen niedrigen Wohnzimmer zu ebener Erde, gingen die Lichter an. Die Schlunks setzten sich auf das betagte, mit rotem Plüsch bezogene Sofa.

»Will noch einer eine Tasse Kaffee?« fragte Irene. »Und wer ein Butterbrot haben will, sage es gleich.«

Irene verschwand in die Küche, Wasser rauschte in den Blechkessel, Tassen klapperten auf Untertassen, Löffel am Porzellan. Sonst herrschte die große Stille der dörflichen Nacht. Auch aus den Ställen war kein Laut mehr zu vernehmen. Seit drei Wochen schon stand das Vieh auf der Weide, die Kühe nicht weit vom Dorf auf einer fetten Wiese, das Jungvieh näher am Waldrand auf ärmerem Gras.

Immer, wenn die alten Schlunks mit Otto Pipendorp allein waren, wurden sie von einer leisen Beklemmung beschlichen. Otto war ja der Besitzer, und sie waren nur die Pächter. Die Pipendorps hatten die Hofnummer 3 nach Heinricke und Klootmann, gehörten also zum eingesessenen ›Adel‹. Otto Pipendorp hätte diese Beklemmung nicht verstanden, wenn er sie jemals wahrgenommen hätte. Ihm erschien es wie ein Geschenk des lieben Gottes, daß ihm mit seiner heißgeliebten Irene in ihren Eltern auch noch Hofleute beschert waren, wie er sich geschicktere und fleißigere nicht wünschen konnte. Denn das war dem vom Schicksal gebeutelten und von den Babentiner Vorurteilen einigermaßen gewaltsam befreiten Otto Pipendorp völlig klar: Die Babentiner waren gewiß nicht faul, waren es nie gewesen, aber diese Leute aus dem Osten hatten ja geradezu Heißhunger auf Arbeit und waren erst dann richtig zufrieden, wenn sie des Guten eigentlich zuviel getan hatten. Und weiter wußte Otto Pipendorp: Nur dann war der Besitz zu retten, wenn dafür tagtäglich noch weit mehr als in Babentin üblich an Arbeit, Umsicht und Geschick geleistet wurde.

Otto Pipendorp behandelte also seine Schwiegereltern stets mit Achtung, blieb ihnen aufrichtig dankbar, vermochte aber auch seinerseits niemals eine leichte Befangenheit zu überwinden, wenn er mit ihnen allein war. Es war wohl so, daß sich in dem Verhältnis zwischen Schwiegereltern und Schwiegersohn in gewisser Weise auch das unterschiedliche gesellschaftliche Gefüge ihrer Heimatländer widerspiegelte: Im Osten waren die Abstufungen zwischen reich und arm, zwischen Besitzer und Pächter, zwischen vornehm und gering viel ausgeprägter gewesen als im nordwestdeutschen Bereich, in dem auch Babentin lag. In Babentin hatte es zwar immer kleine und große Bauern gegeben, aber Bauern waren sie alle, und jeder auf seinem eigenen Grund und Boden ein kleiner König. Großgrundbesitz, Junker oder Adel hatte es in und um Babentin nicht gegeben.

Otto Pipendorp hatte sich's in dem großen Ohrensessel auf der anderen Seite des Tisches bequem gemacht. Dort saß er gern, wenn er seine Krücken neben der Tür zum Flur an die hölzernen Haken gehängt hatte. Es machte ihm nichts aus, von der Tür bis zum Sessel auf einem Bein zu hüpfen. Mit der Prothese hatte er sich nicht anfreunden können. Da von seinem zerschmetterten linken Bein kaum ein Stumpf erhalten war, fand die Prothese keinen rechten Halt und machte Otto wesentlich ungeschickter, als wenn er sich seiner zwei stabilen Krücken bediente.

»Der Bürgermeister hat uns anvertraut, daß Odaffsky seinen kleinen Betrieb um fast das Doppelte vergrößern will«, sagte Otto Pipendorp. »Er hat den Stall hinter seinem Anwesen gekauft und den großen Schuppen aus Ziegeln, die dem Bauern Petersmann gehörten, und will, wenn alles erst fertig eingerichtet ist, zwanzig Arbeiter und Arbeiterinnen einstellen. Petersmann hat die Landwirtschaft aufgegeben; der Besitz war zu klein geworden, um sich noch zu rentieren. Odaffsky hat ihm angeboten, in der Fabrik Arbeit anzunehmen, aber das wollte Petersmann nicht, er geht lieber in die Grube. Gott sei Dank, daß wir jetzt die Grube haben und die Autobahn. Und auch Odaffskys Fabrik kommt uns sehr gelegen. In Babentin können sich die Leute von der Landwirtschaft allein nicht mehr ernähren.«

August Schlunk räusperte sich. »Da hast du bestimmt recht, Otto. Aber manchen Leuten im Dorf gefällt das gar nicht, daß es jetzt immer mehr Familien gibt, die nicht mehr von der Landwirtschaft leben. Früher waren das nur der Pfarrer und der Lehrer, denn auch die Handwerker gehörten zur Landwirtschaft und hingen von ihr ab. Hentzel sagte mir neulich: Die Arbeiter kriegen alle mit der Zeit einen Pips in den Kopf, denen geht's zu gut! Kann schon sein, daß es ihnen zu gut geht. Aber besser zu gut als zu schlecht.«

Hertha Schlunk mischte sich in das Männergespräch. »Vorgestern habe ich beim Kaufmann Brinkmayer die alte Mutter Manschewski getroffen, und die hat mir erzählt, daß jetzt wieder drei Grundstücke auf dem von Heinricke abgegebenen Feld an Arbeiter verkauft worden sind. Das sind lauter Leute, wo auch die Frau arbeiten geht und womöglich auch die Kinder. Da kommt dann ein Haufen Bargeld zusammen, und wenn keiner von der Familie das Geld verjuchtelt, dann sind sie eines Tages soweit, dann können sie mit der Bausparkasse oder dem billigen Geld von der Kreissparkasse einen Bauplatz kaufen. Und mit dem Bauen fangen sie dann auch bald an. Eine kleine ›Villa‹ nach der anderen schießt da aus dem Boden: Schöne Häuser wie in der Stadt, mit Veranda und Badezimmer und vorne mit ein bißchen Glaswand, damit es im Flur hell ist, auch bei geschlossener Tür. Wenn das so weitergeht, dann gibt es bald zwei Babentins, eines mit den alten Bauernhäusern und Handwerkshäusern aus der Vorkriegszeit, und daneben ein anderes mit lauter hübschen Einfamilienhäusern und kleinen Ziergärten, und immer wie aus der Puppenstube.«

Otto Pipendorp erwiderte lächelnd: »Wenn mich nicht alles täuscht, Mutter, stechen dir die hübschen kleinen Häuser in die Augen, und es wird nicht lange dauern, bis auch ihr euren Bauplatz habt und euch ein Haus baut, vor dem die Leute stehenbleiben: Sieh mal einer an, die Schlunks! Wie die Fürsten!«

Mutter Schlunk lachte. »Bestimmt nicht, Otto! Das wär' nichts für Vater und mich. Mit uns hat's der liebe Gott noch gut gemeint; wir sind weiter Bauern geblieben. Und hier auf deinem und Irenes Hof, da werden immer ein paar Kammern übrig sein für unsere alten Tage, wenn wir nicht mehr können. Glastüren und Ledersofas, das paßt nicht zu uns. Hauptsache, wir haben wieder Boden unter die Füße gekriegt. Die Häuserchen, die Autos und die neumodische Kledage nach 'm Quelle-Katalog, das brauchen wir alles nicht. Das Geld sparen wir lieber für unsere Enkel. Nun haltet euch mal ein bißchen ran damit!«

Die beiden Männer grinsten, und Mutter Schlunk strahlte. Ja, in Babentin ließ es sich leben, wenn man das Leben nur richtig nahm.

Irene Pipendorp trat ins Zimmer, auf dem Tablett die große Kaffeekanne, Tassen, Teller, Zuckerdose und auf einem hell gescheuerten Holzbrett Käse-, Wurst- und Schinkenbrote.

Obgleich sie der Meinung gewesen waren, bei Biegerts genug gegessen zu haben, griffen alle noch einmal zu. Es war spät geworden. August Schlunk hatte schon herzhaft gegähnt. Irene schickte dem Vater einen belustigten Blick hinüber. »Ja, wirklich, morgen früh ist die Nacht zu Ende! Machen wir Schluß! Mich wundert nur, daß wir von unserem Vater gar nichts mehr gehört haben. Sonst rumort er oben noch lange herum, meistens hat er auch noch lange Licht brennen, viel länger als wir. Er liest ja immer bis in die Nacht. Aber als wir zurückkamen, war im Obergeschoß schon alles dunkel.«

»Vielleicht ist er ausnahmsweise mal früher schlafen gegangen«, sagte Otto.

Irene erhob sich. »Ich gehe noch einmal hinauf und gucke nach. Er läßt ja die Tür zum Schlafzimmer immer einen Spalt breit offen. Man kann ihn atmen hören oder auch schnarchen. Dann wissen wir wenigstens, daß alles in Ordnung ist.«

Nach diesen Worten fühlten sie sich alle ganz plötzlich beklommen. Irene ließ die Tür der Wohnstube hinter sich angelehnt. Gleich danach hörte man die alte Stiege ins Obergeschoß knarren. Die Zurückgebliebenen lauschten ohne ein Wort. Sie wußten, daß Irene jetzt auf dem oberen Treppenabsatz horchte. Und gleich darauf würde man ihre Schritte hören, denn das Schlafzimmer des alten Pipendorp lag am Ende des Ganges unter dem Giebel.

Otto Pipendorp saß plötzlich kerzengerade in seinem Sessel, mit hochgerecktem Kopf, als horche er auf ein allerfeinstes Geräusch.

Plötzlich hörten sie einen langgedehnten Schrei. Und dann... Was rief Irene da? Was schrie sie?

Die drei im Wohnzimmer waren aufgesprungen. Was schrie sie denn nur?

Otto Pipendorp hatte mit zwei, drei Sätzen die Tür des Wohnzimmers erreicht, griff nach seinen Krücken und stakste mit klopfenden Sprüngen die Treppe hoch, so eilig und geschickt, daß August Schlunk kaum folgen konnte. Mutter Schlunk folgte mit zitternden Knien.

Otto Pipendorp und August Schlunk erreichten das Zimmer zur gleichen Zeit. Auch hier brannte nun Licht.

Irene Pipendorp hatte ihre Arme um die Beine des alten Mannes geschlungen und versuchte, ihn hochzuheben. Das gelang ihr zwar, denn sie war stark und der Alte nicht allzu schwer. Aber der Strick war zu fest um den Knebel des Oberfensters geschlungen.

August Schlunk rief: »Quäl dich nicht, Irene. Es hat keinen Zweck mehr!«

Hinter den Männern weinte Mutter Schlunk laut auf.

Ernst Pipendorp, drittgrößter der Altbauern in Babentin, der ›Bücherbauer‹, wie man ihn spöttisch genannt hatte, Ernst Pipendorp, dem sein Hof und sein Altenteil gerettet worden waren, aber nicht durch ihn selbst, sondern durch Fremde, ›die in Babentin eigentlich nichts zu suchen hatten‹, der alte Bauer, der den Hof seines Geschlechts für unantastbar gehalten hatte, und der noch um ein Haar von ihm vertrieben worden wäre, der alte gottlose Mann, der seit Jahren ohne Hoffnung mit dem Schicksal haderte, war tot.

Leicht zur Seite geneigt, hing der Kopf in der Schlinge. Die Augen waren geschlossen. Seine Züge verharrten in finsterer Strenge, mit herabgezogenen Mundwinkeln und vorgeschobenem Kinn – wie im Trotz.

7

Der alte Pastor Friske hatte die größte Zeit seines Lebens im Dienste der Kirche in Babentin verbracht und war selbst zu einem Babentiner geworden. Er stammte aus Lüchow bei Dannenberg, wo sein Vater ebenfalls Pastor gewesen war. Pastor Friske war ein friedfertiger Mann. Dies schon deshalb, weil er im Grunde seines Herzens ein sehr unsicherer Mensch war. Solange er denken konnte, hatte er sich in einer nie enden wollenden Auseinandersetzung mit seinem Gott befunden, in welcher er, wie ihm schien, stets den Kürzeren zog. Nie hatte ihn die Furcht verlassen, dem Allmächtigen gegenüber schuldig geworden zu sein. Was auch immer er hatte anstellen mögen, es gelang ihm nie so recht zu glauben, was er allsonntäglich predigte: daß durch den Kreuzestod Jesu Christi die Sünde aller Menschen gelöscht wäre, daß Gott ›seines eigenen Sohnes nicht verschont‹ haben sollte, daß er ihn gnadenlos und grausam hatte umbringen lassen, um nur ja das elende Menschenpack nicht in der ewigen Verdammnis verschmachten zu lassen, wie es die meisten Menschen eigentlich verdient hätten, eingeschlossen den Pastor primarius von Babentin, Werner Friske. In Pastor Friskes sozusagen animalischem Gemüt war ein wilder Widerstand gegen solchen Glauben nie ganz zu zähmen gewesen. Ein Widerstand? Nein, ein Anstand, der sich nicht damit abfinden wollte, daß ein anderer für nicht von ihm selbst verschuldete Missetaten, zum Beispiel solche des Pastors Friske, am Marterholz bezahlt haben sollte.

Der gute Pastor von Babentin kannte natürlich die alte Regel ›meditatio, oratio et tentatio faciunt theologum‹*. Aber für ihn hatte die tentatio, die Anfechtung, alles

* Versenkung, Gebet und Anfechtung machen einen Theologen

übrige so stark überwuchert, daß er sich, wenn er ehrlich sein wollte – und darum bemühte er sich im Schweiße seines Angesichts –, für einen schlechten Pastor halten mußte, eigentlich unwürdig seines Amtes und zugleich unfähig, es jemals abzuschütteln, denn – wovon sollte man leben? Man hatte nichts anderes gelernt als Pastor, und außerdem, die Frau war dagegen, die ›Frau Pastor‹ (mit dem Ton auf der Silbe ›or‹, wie die Babentiner es aussprachen). Denn der ›Frau Pastor‹, mit Namen Klara, geb. Biesicke, aus Mecklenburg-Strelitz, war es nie auch nur einen Augenblick in den Sinn gekommen, die Aussagen des Kleinen und des Großen Lutherschen Katechismus auch nur einen Augenblick lang für zweifelhaft zu halten. Klara Friske war der Anker gewesen, der den Pastor zeit seines Lebens im Amt und in Babentin festgehalten hatte – um nicht zu sagen: Klara Friske war der Fels, an den der etwas schwächliche Prometheus Friske zeit seines Lebens geschmiedet war.

Pastor Friske stand hinter dem Schreibtisch seines Studierzimmers. Ihm gegenüber hatte sich seine Frau zu ihrer ganzen, nicht allzu beträchtlichen Höhe aufgereckt, die Nase erhoben und die Augenbrauen in die schmale Stirn hinaufgezogen. Ihr schmaler Mund verriet die säuerliche Rechtschaffenheit gewisser Angehöriger der lutherischen Klerisei, die sich dem allerengsten Hofstaat Gottes zugehörig fühlen und als Gottes besondere Günstlinge offenbar keines Irrtums fähig sind.

Die welke Haut auf Klara Friskes Antlitz hatte sich mit einer grauen Blässe überzogen. Selbst ihre ein wenig abstehenden Ohren unter dem grausträhnigen Haar waren blaß geworden. Fassungslos starrte sie ihren Mann an. Was nur alle Jubeljahre einmal vorkam: ihr Mann hatte sie soeben in plötzlich ausbrechendem Grimm angeschrien:

»Fängst du auch noch damit an! Das fehlt mir gerade noch! Laß mich zufrieden! Was verstehst du überhaupt davon! Alle Welt zerrt an mir herum! Die eingesessenen

Babentiner sagen, ich hätte den alten Pipendorp mit allen Orden und Ehrenzeichen christlich begraben müssen. Die jungen und die zugewanderten fragen, was mir einfiele, den Selbstmörder auch noch im Talar ins Grab zu predigen! Er hätte doch ausdrücklich nichts mehr von der Kirche wissen wollen; wozu ich mich da also noch einmische? Und jetzt kommst auch du noch daher, Klara! Wie war das? Mit dem Herrn Superintendenten hätt' ich mich erst ins Benehmen setzen sollen, damit er mir nicht nachträglich die Hölle heiß macht? Laß mich zufrieden, Klara! Ich weiß sowieso nicht mehr, wo mir der Kopf steht, was schwarz ist und was weiß und was recht und was unrecht. Zu verantworten habe ich das alles nur vor mir selber, und nicht vor den alten Bauern und den jungen Arbeitern und der Frau Pastor. Laß mich allein!«

Nein, solche Rede war die Frau Pastor nicht gewohnt. Sie preßte die Lippen zu einem schmalen Strich zusammen, verkrampfte die Hände ineinander vor dem Bauch, drehte sich auf dem Absatz um und schlug die Tür hinter sich ins Schloß.

Mit einem Seufzer der Erleichterung ließ der Pastor sich in seinen Armstuhl fallen, stützte die Ellenbogen auf den Tisch und legte die Hände über seine Augen. Er allein hatte entschieden; er hatte sich nicht dazu überreden lassen, seinen alten Freund und Widerpart Ernst Pipendorp sang- und klanglos zu Grabe zu tragen und an der Kirchenmauer verscharren zu lassen. Nein, das hätte Pastor Friske nicht über sich gebracht. Von der Tatsache des Selbstmords ließ sich natürlich nicht absehen. Der Pastor hatte also den Toten nicht einsegnen, ihn nicht ›christlich‹ begraben können. Aber er hatte, immerhin, den Sarg begleitet und hatte am offenen Grabe zwar keine Predigt, aber doch eine Ansprache gehalten, in welcher er den vielen Trauergästen und Mitläufern dringlich nahegelegt hatte, nicht zu spotten oder zu verurteilen, und auch den Hinterbliebenen keine Verantwortung zuzuschieben –

vor allem aber daran zu denken, in wie großer Not und Einsamkeit sich der alte Bauer befunden haben mußte, ehe er sich dazu entschlossen hatte, seinem Leben ein Ende zu bereiten. Pastor Friske hatte sich also vor den Toten und seine Sünde gestellt: Richtet nicht, auf daß ihr nicht gerichtet werdet!

Die Gutwilligen hatten daraufhin einmütig bekannt: Das ist die beste Leichenpredigt, die Pastor Friske je gehalten hat!

Auch dies war dem Pastor natürlich zugetragen worden. Der Herr Superintendent in Blauenburg würde sicherlich nicht einverstanden sein. Mochte er! Mit dem war sowieso kein Auskommen, trotz aller so gern zur Schau getragenen Amtsbrüderlichkeit.

In dieser stillen Stunde hinter dem Schreibtisch, wohl wissend, daß ihm die liebe Klara die nächsten Tage zu einer eisigen Hölle machen würde, reifte in Pastor Friske der schon lange erwogene Entschluß, endlich in Pension zu gehen und sich anderswo in Deutschland, möglichst weit weg von Babentin, vielleicht in Oberbayern oder in Unterfranken, niederzulassen, möglichst in einer Gegend, wo die Leute katholisch sind. Denn dann hätte seine Frau überreichlich Gelegenheit, sich zu ereifern, alles Katholische schrecklich zu finden und ihn endlich seinen Studien und seiner Traurigkeit zu überlassen. Werner Friske war ja ohnehin nur deswegen noch im Amt, weil sich wegen des Mangels an jungen Theologen noch kein passender Nachfolger für die große Gemeinde Babentin hatte finden lassen.

So ließ Werner Friske denn seine Fäuste geballt auf den Tisch fallen: Ich habe genug! Ich habe das meinige getan! In vier Wochen halte ich meine Abschiedspredigt, komme was da wolle!

Er erhob sich und wanderte, wie schon tausendmal zuvor, fünf Schritte zur Rückwand des kleinen Zimmers und fünf Schritte zurück zum Schreibtisch. Der Entschluß war unabänderlich. In vier Wochen würde er die Bürde des Amtes endlich von den müden Schultern schütteln. Vielleicht macht er sich damit wieder einmal der Feigheit vor Gottes Angesicht schuldig. Aber auf einmal mehr oder weniger kam es jetzt nicht mehr an. Eine unbändige Freude überkam den vom Leben schwer geplagten Mann. Was die anderen auch immer sagen und denken mochten: er hatte für Ernst Pipendorps Tat Verständnis.

Allmählich lösten sich seine Gedanken von der Vorfreude auf eine Zukunft, in der er nicht mehr unter dem schrecklichen Zwang der allsonntäglichen Predigten, der Eheschließungen, Taufen und Begräbnisse stehen würde – und kehrten noch einmal zu der Affäre Pipendorp zurück. Der Pastor erörterte mit sich selbst, ob es richtig gewesen war, den nachgelassenen Brief unter die Leute zu bringen. Ganz gewiß, es war richtig gewesen! Selbstmörder hatte es in Babentin von jeher gegeben, gar nicht so selten übrigens. Pastor Friske hatte dann erleben müssen, wie sich Klatsch und Tratsch im Dorf – oft genug ohne die geringste Berechtigung – gegen die Hinterbliebenen gewendet hatten. Der Pastor hatte sich bemüht, allseits um Nachsicht zu bitten. Wir sind ja wahrhaftig allesamt Sünder und ermangeln durchaus des Ruhmes, mit dem der liebe Gott uns so gern ausgestattet sehen möchte – so etwa, meinte er, ticke das lutherische Uhrwerk.

Der alte Pipendorp hatte sich aufgehängt, der war nicht mehr zu retten. Dem jungen Pipendorp aber mußte man helfen! Der war schwer beschädigt an Leib und Seele aus dem Krieg gekommen; dem durfte sein Leben im Dorf nicht noch erschwert werden. Und seine Frau Irene war eine prächtige Frau! Die ging mit einem Kind. Der war zu glauben, daß sie sich, trotz allen Ärgers, unermüdlich um den alten Pipendorp gekümmert hatte.

Und die Schlunks? Fleißige, anständige Leute, die sich härter abrackerten, als sich die Babentiner alten Stils jemals abgerackert hätten. Ohne sie hätten weder der alte noch der junge Pipendorp den Hof jemals halten können. Auch ihnen durfte nichts Böses nachgesagt werden. Also hatte der Pastor Friske mit dem stillen Einverständnis Otto Pipendorps den Abschiedsbrief des Selbstmörders einigen zuverlässigen Leuten im Dorf zur Kenntnis gegeben, so dem Bürgermeister, den Beiratsmitgliedern Kurt Hartjens und Werner Odaffsky, dem alten Heinricke, aber auch der klugen alten Mutter Manschewski, deren Ehrlichkeit und Hilfsbereitschaft im ganzen Dorf geschätzt wurden.

Der alte Pipendorp hatte offenbar gewußt, wie unvermeidbar ein Selbstmord die Hinterbliebenen in Babentin an den Pranger stellen mußte. Er hatte also versucht, in seinem Abschiedsbrief allen Vorwürfen, die seinem Sohn gemacht werden würden, zuvorzukommen.

Pastor Friske zog den Schubkasten seines Schreibtisches auf, nahm die Abschrift des Letzten Willens heraus und trat ans Fenster. Der Pastor hatte sich das Testament abgeschrieben, um das Original wieder dem Sohn in Verwahrung geben zu können. Er las:

»Mein lieber Sohn Otto!
Ich hätte Dir den Ärger, den Du haben wirst, wenn Du in wenigen Stunden von den Biegerts zurückkommst, gerne erspart. Aber was ich vorhabe, geschieht freiwillig, wohlüberlegt und erleichtert mir das Herz. Der Strick – er stammt aus unserem ehemaligen Pferdestall – liegt schon neben mir. Ich hoffe aber, daß Du mir auf die Dauer nicht gram sein wirst. Wir zwei haben uns ja eigentlich immer ganz gut verstanden, bis zu dem Augenblick, an dem Du mir Irene Schlunk ins Haus brachtest und ich Dir den Hof überschrieb. Du gehörst nun natürlich zu Deiner Frau, und Dein Vater ist auf den zweiten Platz gerutscht. Deiner Mutter wäre das gleiche geschehen, wenn sie noch lebte. Aber so muß das wohl sein: Der Mann wird seinen Vater und seine Mut-

ter verlassen und werden die zwei sein ein Fleisch – wie es geschrieben steht. Als ich vor vielen Jahren Deine verstorbene Mutter heiratete, mein lieber Otto, da habe ich mich meinen Eltern gegenüber auch nicht viel anders benommen. Glaube also nicht, daß ich Dir Deine Irene irgendwie verarge. Solches ist ferne von mir. Bleibe ihr treu Dein Leben lang, Du wirst gut mit ihr fahren.

Auch daß ich gezwungen wurde, Dir den Hof früher zu übertragen, als ich vorgehabt hatte, schreibe ich Dir nicht zur Last, mein lieber Otto. Du hast das ja auch nie von mir verlangt. Es waren die Genossenschaft und die Kreissparkasse, die mir die Daumenschrauben angesetzt haben. Und schließlich, Du solltest den Hof ja sowieso bekommen – wenn auch erst ein paar Jahre später. Es verstand sich dann beinahe von selbst, daß Deine Schwiegereltern, zweifellos tüchtige Landwirte, für Dich den Hof bewirtschaften, denn Dich selbst hat ja der verfluchte Krieg so schwer beschädigt, daß Du nur noch am Tisch sitzen kannst. Und es stimmt schon, daß Du gut zu solcher Arbeit geeignet bist – ich bin ja auch mein Leben lang lieber über Bücher gehockt, als hinter dem Pfluge herzugehen. Bücherbauer haben sie mich geschimpft, und ich war sogar noch stolz darauf. Aber es stimmt schon: In den Büchern herumzuschmökern, das ist eigentlich nichts für einen Bauern, denn dann geht's immer bis in die Nacht und er kann morgens nicht früh genug aufstehen, die Pferde zu füttern, und kommt zu spät aufs Feld.

Ich weiß längst, daß ich den Hof verspielt hätte, wenn nicht Du und Irene, ihre Eltern und schließlich auch die Genossenschaft und die Sparkasse mir zu Hilfe gekommen wären. Und ich dachte mir auch, daß es wohl ganz schön sein müßte, so im Oberstock zu sitzen, keine Verantwortung mehr zu haben, ohne schlechtes Gewissen Bücher lesen zu können, andere für Essen und

Trinken sorgen und den lieben Gott einen guten Mann sein zu lassen.
Aber der liebe Gott ist kein guter Mann. Das sollte ihm auch schwerfallen, denn es gibt ihn gar nicht. Ich bin mit der Zeit, vielleicht durch meine viele Schmökerei, zu einem gottlosen Heiden geworden. Ich bin sogar entschieden gegen diesen Gott, der, wenn er das ist, was er zu sein vorgibt, ja auch das Böse mitgeschaffen haben muß und all den Dreck, die Krankheit und die Gemeinheit und Berge von Elend und Jammer. Wenn er so allmächtig ist, wie der Pfarrer in der Kirche predigt, dann hätte er ja all den Mist auf dieser Welt weglassen können. Wenn er aber das Böse mitgeschaffen hat, dann hat er es auch gewollt, und dann ist er kein guter Gott, und mit dem Gott der Liebe ist das nur ein fauler Zauber.
Dies alles schreibe ich hin, damit niemand von Euch auf die Idee kommt, daß ich christlich begraben werden muß. Darauf lege ich nicht den geringsten Wert, auch das ist fauler Zauber. Erde zu Erde, Asche zu Asche, Staub zu Staub, das ist der Weisheit letzter Schluß.
Mein lieber Sohn, ich wollte, ich könnte Dir mehr hinterlassen als diesen Brief. Aber ich habe ja nichts mehr. Alles, was ich hatte, habe ich Dir schon überschrieben, das heißt also die hohen Schulden, wahrlich kein Geschenk. Dadurch, daß ich mich jetzt verabschiede, wird Deine Last weder schwerer noch leichter. Auf dem Altenteil füllt man keinen Platz mehr aus. Man kann gehen, ohne daß es einer merkt. Ich habe keine Lust mehr zu der ewigen Unruhe in meinem Kopf. Es gab eine Zeit, da war ich beinahe stolz auf diese Unruhe. Das ist lange vorbei.
Aber am Schluß seines Lebens soll man wohl noch einmal ganz und gar ehrlich sein. So sage ich Dir also dies, mein lieber Sohn Otto, und meine liebe Schwiegertoch-

ter Irene, die Du mich immer so freundlich behandelt hast, obgleich ich immer mit Absicht unfreundlich zu Dir gewesen bin: Ich kann es nicht ertragen, daß ich nicht mehr *der Bauer* bin. Ich kann es nicht ertragen, daß von früh bis spät auf meinem Hof Maschinen und Motoren knattern. Die Maschinen machen zwar alle Krach, aber sie leben nicht, sie stinken bloß. Auch die Pferde, wenn sie vor dem Pflug gingen, stänkerten einem manchmal die Nase voll, aber sie lebten. Ihr Fell glänzte braun oder fuchsig, die schwarzen Schwänze fegten die Luft, die Ohren spielten. Und die Kühe – an deren warmes Fell legt niemand mehr seine Hand, selbst nicht mehr an die Euter, und die Melkerinnen lehnen nicht mehr ihren Kopf an die warmen Flanken beim Melken. Statt dessen klemmt man den Tieren Aluminiumsauger an die Zitzen, die Maschine puckert und lutscht ihnen die Milch ab, und wenn die Maschine nicht aufpaßt, dann lutscht sie so lange weiter, bis das Blut kommt. Und den Schweinen züchtet man neue Rippen an, damit ein paar Koteletts mehr herauskommen, wenn sie geschlachtet werden. Automatisch natürlich. Und die Hühner sperrt man in Brutkäfige, damit sie in einem Jahr mehr Eier legen als früher im ganzen Leben. So kann man sie schon nach einem Jahr als junge Backhähnchen auf den Markt bringen. Hähne, Bullen, Hengste, ha – das ist jetzt alles überflüssig geworden, das macht der Tierarzt mit der Spritze viel besser. Und unser Sandboden hier, das ist auf einmal der beste von allen Böden. Ein paar Sack grünes oder weißes oder graues Pulver werden ihm eingespritzt, und schon trägt er Weizen und Zuckerrüben, Gerste und Hafer und Gott weiß was, Hokuspokus Fidibus, es ist die reine Hexerei!

Das alles geht mir gegen den Strich, das alles paßt mir nicht mehr. Früher hatten die Bauern mit dem Lebendigen zu tun, und sie sorgten dafür, daß es lebendig blieb. Heute gibt es keine Bauern mehr, sondern nur noch Landwirte, das heißt Kunstdüngerstreuer, Besamer, Maschinenschmierer, Treckerfahrer, Dieselölverbraucher, Bankschuldner und Kostenkalkulierer. Ich selbst habe mich zu dergleichen nicht entschließen können, das Ganze macht mich kotzen. Wozu soll ich die Last der Tage und der Zukunft noch länger tragen. Ich mache Schluß und Gott (wenn es einen gibt) sei meiner armen Seele (wenn es eine gibt) gnädig!

Wenn es Dir nicht zu viele Scherereien bereitet, mein lieber Sohn Otto, dann begrabe mich nicht auf dem Kirchhof, da gehöre ich nicht hin. Es gibt ja am Rande von unserem Wald noch genug Unland, wo die niedrigen Kusseln stehen und sogar das Heidekraut noch nicht ganz verschwunden ist, da macht ein Loch und legt mich hinein, ohne Sarg. Das wird wohl einer der wenigen Plätze sein, wo noch kein Kunstdünger in die Erde gekommen ist. Denn von Kunstdünger möchte ich nicht zerfressen werden, sondern nur auf die alte anständige Weise, von den Würmern.

Liebe Deine Frau, mein guter Sohn Otto! Irene ist gut und treu, und Du kannst Dir keine bessere wünschen. Erziehe Deine Kinder ernsthaft und spare auch gelegentlich nicht mit dem Stock, denn das Dichten und Trachten des menschlichen Herzens ist böse von Jugend an. Ich zweifle auch nicht daran, daß Du mit Hilfe von August Schlunk die Schulden tilgen wirst, die ich Dir als ein zwar wohlmeinender, aber völlig unzulänglicher Vater hinterlassen habe. Vielleicht lebe ich noch ein wenig in Eurem Gedächtnis weiter. Das ist das einzige Weiterleben, das es gibt. Und sollte mir das beschieden sein, so ist mein Leben doch nicht ganz umsonst gewesen.

Gib diesen Brief dem Bürgermeister und dem Pfarrer zu lesen, damit jedermann weiß, daß weder Dir noch den Schlunks etwas vorzuwerfen ist. Lebt alle wohl und seid zum letztenmal gegrüßt von eurem Vater Ernst Pipendorp.«

Pastor Friske ließ das Papier sinken, auf dem er mit seiner kleinen, beinahe winzigen Schrift den Letzten Willen des alten Pipendorp abgeschrieben hatte. Er blickte durchs Fenster seines Studierzimmers in den üppig grünenden Obstgarten hinaus, der mit dichtem Laubwerk die Rückseite des Pfarrhauses gegen die übrige Welt abschirmte. Die Apfelbäume blühten überwältigend reich, wie mit zartrosa angehauchten großen Schneeflocken überpudert. Pastor Friske blickte durch die Pracht hindurch ins Leere; er nahm nichts davon wahr. Ja, das war ein Brief! Der alte Freund und Widersacher war ehrlich bis zur letzten Konsequenz geblieben. Er selber würde diese Entschlossenheit nie aufbringen, wollte es auch gar nicht, konnte es nicht, denn trotz aller schrecklichen Zweifel hing sein Herz am alten Glauben. Wie hätte er es sonst über sich bringen können, jeden Sonntag von der Kanzel der nur halb gefüllten Kirche das Wort Gottes zu predigen, nüchtern, unzulänglich – und doch immer in der Hoffnung, ab und zu ein Herz anzurühren, einen Menschen zur Besinnung zu bringen!

Es schmerzte den über seine Jahre hinaus gealterten Gemeindepfarrer nur noch wenig, daß er den letzten Wunsch des ›alten Heiden‹ nicht hatte erfüllen können: ihn außerhalb der Kirchhofsmauern zu begraben. Derart ausgefallene Wünsche waren leider nach der Kreis- und Gemeindeordnung nicht statthaft.

Der Tod des alten Pipendorp hatte keine merkliche Lücke hinterlassen. Schon allzu lange hatte der Bauer nicht mehr an den Geschehnissen im Dorf teilgenommen. Sein Selbstmord war eine Sensation gewesen, war aber durch den hinterlassenen Brief sozusagen entschärft worden.

Die Hinterbliebenen, die man sicherlich gern noch lange bekrittelt und beklatscht hätte, waren von jeder Verantwortung freigestellt und boten keine Angriffsfläche. Also wandte sich das nimmermüde Geraune an den Küchentüren und Feldrainen bald anderen Leuten zu: gelegentlich ihren guten Taten, aber ungleich häufiger ihren Schandtaten, echten, eingebildeten oder erlogenen. Sie allein bilden den Stoff für jene nie endenden Unterhaltungen, die von den Männern mit dem gleichen Eifer, um nicht zu sagen der gleichen Gier, betrieben werden wie von den Frauen: ein unermüdlicher Chor, der alles, was im Ort geschieht, widerspiegelt und meist gewaltig verzerrt. Weder Radio noch Fernsehen, weder Film noch Illustrierte haben den Dorfklatsch verdrängen oder auch nur im mindesten beeinträchtigen können.

Pastor Friske hatte es also mit seiner Art von christlich-unchristlicher Bestattung niemandem recht machen können. Aber seine Unentschlossenheit hatte er überwunden. Am zweiten Sonntag nach dem Begräbnis bat er die Gemeinde, nach seiner Predigt noch ein paar Minuten zu verweilen; er habe eine Erklärung abzugeben. Die Kirche war an diesem Sonntag fast bis auf den letzten Platz gefüllt. Man hatte hören wollen, ob der Pastor nach so reichlich gespendeter Kritik etwas zu seiner Rechtfertigung sagen würde – und das wollte sich kaum einer entgehen lassen.

Die Gemeinde war enttäuscht worden, denn Friske hatte, ganz unerwartet, über einen Text aus dem Buch Hiob gepredigt, wo es im zwölften Kapitel vom 16. Verse an heißt: ›Bei Gott ist Kraft und Einsicht, sein ist, der da irrt, und sein ist, der irreführt. Er führt die Ratsherren gefangen fort und macht die Richter zu Toren. Er befreit von den Banden der Könige und umgürtet die Lenden der Schwachen mit einem Schwert. Er führt die Priester barfuß und elend davon und bringt zu Fall die alten Geschlechter. Er entzieht den Verläßlichen die Sprache und nimmt weg den Verstand der Alten. Er schüttet Verachtung aus über die Fürsten und entkleidet die Gewaltigen ihrer Rüstung. Er nimmt den Häuptern des Volks im Lande den Mut und führt sie in die Irre, wo kein Weg ist, daß sie in der Finsternis tappen ohne Licht und macht sie wie die Trunkenen.‹

Pastor Friske hatte gewaltig über diesen Text gepredigt, gewaltiger als sonst. Gerade deswegen hatte die Gemeinde nur wenig von dem begriffen, was ihm vorgeschwebt haben mochte. Doch war es dem Pastor immerhin gelungen, die Leute aus ihrer Langeweile aufzurütteln, ja Unruhe in ihre Herzen zu tragen.

Als der Segen gesprochen war – »... und gebe dir seinen Frieden!« –, nahm die Gemeinde wieder Platz. Pastor Friske trat vom Altar fort, nachdem er sich kurz verbeugt hatte, und stellte sich neben die vorderste Kirchenbank.

»Liebe Gemeinde! Ich habe noch eine Ankündigung zu machen, die mich persönlich betrifft. Wie jedermann weiß, bin ich seit mehr als einem Jahr eigentlich nicht mehr der Pastor dieser Gemeinde, die mir seit annähernd vier Jahrzehnten anvertraut gewesen ist; vielmehr verwalte ich mein früheres Amt nur noch als ein Vertreter meines Nachfolgers. Dieser Nachfolger ist von der Kirchenbehörde immer noch nicht bestimmt oder er hat noch nicht die Zustimmung dieser Gemeinde gefunden. Schon vor einem Jahr hätte ich in Pension gehen können, habe es aber auf Wunsch der Gemeinde nicht getan, damit gesichert war, daß jeden Sonntag von dieser Kanzel gepredigt wurde, daß die Kinder und Konfirmanden weiter ihren Unterricht erhielten und daß Kindtaufen, Eheschließungen und Begräbnisse auch weiterhin kirchlich begangen werden können. Wie nun ebenfalls jeder in der Gemeinde weiß, haben Tod und Bestattung meines alten Freundes und Bruders Ernst Pipendorp zu heftigem Zank und Streit im Dorf geführt. Nichts hat mir ferner gelegen, als zu solchem Unfrieden Anlaß zu liefern. Was mich allein geleitet hat, war die Ehrfurcht vor der Würde auch noch eines bösen Todes und die Trauer um einen bedingungslos ehrlichen und, wie mir scheint, völlig furchtlosen und zugleich gütigen Menschen, dem Gott in seiner allumfassenden Gnade, dessen bin ich sicher, gnädig sein wird. Leider habe ich, wie schon bei vielen früheren Gelegenheiten, erfahren müssen, daß meine gutgemeinten Absichten völlig mißverstanden wurden und daß man mir sogar vorwarf, ich hätte mich unkirchlich, ja unchristlich verhalten. Liebe Gemeinde, ich habe die Sechsundsechzig bereits überschritten. Ich bin des Treibens müde. Beinahe vier Jahrzehnte habe ich mit meinen bescheidenen Mitteln und soweit der Heilige Geist mich dabei unterstützte, mein Bestes gegeben. Ich weiß, daß auch dies Beste noch nicht viel wert war und daß ich dem drückend schweren Auftrag meines Amtes nur gelegentlich gerecht geworden bin. Liebe Gemeinde, ich bin nicht mehr jung, ich bin am Ende meiner Kraft. Heute in vierzehn Tagen werde ich in dieser Kirche meinen letzten Gottesdienst halten. Die verbleibenden vierzehn Tage sollen den Kirchenältesten die Möglichkeit geben, sich noch einmal energisch mit der Kirchenbehörde ins Einvernehmen zu setzen, um entweder für einen anderen Vertreter oder für einen neuen Pastor zu sorgen. Ich selbst werde ebenfalls in diesem Sinne sprechen – und nun bitte ich euch, von allen Abschiedsfeiern, Abschiedsgeschenken und dergleichen Abstand zu nehmen und danke im voraus für die gute Absicht. Ich scheide von Ihnen allen, liebe Brüder und Schwestern, ohne Groll und danke Ihnen dafür, daß Sie mich beinahe vierzig Jahre lang mein Amt haben verrichten lassen, ohne jemals sich über meine sicherlich oft bewiesene Unzulänglichkeit zu beschweren. Leben Sie wohl! Möge Gott uns allen gnädig sein!«

Pastor Friske hob die Hände wie zu einem nochmaligen Segen, vollendete aber die Gebärde nicht, als wäre sie wohl doch nicht am Platze. Er wandte sich um, schritt am

Altar vorbei und verschwand hinter der vorgerückten Kanzel durch die enge Tür der Sakristei.

Ein paar Sekunden lang blieb es in der Kirche totenstill. Dann erst raschelten ein paar Leute verstohlen in den hintersten Bänken. Allmählich löste sich die Erstarrung, und es gab das übliche Gedränge zum Ausgang. Keiner jedoch schien Lust zu haben, einem andern ins Gesicht zu sehen, jeder blickte stumm geradeaus, bis auch er endlich den Vorraum unterhalb des Kirchturms erreicht hatte und damit schon so gut wie im Freien war. Die sonst vor der Kirchentür nach dem Gottesdienst üblichen Gespräche über das Wetter und die Marktpreise gab es an diesem Sonntag nicht. Die Leute strebten in verschiedenen Richtungen durch den etwas unordentlichen Kirchgarten davon, als hätten sie unaufschiebbare Geschäfte.

Schneider Brinkmalte, dem zwar jeder Klatsch im Dorf hinterbracht wurde, der sich aber, wenn solcher Klatsch bösartig war, niemals daran beteiligte, ihn zu verbreiten, sagte zu seiner Frau, als die beiden zu ihrem kleinen Haus am Dorfrand hinauswanderten: »Karlchen« – seine Frau trug den stolzen Namen Karoline – »Karlchen, ich werde dir mal was sagen: Wenn Pastor Friske immer so erbarmungslos gepredigt und mit der Gemeinde so deutlich geredet hätte wie heute, dann hätte er die Kirche wohl immer voll gehabt, und es würde sich auch niemand getraut haben, an ihm herumzukritisieren. Schade. Aber nun ist es zu spät, und wir sind ihn los.«

Schneider Brinkmalte hatte sich mühsam genug durchs Leben schlagen müssen. Seine Frau hatte fleißig mitgeholfen, hatte unzählige Arbeitshemden und Kopfkissenbezüge genäht. Beide arbeiteten weiter, obgleich sie schon Rente bezogen, bescheidene Leute, die sie waren. Und beide waren der Meinung, daß es ihnen mit der Rente und den schmalen Einkünften aus ihrer Flickarbeit nun auf die alten Tage besser ging als jemals zuvor. Und sie konnten es sich sogar leisten, den Auftrag eines der eingesessenen

Bauern zurückzuweisen, wenn er für die ein Jahr zuvor geleistete Schneiderarbeit noch nicht bezahlt hatte. Früher hätten sich die Brinkmaltes das nie getraut, denn selbst die reichsten Bauern blieben den Handwerkern im Dorf manchmal für Jahre die mageren Rechnungen schuldig. Hatten doch nach ihrer Meinung die Handwerker froh zu sein, daß sie überhaupt beschäftigt wurden. Aber auch das hatte sich in Babentin seit dem Zweiten Weltkrieg verändert, seit die Handwerker in Babentin rar geworden waren. Manche hatten es satt bekommen, auf die Bezahlung zu warten; sie waren statt dessen ›ins Werk‹ gegangen, womit sie zwar ihre ohnehin fragwürdige Unabhängigkeit aufgaben, aber jeden Freitag ihren Lohn kassieren konnten.

Karoline Brinkmalte erwiderte: »Ach, Konrad, mit solcher Frau wie der Frau Pastor, da kommt kein Mann auf einen grünen Zweig, und ein Pastor schon gar nicht. Sie hat ihm immer dazwischengeredet und sogar die Predigten gemacht, sagen die Leute. Ich sage das nicht, aber sicherlich hat sie ihm alle Predigten madig gemacht, die ihr nicht fromm genug ausfielen. Und immer dann blieb ihr Platz auf der Vorsteherbank leer. Und damit hat sie doch ihren Mann vor der ganzen Gemeinde bloßgestellt. Sie stand ja mit den Engeln und den Erzengeln auf Duzfuß, o ja, die wußte ganz genau, was heilig und was unheilig ist. Auch heute ist sie nicht in der Kirche gewesen, damit die Gemeinde nur wissen sollte, daß der Herr Pastor wieder einmal was falsch gemacht hat. Ich wünsche dem Pastor nur, daß er sich besser wehren kann, wenn er jetzt in Pension geht. Dann braucht er nicht mehr in einem Pfarrhaus zu wohnen mit durchsichtigen Wänden, und die Leute zerreißen sich das Maul über ihn. Vielleicht schlägt er dann endlich mal mit der Faust auf den Tisch. Das hat nämlich der Frau Pastor ihr Leben lang gefehlt. Nicht mal Kinder hat sie ihm geschenkt, kann mir schon denken, warum. Da blieben die Betten klamm, sommers und winters. Mir hat der Pastor Friske immer leid getan. Er hätte das böse Weib an die Luft setzten sollen, aber das konnte er ja nicht als Pastor. Ich bin nur neugierig, wen man jetzt nach Babentin schicken wird.«

Karoline Brinkmalte war eine lebenskluge und von Herzen gute Frau. Sie hatte ihren Konrad niemals ›kurz gehalten‹ und die beiden waren glücklich und zufrieden auf ihre alten Tage.

Gespräche wie diese wurden in Babentin noch oft in den kommenden Tagen und Wochen geführt, wenn auch nicht immer so wohlwollende. Was immer im Pfarrhaus zu Babentin vorgehen mochte, es wurde und wird darüber geraunt und getuschelt. Die Leute wissen genau, was im Pfarrhaus passiert, selbst bis ins Studierzimmer, ja, bis ins eheliche Schlafzimmer hinein. Dem hatte der Pastor endlich ein Ende gemacht.

Schon bald nach jenem Sonntag schlug die Stimmung im Dorfe um. Wie kam der Mann dazu, so unverblümt die Wahrheit zu sagen? Wenn man nicht einmal mehr über den Pastor reden und tratschen konnte, über wen sonst, etwa über die Politiker? Aber die meisten Babentiner interessierten sich fast gar nicht für die Politik. Die meisten Arbeiter, die Flüchtlinge und Kleinbauern wählten SPD, und die anderen wählten CDU. Damit waren die demokratischen Pflichten erfüllt, und mehr konnte niemand verlangen.

Und der Pastor, der hatte gefälligst nicht persönlich zu werden!

Der Sommer ging hin, wie alle Sommer hingehen, das heißt, er war der Meinung der Babentiner, soweit sie über Felder oder wenigstens einen Gemüsegarten verfügten, wie immer keineswegs vollkommen geraten. Entweder war das Wetter für die Kartoffeln zu naß oder für den Roggen zu trocken, für den Klee zu kalt oder für die Rüben zu heiß. Sich über das Wetter zu beklagen – das gehört zum

Leben auf dem Lande wie die Nacht zum Tage. Aber wenn die Ernte dann eingebracht ist, die Felder schon für den nächsten Frühling umgepflügt sind, am Ende des Jahres also, ist es dann doch nicht ganz so schlecht ausgefallen, wie man befürchtet hat.

Klugen Leuten auf dem Lande, wie etwa dem alten Pipendorp – Gott hab ihn selig! – oder auch dem Karl Klootmann, Bürgermeister Oltje, Hartjens und anderen, denen ist längst klargeworden, was der große Unterschied ist zwischen einem Bauernhof und einer Fabrik. Wenn in der Fabrik die Maschinen gut geölt sind und die Arbeiter nicht streiken, dann weiß man mit Sicherheit, daß im Januar vierzigtausend Nägel mit Köpfen pro Tag produziert werden und im August ebenso. Es können auch Milchflaschen sein oder Streichhölzer. Der Bauer jedoch mag seine Maschinen noch so gut ölen, mag noch so unermüdlich sich abmühen vom frühen Morgen bis in die späte Nacht, mag den richtigen Kunstdünger und unkrautfreies, ausgesuchtes Saatgetreide in den Boden bringen, mag alle Regeln seiner Kunst sorgfältig beachten – aber daß er dann am Ende eines Jahres ebensoviel Doppelzentner Weizen erntet wie im vergangenen, dafür hat er nicht die geringste Gewähr. Denn der Ausfall seiner Ernten ist abhhängig von Gewalten, auf die er so gut wie keinen Einfluß auszuüben vermag. Er kann also die Erfolge seiner Arbeit nur innerhalb sehr, sehr weit zu spannender Fehlergrenzen vorausberechnen.

Der erfolgreiche Textilhändler Odaffsky und Bürgermeister Oltje, die gelegentlich gemeinsam ein Bier beim Gastwirt Hartjens trinken, haben neulich gerade dies erörtert, kurz nach dem Babentiner Schützenfest, bei dem es in diesem Jahr erstaunlicherweise nicht ein einziges Mal blutige Köpfe gegeben hat. Odaffsky war zwar kein Landwirt mehr, aber in seiner alten Heimat war er ein vorzüglicher Agronom gewesen, und seine neue Umwelt beobachtete er mit scharfen Augen.

»Das ist es ja gerade, Bürgermeister«, sagte er zu Oltje, »weshalb die Kommunisten weder in Rußland noch in China mit der Landwirtschaft jemals auf einen grünen Zweig kommen. Ewig haben sie Mißernten und müssen vom Westen Getreide kaufen. Und gerade in Rußland, das in alten Zeiten riesige Mengen von Nahrungsmitteln ausführen konnte, bleiben Brot und Butter nach vielen Jahrzehnten Kommunismus immer noch knapp. Die Erklärung ist ganz einfach: Sonne, Wind und Regen lassen sich eben nicht einplanen, sondern müssen genommen werden, wie sie kommen. Und wenn das Wetter einen Strich durch den Plan macht, gibt es riesige Löcher in der Versorgung, und einige Dutzend unglückseliger Agrarkommissare müssen ins Gras beißen. Ob du es glauben willst oder nicht, Bürgermeister: Landwirtschaft und Planwirtschaft, die schließen sich einfach aus. Das sind Gegensätze, die sich nicht vereinen lassen.«

Oltje drehte sein feuchtes Bierglas ein paarmal auf dem Pappteller in die Runde. »Das stimmt, Werner. Natürlich, jeder von uns Bauern, wenn er nur einigermaßen auf dem Kien ist, plant seinen Anbau. Im vorigen Jahr war ich fest entschlossen, eine Bombenernte an Zuckerrüben einzubringen, hatte mir wirklich die größte Mühe gegeben, sogar die möglichen Einkünfte schon ausgerechnet und für den Umbau meines Wohnhauses ›verplant‹, wie man so schön sagt. Und dann kam die lange Trockenheit gerade im Herbst, wenn die Rüben sich so recht voll Wasser und Zucker saugen sollen, und schließlich war dann der Überschuß von der ganzen Schufterei und Planung nur noch mit dem Vergrößerungsglas zu erkennen. Verloren habe ich nicht gerade viel, aber mit dem schönen schmiedeeisernen Treppengeländer für unser neues Haus – das heißt es ist ja das alte, wir möbeln es bloß ein bißchen auf – ja, damit war es dann nichts. Nun haben wir wieder ein hölzernes, und dabei wird es wohl bleiben!«

So reden die Leute gern, die etwas von der Landwirtschaft verstehen; nicht alle Leute auf dem Lande verstehen etwas davon. Der Pfarrer versteht meistens gar nichts und der Lehrer noch weniger. Die Handwerker haben nur selten eine glückliche Hand mit ihren wenigen Feldern, und zu den hübschesten, wenn auch nicht sehr ertragreichen Gärten bringen es gewöhnlich nur die Arbeiter. Warum das so ist, das konnten sich selbst so kluge Leute wie Odaffsky oder Oltje nicht erklären. Aber die alte Mutter Manschewski hat es eines Tages mal gesagt, und das war bestimmt richtig:

»Die Arbeiter in der Fabrik oder aus der Grube, die müssen bei all dem Lärm und Staub den ganzen Tag das gleiche machen, genau nach Vorschrift. Und genau nach Nützlichkeit! Zu Hause, da schwelgen sie dann in schönen Blumen und Sträuchern, und die Vorgärten sind eine Pracht, wie sie dem Bauern niemals gelingt – weil sie ja auch nichts einbringt.«

Mutter Manschewski war eine weise Frau, niemand wollte ihr etwas Böses. Ihre kleine, stets in sauberste Baumwolle gekleidete Gestalt, die immer kleiner und zerbrechlicher zu werden schien, gehörte längst zu Babentin, obgleich niemand wußte, woher sie eigentlich gekommen war und wie sie früher gelebt hatte.

Der ein wenig dramatische Abgang des Pastors Friske war im Dorf ziemlich bald vergessen worden. Die Leute sprachen nicht gern darüber. Es ist keinem Menschen angenehm, wenn er sich eingestehen muß, daß ihm in der Rückbesinnung auf gewisse Vorfälle eigentlich das Gewissen schlagen sollte. Mit der Erinnerung an Pastor Friskes Abgang war auch die an den Selbstmord des alten Bauern Pipendorp wie aufgrund einer stillschweigenden Übereinkunft verdrängt worden.

Zu reden gab es eigentlich immer etwas in Babentin. Und wenn sich beim besten Willen kein brauchbares Gerücht finden ließ, so wurde mit List und Geschick aus allerlei Lügen und Märchengespinst ein neues fabriziert.

Die alte Breden, ehemals Pipendorps Haushälterin, auch die schlampige Frau von dem Allerweltskerl Erich Sankt aus Stettin, diese beiden, aber auch so manch ein Schwätzer unter den Männern sorgten dafür, daß der aufregende Gesprächsstoff nicht versiegte. Gastwirt Hartjens wußte, daß die Leute in Babentin zwar ebenso gern vor dem soeben erworbenen Fernseher hocken wie anderswo, daß ihnen aber nichts über einen ausführlichen Schwatz am Gartenzaun geht. Denn die Mattscheibe täuschte ja Leben nur vor. Jedoch über die Frau Pastor zu lästern, über Magdalenchen Klootmann und ihre einsamen, vermutlich aber zweisamen Waldspaziergänge zu tuscheln, sich über den unnötigen Luxus aufzuregen, mit dem der junge Elektromeister Bruno Schnitz und seine Frau Theodora den großartigen Anbau an ihrem Hause ausstatten, das alles war echtes, heißestes Leben, und selbst die Krimis und Western auf dem Bildschirm kamen dagegen keineswegs an.

Die Familie des Elektromeisters Schnitz bot nur allzu häufig Anlaß zu kritischen Betrachtungen. Schnitz stammte nicht aus Babentin, sondern aus Blauenburg, wo sein Vater mit zwei weiteren Söhnen ebenfalls ein gutgehendes Elektrogeschäft betrieb.

Frau Schnitz, mit dem alten Namen Theodora, kam aus Fuhrenbüttel, von jenseits des Babentiner Waldes. Theodora hatte Geld mitgebracht. Der intelligente Bruno Schnitz, der erkannt hatte, daß in Babentin und Umgebung ein Elektriker fehlte, hatte sich hier mit dem Geld seiner Frau ein Kleinbauerngehöft gekauft, dessen Besitzer an der Landwirtschaft verzweifelt und nach Bremen gezogen war. Im ehemaligen, nun gründlich gesäuberten und frisch gekalkten Schweinestall hatte sich Schnitz seine Werkstatt und im ehemaligen Kuh- und Pferdestall sein Lager und seine Garage eingerichtet. Den geräumigen Vorflur des Hauses hatte er zu einem Laden umgebaut. Vom ersten Tage an brauchte er sich über mangelnde Arbeit nicht zu beklagen. Bald wurde ihm auch von dem sechzig Kilometer entfernten Kraftwerk die Oberaufsicht über die gesamte elektrische Versorgung von Babentin und Umgebung anvertraut. Schnitz hatte Fachschule und Meisterexamen mit Auszeichnung absolviert.

Eigentlich gegen seine Erwartung hatte sich auch das Ladengeschäft, das seine Theodora versah, schnell entwickelt und brachte schon nach kurzer Zeit erheblichen Gewinn. Die Leute von Babentin waren den Versuchungen, denen der Elektroladen sie aussetzte, nur allzu gern erlegen. Geld genug hatten sie ja. Selbst die Rentner, die auf dem Dorf viel billiger lebten als in der Stadt, zahlten sie doch viel weniger für ihre Wohnungen und konnten hier noch die ältesten Sachen auftragen – selbst die Rentner hatten Geld; sie waren vielleicht das bemerkenswerteste Wunder des Wirtschaftswunders.

›Elektro-Schnitz‹ verkaufte also seine Haartrockner, Toaströster, Teigrührer, Bettlampen, Gefriertruhen, Grillöfchen und Heizkissen mit einer Selbstverständlichkeit, als hätte es dergleichen von jeher in Babentin gegeben. Ohne eine Spur von Abschiedsschmerz hatten sich die Babentiner in wenigen Jahren von ihren Talglichtern, Wärmkruken, Butterfässern und Waschbrettern getrennt.

Meister Schnitz hatte also von seinem schönen Geld an das etwas altfränkisch wirkende Wohnhaus einen geräumigen Flachbau angefügt, der zur belebten Straße eine geschlossene Mauerwand zeigte, nach dem Ziergarten aber ein großes Panoramafenster, hinter dem eine riesige, fast allzu bequeme Sesselgarnitur um einen niedrigen langgestreckten Tisch mit Marmorplatte auf stets höchst beeindruckte Gäste wartete. Die hohe Seitenwand dieses Raumes war mit einer eindrucksvollen Bildtapete beklebt, einem wandhoch vergrößerten Farbfoto des Königssees, mit schimmernden Schneegebirgen dahinter. Eine großartige Sache! Schnitz ließ des Abends den Königssee aus versteckten Scheinwerfern anleuchten, so daß man sich wahrhaftig ins weiß-blaue Oberbayern versetzt wähnte.

Schnitz hatte sogar vor, sich irgendwann in den nächsten Jahren einen ›Swimming-pool‹ im Garten vor der großen Fensterscheibe anzulegen. Theodora gab, was modernen Lebenstil betraf, den Ton an, und wenn ihr nun die Riviera oder gar Miami als Reiseziel erreichbar schienen, hatte man wahrlich Grund genug, das Ehepaar Schnitz zu beneiden. Wie überhaupt der Neid wesentlich dazu beitrug, das Babentiner Getriebe in Gang zu halten.

Über solche und ähnliche Dinge ließ sich natürlich stundenlang in Hartjens' Kneipe oder in Heinrickes Sahnekammer und sogar in Bürgermeister Oltjes Amtsstube reden.

»Naja«, sagte die alte Breden zu Frau Hentzel, der Frau des ›langen Hentzel‹ (230 Morgen unter dem Pflug, Hof Nr. 5), bei der sie gelegentlich in der Küche aushalf, wenn im Juli und August auf dem Hof viel zu tun war und die ewig neugierige und ewig aufgeregte Frau Hentzel nicht mehr wußte, wo ihr der Kopf stand, »naja«, sagte die alte Breden, »mit Magdalenchen Klootmann wird das noch ein schlechtes Ende nehmen. Alle im Dorf merken was, bloß die Eltern, die merken natürlich nichts; das ist ja immer so.«

Die alte Breden hatte einen riesigen Topf Kartoffeln geschält, wischte sich die Hände am Küchenhandtuch ab, schneuzte sich in einen Zipfel ihrer gewaltigen Schürze, setzte den Topf auf die Elektroplatte und fuhr behaglich fort:

»Vater und Mutter Klootmann werden noch ihr blaues Wunder erleben mit ihrem Magdalenchen. Meine Jüngste war ja mit ihr in der gleichen Klasse. Immer war sie faul und dumm. Jetzt ist sie scharf wie ein Rasiermesser. Man sagt ja immer: Geil und dumm, das macht schrumm, schrumm.«

Frau Hentzel war damit beschäftigt, auf einem Seitentisch prächtiges dunkelrotes Rindfleisch zu zerschneiden. Ihr Sohn, der schlimme forsche Kuno, liebte Gulasch. Während sie mit gehöriger Aufmerksamkeit den Klumpen Rindfleisch in gleichmäßige Würfel zerteilte, erhob sie Einspruch:

»Breden, das lassen Sie man, so unanständige Reden in meiner Küche, das gibt's bei uns nicht. Wenn Sie abends in der Kneipe aushelfen bei Hartjens, und die Männer von der Grube ihre dreckigen Witze erzählen, dann mag so was ja angebracht sein; aber, wie gesagt, hier nicht, Breden! Aber verraten Sie mir doch, was gibt es denn Neues mit Magdalenchen Klootmann?«

Frau Hentzel hatte einzusehen, daß man der dicken Breden auf ihre alten Tage keine feinen Manieren mehr beibringen konnte. Sie nahm es deshalb ohne Widerspruch hin, daß die Breden, nachdem sie den Deckel auf den Kartoffeltopf gestülpt hatte, sich wieder zur Küche zurückwendete und mit gespieltem Gleichmut zur Kenntnis gab:

»Was soll mit ihr sein, der Magdalene? Das konnte man sich ja an den Fingern abzählen! Was soll sein? Angebufft ist sie, prima angebufft!«

Jetzt ließ die Hentzelsche doch das Messer sinken, denn was sie gehört hatte, ging sie beinahe persönlich an. Magdalene war ja eine Großbauerntochter, und die Hentzels rechneten sich auch zu den Großbauern. Am Ende war sogar ihr forscher Kuno mit im Spiel, und sofort fiel im Gehirn der Frau Hentzel die Klappe: Klootmanns Magdalene auf Hentzels Hof, Geld zu Geld und Acker zu Acker, das wäre gar nicht so schlecht!

Frau Hentzel schob also die Moral zunächst einmal in den Hintergrund, wo sie ja auch hingehört, hatte die Hände in die Hüften gestemmt und fragte, ohne ihre brennende Neugier zu kaschieren:

»Weiß man denn, wer's gewesen ist? Weiß man das?«

Die dicke Breden genoß die Neugier der Bäuerin und

die eigene Allwissenheit. Gemächlich ließ sie sich auf einen Schemel sinken, faltete die Hände im Schoß, verzog den Mund zu einer Grimasse und schloß die Augen – was alles andeuten sollte, daß sie scharf nachdachte. Die dicke Breden war ein schlaues Weib und machte sich keine Illusionen. Sie wurde auf manchem Hof nur deshalb zur Aushilfe angefordert, weil bei ihr der gesamte Dorfklatsch stets brühheiß am Kochen war. Und wenn die Leute, wie nun die Hentzelsche, das Neueste vom Neuen erfahren wollten, dann konnte die dicke Breden eine Viertelstunde oder auch länger das Nichtstun genießen, ohne daß man ihr den Stundenlohn kürzte. Sie schauspielerte mit Leidenschaft; das machte den Spaß noch größer. Sie wiegte den Kopf, der dringend einer Wäsche und einer neuen Dauerwelle bedurft hätte, eine Weile hin und her. Ehe nicht die Kartoffeln kochten, würde sie den Schemel nicht zu verlassen brauchen, fünfzehn Minuten also, oder zwanzig. Endlich ließ sie sich dazu herbei, mit falschem Klageton in der Stimme, genüßlich zu klönen:

»Ach, liebe Frau Hentzel, wie das alles so ist, heute! Die alten Klootmanns haben ihr Magdalenchen immer sehr kurz gehalten. Aber nun ist sie bald großjährig und kaum noch zu bändigen. Vater und Mutter denken, es wäre alles noch beim alten. Magdalene war zwar auf der Schule so dumm, daß es einen jammern konnte, aber in diesen Dingen, da wissen die Mädchen heutzutage Bescheid, besser, kann ich Ihnen man bloß sagen, Frau Hentzel, als die Strich-Damen auf der Reeperbahn in Hamburg. Viel aus dem Hause durfte sie ja nicht ohne Aufsicht, die Magdalene, aber im Hause und auf dem Hof, da haben die Alten wohl nicht genug aufgepaßt. Und Magdalenes Bruder Hinrich, der erst so spät aus der Kriegsgefangenschaft gekommen ist, der hat ja auf dem Hof nie was zu sagen gehabt. Der Alte kujoniert ihn schlimmer als den Knecht, den Franz Purskat; der läßt sich sowieso nicht viel gefallen. Also kriegt immer Hinrich den ganzen Segen ab. Der

Hinrich, der bekommt von dem Alten kaum zehn Mark in die Tasche fürs Schützenfest. Ich sag' ja immer, ehe die Alten den Hof auf den Sohn überschreiben, ist der Sohn meistens schlimmer dran als jeder Taglöhner, und gar kein Wunder, daß die Jungen manchmal den Spieß umdrehen, wenn die Alten erst mal auf dem Altenteil sitzen und nichts mehr zu sagen haben. Der Franz Purskat aber, Frau Hentzel, das ist ein Ausgekochter. Der hat natürlich spitz gekriegt, daß die Magdalene längst in die Hitze gekommen war. Na, und das weiß man ja, in der Scheune oder im Kälberstall, da gibt es viele gute Gelegenheiten. Der Purskat wird sich wohl nicht gedacht haben, daß er jemals auf dem Klootmannschen Hof einheiraten kann. Lieber hängt der Klootmann sich auf wie der alte Pipendorp, als daß er Magdalene einem bettelarmen Knecht von irgendwo aus dem Osten zur Frau gibt. Magdalene ist dann wohl bald auf den Geschmack gekommen, und es sprach sich schnell herum unter den jungen Burschen. Wo eine läufige Hündin ist, da sammeln sich die Hunde. Und so schlau wie das junge Volk ist, und auch so frech, wenn es zusammenkommen will, so schlau sind die Alten nie. Wer weiß auch, wer da noch alles mit Magdalenchen rumgespielt hat! Der Purskat war natürlich dabei, aber dann weiß ich ganz bestimmt noch von einem andern, der dafür bekannt ist, daß er sich keine liebesbedürftige junge Dame entgehen läßt. Aber vielleicht wird er das in diesem Fall noch bereuen.«

Die alte Breden war eine erfahrene Klatschöse. Sie wußte genau, daß man vor jedem Höhepunkt eine Kunstpause einzulegen hatte. So preßte sie also jetzt die Lippen aufeinander, als brächte sie es nicht über sich, weitere Geheimnisse preiszugeben.

Die Bäuerin drängte: »Also, Breden, spiel dich nicht auf, du weißt doch ganz genau, wer das ist! Komm raus mit der Sprache!«

Aber die dicke Breden schlug abermals einen Haken:

»Ein Windhund war der ja immer, und wo der alles herumgebumst hat, das ist gar nicht zu zählen. Und in seiner Gesellenzeit, und ehe er dann den Meister gemacht hat, da wird er es wohl in den großen Städten toll getrieben haben. Aber da fällt das ja nicht auf, da kann man sich leicht drücken, wenn's schiefgeht. Aber hier auf dem Dorf, wer will da etwas geheimhalten? Man kann sich leicht einen Vers drauf machen, wenn die Mädchen Heu im Haar haben oder Grasflecken hinten auf dem neuen Rock.«

Die Bäuerin war nicht mehr weit vom Überkochen. Sie hatte natürlich auch schon einiges munkeln gehört, es aber nicht für ernst genommen. Für so dumm wollte sie den jungen Meister nicht halten, sich, wenn auch nur im Vorübergehen, mit einem Mädchen einzulassen, das so wenig Verstand besaß, und das in fünf oder sechs Jahren auseinandergehen würde wie ein Pfannkuchen, dick, dumm, faul und gefräßig. Manche von den plumpen Töchtern aus alten Familien, die zu oft durcheinandergeheiratet haben, sind ganz hübsch und aufreizend zwischen ihrem fünfzehnten und höchstens fünfundzwanzigsten Jahr; danach werden sie dann beinahe im Handumdrehen häßlich und fett.

Da die Breden offenbar nichts mehr sagen wollte, war es nun Frau Hentzel, die ihren groben Faden weiterspann: »Breden, das kann ich aber gar nicht glauben. Der junge Bäckermeister Max Biegert bei Sneppendahl, der wird doch nicht den Verstand verloren haben?! Der verdirbt sich hier doch alles, wenn er ein Mädchen von einem großen Hof in die Klemme bringt. Nein, das kann ich mir nicht denken, der hat sich bestimmt nicht mit Magdalene eingelassen.«

Die dicke Breden war längst weise geworden nach den vielen Jahren, die sie einer intensiven Beobachtung des Babentiner Geschlechtsleben gewidmet hatte. Sie gab also der Bäuerin zu bedenken:

»Glauben Sie man, Frau Hentzel, ich weiß das besser.

Die jungen Kerle lassen sich keine Gelegenheit entgehen, wenn sie ihnen vor die Füße kullert. Gelegenheit macht Diebe. Das habe ich schon im Konfirmandenunterricht gelernt.«

Aber Frau Hentzel war nicht bereit, ihrer Küchenhilfe auf ein so schwieriges Feld zu folgen.

»Auf dem Max Biegert wird es hängenbleiben, das sage ich Ihnen gleich, Breden! Der ist wenigstens Handwerksmeister, wenn auch nur ein Flüchtling und ohne Land und ohne Acker und ohne Verwandtschaft. Franz Purskat mag am meisten an Magdalenchen herumgemacht haben, aber er kommt als Schwiegersohn nicht in Frage. Und heiraten muß die Magdalene jetzt bald. Mit dem Kind im Arm kann sie nicht vor den Traualtar treten. Am meisten tut mir die Mutter Klootmann leid; die hat bei dem Alten nichts zu lachen. Der schikaniert nicht nur seine Kinder. Am meisten hat er von jeher seine Frau schikaniert. Und der wird der alte Klootmann auch die Schuld zuschieben, daß sie nicht aufgepaßt hat, und sie wird die Hölle zu Hause haben. Wenn Magdalenchen nicht noch rechtzeitig unter die Haube zu bringen ist, dann grämt sich Klootmanns Olga zu Tode.«

Die dicke Breden war es zufrieden. Sie war ihre Neuigkeiten losgeworden, hatte ein gutes Viertel ihres Stundenlohns verdient, ohne eine Hand zu rühren, und kam nun gerade zurecht, die Kartoffeln vom Feuer zu heben und abzugießen.

Der Sommer war müde geworden und in einen wunderschönen trockenen Herbst hinübergeglitten, mit glasklaren Tagen und kühlen Nächten, mit haarscharf noch in die allerfeinsten Horizonte gezeichneten Waldrändern und mit reifer, süßer Luft, berauschend wie Wein. Für die Kartoffeln hätte es ruhig noch regnen können, und erst recht für die Rüben. Aber man mußte auch so zufrieden sein; die Getreideernte war nicht schlecht ausgefallen.

Der junge Bäckermeister Max Biegert hatte sich schnell in die Sneppendahlsche Bäckerei hineingefunden; er war ja dort Lehrling gewesen. Der alte Sneppendahl glaubte immer noch, wenn er es auch nur ganz gelegentlich den zwei oder drei Gleichgesinnten im Dorf bekannte, daß es unter ›Adolf‹ doch besser gewesen sei als in der Demokratie mit ihrem ›ewigen Gezänke‹ im Bundestag und mit Soldaten, denen die Locken über den Kragenrand wuchsen. Aber auch Sneppendahl hatte schließlich eingesehen, das vieles von dem, was die Nazis dem Volk vorerzählt hatten, nichts weiter als schlechter Wind und Lügenkram gewesen war. Auch er, der ›alte Kämpfer‹, war hinters Licht geführt worden. Das nahm er dem ›Adolf‹ persönlich übel. Von der ganzen Politik wollte er nichts mehr wissen. War doch bloß alles Schwindel.

Sneppendahl war müde. Es bekam ihm gar nicht mehr, jeden Morgen in aller Herrgottsfrühe aufzustehen, die Semmeln in den Ofen zu schieben und auf die trägen Gesellen und die immer frecher werdenden Lehrlinge aufzupassen. Sollte Max Biegert den Laden in Ordnung bringen! Max Biegert hatte seine große Chance erkannt und nutzte sie.

Die Babentiner wußten es bald zu schätzen, daß die Brötchen nun knuspriger wurden als früher und herzhafter schmeckten, denn Biegert tat mehr Salz in den Teig. Auch gab es jetzt guten Kuchen bei Sneppendahl zu kaufen, Torten sogar, und statt nur einer Sorte Brot fünf verschiedene, dazu ein besonderes Toastbrot. Dies war für die Bäckerei unter Max Biegerts Leitung ein Haupttreffer geworden. Denn wer in Babentin auf sich hielt, der hatte sich bei ›Elektro-Schnitz‹ einen Toaströster gekauft, und dazu brauchte man eben auch Toastbrot. Man sprach es also offen aus im Dorf: Der Max versteht sich besser auf die Bäckerei als der alte Sneppendahl; er kann nicht nur besser backen, er kann auch konditern.

Gewiß hatte auch Max Biegert davon gehört, daß Magdalenchen Klootmann sich in anderen Umständen befand. Das wußte schon jeder zweite im Dorf, nur die Eltern und der Bruder ahnten noch nichts davon. Der junge Bäckermeister hatte nur mit den Achseln gezuckt. Er würde als Vater des zu erwartenden neuen Erdenbürgers keineswegs dingfest zu machen sein. Dieses Kind würde sicherlich ein halbes Dutzend Väter haben, wenn nicht noch mehr, das heißt also keinen!

Bis dann Magdalenchen allzu häufig mit Übelkeiten zu kämpfen hatte, bis dann die Mutter die Tochter eines Abends überraschte, wie sie sich an zwei Röcken den Hüftbund erweitern wollte, was deshalb besonders auffällig war, weil Magdalenchen mit Nadel, Faden und Fingerhut stets auf dem Kriegsfuß gestanden hatte und sich selbst noch den Knopf an der Bluse von der Mutter hatte annähen lassen. Olga Klootmann wurde von der Erkenntnis, daß Magdalenchen schwanger war, wie vom Blitz getroffen. Ihr erster Gedanke war: Was wird der Vater sagen?!

Es war natürlich an der Mutter, dem Alten Magdalenes Umstände klarzumachen. Zunächst hatte Karl Klootmann gar nichts zu sagen gewußt, er war weiß im Gesicht wie die Wand und zitterte am ganzen Leibe. Seine Magdalene! Seine einzige Tochter! Die süße, pummelige kleine Magdalene!

Aber er kam wieder zu sich, und es dauerte nicht lange, und er raste vor Wut:

»Du hättest aufpassen müssen, Olga! Aber du merkst ja immer alles zu spät! Dich hätte ich gar nicht erst heiraten sollen, dein Geld hat dich auch nicht klüger gemacht, als du warst. Und Magdalene ist genauso dumm wie du, und Hinrich ist auch nicht viel besser!«

Dann nahm er sich seine Tochter vor: »Hör mal, du verdammte Blage, wer ist das gewesen? Und wenn du mir nicht die Wahrheit sagst, dann versohle ich dir das Leder, daß du drei Tage lang nicht sitzen kannst!«

Magdalene kannte ihren Vater; sie bebte am ganzen Leibe. Solange sie noch ein Kind war, war der Vater der einzige gewesen, den sie geliebt hatte. Seit jedoch das Geschlecht ihr allzusehr zusetzte – die Alten hatten sie wohl mit zuviel Eiern und zuviel Fett ernährt –, hatte sie sich vom Vater abgewandt. Und jetzt fürchtete sie ihn, fürchtete ihn als den übermächtigen, erbarmungslosen Richter, vor dem sie jede Gnade verwirkt hatte. Sie ließ sich also erpressen und bekannte unter Fluten von Tränen, sich mit Purskat, dem Knecht, eingelassen zu haben, aber auch mit Max Biegert, mit Kuno Hentzel und einem gewissen Oskar und einem Gottfried, die der alte Klootmann nicht einmal dem Namen nach kannte, denn sie arbeiteten am Bau der Bundesautobahn und logierten nur zeitweilig in Babentin.

Karl Klootmann hatte sich immer für einen gottesfürchtigen Mann gehalten, war sogar für ein paar Jahre im Kirchenvorstand gewesen. Seine Strenge und Unnachgiebigkeit schienen ihm von oben her diktiert zu sein. Wer seine Kinder lieb hat, der züchtigt sie, das zitierte er gern.

Ein volles Geständnis aus Magdalene herauszuzwingen, war gar nicht allzu schwer gewesen. Jetzt verfügte Klootmann:

»Du scherst dich auf dein Zimmer und gehst keinen Schritt mehr aus dem Haus ohne meine Erlaubnis. Ich muß mir das alles erst gründlich überlegen!«

Bei Licht besehen, gab es nicht viel zu überlegen. Magdalene war in anderen Umständen, aber noch nicht unter der Haube. Erfreulich war das nicht, aber schließlich auch kein heilloses Unglück.

Karl Klootmann hockte auf einem der riesigen Findlingsblöcke, die von den Vorfahren mit unsäglicher Mühe aus den Feldern der Norddeutschen Tiefebene herausgeklaubt worden waren. Nun war der mächtige Stein schon wieder halb in der Erde versunken. Er ruhte am Rande des

Babentiner Waldes, wo die Klootmannschen Felder an die Klootmanschen Waldparzellen stießen. Hinrich Klootmann saß auf dem riesigen Trecker und pflügte mit fünf blanken Scharen das Roggenstoppel der letzten Ernte um.

Karl Klootmann war mit aufs Feld hinausgestuckert, denn im Walde nebenbei war schon seit dem frühen Morgen der Knecht, Franz Purskat, mit dem Schlagen von Stangenholz beschäftigt. Franz pflegte nicht zu faulenzen, aber es empfahl sich, ihn zu beaufsichtigen; er neigte dazu, auch solche Stämme zu schlagen, die für Langholz stehen bleiben sollten. Franz war ganz gut vorangekommen, und der Alte fand nichts auszusetzen. Der Sohn Hinrich konnte auch allein den großen Acker pflügen, die fünf Scharen hinter der starken Maschine durch das schon einmal umgeschälte Stoppel ziehen. Das dumpfe Pochen des Motors verriet, daß Hinrich bei der Arbeit blieb und die schwärzlich-braune Erde für den Winter umwarf, damit sie durchlüftete und durchfror.

Karl Klootmann wollte mit sich ins reine kommen, was Magdalene betraf, und hier draußen, am Waldrand auf dem Findlingsblock, störte ihn niemand. Magdalene saß zu Hause unter Verschluß und wurde von der Mutter bewacht. Karl Klootmann konnte sich auf die Angst verlassen, die er Mutter und Tochter von jeher eingeflößt hatte.

Groß aufzuregen brauchte man sich wirklich nicht. Es gab zwar keine Statistik darüber, aber es stimmte sicherlich, was mehr oder weniger böse Zungen ganz unverblümt behaupteten: Jedes zweite Mädchen aus Babentin, das mit einem jungen Mann vor den Traualtar trat, konnte auf die stolze Bezeichnung ›Jungfrau‹ keinen Anspruch mehr erheben. Den jungen Leuten in Babentin hatte es von jeher eingeleuchtet, daß Probieren über Studieren geht, und wenn es dann vorzeitig funkte, so wurde eben geheiratet. In der weit überwiegenden Zahl der Fälle, so muß zu Ehren der Babentiner Mädchen bekundet werden, gab es immer nur einen einzigen jungen Mann, der für die mißlichen Umstände einer Veronika oder Luise verantwortlich zu machen war. Und gewöhnlich hatten sich die probierfreudigen Jungfrauen die probierfreudigen Jungmänner aus der gleichen Kiste geholt, aus der sie selber stammten; die Töchter der Vollbauern aus anderen Vollbauernhöfen, die Töchter der Handwerker aus Handwerkerfamilien und die Töchter der Instleute aus den Instleutefamilien. Seit dem Zweiten Weltkrieg aber, seit dem Eindringen der vielen Flüchtlinge, dann auch der Arbeiter aus der in und um Hohwede aufblühenden Industrie und all der Leute, die beim Autobahnbau zu schaffen hatten, waren die alten Babentiner Sitten und Vorstellungen erschüttert worden. Und Klootmanns Tochter Magdalena hatte dummerweise nicht mehr daran gedacht, daß der Sohn eines Vollbauern ebenso süße Freuden zu bereiten vermag wie ein Knecht.

Ist nur gut, dachte Klootmann, daß Hinrich noch nicht auf dumme Gedanken gekommen ist. Den haben sie in der russischen Gefangenschaft so zusammengestaucht, daß er bloß froh ist, hier den Acker pflügen zu können. Hinrich hat mich noch mit keiner Silbe bedrängt, ihm den Hof zu überschreiben. Ich habe ein bißchen Pech mit meinen Kindern. Sehr schlau sind sie nicht. Hinrich nicht und Magdalene erst recht nicht, sonst hätte sie sich nicht so verplempert. Hinrich ist wenigstens ein guter Kerl, dröge zwar, aber er pariert und ist fleißig. Mit Hinrich werde ich keinen Ärger haben, wenn ich den Hof bis zu meinem letzten Tag behalte.

Und Magdalene? Na ja, das ist doch ziemlich klar. Der einzige von den Burschen, mit denen sie sich eingelassen hat, der einzige, der unserem alten Namen Klootmann noch einigermaßen zu Gesicht steht, das ist Max Biegert, der Bäckermeister. Von den anderen braucht man gar nicht zu reden. Sie muß es ziemlich dick getrieben haben, die Magdalene. Weit zu suchen, von wem sie das hat, das brauche ich ja nicht. Ich hab's ja auch ziemlich wild getrieben, bevor ich heiratete, und Olga ging auch schon mit Kind, als wir unser Aufgebot bestellten. Also Max Biegert, der muß ran, der wird sich nicht lange zieren. Der Lümmel zieht doch das Große Los! Klootmanns Schwiegersohn werden, das möchte wohl so mancher im Dorf!

Wie sehr die Babentiner Welt schon in Unordnung geraten war, stellte sich heraus, als Karl Klootmann sich eines Sonntagabends Anfang Oktober den Max Biegert ›vorknöpfte‹. Er hatte ihn an der langen Theke von Fritz Hartjens' Gasthof getroffen, wo sie sich beide ein Helles und einen Korn hatten genehmigen wollen. Nachdem das geschehen war, bat Klootmann Max Biegert unauffällig, doch mit ihm für ein paar Minuten nach draußen zu kommen. Sehr angenehm schien das dem jungen Bäckermeister nicht zu sein, aber er hatte auch keinen Grund, die höflich geäußerte Bitte abzulehnen.

Die beiden Männer wanderten gemächlich dem Ausgang des Dorfes zu. Die Bogenlampen bemühten sich, den Mond zu übertrumpfen, der seine annähernd kreisrunde Silberscheibe über das sonntägliche stille Land weit emporgehoben hatte.

Max Biegert war schon seit längerer Zeit darauf vorbereitet gewesen, von Magdalenes Vater ins Gebet genommen zu werden. Aber für den jungen Mann war die alte Babentiner Ordnung nur noch ein Jux, nicht mehr.

Klootmann fing ganz ruhig und sachlich an:

»Die Magdalene kriegt ein Kind; das weißt du natürlich längst. Du bist ja wohl der Vater, Max, und da bleibt dir ja nun nichts anderes übrig, als Magdalene zu heiraten. Gern sehe ich das nicht, aber das Unglück ist nun mal passiert, und ich komme nicht mehr darum herum, daß du mein Schwiegersohn wirst. In Babentin ist dergleichen nicht gerade etwas Neues.«

Der Bauer hatte den jungen Mann nach Alt-Babentiner Weise einfach mit seinem Vornamen angeredet. Aber Max

Biegert respektierte eben die Alt-Babentiner Art nicht mehr. Er war ohnehin darauf vorbereitet, seine Stacheln aufzurichten. Also ging er zunächst auf das Anliegen des Älteren gar nicht ein, sondern sagte nur, scheinhar seelenruhig: »Hören Sie mal, Herr Klootmann, wir haben noch nicht Brüderschaft getrunken. Entweder bin ich für Sie Herr Biegert, oder Sie sind für mich Karl. Sonst brauchen wir uns gar nicht weiter zu unterhalten!«

Das war ein starkes Stück. Aber, verdammt noch mal, so wie die Zeiten nun einmal sind und was das junge Volk alles im Fernsehen hört, natürlich, die merken gar nicht mehr, was sie sich an Frechheiten rausnehmen! Aber was blieb dem Bauern übrig? Es kam ihn sauer an, nicht grob zu werden. Aber schließlich wollte er etwas von dem anderen, und der nichts von ihm. Es verging eine Minute, bis er seinen Zorn verbissen hatte. Dann fing er wieder von neuem an:

»Komm du man runter von deinem hohen Roß, Herr Max Biegert! Wir können die Sache kurz abmachen: Du bist der Vater von Magdalenes Kind – und ich bin einverstanden damit, daß du mein Schwiegersohn wirst. Klootmanns Schwiegersohn – ein Dutzend anderer würden sich die Finger danach lecken! Wir müssen bloß noch einig werden, für wann das Aufgebot bestellt werden soll.«

Der alte Bauer schien seiner Sache sicher zu sein. Das hätte er auch sein können – in alten Babentiner Zeiten.

Auf Biegert machte seine Rede wenig Eindruck. Er hielt es sogar für angebracht, zornige Entrüstung zu mimen.

»Wenn Sie mich noch einmal beschuldigen, Magdalenes Kindsvater zu sein, dann verklage ich Sie wegen Beleidigung und hänge die ganze Geschichte an die große Glocke. Dann werden Sie sehen, was Sie davon haben. Und etwas anderes schreiben Sie sich auch noch hinter die Ohren: Sie werden nie einen Vater von Magdalenes Baby an die Hammelbeine kriegen können, dazu hat das Kind zu viele Väter! Daß sie keine Jungfrau mehr war, als sie mich ranließ, das werde ich jederzeit beschwören, wenn es darauf ankommt, Herr Klootmann. Ihre Magdalene zu heiraten, das kommt nicht in Frage. Da müßte ich mein Leben lang fremdgehen, und dafür bin ich gar nicht, wenn man erst verheiratet ist.«

Karl Klootmann ließ sich, verwirrt und fast schon verzweifelt, wie er war, zu dem Geständnis herbei:

»Ja, sehr viel los ist mit meinen beiden Kindern nicht. Der Herr hat mich geschlagen. Die eine ist dick und faul und dumm, und der andere ist dünn und fleißig und dumm. Ja, was soll man machen!«

Max Biegert merkte, daß er gesiegt hatte, schützte eine Verabredung vor und ließ den alten Klootmann allein ins Dorf zurückwandern.

Das hätte er nicht tun sollen, denn wenn er schon dem Alten eine solche Abfuhr bereitet hatte – er hätte ihn doch respektieren müssen, aber gerade diesen Respekt hatte er ihm mit aller Deutlichkeit verweigern wollen. Der alte Bauer sah zunächst keinen Ausweg. Langsam wuchs sein Zorn, so wie ein Kessel Wasser zum Kochen kommt. Auf alle Fälle mußte dem Burschen eine Lektion erteilt werden. So nahm Karl Klootmann erst einmal seinen Hinrich beiseite. Der hatte die üble Stimmung in der Familie natürlich längst bemerkt, und auch, daß es sich irgendwie um Magdalene drehte. Aber Hinrich war zu sehr versponnen in sich selbst, als daß er gefragt hätte. Er fühlte sich am wohlsten, wenn man ihn ganz seiner Arbeit überließ.

So fiel er denn aus allen Wolken, als der Vater ihm eröffnete, was mit Magdalene passiert war. Und es leuchtete ihm durchaus ein, daß der Alte wetterte:

»Ein hergelaufener Flüchtling ohne Land und ohne Geld, was bildet der sich ein? Meine Magdalene abzulehnen! Erst besorgt er ihr ein Kind, und dann drückt er sich. Viel machen können wir nicht, Hinrich, aber eine Tracht Prügel, die hat er verdient. Nimm dir den Kuno Hentzel oder einen anderen Jungen und schlag ihn grün und blau, den Max! Und er soll sich gefälligst nicht mehr in Babentin sehen lassen, sonst geht's ihm an den Kragen!«

Die Babentiner, soweit sie nicht zu den Neuzugewanderten gehörten, waren immer noch dafür, ihre Streitigkeiten innerhalb des Dorfs nach altem Brauch zu bereinigen, Verstöße gegen die Sitte und das Althergebrachte auf eigene Verantwortung zu ahnden und sich von keinem Außenstehenden Vorschriften machen zu lassen, mochte es, wie früher, ein Fürst oder Herzog oder, wie heute, ein Landratsamt oder Amtsgericht sein.

Hinrich und Kuno lauerten also dem Max Biegert auf, schlugen ihn des Nachts hinter der Scheune grün und blau und bedeuteten ihm:

»Das hast du davon, wenn du eine Bauerntochter schwängerst. Mach, daß du aus dem Dorf verschwindest, sonst ziehen wir dir das Fell über die Ohren!«

Max Biegert war ein kluger Junge. Er wußte, daß er verspielt hatte, wenigstens für die nächsten zwei, drei Jahre. Gewiß, er hätte zur Polizei laufen können, aber dann hätte sich das ganze Dorf nicht nur gegen ihn, sondern auch gegen seine Familie gewandt. Das durfte er seinen Eltern, seinem Bruder und seiner Schwester nicht antun. Max Biegert packte seine Sachen zusammen und erklärte dem Bäcker Sneppendahl, daß er seine Brötchen wieder alleine backen müsse. Wenn Sneppendahl wolle, dann solle er ihm das Geschäft für drei, vier Jahre offenhalten; irgendwann würde er sicherlich wiederkommen.

Sneppendahl stammte aus Babentin und war sich also darüber im klaren, daß dem Max Biegert gar keine andere Wahl blieb. Gegen die Großbauern war in Babentin kein Kraut gewachsen. So war es früher gewesen. Ob es neuerdings nicht mehr so war – ach, es empfahl sich wohl, die Probe aufs Exempel lieber nicht zu machen.

Karl Klootmann fühlte sich in die Enge getrieben. Ein uneheliches Kind auf seinem Hof, von der eigenen Tochter – das war kaum denkbar! Die Tochter mit dem Knecht verheiraten, das war noch viel weniger denkbar. In einer Familie von Handwerkern wäre dergleichen wohl möglich gewesen. Aber der alte Klootmann wurzelte noch ganz und gar in der Vorstellung: Ich bin der Hof Nr. 2. Auf meinem Hof heiratet kein Knecht eine Tochter.

Aber dann fiel ihm etwas anderes ein: Das Kind muß abgetrieben werden! Es gibt ja so Weiber, die machen das. Soll sich seine Alte danach erkundigen! Geschieht ihr ganz recht, sie hat nicht auf Magdalene aufgepaßt. Ist wohl schon ein bißchen spät für die Abtreiberei, aber ist mir egal. Auf den Klootmannschen Hof kommt kein uneheliches Kind!

Eine so unheimliche Drohung ging von dem alten Mann aus, diesem Klotz von einem Mann, breit, schwer, mit buschigen strohblonden Augenbrauen, die über den tiefliegenden fahlen Augen miteinander verwachsen waren. Die Bäuerin barmte, aber sie wurde so zusammengeschrien, daß sie schließlich gehorchte. Magdalene wurde nicht gefragt. Der verschüchterten Kindsmutter wurde lediglich angesagt, wozu sie verurteilt war. So hatte sie sich schließlich nach Blauenburg auf den Weg zu machen, allein! So schlau war der alte Klootmann bei aller Wut geblieben, daß er nach außen hin nichts mit der Sache zu tun haben wollte. Magdalene sollte drei Tage fortbleiben, so hatte es geheißen. Karl Klootmann hatte beschlossen, in dieser Zeit mit seiner Frau zur Landwirtschafts-Ausstellung nach Münster in Westfalen zu fahren.

Und Magdalene? Ach, gütiger Gott im Himmel! Die dumme, dickliche, appetitliche Magdalene Klootmann, das hatte sie nicht verdient! Sie schleppte sich zurück nach Babentin, schon am zweiten Tag nach der Abreise; abends kam sie an, keinem fiel sie auf.

Gegen Morgen fing sie an zu bluten, sie fühlte sich todesmatt. Und der immer größer werdende Fleck auf dem Laken – Himmel, das neue Laken, Blut ist ja nicht rauszuwaschen... Sie raffte sich auf von ihrem Bett, schleppte sich leise die Treppe hinunter auf den Hof, aber wohin auf dem Hof? In den Stall? Die Tür knarrt so laut!

Hinten, der Feldweg, der führt zu dem Acker mit den Dünge-Lupinen, die sind schon ellenhoch. Da kann ich mich hineinlegen, es ist kalt, und ich habe schreckliche Schmerzen. Ich lege mich hin. Ach, mein Gott, niemand hilft mir.

Erst einen Tag später, als die alten Klootmanns zurückkamen, wurde Magdalene Klootmann gefunden, durch Zufall. Franz Purskat war von einem abgelegenen Feld zurückgekehrt und hatte vom Trecker her etwas Helles in den Lupinen schimmern sehen, hatte angehalten und Magdalene gefunden, wachsbleich im Gesicht, mit offenem Mund und fest zusammengepreßten Augen. Weit gespreizt waren ihre Beine gewesen; es hatte Mühe gemacht, sie wieder zusammenzubringen; die Leichenstarre war schon eingetreten. Aber sie mußte ja in den Sarg.

Franz Purskat erwies sich übrigens keineswegs als ein so grober Kerl, für den die Leute ihn immer gehalten hatten. Er hatte mitgeholfen, die Leiche im Vorflur des Klootmannschen Haupthauses auf das alte Ledersofa zu betten. Auch Hinrich war ihm dabei zur Hand gegangen, ebenso wie Kuno Hentzel und Tobias Oltje. Als das geschehen war, trat Franz vor den alten Klootmann und sagte vor aller Ohren:

»Chef, von Ihnen habe ich die Nase voll, ich kündige fristlos! Ich hau' in 'n Sack! Und wenn Sie meine Meinung wissen wollen: Die Magdalene, die ist nicht verblutet, die ist umgebracht worden, und das von ihrem eigenen Vater, von Ihnen, Herr Karl Klootmann. Und meinen letzten Monatslohn, den will ich auch nicht mehr. Davon kaufen Sie man der Magdalene einen schönen Blumenstrauß und legen Sie ihn von mir aufs Grab.«

8

Die Nachricht vom Tode der Magdalene Klootmann, seiner Ursache und seinen Begleitumständen, hatte sich wie ein Lauffeuer im Dorf verbreitet. Es war den Leuten, als wäre Babentin blutig geschunden worden. Wenn dergleichen Aufregendes passierte, handelte und dachte ganz Babentin wie ein einziges lebendes Wesen. All die neuen Familien im Dorf merkten erst dann, daß sie längst in den großen Organismus einbezogen waren, mit ihm reagierten, zu Gliedern, Muskeln, Adern, Sehnen an seinem Körper geworden waren. Wie auf Kommando zog das Dorf dann all seine Fühler nach draußen ein; was in Babentin geschah, ging die Leute jenseits der Babentiner Gemarkung und des Babentiner Waldes nichts an. Babentin, so empfanden es die Leute, vermochte im Grunde nur innerhalb des eigenen Umkreises mit seinen Schwierigkeiten, Freuden, Leiden und Verwirrungen fertig zu werden.

Magdalene Klootmann war tot, hatte nicht nur für eigene, sondern auch für manche fremde Schuld gebüßt. Sofort erhob sich hier und da die verstohlene Frage: Müßte man nicht die Polizei oder das Gericht...? Denn der alte Klootmann hatte nicht allzu viele Freunde im Dorf.

Solches fragte sich in seinem dürftigen Amtszimmerchen natürlich auch der Gendarm. Aber auch er war im Lauf der Jahre längst zu einem Teil von Babentin geworden, stammte auch aus der Gegend und erinnerte sich zu seiner eigenen und auch zu seiner Frau Beruhigung an den alten Spruch: Wo kein Kläger ist, da ist auch kein Richter. Und Dr. Eisenmütz war aus Fuhrenbüttel gekommen und hatte bestätigt, was jeder schon wußte: Tod durch Verbluten nach einer Fehlgeburt.

Wen sollte man vor den Richter zerren? Den alten Klootmann etwa oder seine bejammernswerte Frau? Die möglichen Väter, wie den Max Biegert oder den Franz Purskat, den Kuno Hentzel oder gar den Bürgermeistersohn Tobias Oltje (der war auch zweimal mit Magdalene im Busch gesehen worden)? Ach, zum Teufel, das ging die Leute außerhalb von Babentin überhaupt nichts an. Das mußte im Dorf bleiben. Die Engelmacherin aus Blauenburg, die hätte man vielleicht zur Strecke bringen können – aber wem wäre damit geholfen? Die Magdalene kam nicht wieder ins Leben zurück. Der alte Klootmann hatte sein Brandmal weg für den Rest seines Lebens, und all die jungen Kerle, die sich wie die Bienen am Honigtopf gelabt hatten – ach, jeder Mann in Babentin war einmal mehr oder weniger jung gewesen und hatte seinen Hafer verstreut, wo und wann immer sich die Gelegenheit dazu bot.

Die alte Mutter Manschewski aus der Fremde, bei der sich alte und junge Leute zuweilen einfanden, um ihr Herz auszuschütten und auch, um angewiesen zu werden, wie sie sich in fragwürdigen Umständen zu verhalten hätten – sie hatte mehr als einmal zu zitieren: Wer unter euch ohne Sünde ist, der hebe den ersten Stein auf.

So schloß sich also ganz Babentin wie ein schützender Ring um die tote Magdalene und auch um ihre Eltern und ihre Liebhaber. Der alte Klootmann, das verstand sich von selbst, würde nicht wieder in den Gemeindekirchenrat gewählt werden, und im Beirat zur Landwirtschaftlichen Genossenschaft, dem Klootmann schon seit Jahren angehörte, bedeutete ihm der dicke Bauer Lüttjenmüller vom Babentiner Abbau (ein Halbhöfner, der in den Beirat nur gewählt worden war, damit man den Vollhöfnern nicht vorwerfen konnte, sie beanspruchten alle wichtigen Ämter allein für sich) – der Matthias Lüttjenmüller also gab dem alten Klootmann zu verstehen:

»Karl, hör man gut zu, wir haben unter uns darüber gesprochen, es wäre wohl besser, wenn du nicht mehr zu den Beiratssitzungen kämst. Hören tut auf dich doch keiner mehr, und du ersparst dir nur Ärger.«

Karl Klootmann kannte die ungeschriebenen Gesetze Babentins ebenso, wie Heinricke oder Hartjens oder Matthias Lüttjenmüller sie kannten. Er blieb den Beiratssitzungen fern, und ansonsten hatte Magdalene Klootmanns Tod keine amtlichen Konsequenzen.

Wohl aber wurden Tod und Begräbnis zum Auftakt einer Entwicklung, die in den folgenden Jahren mancherlei in Babentin grundlegend verändern sollte.

Der Zufall oder die Weisheit des zuständigen Konsistoriums hatte es gefügt, daß eine Woche vor Magdalenes Tod ein neuer lutherischer Pastor in Babentin seine Antrittspredigt gehalten hatte. Der junge Mann, frisch und grün nach seinem zweiten gut bestandenen Staatsexamen, war den Babentinern schon bekannt. Nach dem etwas plötzlichen Abgang von Pastor Friske hatte er die verwaiste Pfarrstelle mehr als einmal versehen und vor allem bei den jüngeren Leuten Anklang gefunden. Und da das Konsistorium vom Babentiner Kirchenrat ungeduldig bedrängt wurde, war er ohne Verzug nach Abschluß seiner Examina vom Herrn Superintendenten, unter Beistand einiger Pastoren aus der Nachbarschaft, feierlich in sein erstes Pfarramt eingeführt worden. Gleich darauf, kaum hatten seine Amtsbrüder Babentin verlassen und ihn Gottes Hilfe anheimgegeben, war der blutige Tod der Magdalene Klootmann wie ein Verhängnis hereingebrochen. Ganz Babentin fragte: würde sich der junge Mann bewähren?

Der junge Pastor zeigte sich der Herausforderung gewachsen. Zwar hatte er sich, entgegen der Übung seines Vorgängers, nur zu wenigen Worten am Sarge bereit gefunden, ehe dieser von sechs Nachbarn aus der Vorhalle des Klootmannschen Hauses auf den Leichenwagen gehoben wurde. Zwar hatte er auch am offenen Grabe nur das gesagt, was ihm von der Liturgie vorgeschrieben wurde. Aber später, als die Trauergemeinde sich wieder in der Kirche versammelt hatte, war eine glühende Predigt über sie hereingebrochen, die selbst den verstocktesten Babentinern ans Herz griff und sogar jene Kirchenbesucher nicht verschonte, die Predigten für die einzige zuverlässige Gelegenheit hielten, einmal fünfundvierzig Minuten lang ungestört zu schlafen. Die Babentiner, neugierig wie immer in allen pastörlichen Angelegenheiten – ›Wie wird sich der Prediger aus der Klemme ziehen?‹ –, hatten allgemein erwartet, der junge Pastor, Richard Kelm war sein Name, würde nun über Schuld und Sünde predigen und alt und jung auf die Gefahren von Unzucht und Hurerei hinweisen.

Nichts davon! Der junge Pastor Kelm hatte sich für die Begräbnisandacht einen sehr seltenen Text gewählt, den 11. Vers des 42. Psalms: »Es ist wie ein Mord in meinen Gebeinen, wenn mich meine Feinde schmähen und man täglich zu mir sagt, wo ist nun dein Gott?« – Die alte Kirche war fast bis auf den letzten Platz gefüllt. Und soviel Mut hätte kaum einer in Babentin aufgebracht, die zweite Frage zu stellen, die der neue Pastor wie eine Brandbombe von der Kanzel ins Kirchenschiff schleuderte: »Wo war Gott, als Magdalene Klootmann im Lupinenacker verblutete?«

Mein Gott, ja, wo? Was fiel denn dem Pastor nur ein, eine solche Frage zu stellen, diesem jungen Mann im schwarzen Talar mit dem blassen Gesicht und der dunklen Haarsträhne, die ihm ständig in die Stirn fiel, so daß er sie mit einer nervösen Bewegung zurückstreichen mußte.

Die Kirchenfrommen wußten gleich: Das ist ja gotteslästerlich, solche Frage zu stellen! Aber die große Zahl der anderen Zuhörer, so eifrig sie früher bei Pastor Friske geschlafen haben mochten, sie spürten allesamt, daß es dem jungen Mann da oben tödlicher Ernst war und daß es sich empfahl, die Ohren aufzusperren.

Und dann spendete der Pastor Kelm keineswegs jenen Trost, zu dem er doch von Berufs wegen verpflichtet war. Nein, er ließ die Gemeinde ohne jeden Trost und schickte sie nach Hause, mit dem Auftrag, darüber nachzudenken, ob nicht jeder von ihnen in die Gefahr geraten könnte, unversehens in einen Abgrund zu stürzen und dann rufen zu müssen: Wo ist nun mein Gott?

Allen, die diese Predigt gehört hatten, verging fortan der Spaß daran, die dürftigen Eskapaden der gewesenen Magdalene Klootmann zu bemunkeln, zu beschmunzeln und faule Witze darüber zu reißen. Es dämmerte den Leuten, daß der neue Pastor von ihnen erwartete, sich nicht mehr mit abgenutzten frömmelnden Floskeln zu begnügen. Und daß auch er selber bereit war, sich vor der Wut der Wahrheit, vor der Sinnlosigkeit des Schicksals, vor dem ›Zorn Gottes‹ nicht zu verstecken.

Doch wie es so geht, der Alltag ist stärker. Die Babentiner hatten nach wie vor jeden Tag die Schweine zu füttern und die Kühe zu melken, mußten sich vom Trecker durchrütteln lassen, hatten pünktlich im Werk zu erscheinen oder Odaffskys Nähmaschinen schnurren zu machen. Die Erschütterung, die der junge Pastor vielen bereitet hatte, war, als Frühling und Sommer ins Land zogen, bald vergessen. Man war angerufen worden aus der Tiefe des Daseins und hatte ein wenig aufgehorcht. Aber auf die Dauer war das nicht durchzuhalten, und heute abend gab's übrigens ›Bonanza‹ im Fernsehen, da kann man sehen, daß alle Fragen eine Antwort finden und daß alles richtig und glücklich zu Ende gebracht wird. Aber natürlich dies: Man würde aufpassen müssen, wie der junge Pfarrer sich entwickelte.

Von Pastor Friske redeten die Leute nur noch, wenn sie ihn mit dem neuen Pastor verglichen. Kelm, der hatte Leben in die Gemeinde und besonders die Jugend in Schwung gebracht! Die jüngeren Leute waren fast ohne Ausnahme mit ihm einverstanden, zeigte doch auch er sich interessiert am Ausgang der Bundesliga-Spiele, organisierte sogar eine Fahrt nach Spanien, wofür man sich fünf VW-Busse ausgeborgt hatte, und brachte es fertig, an den Jugendabenden frei und offen über vielerlei zu sprechen, was bis dahin im Rahmen kirchlicher Veranstaltungen tabu gewesen war. Es gefiel den jungen Leuten auch, daß der junge Pastor nicht immer gleich Bibelzitate zur Hand hatte, wenn sie etwa erörtern wollten, ob es erlaubt sei, einen Bikini zu tragen, am Sonntagvormittag Fußball zu spielen oder auch mal in eine katholische Kirche zu gehen und an der Messe teilzunehmen. Daß der neue Pastor zuweilen offen zugab, dies oder jenes auch nicht zu wissen, daß er eingestand, wie ihm beinahe täglich die Bitte ›Führe uns nicht in Versuchung‹ über die Lippen kam, und daß er während der Woche einen gewöhnlichen grauen Straßenanzug trug, wie andere Leute auch, und nicht mit schwarzem Halskragen ständig auf sein Amt aufmerksam machte, das alles gefiel den jungen Leuten.

Pastor Kelm wiederum bei seiner beinahe grundsätzlichen Zweifelsucht vermochte sich nicht darüber klarzuwerden, ob er mit diesem Stand der Dinge zufrieden sein sollte oder nicht. Immerhin wußte er, daß von den älteren und den alten Leuten in der Gemeinde nur wenige aus ganzem Herzen mit ihm einverstanden waren. Die meisten wußten nach wie vor nicht, was sie von ihm zu halten hatten, und einige lehnten ihn rundweg ab – und bedenklicherweise waren es gerade jene, die im Ruf besonderer Rechtschaffenheit und Frömmigkeit standen.

Was den jungen Geistlichen vor allem beunruhigte und immer stärker belastete, war die Tatsache, daß es ihm nicht gelingen wollte, Zugang zu den alten Klootmanns zu gewinnen. Pastor Kelm hatte sich sagen lassen, daß Karl Klootmann in den vergangenen Jahren an der Gemeindearbeit sehr regen Anteil genommen hatte, daß er, bei all seinem Geiz, mit Spenden für Kirche und Mission weit über die Kirchensteuer hinaus nicht gekargt hatte, und daß es kaum vorgekommen war, ihn am Sonntag nicht mit seiner Familie in der dritten Bank von vorn, dicht am Seitengang, sitzen zu sehen. Nach Magdalenes Tod jedoch war Karl Klootmann nicht mehr in der Kirche erschienen, auch Hinrich nicht, der Sohn. Nur Olga, die Bäuerin, ließ sich in den ersten Wochen nach dem Begräbnis noch in der Kirche blicken; dann blieb auch sie aus.

Pastor Kelm sagte sich, wenn die Klootmanns sich schuldig fühlen und auch schuldig geworden sind, dann ist es meine Aufgabe, ihnen Trost zu spenden und sie auf die ›frohe Botschaft‹ hinzuweisen. Das hatte er auch mehr als einmal versucht, allerdings ohne sichtbaren Erfolg. Olga Klootmann, ja, die hörte wohl zu, von Mal zu Mal verhärmter, wenn er das Haus besuchte, hielt das Haupt gesenkt und die Hände im Schoß so hart gefaltet, daß die Knöchel weiß hervortraten. Aber mit Karl Klootmann kam der junge Pastor überhaupt nicht weiter. Als er hartnäckig blieb, mußte er es sich gefallen lassen, daß ihm der Alte beim Weggehen in der Haustür mit heiserer, kalter Stimme erklärte:

»Herr Pastor, geben sie sich man keine Mühe mehr! Aus dem Kirchenvorstand hat man mich hinausgeekelt, genauso wie aus dem Beirat der Genossenschaft. Ich habe nur getan, was ich für richtig hielt und was wohl jeder Babentiner Bauer an meiner Stelle getan hätte. Ich habe eben bloß Pech gehabt. Der Hinrich, der hört Ihnen sowieso nicht zu, dem haben sie den Glauben an Gottes Gerechtigkeit in der Gefangenschaft ausgetrieben. Meine Frau, na ja, die hätte besser aufpassen müssen, dann brauchte sie jetzt nicht die Schürze naß zu heulen. Herr Pastor, wenn Sie uns einen Gefallen tun wollen, dann lassen Sie uns in Zukunft zufrieden.«

Damit wandte sich der alte Klootmann in sein Haus zurück und machte dem Pastor die Tür vor der Nase zu.

Dies war das erste Mal in der seelsorglichen Tätigkeit des jungen Pastors, daß man ihn – gerade noch eben unter

Wahrung geringen Anstands – klipp und klar angewiesen hatte, weitere Besuche zu unterlassen. Gewiß fühlte sich Richard Kelm kaum beleidigt. Oft genug hatte er schon den Verdacht gehabt, daß ihm die Leute ja und amen sagten und nachher genauso weiterwurstelten wie zuvor. Ja und amen – um den Pastor zu befriedigen und ihn schneller loszuwerden.

Beleidigt war Richard Kelm also nicht, weil ihm Karl Klootmann die Tür vor der Nase zugemacht hatte, wohl aber bekümmert und entmutigt. Er war, als er sein Hirtenamt antrat, entschlossen gewesen, seinen ›Schafen‹ nicht immer wieder die alten Sprüche vorzusetzen, so schön und so ehrwürdigen Alters sie auch sein mochten. Er hatte auf jedes Schicksal unmittelbar und individuell einwirken wollen. Denn da die Menschen verschieden sind, gleicht auch kein einziges Schicksal einem anderen, und es müssen äußere Geschehnisse, Einwirkungen, Umstände in einem Gewissen ganz andere Wirkungen heraufbeschwören als in jedem anderen. Aber schon nach dem ersten halben Jahr seines Wirkens mußte Kelm sich eingestehen, daß wahrscheinlich auch er auf die alten Sprüche zurückgreifen und sich mit der Hoffnung begnügen müsse, der eine oder der andere würde den Leuten schließlich doch unter die Haut gehen. –

Kelm hatte nicht den geraden Weg durchs Dorf genommen, der ihn in einer Viertelstunde zu dem breit neben der Kirche hingepflanzten Fachwerkhaus führen würde, das den Pastoren von Babentin schon seit alten Zeiten als Wohn- und Amtssitz diente. Das große Haus war dem jungen Mann zunächst beinahe unheimlich vorgekommen. Die steilen Treppen und die eichenen Dielen knarrten, wann immer man sich auch nur ein paar Schritte auf ihnen bewegte. Und wenn es um Mitternacht totenstill im Dorf geworden war, knisterte es zuweilen beängstigend im Fachwerk. Kelm hatte nur zwei Zimmer im Obergeschoß in Benutzung genommen; das vordere, größere diente ihm als Amts- und Arbeitsraum, das kleinere, das auf den Chor der Kirche blickte, als Wohn- und Schlafzimmer. Die alte Schmitten, die dem jungen Pastor vom Kirchenrat als Haushälterin sozusagen verordnet war, hatte bei Richard Kelm nicht viel zu verrichten, besorgte aber auch dies wenige keineswegs musterhaft. Jeden zweiten Tag stellte sie ihm ein Mittagessen auf den Tisch, so fantasie- und lieblos zubereitet, daß jeder andere bald revoltiert hätte. Aber Richard Kelm merkte kaum, was er aß.

In dieser sternklaren Nacht hatte er niemandem mehr begegnen wollen. Deshalb war er von der Fahrstraße abgebogen, auf den Pfad, der um den Südrand des Dorfes führte und ihn ungesehen zu seiner Pfarre bringen würde. Richard Kelm haderte mit sich selbst. Was habe ich falsch gemacht? Zur Zeit brauchen mich die Klootmanns wohl am dringendsten von allen Leuten im Dorf. Mutter Klootmann in all ihrer Unzulänglichkeit kann einem das Herz umdrehen mit ihrem Jammer. Die starre Abgeschlossenheit Hinrich Klootmanns müßte ich durchbrechen, um ihn von dem Druck seiner wahrscheinlich fürchterlichen Erlebnisse in den sibirischen Gefangenenlagern zu befreien. Er steckt wie in einer Zwangsjacke und kommt nicht davon los. Und der alte Klootmann, das ist der schwierigste Fall, ein Heide eigentlich, ein sturer Großbauer, der mit dem Kopf durch die Wand geht, und meistens sind die Wände weniger hart als sein Kopf. Dem wird man nicht beikommen. Was ich getan habe, das habe ich getan, sagt Klootmann; und wenn das irgendwem nicht paßt, Gott im Himmel eingeschlossen, dann soll mich der zur Ordnung rufen – das heißt, wenn er's fertigbringt.

Ich bringe es nicht fertig. Ich gehe nicht wieder hin. Ich lasse mich nicht zum zweiten Mal rauswerfen. Christlich und seelsorglich ist das wahrscheinlich nicht. Aber alles hat seine Grenzen.

Jetzt also wieder in mein totenstilles Pfarrhaus, wo der

Tabak- und Sorgenmief meiner vielen Vorgänger immer noch in allen Ecken dünstet. Und der Tee, den mir die alte Schmitten hingestellt hat, ist längst kalt, und wieder wird sie mir viel zu viel Butter auf die Brote gestrichen haben, denn das ist die einzige Idee gesunder Ernährung, die ihr je eingeleuchtet hat. Ach, wenn doch jemand da wäre, mit dem man reden könnte, vor dessen Ohren sich ohne Umschweife aussprechen ließe, daß man nichts Rechtes zustande bringt. Aber ich bin der Herr Pastor und kann nicht einfach auf die Brautsuche gehen, in der gleichen Weise, wie es die jungen Kerle hierorts tun. Außerdem weiß ich kein Mädchen in Babentin, auf das für meinen Fall die Worte aus dem 1. Buch Mose im 2. Kapitel passen würden: »Ich will ihm eine Gehilfin machen, die um ihn sei.«

Pastor Kelm hatte eigentlich vorgehabt, an diesem Abend seine Predigt für den nächsten Sonntag vorzubereiten. Doch das wollte ihm nicht gelingen. Er hockte an seinem Schreibtisch, den eine kleine behelmte Studierlampe ausreichend erhellte. Es gelang dem jungen Mann nicht, den ›Fall Klootmann‹ aus seinem Hirn zu verbannen. Die Gedanken spannen sich unabweisbar von selber fort. Der alte Klootmann, der war wie ein wuchtiges Denkmal seiner selbst und seines Standes, kaum zu bedauern, wollte auch gar nicht bedauert werden. Mutter Klootmann: ein verschrecktes Huhn, ewig zur Arbeit angetrieben; ihre Hauptbeschäftigung hatte darin bestanden, sich vor ihrem Mann zu fürchten. Von ihren Söhnen war nur Hinrich übriggeblieben. Der liebte die Mutter wohl und erleichterte ihr das Dasein, wo er nur konnte, wozu sich allerdings nur selten Gelegenheit bot. Hinrich hätte längst aufmucken müssen gegen den Alten. Aber die Gefangenschaft hatte ihn so an Unterwürfigkeit und Abhängigkeit gewöhnt, daß ihm der Druck des Vaters als natürlicher Zustand erscheinen mußte. Dabei ist Hinrich kein übler Mensch. Er ist nicht so stur wie sein Vater und nicht so knochenweich wie seine Mutter. Mit Hinrich

Klootmann habe ich eigentlich eine gewisse Ähnlichkeit: Hinrich sitzt in dem Gefängnis der Vorstellungen, die man ihm in der Gefangenschaft mit brutaler Gewalt eingeprägt hat. Ich sitze in dem Gefängnis der Vorstellungen, die sich die Babentiner und auch andere Leute von einem evangelischen Pastor machen. Ich kann mich nicht daraus befreien, genausowenig wie Hinrich sich aus dem seinen. Ja, was uns beiden fehlt ist eine gute Frau, die ›um uns ist‹, also für uns und für niemanden sonst. Mit der man alles besprechen kann, was man sonst nur mit sich selbst bespricht. Aber – woher nehmen und nicht stehlen...

Pastor Kelm ahnte in dieser bis über Mitternacht hinaus verwachten Nacht nicht, daß zur gleichen Zeit, nur eine halbe Stunde entfernt, das Schicksal Hinrich Klootmanns an einen Wendepunkt gelangt war. Des Pastors Gedanken hatten sich endlich von den Klootmanns gelöst und waren zur eigenen Person zurückgekehrt. Richard Kelm gab es sich selbst zu in dieser Nacht – unehrlich oder feige war er nicht –, daß er während seiner Studentenzeit die Geschlechtlichkeit nur deshalb einigermaßen hatte im Zaum halten können, weil er sich mit einer Leidenschaft sondergleichen, mit einer sicherlich ein wenig verkrampften Inbrunst, buchstäblich Tag und Nacht seiner Studien gewidmet hatte, um andere, bedrängende Bilder von sich fernzuhalten. Vollständig war ihm dies nicht gelungen.

Nun waren die fürchterliche Spannung der Studentenjahre und die schier unerträgliche Last der Examenszeit ein für allemal abgeschlossen. Er stand in seinem Beruf und war überzeugt von seiner Berufung. Aber dann kamen wieder die verführerischen Gedanken und Träume, eine unermüdliche Versuchung... Ich muß heiraten, stöhnte der junge Mann in dem riesengroßen, nachtschwarzen Pfarrhaus.

Schließlich fand er ins Bett und fiel weit nach Mitternacht in einen unruhigen Schlaf. Er wurde nicht mehr gewahr, hätte es auch nicht beachtet, daß am Pfarrgarten vorbei, über den Pfad, der außen ums Dorf führte und auf dem er selbst am Abend zuvor gegangen war, zwei dunkle Gestalten, leise miteinander sprechend, dorfwärts vorüberzogen. Ein Mann und eine Frau. Hinrich Klootmann und eine Frau.

Als Karl Klootmann den jungen Pastor aus dem Hause geleitet und die Tür hinter ihm mit unmißverständlicher Entschiedenheit geschlossen hatte, stampfte der schwere, jedoch keineswegs fette Mann in die Wohnstube zurück und befahl:

»Du kannst jetzt das Abendessen auftragen, Olga, ich habe Hunger. Ruf den Hinrich, er wird noch im Maschinenschuppen sein.«

Die Bäuerin wagte die schüchterne Gegenrede:

»Du hättest den Herrn Pastor wenigstens einladen können, zum Abendessen zu bleiben. Was die alte Schmitten ihm vorsetzt, wird wohl nichts Rechtes sein.«

»Nein, Olga, Schluß ist Schluß! Wenn der sich durchfressen will, dann soll er zu den Mitgliedern vom Kirchenrat gehen. Mich haben sie da rausgedrängelt, und der Pastor hat nichts dagegen unternommen. Für den gibt's bei mir kein Abendbrot!«

Das Essen kam auf den Tisch. Karl, Hinrich und Olga Klootmann nahmen es beinahe schweigend zu sich. Des Alten Appetit hatte nicht gelitten. Hinrich aß, ohne zu sehen, was ihm die Mutter vorlegte. Die Bäuerin nahm nur gerade so viel von den Rühreiern mit Speck und Bratkartoffeln auf ihren Teller, wie nach ihrer Erfahrung notwendig war, um keine bissige Bemerkung ihres Mannes heraufzubeschwören.

Alle drei beendeten das Abendessen zur gleichen Zeit. Karl Klootmann faltete die riesigen fleischigen Hände neben seinem Teller und sprach mit veränderter, merkwürdig leiernder Stimme das Schlußgebet: »Wir danken dir,

Herr Jesu Christ, daß du unser Gast gewesen bist. Bleib du bei uns, so hat's nicht Not, du bist das beste Lebensbrot.« Klootmanns Haus war immer ein christliches gewesen und blieb es auch, mit oder ohne Pastor. Die Pastoren, na ja, die Pastoren... Nach Meinung der alten Babentiner Bauern waren die Pastoren auswechselbar, sie kamen, predigten und gingen wieder, wenn sie nicht vorher starben, und wurden von den eingesessenen Geschlechtern nicht für gleichwertig erachtet. Aber sie, die Bauern, waren immer dagewesen und würden immer da sein.

Karl Klootmann wollte sich gerade in die Ecke des Ledersofas setzen, seinen Platz, an dem er regelmäßig die landwirtschaftlichen Nachrichten der Kreiszeitung studierte, als er sich noch einmal an Hinrich wandte, der sich nach kurzem, tonlosem Abschied gerade in seine Kammer hatte verfügen wollen:

»Hinrich, da fällt mir noch ein, als ich heute früh an unserer Kälberkoppel vorbeigefahren bin, ist es mir so vorgekommen, als ob ein Stück vom Zaun gegen den Wald hin eingedrückt oder eingerissen war. Vielleicht haben die Wildschweine an die Kleie kommen wollen, die wir seit gestern den Kälbern vorschütten. Die Kälber werden uns nicht gleich davonlaufen, sie sind die Koppel gewohnt. Aber besser ist besser. Nimm dir dein Fahrrad, ein bißchen Draht, die Zange und ein paar Haken und sieh zu, daß du den Zaun notdürftig wieder in Ordnung bringst. Morgen müssen wir vielleicht ein paar neue Pfähle rausfahren. Die Nacht ist nicht dunkel heute und du wirst das ohne weiteres schaffen. Wenn ich noch auf sein sollte, wenn du wiederkommst, kannst du mir Bescheid sagen.«

Es war bezeichnend für den alten Bauern, daß er den Feierabend des Sohnes nicht anerkannte. Den wenigen Hilfskräften, die der Hof beschäftigte, hätte er dergleichen durchaus nicht zumuten dürfen: Diese Leute parierten nicht mehr. Die verdammte Grube in Hohwede und der Autobahnbau, überhaupt die Industrie und die Flüchtlinge und der ganze Kram, die hatten, davon war Klootmann überzeugt, die Arbeitsmoral gründlich verdorben. Und mit dieser Ansicht stand der alte Bauer nicht allein. Aber über den Sohn, den Erben, der bis zur Übergabe des Hofs zum lebenden Inventar der Wirtschaft gehörte, über den konnte man natürlich immer noch verfügen und, Gott sei Dank, Hinrich kam nicht auf den Einfall, wider den Stachel zu löcken.

Hinrich hatte wohl im ersten Augenblick wütend werden wollen, als der Vater ihn in die Nacht hinausschickte. Aber Wut hatte er längst zu verbeißen gelernt. In Sibirien (Hinrich hatte zweimal die Flucht versucht und war daraufhin ins Straflager versetzt worden) hatte die geringe Chance, überhaupt mit dem Leben davonzukommen, wesentlich darauf beruht, keine Wut oder gar Widerstand gegenüber Befehlen zu zeigen, mochten sie noch so gemein oder sinnlos sein.

»Ja«, sagte Hinrich dumpf und verließ die Stube.

Eigentlich hat der Alte mir einen Gefallen damit getan, daß er mich in die Nacht rausjagt, aber das hat bestimmt nicht in seiner Absicht gelegen. Wie schön und friedlich ist die Nacht! Kein Mensch weit und breit. Das Dorf schläft längst; morgen ist wieder ein Arbeitstag und jeder muß früh raus. Nur ich allein bin unterwegs. Vor mir nichts als Nacht. Die Lichter vom Dorf liegen hinter mir. Die Sterne sind so hell, daß man beinahe lesen könnte. Die Fahrradlampe kann ich ausschalten. Jetzt kommt kein Auto mehr, und die Straße läßt sich im Sternenlicht besser erkennen. In Sibirien waren die Spätsommernächte manchmal noch viel heller, aber darüber hat man sich nie gefreut. Immer bellte irgendwo ein Wachhund. Immer wieder Sibirien! Wenn ich das verfluchte Wort nur vergessen könnte! Ist mir immer noch wie Handschellen um die Gelenke! Man kann die Hände heben und senken, kann sogar damit arbeiten, aber man kann keinen Menschen damit umarmen.

Teufel noch mal, da ist unsere Wiese und es sind doch tatsächlich wieder Wildschweine in der Koppel! Der Vater hat recht gehabt.

Hinrich Klootmann sprang vom Rad und lehnte es an den Pfosten des Tors zur Kälberkoppel. Mit einigem Gerassel löste er Draht, Beil, Klammern und Zange vom Gepäckträger. Die Schweine waren aufmerksam geworden und entwichen mit ärgerlichem Geschnauf – lauter schwärzliche, plumpe Säcke mit kurzen Beinen, aber erstaunlich beweglich – durch das Loch im Zaun in den Wald. Eine Sau verhedderte sich im Draht, quiekte voll Furcht, zerrte am Draht, riß ein paar Pfähle um, befreite sich und weg war sie.

»Eine freche Bande! Der Jagdpächter muß aufräumen unter ihnen. Sie machen zuviel Schaden«, knurrte Hinrich Klootmann vor sich hin, während er über die offene Koppel zum Wald hinüberschritt, den Schaden zu besehen. Ein Dutzend Pfähle waren umgestürzt; der Draht lag auf dem Boden. Ein so großes Loch vermochte er jetzt in der Nacht nicht zu stopfen. Aber der Vater hatte auf der Weide nebenan den Elektrozaun in Reserve. Für den brauchte man keine starken Pfähle; nur ein paar spitze Stahlstangen waren in die Erde zu bohren, was sich leicht mit der Hand machen ließ; man konnte auch mit dem Beil nachhelfen. Der dünne Elektrodraht war durch die Ösen zu ziehen und an die Batterie anzuschließen, und schon waren die Kälber sicherer eingehürdet als durch den Stacheldraht. Vielleicht ließen sich sogar die Schweine durch den Elektroschock abhalten, nochmals zu den Futtertrögen vorzudringen.

Es dauerte nicht lange, und Hinrich Klootmann hatte den Zaun provisorisch geflickt. Das Werkzeug ließ er gleich an Ort und Stelle liegen. Der Elektrozaun konnte nur als Aushilfe dienen; man brauchte ihn bald für die Kühe.

Mitternacht ist wohl längst vorbei, mutmaßte Hinrich,

als er wieder zum Ausgang der Kälberkoppel schritt, wo er sein Rad abgestellt hatte. Abseits auf dem Boden zwei, drei Dutzend schwarzer Flecken: die ruhenden Kälber. Schon hatte Hinrich den Weg über die Koppel zur Hälfte zurückgelegt – da wurde er aufmerksam. Stand da nicht jemand und machte sich an seinem Fahrrad zu schaffen? Wer war das? Diebstahl? So was gab's doch gar nicht in Babentin! Sein Fahrrad war alt; es hätte sich kaum gelohnt, es zu stehlen. Er beschleunigte seine Schritte.

In der Tat, am Tor zur Kälberkoppel stand ein Mensch und blickte ihm entgegen. Es war eine Frau, die dort stand und offenbar auf ihn wartete.

Eine Frau! Eine Frau in einem merkwürdig langen Rock, wie Hinrich im Sternenlicht zu erkennen meinte. Was wollte sie von ihm? Vom Dorf her konnte sie nicht gekommen sein, denn dann hätte er sie mit dem Fahrrad überholen müssen. Sie konnte also nur den alten Richtweg von Hohwede her genommen haben, der wenige Schritt neben dem Tor der Kälberkoppel aus dem großen Babentiner Wald austrat.

Die Frau stand ganz still. Sie hatte den rechten Arm leicht erhoben und auf den Torpfosten der Kälberkoppel gestützt. Hinrich bemerkte, daß sein Fahrrad noch so dastand, wie er es gegen den Zaun gelehnt hatte.

Noch ehe er das Tor erreichte, klang ihm die Stimme der Frau entgegen, gedämpft, merkwürdig tief für eine Frau, auch ein wenig heiser, als wäre sie überanstrengt:

»Erschrecken Sie nicht! Ich sah das Fahrrad, als die Straße aus dem Wald heraustrat, und war froh. Der Weg durch den Wald ist weit; ich habe keinen Menschen getroffen. Ich wollte Sie nur fragen: Bin ich hier richtig auf dem Weg nach Babentin?«

Schon nach den ersten Worten war Hinrich Klootmann stehengeblieben. Herr im Himmel, was war das? Diese Aussprache, die kannte er nur allzugut: die harten R's, die sozusagen verdickten Vokale, die das Deutsche sonderbar plump erscheinen ließen. Wer lange gezwungen ist, Russisch zu sprechen, dem verändert sich das Deutsche auf diese Weise. Eine Frau, mitten in der Nacht, in der Babentiner Gemarkung, die sich zwar fehlerlos auf deutsch ausdrücken kann, aber mit unverkennbarem Akzent spricht!

Hinrich trat näher. Er sah: die Frau trug ein Kopftuch, nach östlicher Weise unter dem Kinn zu einem Knoten geschürzt; die beiden losen Enden des Tuchs hingen ihr auf die Brust hinunter. In Babentin trug kein Mensch mehr ein Kopftuch, nicht einmal die Frauen der Flüchtlinge.

Auch seine Stimme klang sonderbar, aber das merkte er nicht:

»Ja, den Weg durch den Wald, den benutzt kaum noch einer, nachts schon gar nicht. Aber nach Babentin sind Sie richtig. Noch eine knappe halbe Stunde.«

Die Frau stand unbeweglich, als wollte sie dem Mann den Ausgang aus dem Tor verwehren. Ihre Stimme wurde nun ganz leise, kaum vernehmlich, als falle es ihr schwer zu sprechen.

»Gott sei Dank, dann habe ich es geschafft. Vielen Dank!«

Hinrich Klootmann hatte das Koppeltor einen Spalt breit aufschwingen lassen, hatte sich ins Freie gezwängt und ergriff nun sein Fahrrad bei der Lenkstange. Dieser Mensch mit dem russisch gefärbten Deutsch, o mein Gott, ein Kamerad, eine Schwester aus jener fürchterlichen Zeit, die ihn in all den Jahren, die seither vergangen waren, nie auch nur einen einzigen Augenblick aus ihrer Gegenwart entlassen hatte. Mit beinahe albernem Eifer stieß er hervor:

»Ich muß jetzt auch nach Babentin, den Weg kann ich Ihnen zeigen, ich kenne mich aus. Es ist Nacht, und im Dorf ist kein Mensch mehr wach. Sicherlich wollen Sie jemanden besuchen. Ich kann Sie hinbringen.«

Die beiden machten sich auf den Weg ins Dorf. Er schob das Fahrrad auf seiner rechten Seite. Rechts von ihm am

Straßenrand ging die Frau. Ihr Schritt knirschte im kiesigen Sand. Klobige, schwere Schuhe mußte sie tragen.

Die Frage war nicht mehr zu unterdrücken:

»Zu wem wollen Sie denn so spät? Aber ich sehe schon zu, daß Sie irgendwo Unterkunft finden.«

Warum antwortete sie nicht? Ihre Schritte hatten sich angepaßt. Schließlich wieder die heisere, dunkle Stimme der Frau, mit hart abgesetzten Silben:

»Wissen Sie, ich habe kaum Zeit gehabt, mein bißchen Kram zusammenzupacken. Der Abtransport aus Tschornojansk kam ganz plötzlich. Aber so war es ja immer bei den Russen. Und dann ging es ziemlich in einem Zuge durch bis an die deutsche Grenze. Es war wie ein Wunder nach so vielen Jahren. Aber daß ich dann mit den anderen gleich wieder in ein Lager kam, das war schlimm. Ich merkte natürlich bald, daß es in diesem Lager ganz anders zuging. Aber Lager, Lager – daß Wort konnte ich nicht mehr hören. Wir hatten erst nicht schreiben dürfen, und wohin sollte ich auch schreiben, ich hatte keine Adresse. Und dann traute ich mich gar nicht mehr zu schreiben. Und nun plötzlich wieder alles deutsch um einen rum. Ich sagte, wer ich bin und wo ich herkam. Und die Beamten in der Kontorbaracke, die waren ja sehr freundlich. Sie sagten: Ihre Eltern werden sicherlich angegeben haben, wo sie zu finden sind – wenn sie noch leben. Ich habe dann gar nicht lange warten müssen. Ich sah, wie sie in vielen Listen blätterten, und schließlich sagten sie mir: Wenn Ihr Vater mit Vornamen August heißt und Ihre Mutter mit Vornamen Hertha und eine geborene Mikuleitis ist, dann sind die in Babentin zu finden, einem Dorf, das liegt in der Gegend von Bremen. Und wenn Sie wollen, sagten die Beamten zu mir, dann können wir dahin telegrafieren oder vielleicht auch telefonieren, damit Ihre Verwandten Bescheid wissen. Ich sagte: Nein, ich will keine Zeit mehr verlieren. Bewilligen Sie mir nur eine Fahrkarte nach Babentin, ich mache mich gleich auf den Weg. Babentin ist keine Bahnstation, sagten sie mir, da müssen Sie nach Hohwede fahren. Tagsüber geht da sicherlich ein Bus. Zu Fuß wird es wohl zu weit sein. Aber ich sagte: Das macht mir gar nichts aus. Ich bin Hunderte, vielleicht Tausende von Kilometern zu Fuß gelaufen.«

Hinrich fühlte sich aufgewühlt. Was ihm da eben erzählt worden war – er hätte es damals ähnlich erzählen können. War er nun nicht mehr allein in Babentin mit der Erinnerung an die langen Jahre seiner Gefangenschaft? Ging da nicht neben ihm ein Mensch, eine Frau, die noch Schlimmeres durchgemacht, die mehr als doppelt soviel Jahre als er selber in der Fremde hatte zubringen müssen? Es war ihm nicht aufgefallen, daß die Frau den Namen der Leute noch gar nicht genannt hatte, die sie in Babentin zu finden hoffte. Und er fragte auch nicht mehr danach. Erst sollte sie erfahren, daß er ein Leidensgefährte war.

»Ich bin auch viele Jahre in Rußland gewesen, in Kriegsgefangenschaft, und dann in Strafgefangenschaft in Sibirien, weit hinter dem Baikalsee. Uns haben sie auch ganz plötzlich abgeholt und eingeladen und tage- und wochenlang durch Rußland nach Westen gekarrt, bis wir wieder über die deutsche Grenze waren. Aber was soll man mit den Leuten hier über diese Zeit reden, davon versteht doch keiner was. Die sehen einen bloß komisch an. So sagt man lieber gar nichts und bleibt für sich, sogar noch in der eigenen Familie.«

In der Stimme der Frau schwang Betroffenheit, aber auch eine Art freudiger Zustimmung, als sie antwortete:

»Das glaube ich. Ich habe das schon im westdeutschen Auffanglager gemerkt bei den Beamten und den Helferinnen, von denen man befragt und betreut wurde. Keinem Menschen kann man erklären, wie das gewesen ist: so viele Jahre ohne Freiheit, immer mit Angst und auch Hunger, wenn auch in den letzten Jahren weniger. Und man mußte sich vorsehen, die Männer griffen gerne zu. Aber ich wollte nicht russisch heiraten. Viele haben das getan und haben auch Kinder bekommen.«

Und dann fragte die Frau unvermittelt und wie beiläufig:

»Vielleicht wissen Sie sogar, wo meine Eltern wohnen? August und Hertha Schlunk. Dann brauche ich nicht lange zu suchen und bei fremden Leuten anzuklopfen, mitten in der Nacht.«

Also dort gehörte sie hin! Ganz aufgeregt rief er:

»August Schlunk, natürlich, den kennt jeder in Babentin! Das ist der Pächter auf Pipendorps großem Hof, und Otto Pipendorp, der Besitzer, der ohne Bein, das ist sein Schwiegersohn. Und sie –«, Hinrich blieb stehen, wandte sich zur Seite und zwang so die Frau, ebenfalls stehenzubleiben und sich ihm zuzuwenden, »Sie müssen dann wohl die Maria Schlunk sein, und Frau Pipendorp, die Irene, das ist dann Ihre Schwester. Irene hat mir mal erzählt, daß sie noch eine Schwester gehabt hat, die Maria, die sei auf der Flucht von den Russen zur Arbeit abgeholt worden und nie wieder aufgetaucht. Sie sind also die Maria Schlunk und haben nach so vielen Jahren zu Ihren Eltern gefunden.«

Die Frau stand vor ihm mit hängenden Armen. Ihre Stimme zitterte, als sie, kaum hörbar, erwiderte:

»Ja, ich bin immer noch die Maria Schlunk. Tot haben sie mich nicht gekriegt, aber kaputtgemacht haben sie mich doch.«

»Maria Schlunk!« wiederholte Hinrich leise. »Die Eltern werden es gar nicht fassen. Ich glaube, es wird besser sein, wenn ich sie erst aus dem Schlaf klopfe und ihnen langsam beibringe, daß ihre Tochter heimgekehrt ist.«

Maria Schlunk entgegnete nach kurzem Zögern:

»Ja, das wäre wohl gut, sonst kommt es zu plötzlich. Wer weiß denn, ob die mich überhaupt noch haben wollen!«

Hinrich schüttelte seinen Kopf, griff mit beiden Händen

nach der Lenkstange und schritt wieder aus. Nun wußte man das Ziel!

»Und wie die sich freuen werden! Die alten Schlunks und Ihre Schwester, die Irene, das sind tüchtige Leute. Jeder im Dorf weiß das.«

Sie erreichten die ersten Häuser. Der Richtweg nach Hohwede vereinigte sich hier mit der Hauptstraße. Ein paar Schritte weiter zweigte der Weg zum Pipendorpschen Hof ab.

Hinrich deutete auf das große Haus.

»Dort ist Ihre Schwester Irene mit ihrem Mann, Otto Pipendorp, zu Hause. Und in dem kleineren Haus neben der Scheune, da wohnen Ihre Eltern, die den Hof von Otto Pipendorp gepachtet haben.«

Als sie vor der Tür des Beihauses angekommen waren, mußte Hinrich ziemlich lange klopfen, ehe sich jemand regte. Hinrich hatte Maria geraten, hinter der Hausecke zu warten. Dort lehnte sich Maria Schlunk an die Wand, zitternd von Kopf bis Fuß, todmüde und doch glücklich. Sie hatte es geschafft!

Endlich öffnete sich im Obergeschoß ein Fenster. Ein Mann lehnte heraus und fragte:

»Ist da jemand?«

»Ja, August, hier ist Hinrich Klootmann. Zieh dir was über und komm schnell herunter, ich habe dir etwas ganz Wichtiges zu sagen!«

»Na schön, ich komme gleich, muß mir bloß was überziehen.«

Das Schlafzimmerfenster wurde hell. Nach zwei Minuten polterte jemand die Treppe herunter, die Tür öffnete sich knarrend:

»Hinrich, was ist denn los? Mitten in der Nacht?«

»August, es ist da was, was keinen Aufschub verträgt. Und ich wollte dich erst vorbereiten, damit du es deiner Frau sagen kannst, sonst erschrickt sie vielleicht. Du mußt es ihr aber langsam beibringen. Ihr habt doch noch eine

Tochter, die Maria. Irene hat mir ein paarmal von ihr erzählt. Ich bin da also heute nacht draußen bei unserer Kälberkoppel, wo die Wildschweine ein Loch in den Zaun gerissen haben. Das Loch wollte ich vor dem Morgengrauen noch geflickt haben, damit die Kälber nicht die Wanderlust bekommen. Und auf dem Rückweg habe ich jemand getroffen, der kam von ganz weit her. August, hör mal zu, es ist eine freudige Botschaft!«

Hinrich Klootmann griff mit beiden Händen nach des alten Schlunks Schultern. Er überragte den Alten um eine Handbreit. Er schüttelte ihn sachte:

»August, heute nacht ist eure Maria nach Hause gekommen. Ich habe sie ins Dorf gebracht. Sie ist gar nicht weit von hier. Sie steht um die Ecke.«

August Schlunk faßte mit der Hand nach seinem Herzen und stöhnte:

»O du mein Gott im Himmel, die Maria!« Und dann: »Wenn das meine Frau hört! Du hast ganz recht, Hinrich, ich muß sie erst vorbereiten, sonst bleibt ihr das Herz stehen!«

August Schlunk stürzte ins Haus zurück. Seine Frau vor einem Schock zu bewahren, schien ihm zunächst wichtiger zu sein, als die Tochter zu begrüßen.

Maria Schlunk kam langsam um die Hausecke herum.

»Ich habe alles mitgehört. Es war ein Glück für mich, daß ich dich getroffen habe. Ich hatte Angst davor, so plötzlich und unerwartet vor die Eltern treten zu müssen. Nun wird das alles viel besser gehen. Ich werde wohl am besten hier warten, bis mein Vater oder meine Mutter wieder herunterkommt.«

Hinrich Klootmann merkte erst jetzt, was er versäumt hatte.

»Ich bin Hinrich Klootmann, Karl Klootmanns Sohn, vom Klootmannschen Hof.«

Maria Schlunk lächelte.

»Ach, daß ich kurz vor dem Ziel noch einen getroffen

habe, der mir beistehen konnte, weil er das gleiche hinter sich hat, was ich hinter mir habe! Das war ein Glück, das war mein Glück!«

Sich in Worten auszudrücken, war nie Hinrichs starke Seite gewesen. Er brachte nur heraus:

»Ja, Maria!« Und, nach einer kurzen Pause der Unschlüssigkeit: »Jetzt will ich lieber gehen, Maria. Es ist schon besser, wenn deine Eltern dich begrüßen nach so langer Zeit, ohne daß ein Fremder dabei ist. Unser Hof ist nicht sehr weit. Ich komme mal vorbei.«

Er wandte sich ab, stocksteif, befangen wie noch nie, vergaß sogar, Maria die Hand zu reichen. Er ließ die Frau einfach stehen und ging mit immer schnelleren Schritten davon, als würde er verfolgt.

Als sich schon die Giebel des Klootmannschen Hofes vor ihm in den vom zarten Sternenlicht überhauchten Himmel hoben, fiel ihm ein: Sie ist den ganzen weiten Weg allein durch den Wald von Hohwede gewandert, über den Richtweg, der so zerfahren ist, daß man gar nicht gut darauf gehen kann, ganz allein hat sie das geschafft. Kein Mädchen aus Babentin hätte sich getraut, allein des Nachts durch den stockdunklen Wald zu wandern. Aber ich weiß: in Rußland, im Norden, da haben sie unsereinem die Furcht vor den Wäldern ausgetrieben, in der Nacht ebenso wie am Tage. Darüber muß ich noch mal mit ihr reden.

In der Stube rechts vom Eingang war Licht. Der Vater war also noch auf, saß über seinem Kontobuch, wie oft in der Nacht, wenn die anderen Hausbewohner sich schon zur Ruhe begeben hatten. Sicherlich wartete er auf den Bericht des Sohnes. Der Alte hob den Kopf, als Hinrich eintrat.

»Na?«

»Ja, Vater, es war so, wie du gesagt hast. Die Schweine haben den Zaun eingerissen. Sie haben mindestens ein halbes Dutzend Pfähle umgestürzt. Ich habe das Loch erst einmal notdürftig mit dem Elektrozaun geschlossen. Das wird sie vielleicht abhalten. Morgen müssen wir weitersehen.«

»Gut! Geh schlafen. Ich gehe jetzt auch schlafen. Gute Nacht!«

Als Hinrich die Treppe zu seiner Kammer hinaufstieg, fand er es richtig, daß er seinem Vater von Maria nichts gesagt hatte. Das brauchte der Alte nicht zu wissen, daß ich sie nach Hause gebracht habe. Er würde doch nur eine grobe Bemerkung darüber machen. Das soll nicht sein. Das ist meine Sache.

In den nächsten Tagen summte es in Babentin wie in einem Bienenstock, bevor die Bienen sich ans Schwärmen machen. Hast du schon gehört, die Maria Schlunk ist nach Hause gekommen? Nach so vielen Jahren, man sollte es nicht für möglich halten. Was die wohl alles erlebt hat. Na, die Russen werden sie ganz schön durch die Mangel gedreht haben. Kann einem ja leid tun, die Maria. Leicht wird sie's nicht haben. Hast du sie schon gesehen, ich hab' sie noch nicht zu Gesicht bekommen. Die Eltern verstekken sie wohl. Wer weiß, wie die aussieht. Der haben sie auch die beste Zeit von ihrem Leben gestohlen. Wir von Babentin haben ja nicht viel vom Krieg erlebt, bis auf die Männer natürlich, die nicht wiedergekommen sind oder zusammengeschossen wurden. Aber die armen Weiber, die die Russen im Osten beschlagnahmt haben und dann nach dem Kaukasus schickten oder Gott weiß wohin, damit sie arbeiten... Wie die wohl antreten mußten, um zu den dreckigen Kerlen ins Bett zu steigen, wenn die überhaupt ein Bett gehabt haben. Und der Hinrich hat sie also des Nachts am Wald aufgegabelt. Ausgerechnet der Hinrich, der niemals die Schnauze aufbekommt. Na ja, der ist auch lange in Gefangenschaft gewesen und hat einen Knacks weg wie die meisten ›Spätheimkehrer‹. Und diese Maria Schlunk, die ist noch viel später heimgekehrt. Aber die wird nie erzählen, wie's ihr ergangen ist. Die erzählen nie etwas, die so lange in russischer Gefangenschaft gesessen haben. Eigentlich hat sie's ganz gut getroffen, die Maria Schlunk. Hätte ihr viel Schlimmeres passieren können. Jetzt sind die Eltern auf dem Hof von Pipendorp, und es geht ihnen gut, und die Schwester ist Otto Pipendorps Frau, und die beiden sind in der Genossenschaft und verdienen auch gut. Da kann sie jetzt den alten Schlunks die Wirtschaft führen. Was denn sonst? Heiraten kann die ja doch nicht mehr. Sie wird ja wohl nicht mehr die Jüngste sein, und der Schmelz ist ab. Da kann sie sicherlich nichts für. Aber der Schmelz ist ab.

Der späte Herbst mit seinen langen Abenden hatte bereits die Herrschaft angetreten, aber das Wetter hielt sich immer noch mit neblig still aufdämmernden Morgen und glasklar hohen Abenden und Nächten. Aber das Gerede ging im Dorf noch immer hin und her und beruhigte sich nur langsam. Einige, die besonders neugierig waren, versuchten auch, Hinrich Klootmann auszufragen. Aber Hinrich zeigte sich wortkarg und mürrisch wie immer oder noch mürrischer. Niemand im Dorf hatte bisher spitz gekriegt, daß Hinrich sich angewöhnt hatte, jeden zweiten Abend, wenn das Dorf zur Ruhe gekommen war, hinten herum zu den alten Schlunks zu schlendern, sich mit Maria und ihren Eltern in die Wohnstube zu setzen und eine Viertel- oder eine halbe Stunde zu verreden. Die alten Schlunks hatten nichts dagegen, und Maria schien ebenfalls nichts dagegen zu haben, zeigte sich vielmehr aufgeschlossener als sonst.

Es machte den Eltern großen Kummer, daß die heimgekehrte Tochter sich nach wie vor ängstlich oder auch ärgerlich und störrisch gegen die Außenwelt abkapselte, sich sogar die Eltern und ihre übergroße Fürsorge vom Leibe hielt. Offenbar wollte sie keineswegs anerkennen, daß sie in eine freundliche, ja sogar liebevolle Welt zurückgekehrt war. Nur wenn Hinrich mit am Tisch saß, ging Maria aus sich heraus. Dann kam es sogar vor, daß sie, wenn der Besucher, obwohl nicht gerade begabt dafür, eine heitere Begebenheit aus seinem Alltag zu schildern versuchte, in lautes Lachen ausbrach. Hinrich lachte dann auch und freute sich, daß die Frau, die er am Wald aufgelesen hatte, seine kargen Erzählungen so erheiternd fand.

So gut wie regelmäßig pflegte Hinrich seine Besuche mit den Worten zu beenden:

»Also, jetzt muß ich wieder gehen. Ich bin schon über dreißig Minuten hier. Sonst fragt bei mir zu Hause der Alte, wo ich bin, und wird knurrig. Er braucht gar nicht zu wissen, daß ich hiergewesen bin. Und die Leute im Dorf brauchen es auch nicht zu wissen. Das gibt bloß Getratsche!«

9

Irene Pipendorp, Marias nur um zwei Jahre ältere Schwester, litt darunter, daß es ihr nicht gelingen wollte, einen Zugang zu der so hart mitgenommenen jüngeren zu finden. Obgleich Irene sich anfangs große Mühe gegeben hatte, die Schwester voller Herzlichkeit an ihrem Leben teilnehmen zu lassen, blieb Maria scheu, ja, gab sich zuweilen fast feindselig. Allmählich zog sich Irene zurück. Sie sagte sich: Ich kann schließlich nichts dafür, daß ich mehr Glück gehabt habe als meine Schwester. Ich bin Frau Pipendorp geworden, und meinem Mann und mir gehört der große Hof. Durch mich sind also auch die Eltern zu der guten Pachtung gekommen und haben ihr hübsches Haus und sind jetzt angesehene Leute im Dorf. Und wenn ich in den Spiegel schaue, was kann ich dafür, daß ich zehn Jahre jünger aussehe als Maria und daß ich eine gute Stellung habe und mein Mann mir sagt, daß ich eine hübsche Frau bin und daß ich meinem Mann geholfen habe, sich so gut einzuarbeiten, daß er bestimmt Vorsteher der Genossenschaft werden wird, wenn Kurt Hartjens in Pension geht. Und das wird er wohl vorzeitig tun, denn der Bruder kann die Gastwirtschaft und die Landwirtschaft zusammen gar nicht mehr schaffen. Maria ist ja zu bedauern, aber ich kann auch nichts dafür, daß ich nicht soviel Pech gehabt habe wie sie.

Es war nicht zu ändern: die Geschwister fanden keinen Zugang zueinander.

Im Laufe des Winters erstarb in Babentin das Interesse an Maria Schlunks Rückkehr; es fand einfach keine neue Nahrung. Denn die alten Schlunks vermochten sich ebensowenig gegenüber Außenstehenden auszusprechen wie die jungen Pipendorps. Wider alle Wahrscheinlichkeit war es unbekannt geblieben, daß Hinrich Klootmann sich ab und zu des Abends, wenn es schon ganz dunkel war, bei Schlunks einfand, um mit den Alten und Maria den Tag zu bereden. Die Ereignisse in der Welt oder in der Bundesrepublik, in Niedersachsen oder auch nur im Landkreis erregten Marias Anteilnahme nicht. Geschehnisse dieser Art begriff sie nicht in ihren Zusammenhängen. Es ging sie nichts an, was auf anderen Sternen passierte.

Aber sie horchte auf, wenn Hinrich von den Begebenheiten im Dorf berichtete, und noch aufmerksamer wurde sie, wenn er von seiner Arbeit auf den Feldern oder im Wald erzählte. Ganz hellwach aber wurde Maria, wenn Hinrich mit meist sehr ungeschickten Worten die eine oder andere Episode aus der Zeit seiner Gefangenschaft zum besten gab. Plötzlich war dann für die beiden das Schlunksche Haus, war ganz Babentin vergessen, und Maria und Hinrich bewegten sich in einer Welt, die ihnen ganz allein gehörte und die sie auch voll merkwürdiger Eifersucht für sich allein beanspruchten.

Hinrich war, wie gesagt, kein guter Erzähler, aber Maria verstand auch die kleinste Andeutung. Nur wenn sie so miteinander sprachen und Hinrich seine Worte ausschließlich an Maria richtete, blickten die beiden sich in die Augen, erkannten sich, waren vertraut miteinander. Dann mißachtete Hinrich ohne Bedenken die dörfliche Höflichkeit und bezog die beiden Alten gar nicht mehr ins Gespräch ein, tat sogar so, als wären sie überhaupt nicht im Zimmer.

In einer Nacht Anfang März – das grausige Wetter hatte den beiden alten Schlunks den Schlaf geraubt; es schneite, regnete und graupelte durcheinander, und die Sturmböen von der knapp hundert Kilometer entfernten Nordsee prallten mit so harter Wucht an das Haus, daß der alte Fachwerkbau bebte –, in dieser Nacht gab Hertha Schlunk nach langer mühseliger Überlegung ihrem Mann zu bedenken:

»August, ich glaube, so kann das wohl auf die Dauer nicht weitergehen. Da kommt der Hinrich Klootmann jeden zweiten oder dritten Abend, wenn es dunkel ist – damit ihn keiner sieht –, und erzählt sich was mit uns. Aber er meint doch bloß Maria. Wenn das man gut geht, August! Das kann ein schlechtes Ende nehmen. Der alte Klootmann, so wie der ist, der wird dem Hinrich die Hölle heiß machen, wenn der Maria womöglich heiraten will. Denn darauf läuft die ganze Besucherei hinaus. Dem Hinrich ist das noch nicht richtig klargeworden und der Maria erst recht nicht, aber du kannst dich drauf verlassen, August, die beiden verstehen sich, und man braucht bloß mal zu sehen, wie sie sich in die Augen blicken, wenn sie von der Gefangenschaft erzählen. Dann sind sie ein Herz und eine Seele. Die beiden fallen sich früher oder später in die Arme, und es gibt kein Halten mehr. Ich hätte gar nichts dagegen, denn der Hinrich ist zwar so trocken wie Bohnenstroh, aber ich glaube, er ist ein guter Mensch. Jedoch der alte Klootmann, das weiß ich genau, der wird nie zulassen, daß ein Mädchen wie Maria den Hoferben heiratet. Der alte Klootmann, der hat auch nach dem Tod von seiner Magdalene nichts dazugelernt.«

August Schlunk ruhte flach auf dem Rücken und blickte ins Dunkel mit weit offenen Augen. Auch ihn hatte der Sturm nicht einschlafen lassen. Ehe seine Frau ihn angeredet hatte, war er in Gedanken besorgt mit der alten großen Birke beschäftigt gewesen, die hinter dem Maschinenschuppen stand. Ich hätte sie doch schon im vorigen Herbst schlagen sollen. Die ist alt, ist kein gesunder Baum mehr. Wenn sie in diesem Sturm umbricht, dann fällt sie bestimmt quer über das Dach vom Geräteschuppen und dann kann der Mähdrescher oder der neue Rübenroder beschädigt werden. Wenn die Birke diese Nacht übersteht, muß etwas geschehen. Die Birke muß weg!

Dann hatte August Schlunk seiner Frau zuhören müssen. Er ließ eine Zeit verstreichen, ehe er antwortete:

»Ja, Hertha, du sagst mir nichts Neues. Es ist ja wohl klar, daß wir mit Maria nicht richtig zu Rande kommen. Irene hat sich noch mehr Mühe gegeben als wir, aber Maria schließt sich ab. Bloß wenn der Hinrich am Tisch sitzt, dann wacht sie auf. Ich habe mir auch schon gesagt: wenn überhaupt zwei zueinander passen, dann sind es die beiden. Das wäre auch gut. Aber wenn die nie allein miteinander sein können, dann wird da nichts draus. Der Hinrich scheint Angst zu haben, mit Maria allein zu sein, und Maria hat auch Angst, glaube ich. Wie das ausgehen wird, weiß ich nicht. Du hast bestimmt recht: der alte Klootmann würde Gift und Galle spucken, wenn Hinrich ein Mädchen heiraten wollte, das nicht aus Babentin oder Umgegend stammt und noch dazu am anderen Ende der Welt einiges durchgemacht hat, wovon wir uns hier nichts träumen lassen. Ob ich mal mit Hinrich allein spreche? Was meinst du, Hertha?«

Die Mutter überlegte angestrengt. Mit den verarbeiteten Fingern zwirbelte sie einen Zipfel der Bettdecke unablässig hin und her. Sie entgegnete schließlich heiser:

»Ja, ich glaube, August, du solltest mal mit Hinrich reden. Maria wird nicht nein sagen, wenn Hinrich sie fragt. Sie ist noch nicht zu alt, sie kann ja noch ein paar Kinder bekommen, und dann wird sie vielleicht wieder so werden, wie sie früher war.«

»Gut, ich werde mit Hinrich reden«, entschied August Schlunk. »Wenn die zwei heiraten würden, kämen sie vielleicht beide wieder zu sich. Ist eigentlich komisch, Hertha, wenn man das so bedenkt: Irene hat einen kriegsbeschädigten Mann geheiratet, und sie sind glücklich geworden, und ihre Kinder machen uns große Freude. Und Hinrich, der selber angeknackst ist, wird eine schwer mitgenommene Frau heiraten, und vielleicht werden die auch ganz glücklich und schenken uns noch einen Enkel.«

Damit war alles gesagt und entschieden, was den beiden Alten schon seit längerer Zeit auf der Seele lag. August griff mit der Hand hinüber ins andere Bett und fand die Hand seiner Frau, die sich gern um die seine klammerte. Der Sturm störte die beiden nicht mehr.

Wenn sich August Schlunk auch entschlossen hatte, ein ernstes Wort mit Hinrich Klootmann zu reden, er mußte doch bald zu seinem Ärger einsehen, daß sich die passende Gelegenheit nicht herbeizwingen ließ. Zwar setzte Hinrich den ganzen Winter über seine Besuche im Schlunkschen Haus fort, aber stets blieb Maria Schlunk in der Nähe und stets brachte sie ihn nach einer halben oder einer ganzen Stunde gemeinsamen Gesprächs in Schlunks Wohnzimmer wieder an die Tür, gewöhnlich mit ihrem Vater, um dem Gast einen guten Heimweg zu wünschen. August Schlunk mußte sich also etwas anderes einfallen lassen.

Tage gingen hin und Wochen. Kein glücklicher Zufall schien dem Vater Marias helfen zu wollen. Schon war der Frost aus den Äckern entwichen; die höher gelegenen Felder würden bald so weit abgetrocknet sein, daß man tief auf ihnen pflügen könnte. Die Saat vom vergangenen Herbst war gut durch den Winter gekommen. Die zu langen Reihen aufgereihten Hälmchen zeigten keine Lücken; ihr Grün leuchtete, und wenn nicht alles täuschte, waren sie schon um eine halbe Handbreit höher gewachsen. Die Tagundnachtgleiche war vorübergezogen, ohne daß die Leute von Babentin viel davon gemerkt hätten. Bald würde Hinrich nicht mehr den Schutz der Dunkelheit genießen, wenn er nach dem Abendbrot die Schlunksche Gastfreundschaft in Anspruch nahm.

Die alten Schlunks waren davon überzeugt, daß bis Ende März noch niemand im Dorf bemerkt hatte, wohin sich Hinrich Klootmann mit unwiderstehlicher Gewalt gezogen fühlte. Aber da irrten sie sich.

Einer war im Dorf, der etwas mehr mitbekommen hatte als alle anderen. Das war erstaunlicherweise der junge Pastor Richard Kelm.

Die Gottesdienste in der alten Babentiner Kirche, die mit Mauern aus groben Feldsteinen einer wehrhaften Burg eher glich als einer Kirche, hatte Maria nicht mehr versäumen mögen, nachdem sie sie einige Male besucht hatte. Die alten Schlunks waren zuvor nicht regelmäßig zur Kirche gegangen. Daß sie es überhaupt zuweilen taten, entsprach der auch von ihnen durchaus anerkannten Konvention, aber nicht so sehr einem Bedürfnis. Seit aber Maria ›auf den Geschmack‹ gekommen war – wie August Schlunk es ein wenig verärgert seiner Frau gegenüber ausgedrückt hatte –, fühlten die Eltern sich verpflichtet, die heimgekehrte Tochter zur Kirche zu begleiten. Denn für sich allein war Maria nicht zum Kirchgang zu bewegen, wie sie sich nach wie vor nicht dazu überwinden konnte, etwas zu unternehmen, was sie unter fremde Menschen brachte. Allerdings war zuweilen nicht zu vermeiden, daß sie sich für die Mutter zu Kaufmann Brinkmayer zu begeben hatte. Aber an einen Plausch mit ihr war auch dort nicht zu denken; stets kehrte sie auf kürzestem Wege ins elterliche Haus zurück.

Der ungeheuere, im Grunde kaum faßbare Gegensatz zu den Jahren ihrer Gefangenschaft war es, der Maria jeden Sonntag in die Kirche lockte. Die altertümlichen, sich stets wiederholenden feierlichen Worte der Liturgie, der Wechselgesang zwischen Gemeinde und Pastor, die Kirchenlieder, deren Wortlaut langsam wieder in ihr Gedächtnis zurückkehrte, der Segen am Schluß, die geheimnisvolle Feier des Abendmahls, die Stille über den vielen Menschen, wenn der Pastor die Einsetzungsworte sprach, schließlich auch die Predigten, deren Inhalt für Maria nicht immer ganz verständlich wurde – all dies und das Vorspiel auf der Orgel und das Hinausspielen der Gemeinde nach dem Gottesdienst versetzten Maria in einen

Rauschzustand, den sie nicht mehr entbehren wollte, nachdem sie sich ihm einmal hingegeben hatte. Hier bot sich ihr eine Welt ohne materiellen Zweck, ohne ›Plan‹ und befohlenes Ziel, ganz ohne Boshaftigkeit oder erstikkende Nützlichkeit. Daß es so etwas gab: Gehet hin in Frieden! Maria empfand all dies wie ein stets neues Wunder.

Pastor Kelm hatte natürlich bemerkt, daß seit der Rückkehr Marias die drei viel regelmäßiger die Gottesdienste besuchten, als es früher die Eltern allein getan hatten. Kelm hatte sich daran gewöhnt, Maria während des Gottesdienstes von Zeit zu Zeit zu beobachten. Manchmal war der Blick leer, den sie auf den Prediger gerichtet hielt, dann hatte er sie wohl mit seinen Worten nicht erreicht. Manchmal aber spiegelte sich auch alles, was er zu sagen hatte, auf diesem von einem harten Schicksal gezeichneten Frauengesicht. Dann wurde der Pastor für Minuten über sich hinausgehoben und fand Worte, die auch noch die hartnäckigsten Sonntagsschläfer erreichten.

Während einer Abendmahlsfeier hatte er wieder einmal vom Altar her Maria in den Blick bekommen, die mit Eltern, Schwester und Schwager in einer der vorderen Kirchenbänke saß. Doch Maria stimmte nicht in das Begleitlied zur Abendmahlsfeier ein. Sie starrte vielmehr wie gebannt dorthin, wo Hinrich Klootmann mit anderen am Altar kniete, um Brot und Wein zu empfangen. Er mußte es sein, der ihre Blicke anzog. Und plötzlich wußte der Pfarrer, wie es um die beiden stand. Und zugleich verwirrte es ihn, lenkte ihn ab, so daß er die ehrwürdigen Sätze für einen Augenblick durcheinander brachte.

Als Pastor Kelm in der Sakristei seinen Talar auszog und sich für ein paar Minuten in den alten Lehnstuhl fallen ließ, kehrten seine Gedanken sofort zu seiner Beobachtung zurück. O Gott, dachte er, wird das etwas Gutes geben? Maria Schlunk, die gezeichnet ist, die nichts hat, die nichts ist und dazu über Jahre hinaus gealtert – und Hinrich Klootmann, Sohn eines großen Hofes, mit dem härtesten Bauern von Babentin als Vater, dieser unselbständige Mensch, auch er zermürbt von allzu langer Gefangenschaft – wie soll das gut gehen mit den beiden? Was soll ich tun? Wie soll ich helfen? Nichts kann ich tun, nichts!

Schließlich raffte er sich auf. Ich muß mich zusammennehmen, muß noch den Leuten im Vorgarten die Hand drücken, mich nach dem Ergehen von ein paar alten Frauen erkundigen. Das wird von mir erwartet.

Doch noch ehe der Pastor die Tür der Sakristei hinter sich ins Schloß zog, war sein Entschluß gefaßt: Wenn es soweit ist, rücke ich dem alten Klootmann wieder auf die Bude, und wenn er mich noch zehnmal hintereinander rausschmeißen sollte!

Ein schöner Mann war Hinrich Klootmann nicht. Knochig, groß, ein wenig gebeugt in den Schultern, das blonde Haar schon sehr dünn über der Stirn – sein Äußeres entsprach ganz und gar dem Menschenschlag, der in den Gebieten zwischen der unteren Weser und der unteren Elbe seit ungezählten Jahrhunderten heimisch ist. Marias Gesicht war, wenn man unfreundlich urteilte, noch härter und kantiger. Doch hatten in letzter Zeit ihre Augen den mißtrauischen Blick verloren. Die gute Ernährung, die Nachsicht und Liebe, mit der sie von den Eltern wie von Schwester und Schwager behandelt wurde, die Ruhe und Ausgeglichenheit im Schlunkschen Hause – all diese angenehmen Umstände hatten ihre Wirkung nicht verfehlt. Mutter Schlunk merkte es manchmal, und das war ihr ein Grund zu großer Freude, daß im Laufe der Monate ganz heimlich ein Hauch jener alten Anmut und Liebenswürdigkeit, die Maria als Kind ausgezeichnet hatte, wieder spürbar wurde. Die Kruste, die Marias Wesen in den Jahren ihres Aufenthaltes in Rußland oder Russisch-Asien hatte ansetzen müssen, um den mühsam weiterglimmenden Lebensfunken abzuschirmen, schien sich langsam aufzulösen.

Mutter Schlunk merkte auch, daß Hinrich dies nicht entgangen war. Manchmal stockte er – etwa wenn er sich voller Sachkenntnis darüber ausließ, daß bei den zur Zeit gültigen Schweinepreisen die Schweinehaltung ohne automatische Fütterung und Stallreinigung nicht mehr lukrativ sein könnte. Ja, er kam dann plötzlich ins Stottern, und die beiden Schlunks wurden aufmerksam. Seine Augen hatten die Augen Marias gefunden. Und Mutter Schlunk war eher beunruhigt als befriedigt, wenn sie dann ein Leuchten in Marias Antlitz wahrnahm.

August Schlunk hatte nichts dergleichen wahrgenommen. Er blieb, wie es sich gehörte, beim Thema.

»Schön, Hinrich, aber das ist so eine Sache mit all den Apparaturen, genauso wie mit dem Maschinenpark. Ich bin ja nicht mehr der Jüngste. Mir wird das ein bißchen viel. Ich bin ganz froh, wenn Otto Pipendorp einverstanden ist, daß wir jetzt das Ehepaar Floerke für dauernd auf den Hof nehmen. Aus dem Schlimmsten sind wir jetzt raus; es geht langsam aufwärts. Aber ich kann einfach nicht mehr zehn Stunden am Tag auf dem Trecker hokken. Meine Frau fährt ja auch, aber der wird es jetzt auch zuviel. Ich habe mir das durchgerechnet. Die Floerkes werden sich bezahlt machen.«

Auch Hinrich war wieder bei der Sache. »Ja, was die Floerkes angeht: Erst konnten die Kleinbauern, die aufgegeben haben, gar nicht schnell genug ins Werk oder in die Fabrik kommen, um bar Geld zu verdienen und geregelte Arbeitszeit zu haben. Und nun nach vier, fünf Jahren haben sie die Nase voll und kommen für den halben Lohn wieder ins Dorf zurück.«

»Ja, Hinrich, du solltest dir mal anhören, was der Floerke erzählt. Er hat es in dem neuen Gießereiwerk bei Blauenburg einfach nicht mehr ausgehalten. Bei Frühschicht morgens um vier aufstehen und dann bei jedem

Wetter durch die Nacht gondeln, und eine Minute zu spät an der Stechuhr beim Pförtner, schon gibt es Ärger. Und dann acht Stunden lang Lärm, Gestank und Hitze, und das laufende Band läßt einem keine Zeit wie der Acker, wo du doch mal die Forke in die Erde bohren und den Kiebitzen zusehen kannst, wie sie durch die Luft kampeln. Dem Floerke ging das einfach über die Hutschnur auf die Dauer. Er hat geschworen, daß er bei uns bleiben will. Du solltest dir das bloß mal anhören, Hinrich, wenn der Konrad Floerke in Fahrt kommt und einem auseinandersetzt, daß Babentin doch besser ist als die Fabrik. Morgen früh wollen wir die Wiese umbrechen. Das muß mal gemacht werden, die Wiese ist nicht mehr gut, und Floerke brennt darauf, den neuen Kulturpflug auszuprobieren. Da kann er dir was von der Fabrik erzählen. Ihr seid ja auch am Pflügen, wie ich gesehen habe. Vielleicht treffen wir uns morgen vormittag zu dreien bei der Kälberkoppel.«

Der Vorschlag war dem August Schlunk geglückt; der Zufall war ihm zu Hilfe gekommen. Jetzt muß ich vorsichtig sein, dachte August Schlunk, damit er auch wirklich anbeißt. Aber er hatte schon angebissen.

»Gut, treffen wir uns morgen vormittag. Ihr macht ja auch Frühstück um neun herum. Wird jetzt Zeit, daß ich gehe. Morgen früh ist die Nacht zu Ende.«

Hinrich erhob sich lachend.

Maria schien etwas sagen zu wollen. Vielleicht: Da möchte ich wohl gern dabei sein, wenn ihr euch auf den Feldern trefft. Aber ehe sie ihre Scheu überwand, war Hinrich schon an der Haustür. Er drückte Maria so warm die Hand, daß ihr Herz gleich ein wenig schneller schlug.

Der vorletzte Tag im März dieses Jahres war hell und windig, mit vielen weißen Wolken, die wie eine Herde flüchtender Schafe über den Himmel jagten. Aber das seidige Blau des schon zu ahnenden Frühlings setzte sich immer wieder durch.

Hinrich hatte dem Vater erklärt:

»Ich werde heute mit der Arbeit hinter der Kälberkoppel fertig, wenn ich früh anfange und kein Mittag mache.«

Damit war der alte Klootmann sofort einverstanden gewesen. Das mußte man Hinrich lassen: mit acht Stunden am Tag und nach der Stoppuhr einzuhaltenden Mahlzeiten, damit hatte er wenig im Sinn. Seine Magdalene, ja, die war er los, der Karl Klootmann, aber Hinrich würde wenigstens einen richtigen Bauern abgeben, und das war auch was wert. –

Die drei Männer hatten sich hinter der dichten Fichtenhecke, die die Kälberkoppel gegen den Ostwind abschirmte, zu einem kurzen Frühstück zusammengesetzt. Herrlich frisch war dieser Wind. Wenn man sich jedoch nicht ständig regte, blies er durch die dickste Joppe und machte frösteln.

Konrad Floerke wischte sich den Mund und klopfte zufrieden auf seinen Bauch.

»So, ich hab' genug gegessen. Ich fang' gleich wieder an. Im Radio haben sie Regen angesagt. Jetzt ist der Boden gerade richtig zum Pflügen, nicht zu trocken und nicht zu naß.«

Schlunks neuer Knecht raffte sich auf, schritt zu seinem großen Trecker hinüber, der abseits im Leerlauf vor sich hingebrummelt hatte, stieg in den Fahrersitz, schaltete, gab Gas und zog schnurgerade über den großen Acker davon, wobei der Trecker ein wenig nach rechts hing, denn die beiden rechten Räder hatten der tief gegrabenen letzten Furche zu folgen.

August Schlunk und Hinrich Klootmann waren unter der Fichtenhecke zurückgeblieben. Auch sie hatten die Mahlzeit beendet, doch zögerten beide, wieder an die Arbeit zu gehen. August Schlunk hatte sich damit beschäftigt, die Zäune seiner Rinderweide auszubessern. Das neue Gras fing gerade erst an zu sprießen. Mit dem Auftrieb des Viehs würde man also noch gut vierzehn Tage oder drei Wochen warten müssen, selbst wenn das Wetter günstig blieb und nicht neue Kälte einfiel.

Hinrich meinte:

»Konrad hat es ja mächtig eilig, wieder an die Arbeit zu kommen. Ob er im Werk auch so fleißig war?«

»Ihm macht's Spaß, wie's scheint, und mir soll's recht sein«, sagte August Schlunk. »Ich steck' mir noch 'ne Pfeife an, Hinrich. Aber laß dich nicht aufhalten, wenn du meinst, daß du weitermachen mußt!«

August Schlunk war seiner Sache so sicher, daß er sich den Anschein gab, als läge ihm nicht viel an Hinrichs weiterer Gesellschaft. Es war schon so: dem Hinrich lag ebensoviel wie Schlunk daran, den anderen zu einer Aussprache unter vier Augen zu bewegen. So ging er dem Alten gern auf den Leim.

»Wenn ich die Wahrheit sagen soll, mir ist es ganz recht, daß ich mal mit dir alleine reden kann.«

Aber damit schien Hinrich schon am Ende seines Lateins zu sein. Er blickte zum Kirchturm von Babentin hinüber, der sich spielzeugklein in der Ferne abzeichnete, und wußte nicht weiter.

August Schlunk half ihm ein wenig auf die Sprünge:

»Ich wollte dich eigentlich nur mal fragen, Hinrich, ob dir nicht auch schon aufgefallen ist, daß die Maria sich in den Monaten, die sie nun schon hier ist, ganz gut herausgemacht hat. Man sieht ihr doch nicht mehr so an, was sie durchgemacht hat. Aber vielleicht täusche ich mich. Du müßtest das eigentlich besser beurteilen können.«

Hinrich zeigte sich auf der Stelle ganz wach, als er antwortete:

»Also, August, das ist es ja gerade, weshalb ich so gern zu euch komme. Ich bin nicht einmal halb so lange in Sibirien gewesen wie Maria. Aber wer das hinter sich hat, der kann danach eigentlich nur noch mit Leuten reden, die die gleichen Erfahrungen gemacht haben. Denn die, die nichts davon wissen, mit denen kann man sich kaum verständigen. Bei Maria und mir ist das anders. Wir haben von Anfang an die gleiche Sprache geredet.«

August Schlunk war von wohlwollender, gelegentlich sogar von gütiger Wesensart. Doch da er nicht aus eigener Erfahrung sprechen konnte, war ihm, als tappe er plötzlich im dunkeln. So brachte er nur heraus:

»Ja, wer das nicht am eigenen Leibe erfahren hat...«

Aber August Schlunk hatte nicht vergessen, was er wollte. »Hinrich, ich will dir ganz offen sagen, was meine Frau auch gesagt hat: Das zieht sich nun schon eine lange Weile so hin zwischen euch beiden, und nichts kommt heraus. Der Hinrich, sagt meine Frau, sitzt zweimal in der Woche bei uns am Tisch, und mit Maria ist nichts anzufangen, wenn er mal einen Tag auf sich warten läßt. Hinrich, unsere Tochter hat Schweres genug erlebt. Jünger ist sie nicht dabei geworden. Wir wollen nicht, daß sie weiter die Zeit versäumt. Also, Hinrich, ich will nicht immer um die Sache rumgehen wie die Katze um den heißen Brei. Wie ist das nun? Willst du Maria heiraten? Wenn du sie nur unruhig machen willst, dann bleib lieber weg! Damit du es weißt, Hinrich, dies ist die Sache, die ich mit dir allein bereden wollte. Wenn die Frauen dabei sind, kann man über so etwas nicht sprechen.«

Unverkennbar war, daß August Schlunk verzweifelt wenig Talent zum Diplomaten besaß. Aber wozu auch? Hinrich Klootmann war ebenfalls von der Natur so eingerichtet, daß ihm das Geradezu als die einzige anständige Verhaltensweise erschien. Allerdings, so klipp und klar, wie August das ausgedrückt hatte, lagen die Dinge nicht in Hinrichs Gehirn. Er geriet wieder ins Stottern, als er antwortete:

»Ja, August, wenn das man alles so einfach wäre! Wenn ich so einfach könnte, wie ich wollte, glaube mir, August, eine liebere Frau als Maria könnte ich mir gar nicht ausdenken. Und wenn ich sie fragte, das ist wohl ziemlich sicher, dann würde sie wohl auch nicht nein sagen. Aber ich habe überhaupt nicht mehr daran gedacht zu heiraten. Warum auch? Man kann auch allein bleiben. Aber seit mir Maria begegnet ist, da hat mir allmählich gedämmert, daß das Quatsch ist. Ja, ich wollte wohl heiraten, wenn ich frei und unabhängig wäre. Aber das bin ich eben nicht. Mein Vater hat mir unseren Hof noch nicht überschrieben, und wie ich ihn kenne, wird er das nicht tun vor seinem letzten Atemzug. Mein Vater sagt: Der Hinrich ist jetzt der einzige Erbe auf unserem großen Hof, der braucht mal nichts abzugeben, braucht mal mit niemand zu teilen. Da kann er gefälligst so lange warten, bis ich gestorben bin. Bis dahin hat er zu arbeiten und zu parieren. Ja, August, so steht es bei uns.«

Die beiden Männer saßen nebeneinander auf dem Stamm einer Kiefer, die im vergangenen Herbst vom Sturm gefällt worden war, ihr Wurzelwerk aus dem Erdreich gehoben und ihren Stamm säuberlich entlang der Fichtenhecke auf den Boden gestreckt hatte. Die beiden Männer saßen, wie sie zuvor gesessen hatten, aber in Wahrheit war es, als habe sich eine Glaswand zwischen ihnen aufgerichtet.

August Schlunk dachte sich: So kommt mir der Hinrich nicht aus; so einfach ist das nicht!

»Hinrich, offen gestanden, das verstehe ich nicht. Es soll ja wohl nicht dein Vater heiraten, sondern du. Und du bist schließlich erwachsen. In deinem Alter sind die meisten Männer längst verheiratet und haben Kinder. Dabei bist du der einzige Sohn und mußt für einen Erben sorgen. Merkst du denn gar nicht, Hinrich, daß Maria längst auf ein Wort von dir wartet?«

Hinrich blickte starr zu Boden, ehe er sich zu einer Antwort aufraffte.

»Ja, August, daß du das nicht begreifst! Die Sache ist doch ganz einfach: Heiraten kann ich, wen ich will. Da kann mir keiner dazwischenreden. Aber meinen Alten zwingen, mir den Hof zu überschreiben, das kann ich nicht. Und ich werde niemals bei Lebzeiten meines Vaters der Bauer auf unserem Hof werden, wenn ich eine Frau heirate, die dem Alten nicht paßt.«

»Und du meinst also, Hinrich, daß Maria deinem Vater nicht passen würde?«

»Wie ich meinen Vater kenne, wird er nie damit einverstanden sein. Er haßt alles, was fremd und neu ist im Dorf, und er sagt ständig, Bauernsohn muß zu Bauerntochter und Hof muß zu Hof.«

August Schlunk ereiferte sich:

»Hinrich, verdammt noch mal, bin ich etwa kein Bauer? Mein Hof im Osten war vielleicht nicht so groß wie der eure, aber er hatte gutes Ackerland und reiche, fette Wiesen. Maria ist genauso eine Bauerntochter wie irgendein Mädchen aus Babentin. Und jetzt, wo sie sich wieder erholt hat, kann sie auch arbeiten wie irgendeine. Und ich selber habe ja wohl auf dem Hof von meinem Schwiegersohn bewiesen, daß ich was von der Landwirtschaft verstehe, vielleicht mehr als die Bauern hier. Also wieso ist Maria keine Bauerntochter? Sie würde euerm Hof Ehre machen!«

Hinrich erwiderte heiser:

»Vielleicht, August! Stimmt alles. Aber jetzt habt ihr nur gepachtet, und deine Tochter hat bei Pipendorp eingeheiratet, und der alte Pipendorp hat sich deswegen aufgehängt. Und mein Vater, der ist ein Klotz, der würde sagen: Solange ich lebe, nie! Und er wird mich fragen: Du willst wohl auch haben, daß ich mich ans Fensterkreuz hänge? Ach, August, ich habe gewußt, daß früher oder später die Besuche bei euch ein Ende nehmen müssen...«

August Schlunk gab den Kampf nicht auf. Sein Herz krampfte sich zusammen, wenn er an Maria dachte. Er erhob seine Stimme:

»Hinrich, du bist nicht mehr der Jüngste. Du hast schon genug erlebt. Du weißt, daß auf dieser Welt nichts umsonst verteilt wird. Man muß sich immer schinden, und um das Beste am meisten. Warum trittst du nicht einfach vor deinen Vater und sagst ihm: Ich werde Maria heiraten, koste es, was es wolle! Wenn er stirbt, kann er nichts mitnehmen. Früher war er ein frommer Mann, ging auch immer zur Kirche. Früher muß er mehr als einmal gehört haben: Alle Menschen müssen sterben, alles Fleisch vergeht wie Heu. Über seinen Tod hinaus kann er dich zu nichts zwingen.«

Hinrich Klootmann brachte nur zwei Worte heraus:

»Ja, früher!«

August Schlunk kämpfte nicht für sich. Er kämpfte für seine geliebte Tochter.

»Ich kann es einfach nicht glauben, Hinrich. Du mußt vor deinen Vater treten und ihn zwingen, deiner Heirat mit Maria zuzustimmen und gleichzeitig dir den Hof zu überschreiben. Irgendwann muß jeder Bauer einmal aufs Altenteil, und Maria, darauf kannst du dich verlassen, wird treu für ihre Schwiegereltern sorgen.«

Hinrich Klootmann wußte, was er jetzt zu sagen hatte, und er sagte es:

»Also gut, August, ich verspreche dir: Bei nächster Gelegenheit werde ich mit meinem Vater reden. Meine Mutter soll auch dabei sein. Ich werde ihm sagen, daß ich nur *eine* Frau heiraten will und keine andere. Und wenn er dann sagt, Maria kommt mir nicht ins Haus, dann werde ich ihm zur Antwort geben: Gut, Vater, aber dann seid ihr mich los. Ich heirate Maria. Dann wird Babentin eben ohne uns beide auskommen müssen. Vielleicht gehen wir dann nach Amerika oder nach Australien.«

August Schlunk legte seine Rechte dem Jüngeren aufs Knie. Zwar hatte er die vor Monaten wiedergefundene Tochter soeben abermals verloren, aber zugleich hatte er, wenn Gott es wollte, ihr Lebensglück begründet:

»Also gut, Hinrich, Maria hat sich also nicht in dir getäuscht. Wenn du mir einen Gefallen tun willst, dann kommst du erst dann wieder zu uns, wenn du mit deinem

Vater gesprochen hast. Ich kann mir gar nicht denken, daß dein Vater nicht mit sich reden läßt, wenn sein einziger Sohn ihm sagt: Die und keine andere! Und um es dir einfacher zu machen: Ich werde Maria reinen Wein einschenken.«

Die Männer trennten sich mit einem Händedruck.

Die beiden Klootmanns, der junge und der alte, standen sich an den Längsseiten des großen Tisches in der Wohnstube gegenüber. Wenn sich zwischen ihnen nicht die verzierte Tischdecke ausgebreitet hätte mit den benutzten Kaffeetassen und Kuchentellern, dann hätte man meinen mögen, die beiden Männer wollten sich wie Kampfhähne aufeinanderstürzen. Der Tisch bildete die Barriere, die sie auseinanderhielt. Der spärlich grau behaarte Schädel, das faltige Gesicht des alten Klootmann waren rot angelaufen. Die hellgelben buschigen Brauen über den zusammengekniffenen Augen waren gesträubt. Er senkte den massigen Kopf wie ein Stier zum Angriff und schrie:

»Bist du wahnsinnig, Bengel? Bisher hast du immer pariert und warst ganz vernünftig, und jetzt auf einmal trumpfst du auf und stellst mir ein Ultimatum! Ein für allemal, Hinrich, laß dir gesagt sein, und das ist mein letztes Wort: Solange ich lebe, werde ich nie zulassen, daß du diese Schlunk heiratest. Die paßt nicht zu uns. Die paßt nicht nach Babentin! Kann ja sein, daß sie keine Schuld hat! Aber hast du dir noch nie vorgestellt, daß sie da in Sibirien vielleicht hundertmal mit irgendwelchen Kerlen ins Bett steigen mußte, ob sie wollte oder nicht?! Daß dieses Weib längst abgeschunden ist wie eine alte Kuh! Und so etwas willst du mir auf den Hof bringen als Bäuerin und als Nachfolgerin deiner Mutter?«

Der Alte glühte vor Zorn – oder war es schon die Verzweiflung? Hatte sie ihm solche Worte eingegeben, mit denen er jeden Brückenschlag zwischen Vater und Sohn endgültig unmöglich machte?

Hinrich war kalkweiß geworden. Der hagere Mann mit dem kantigen Gesicht überragte den Vater um einen Kopf. Sicherlich nahm er es mit dem Alten jederzeit auf. Er bebte am ganzen Leibe wie ein Baum im Sturm. Unnatürlich leise klang seine Stimme, es war eher ein Knurren:

»Abgeschunden, sagst du, Vater? Abgeschunden? Was weißt denn du! Du hast dein ganzes Leben in Babentin gehockt! Du glaubst, die Welt wäre genauso stehengeblieben wie du. Das ist sie nicht! Die Welt ist fürchterlich geworden, und sie hat mir und Maria mitgespielt, wie du es dir überhaupt nicht vorstellen kannst. Abgeschunden, sagst du? Ja, vielleicht sogar! Aber an sie selbst ist das alles nicht herangekommen. Sie ist genau das geblieben, als was sie geboren wurde. Als die gute Tochter eines guten Bauern aus dem Osten. Bleib du nur sitzen, Vater, auf deinem hohen Roß! Bleib du nur da sitzen! Ich habe jetzt lange genug stillgehalten. Aber daß ich mir jetzt auch noch den einzigen Menschen, der zu mir paßt, von dir verbieten lasse, das glaubst du doch wohl selber nicht! Ich frage dich zum allerletztenmal, Vater: Lehnst du es endgültig ab, daß Maria Schlunk meine Frau wird, daß sie hier auf den Hof kommt und Bäuerin wird, entweder gleich oder wenn ihr aufs Altenteil geht oder wenn du stirbst?«

Mutter Klootmann hatte stocksteif während der wilden Unterredung am Ende des Tisches gesessen, die Hände ineinander gekrampft, und hatte die Augen von einem zum anderen wandern lassen, je nachdem, wer gerade das Wort genommen hatte. Jetzt zum erstenmal, in ihrer höchsten Not, wagte sie es, die Stimme zu erheben:

»Vater, Vater, treibe es nicht auf die Spitze! Wir sind alte Leute. Warum soll er sich nicht die Frau nehmen, die er haben will? Das hast du ja auch getan, als du jung warst!«

Sie hätte ebensogut in den Wind sprechen können. Der Alte schien die Worte überhaupt nicht wahrgenommen zu haben. Mit einer Willenskraft sondergleichen zwang er sich, Herr der Entscheidungen zu bleiben; in diesem

Hause hatte nur sein Wille zu gelten, selbst wenn die Familie daran zerbrach. Wie mit äußerster Anstrengung stieß er hervor:

»Du kannst noch heute dein Zeug packen, wenn du willst, und verschwinden. Es sei denn, du bist bereit, auf diese Schlunk zu verzichten. Tust du das nicht, so sind wir geschiedene Leute.«

Hinrich Klootmann hatte sich aufgerichtet, war einen Schritt von der Tischkante zurückgetreten, vergrub seine Hände in den Jackentaschen und sagte scheinbar ruhig:

»Ich habe nichts weiter zu erklären. Wir sind geschiedene Leute.«

Er wandte sich ab und verließ das Zimmer. Er nahm gerade noch wahr, daß seine Mutter laut aufwimmerte.

Es stellte sich bald heraus, daß Hinrich Klootmann keineswegs den väterlichen Hof bettelarm zu verlassen brauchte. Das von der Mutter eingebrachte Heiratsgut war von Karl Klootmann nicht angerührt, sondern ungeschmälert bei der Geburt seines ersten Kindes auf dieses und eventuell noch weitere Kinder zu gleichen Teilen überschrieben worden. Klootmann hatte dieses Vermögen in Wiesen, Weiden und Wäldern angelegt. Hinrich bestand auf der Herausgabe seines Erbguts. Der alte Klootmann weigerte sich nicht, das unbezweifelbare Eigentum Hinrichs herauszugeben. In fremde Hände ließ er es gewiß nicht fallen. Lieber nahm er eine große Hypothek auf seinen so gut wie unbelasteten Hof auf, um seinem Sohn das Erbgut abzukaufen.

Hinrich und Maria heirateten in Schlunks Haus im kleinsten Kreise. Pfarrer Kelm traute die beiden in seiner großen Wohnstube. Dann predigte er über den Text: »Die mit Tränen säen, werden mit Freuden ernten.«

Einige Monate später schiffte sich das junge Ehepaar in Bremen nach Kanada ein. Das Geld, das Hinrich nun auf der Bank hatte, würde gut und gern reichen, ihm eine mittlere Farm im kanadischen Westen einzuhandeln. Dort, bei der Stadt Red Deer in der Provinz Alberta, farmte ein jüngerer Bruder seiner Mutter schon seit Jahrzehnten mit gutem Erfolg. Bei diesem Onkel wollten die jungen Klootmanns ein oder zwei Jahre tätig sein, um die besonderen Eigenheiten der kanadischen Landwirtschaft kennenzulernen. Danach erst wollte Hinrich sich nach einem geeigneten Platz umsehen. Endlich trug er die Verantwortung für sich selbst, und Maria war bei ihm. Das glich den Verlust der Heimat aus. Spät, aber nicht zu spät, würde er ein neues Leben beginnen.

10

Der Montag ist Pfarrers Sonntag. So war es auch in Babentin. Pastor Kelm, noch immer unverheiratet und von der alten Schmitten in seinem riesengroßen Pfarrhaus mehr schlecht als recht betreut, war an diesem Montagabend einer Einladung des Ehepaars Odaffsky gefolgt und hatte sich bei ihnen zum Abendessen eingefunden. Es war einer jener späten Septemberabende, die den Herbst zur schönsten Jahreszeit in dieser grünen, weitgespannten Landschaft der Norddeutschen Tiefebene machen. Klar und warm sind dann die Tage, windstill, hoch und voller Sterne die Nächte, und gar nicht kalt, so daß man, zieht man sich einen Mantel über, bis gegen Mitternacht im Freien sitzen kann.

Odaffsky hatte sich neben seiner kleinen, von außen kaum als solche erkennbaren Fabrik ein schönes Landhaus gebaut. Er hatte das Grundstück schon Ende der fünfziger Jahre für verhältnismäßig wenig Geld erwerben können. Es hatte sich um die alte ›Sandkuhle‹ gehandelt, eine ehemalige Düne in der von der Eiszeit geprägten Landschaft des deutschen Nordwestens, die von den Babentiner Bauern im Lauf der Jahrhunderte als Vorratslager für Sand und Kies ausgebeutet worden war. Anstelle der Düne war langsam eine Senke entstanden. Schon zu Beginn des vorigen Jahrhunderts war die Sandkuhle aufgegeben worden. Der Platz war nach der Weise dieser alten Dörfer Gemeinbesitz der zehn größten Familien im Dorf gewesen. Und als keiner mehr ihn ausnutzte, hatte sich auch keiner mehr um ihn gekümmert. In dem unebenen Gelände hatten sich mit der Zeit Kiefern, Birken, Eichen, Pappeln, auch Ahorn und Eberesche angesiedelt, grobes Gras war über den Sandlöchern gewachsen, Heidekraut,

Waldweidenröschen, Kälberdisteln und Holunder, auch ein steil aufstrebender Wacholder hatten sich den Grund erobert und das Gelände in eine blühende Wildnis verwandelt. Für die Leute von Babentin aber war die Sandkuhle eben die Sandkuhle geblieben, ein etwas verrufener, verachteter Ort, in den sich – wie die alten Klatschweiber zu berichten nicht müde wurden – zuweilen Liebespaare verkrochen, woraus sich dann ergab, daß so viele Babentiner Bräute mit einem Kind im Leibe vor den Traualtar treten mußten.

Odaffsky indessen hatte solchen Vorurteilen und Traditionen keine Beachtung geschenkt. Die Großbauern waren froh, einen Dummen gefunden zu haben, der ihnen das Unland abkaufen wollte. Dem Bürgermeister hatte Odaffsky seinerzeit mitgeteilt, daß er sein bisher ausschließlich auf den Textilvertrieb beschränktes Geschäft zu einem Gewerbebetrieb erweitern wollte, und zwar zur Herstellung von speziell für Landwirte geeigneter Arbeitskleidung. Natürlich wollte er klein beginnen, aber wenn die Sache sich gut anlasse, würde er den Betrieb bald erweitern und vielleicht noch einigen Dutzend Leuten im Dorf Arbeit und Lohn verschaffen. Bürgermeister Oltje hatte sofort begriffen, was ihm da angeboten wurde, und hatte sich dafür eingesetzt, das Grundstück so billig wie möglich abzutreten.

Odaffsky hatte von den hochgewachsenen Bäumen auf dem Gelände nur so viele abgeholzt, daß der Fabrikationsbetrieb Platz fand und zugleich hinter den Zweigen und Büschen, von der Straße her gesehen, beinahe völlig verschwand. Das schöne alte Mischwäldchen blieb voll erhalten. Am anderen Ende des Geländes hatte sich Odaffsky sein Haus gebaut, nachdem er sich selbst und dem Dorf bewiesen hatte, daß seine Produktion schon im zweiten Jahr Erträge abwarf, die hoffen ließen, daß sie in den kommenden Jahren noch beträchtlich ansteigen würden.

Pastor Kelm, Werner Odaffsky und seine Frau Josephine, dazu die hübsche Jadwiga (meist nur Wiga genannt) saßen nach dem späten Kaffee auf der Terrasse hinter dem Odaffskyschen Hause und blickten über einige bunte Blumenrabatten hinweg, in denen der Herbst sich schon mit ein wenig Unordnung und Blätterfall bemerkbar machte. Vor den Augen der vier, die so gemächlich den Feierabend genossen, breiteten sich, von zwei mächtigen alten Birken wie eingerahmt, die immer noch leuchtend grünen Wiesen bis zum Babentiner Bach, der Queste, hinunter, die etwa hundert Schritte entfernt ihr schnelles, klares Wasser durch die flache Talsenke schickte. Die Sonne war schon hinter dem Wald versunken. Das scheidende, immer noch starke Licht überzog Garten, Wiese, Feld und Wald mit goldenem Gespinst.

Der Pfarrer und der Major hatten bunt durcheinander über politische, kirchliche, dörfliche, gesellschaftliche Fragen diskutiert, auch Frau Josephine und Fräulein Jadwiga hatten von Zeit zu Zeit ein wenig zum Gespräch beigesteuert. Wenn Jadwiga ihre dunkle, ein wenig rauhe Stimme erhob, hatte Pastor Kelm seine Augen auf dem schmalen Mädchenkopf mit der hohen Stirn unter dunkelbraunem Haar, der schlanken, kräftig geflügelten Nase und den vollen roten Lippen ruhen lassen.

Für Babentiner Verhältnisse war die gerade neunzehnjährige Jadwiga ein höchst ungewöhnliches Geschöpf. Sie galt zwar vor dem Gesetz als Kind der Odaffskys, doch war es kein Geheimnis, daß die das Mädchen nur ›angenommen‹ hatten. Frau Odaffsky hatte das Kind bei ihrem überstürzten Auszug aus Schlesien am Straßenrand aufgelesen. Die Eltern hatten tot neben der Kleinen gelegen, blutig zerquetscht, steif gefroren in der grimmigen Kälte. Ein paar vor Entsetzen halb irrsinnige Überlebende hatten berichtet, daß eine querfeldein rasende Kolonne russischer Panzer einen deutschen Flüchtlingstreck überrollt hatte. Die Kleine war wie durch ein Wunder unverletzt geblieben und auch nicht erfroren, da sie sich aus den dicht um sie gepackten Kissen nicht hatte befreien können. Das Kind trug den Namen Jadwiga Kujatki, war am 14. November 1943 geboren und stammte aus der Ortschaft Marsken bei Leobschütz in Oberschlesien, wo der Vater, so hatte es jedenfalls auf dem mit einer Lederschnur um des kleinen Kindes Hals gebundenen Papptäfelchen geheißen, Besitzer eines Gutes Ober-Marsken gewesen war.

Der nur scheinbar zarten und zierlichen Josephine Odaffsky war es trotz aller Not und Entbehrungen gelungen, das Kind heil in den Westen zu bringen. Selbst kinderlos, hatte sie das schutzlose Wesen schnell in ihr Herz geschlossen. Sie hatte ihren Mann, als auch dieser endlich nach Krieg und Gefangenschaft den Weg zurückgefunden hatte, davon überzeugen können, daß es ihnen beiden gut tun würde, für ein hilfloses Wesen zu sorgen. Diese kluge weibliche Voraussicht hatte sich sehr bewährt. Die Spannungen, die sich unvermeidlich zwischen der Frau und ihrem nach verlorenem Krieg, verlorener Heimat und verlorenem Beruf zurückkehrenden Mann ergaben – wo und wie sollte ein Neuanfang möglich sein? – waren im Hinblick auf das munter zwischen ihnen heranwachsende kleine Leben leichter zu überbrücken gewesen. Die Odaffskys hatten Jadwiga schließlich, da sich Verwandte nicht feststellen ließen, an Kindes Statt angenommen. Die Familie Kujatki war vermutlich, wie so viele ostdeutsche Familien, ursprünglich polnischer Herkunft, war im Laufe einiger Generationen im Deutschtum aufgegangen und war, wie fast alle anderen ostdeutschen Familien, beim Anmarsch der Roten Armee nach Westen geflohen.

Jadwiga war zu einem schönen Geschöpf herangewachsen und zunächst in der Babentiner Volksschule, dann in der Blauenburger Oberschule unterrichtet worden. Im Spiel war sie zuweilen von einer Wildheit, die selbst den wildesten Babentiner Bengels den Atem nahm. Sie fürchtete sich auch nicht vor den großen Wäldern; ganz im Gegenteil, mit Leidenschaft strolchte sie durch das grüne Dickicht. Josephine Odaffsky hatte zuweilen ihre liebe Not, dem Mädchen beizubringen, daß es sich nicht schickte, bis in die späte Nacht hinein allein im Wald zu bleiben, um das Wild zu beobachten. Dies gehörte zu den vielen, nach Babentiner Begriffen, unmädchenhaften Eigenschaften, durch die sich Wiga Odaffsky immer wieder ins Gerede der Klatschtanten brachte.

Nachdem Jadwiga die Oberschule mit vorzüglichem Abschlußzeugnis verlassen hatte, war sie jetzt drauf und dran, sich an der Hamburger Universität für das Studium der Tierheilkunde einschreiben zu lassen. Werner Odaffsky hatte eines Nachts – skeptisch, ironisch, freundlich, wie es seinem Wesen entsprach – zu seiner Frau gesagt: »Wer weiß, ob wir selber so etwas Gutes zustande gebracht hätten...«

»Da sitzen wir hier gemütlich beisammen«, sagte Odaffsky, nachdem sie alle ein Weilchen schweigend den Abendfrieden genossen hatten, »und haben keine Sorgen, und das ist, als wäre es schon immer so gewesen. In Wahrheit aber sind wir doch eine ziemlich bunt zusammengewürfelte Gesellschaft. Jadwigas Eltern sind zweifellos ursprünglich rein polnischer Herkunft gewesen, wenn sie sich auch als Deutsche gefühlt haben. Wahrscheinlich haben sie sogar vorwiegend Polnisch gesprochen. Die Sprache hat nicht allzuviel damit zu tun, welcher Nation man sich zugehörig fühlt. Dann ist da meine Frau Josephine, die stammt aus Deutsch-Böhmen, aus dem ehemals Österreichischen also. Von Steinfeld ist ihr Geburtsname. Deutscher kann man nicht heißen. Die Familie wird ursprünglich aus dem Fränkischen gekommen sein. Dann unser Pastor. Ich weiß nicht, ob Kelm deutsch ist oder slawisch; es könnte beides sein. Ihr Vater war auf der Insel Usedom Pfarrer, nicht wahr, Herr Pastor?«

»Stimmt, Herr Odaffsky. Ich wußte gar nicht, daß man das in Babentin weiß. Ja, er hat damals meine Mutter mit mir und meiner Schwester auf die Flucht geschickt; wir waren beide noch kleine Kinder. Mein Vater wollte seine Gemeinde nicht verlassen. Von ihm haben wir nie wieder etwas gehört. Meine Mutter hat später darauf bestanden, daß auch ich Theologie studiere. Sie hatte im Westen wohlhabende Verwandte, die mir dabei halfen. Ich hatte eigentlich keine andere Wahl. Wenn es stimmt, was meine Mutter mir erzählt hat, dann sind die Kelms auf Usedom immer schon Pastoren, Lehrer oder Bürgermeister gewesen. Ich bin also nicht nur ein waschechter Pommer, sondern auch der Familientradition treu geblieben.«

»Ja, und nun hocken wir alle hier beieinander, wo wir eigentlich gar nicht hingehören, und sind entschlossen, hier zu Hause zu sein. Meine Familie hat es ja seit Jahrhunderten auch ganz schön umgetrieben. Odaffsky, das klingt polnisch, ist aber nichts weiter als die Polonisierung des irischen Namens O'Duffy. Gesprochen Odaffi. Meine Vorfahren gehörten im 17. Jahrhundert zu dem irischen Adel, der dem Katholizismus abschwören mußte, wenn er nicht Kopf und Kragen verlieren wollte. Tausende jener Iren sind damals von der Insel geflüchtet und haben sich über ganz Europa verbreitet. Meine Vorfahren kamen zum Fürstbischof von Breslau, der, wie andere katholische Fürsten Europas, den irischen ›Wildgänsen‹, wie man sie nannte, eine Unterkunft bot; sie durften in seine kleine Armee eintreten, als Offiziere natürlich. Für treue Dienste wurde mein Vorfahr schließlich mit einer freigewordenen Gutsherrschaft belehnt. Auf diese Weise rutschten die O'Duffy allmählich ins Polnische hinüber, und einer meiner Vorfahren hat dann den alten irischen Namen polonisiert. Als später Friedrich der Große aus Schlesien eine preußische Provinz machte, wurde den Odaffskys das Lehen vom König bestätigt. Die überzähligen Söhne der Familie wurden preußische Offiziere. Das hat sich bis in die Gegenwart hinein nicht geändert. Ja, so steht es also im guten, alten, schlechten Europa. Eine bunte Gesellschaft sind wir in der Tat! Und sitzen heute hier friedlich zusammen an einem Ort, der nicht allzu weit von Verden an der Aller ist, wo Karl der Große einen Haufen widerspenstiger Sachsen um einen Kopf kürzer machen ließ.«

Die beiden Odaffsky-Frauen und Pastor Kelm hatten aufmerksam zugehört. Der Pastor rückte den Gartenstuhl noch ein wenig weiter zurück, um Wiga Odaffsky ungestört betrachten zu können. Aber vom Thema ließ er sich nicht ablenken.

»Wildgänse, sagten Sie, Herr Odaffsky. Das war sicherlich ein Spottname. Flüchtlinge, Fremdlinge werden ja oft von den Eingesessenen wie Feinde, wie minderwertige Feinde behandelt. Überwunden ist diese Einschätzung auch in Babentin noch nicht ganz. Auch ich werde von den Großbauern gelegentlich daran erinnert, daß ich nicht aus Babentin stamme. Tatsächlich komme ich mit den weniger großartigen Leuten im Dorf, den Kleinbauern, Arbeitern und Handwerkern, besonders mit den Zugewanderten besser aus als mit den eingesessenen Bauern. Ich frage mich oft, wie das kommt. Vielleicht liegt es daran, daß wir, verglichen mit den Bauern, allesamt Habenichtse sind. Wir haben nur das, was wir uns erst gestern oder vorgestern erschuftet haben. Aber für die Bauern zählt das nicht, weil wir keinen Grund und Boden haben, und schon gar keinen, der schon dem Ururgroßvater gehört hat. Man ist etwas, weil es das Land ist, das man besitzt. Oft rede und rede ich, aber an diese Leute komme ich nicht heran. Für manche meiner Argumente oder Einwände sind sie so taub, als spräche ich Chinesisch.«

»Sie nehmen Ihr Amt sehr ernst, nicht wahr, Herr Pastor?« fragte Frau Josephine.

Der Pastor vergrub seine beiden Hände in den Taschen seines nicht besonders sorgsam gepflegten grauen Anzugs und erwiderte scheinbar gleichmütig:

»Allerdings, Frau Odaffsky. Sonst wäre man ja nur ein

klerikaler Gehaltsempfänger und nicht viel wichtiger als ein Heringsverkäufer oder Eisenbahnschaffner. Nichts gegen Heringsverkäufer oder Eisenbahnschaffner! Aber Pastor sein, das geht ein wenig über den Alltag hinaus. Das hat mit Predigt zu tun und Seelsorge – und nicht zuletzt damit, daß jeder Mensch eingebunden ist, ob er will oder nicht, in ein über sein privates Dasein weit hinausreichendes Schicksal, oder, wenn Sie es kirchlich haben wollen, in die göttliche Vorsehung. Nein, wenn ich mein Amt nicht ernst nehmen wollte, dann sollte ich mich lieber schon morgen beim Straßenbauamt melden, um Steine zu klopfen.«

Die drei Zuhörer fühlten sich durch dieses Geständnis merkwürdig geehrt und auch ein wenig in Verlegenheit gebracht. Doch Ehrlichkeit und Bescheidenheit dieses jungen Mannes waren unverkennbar. Unerwartet mischte sich Wiga Odaffsky ins Gespräch:

»Von uns haben Sie noch keinen ins Gebet genommen, Pastor Kelm. Wer weiß auch, wie wir darauf reagieren würden!«

Das war ein Angriff, wenn auch kein bösartiger. Kelm wandte sich der jungen Dame im enganliegenden dunkelgrünen Wollpullover und karierten Schottenrock zu und lächelte.

»Keiner von Ihnen scheint mir besonders dringend geistlichen Zuspruchs zu bedürfen. Ich würde es mir dreimal überlegen, ehe ich mich bei Ihnen sozusagen von Amts wegen einfände. Und Sie besonders, Fräulein Odaffsky, Sie würden mich wahrscheinlich nur auslachen. Bei Ihnen erginge es mir sicher noch schlechter als beim alten Klootmann. Der hat sich einfach die Ohren zugeknöpft und mich vor die Tür gesetzt.«

Wiga Odaffsky hätte jetzt eigentlich lächeln müssen. Aber das tat sie nicht. Sie blickte den Sprecher an, als sähe sie ihn zum erstenmal. Nach einigen Sekunden erst sagte sie, und es klang nachdenklich:

»Auslachen wohl nicht. Aber streiten würde ich mich bestimmt mit Ihnen. Und wer am Ende Sieger bliebe, da bin ich mir gar nicht so sicher!«

Nun lächelte sie doch. Und wußte wohl nicht, daß dieses Lächeln ihr so viel Anmut verlieh, daß auch ein weniger entflammbarer Mann als Pastor Kelm sich ihr kaum hätte entziehen können.

Frau Josephine hatte es genau beobachtet. Ihr fuhr durch den Kopf: Unsere Wiga einen Dorfpastor heiraten? Nein, das muß schon im Keim erstickt werden. Das Gespräch durfte nicht noch weiter ins Persönliche entgleiten. Sie fragte:

»Wie steht es bei den Klootmanns, Herr Pastor? Seit Hinrich die Maria geheiratet hat und mit ihr nach Kanada ausgewandert ist, muß sich der alte Klootmann mit seiner Frau fast ganz allein mit dem großen Hof abmühen. Seine zwei Tagelöhner haben ein dickes Fell und lassen ihn getrost schimpfen. Die alte Frau Klootmann ist es, die mir leid tut. Wenn Sie da mal eingreifen könnten, Herr Pastor...«

Kelm dachte: Wenn ich jetzt etwas Falsches sage, dann wendet sich Jadwiga von mir ab. Was soll das: abwenden? Ich weiß ja gar nicht, ob sie sich mir überhaupt schon zugewendet hat. Bin ich verrückt geworden?

Und zugleich durchbebte den jungen Mann eine Erregung, die er nie zuvor gekannt hatte. Heiser klang seine Stimme, als er sich zu einer Antwort aufraffte.

»Liebe Frau Odaffsky, glauben Sie mir, ich denke jeden Tag darüber nach. Soll ich der alten Frau fromme Sprüche vorsagen und sie auf das ewige Heil verweisen? Das kommt mir vor wie Falschmünzerei. Deshalb wird ihr Mann sie nicht weniger anklagen, beschimpfen und herumjagen. Die einzige Möglichkeit, ihre Lage zu erleichtern, bestände darin, sich den Alten vorzunehmen, ihm klarzumachen, daß nur er selber verantwortlich ist für den Verlust seiner Kinder und für den Verlust eines großen

Teils seines Vermögens. Und das geht einfach über meine Kraft, ich gestehe es offen. Manchmal, wenn ich so in meinem öden Pfarrhaus sitze und die Eichenbalken in der Decke knacken und in dem alten Aktenschrank der Holzwurm tickt, wenn ich dann daran denke, was mir in meiner Gemeinde alles schiefgeht und wieviel Bosheit, Neid und üble Nachrede zwischen den Häusern hin und her schleicht, und wenn ich weiter bedenke, daß ich kleiner Pastor trotz viel zu wenig Erfahrung und Überzeugungskraft mit diesem Chaos fertig werden soll, dann hilft mir auch mein Gottvertrauen keinen Schritt weiter.«

Im Grunde hatte Pastor Kelm nur zu einem einzigen Menschen in der Runde gesprochen. Noch immer haftete Jadwigas Blick an dem vor Erregung blassen Gesicht des jungen Mannes. Aber es lag jetzt keine Kritik, schon gar kein Spott mehr in ihren Augen. Es war etwas ganz anderes.

Gewiß, auch Odaffsky und seine Frau fühlten sich von derlei Bekenntnissen angerührt, aber zugleich wollten sie ihnen für dies doch harmlos gemeinte Gespräch unter dem Abendhimmel ein wenig unangemessen erscheinen. Auch Odaffsky hatte jetzt begriffen, daß der junge Geistliche sich eigentlich nur mit seiner Tochter unterhielt – und auch er sagte sich: Wiga und der Pastor, das wäre mir gar nicht recht. Odaffsky bemühte sich also, das Gespräch wieder ins Unverfängliche zu lenken:

»Nun ja, Herr Pastor, in meinen Augen ist es nicht gerade eine große Neuigkeit, daß die Leute sich im allgemeinen ziemlich unfreundlich benehmen. Aber das hat auch seine Gründe: In einem Dorf läßt sich, anders als in der Stadt, nichts geheimhalten. Jeder weiß alles vom Nachbarn. Er weiß es nicht immer genau, aber im großen und ganzen stimmt's. Und geht es dem Nachbarn, nach Meinung der Leute, zu gut, werden sie bald boshaft und neidisch. Neid ist nun mal einer der stärksten menschlichen Antriebe, ich fürchte besonders unter den Deutschen.

Aber so negativ wie Sie, Herr Pastor, würde ich wiederum nicht urteilen. Es gibt doch auch hier eine Menge Leute mit gesundem Menschenverstand, und darüber hinaus auch viele Babentiner, die uns schon ganz erstaunliche Beweise von Freundlichkeit, ja sogar von Güte geliefert haben. Denken Sie nur an Mutter Manschewski! Jeder hat sie gern, oder verehrt sie sogar. Oder an unseren guten Bürgermeister, der ist ja nun wirklich für Babentin ein Geschenk des Himmels mit seinem klaren Kopf und seiner Hilfsbereitschaft. Auch die alten Biegerts sind grundanständige Leute, und die Schlunks nicht zu vergessen. Auch Otto Pipendorp ist durch und durch korrekt und hilft jedem, der die Hilfe der Genossenschaft mit einigermaßen einleuchtenden Gründen beansprucht. Und dann haben wir in Babentin noch so gute Leute wie den Schneider Brinkmalte und Schmied Sorsmann, den geschwätzigen, aber niemals bösartigen Barbier Klinkbiel und den Matthias Lüttjenmüller vom Babentiner Abbau. Also, lieber Pastor Kelm, das sind doch alles großartige Leute auf ihre Art, wenn auch nicht gerade Genies oder Säulenheilige.«

Es bedurfte nicht besonderer Hellsichtigkeit, um zu begreifen, daß das Weltkind Odaffsky die menschliche Landschaft des Dorfes Babentin angemessener beschrieben hatte als der in seine Seelsorgen verstrickte Pastor Kelm.

Frau Odaffsky jedoch konnte sich des Eindrucks nicht erwehren, daß das ewige Babentiner Thema, das Thema Babentin nämlich, an diesem Abend schon überreichlich erörtert worden war. Sie erhob sich.

»Komm, Wiga, Zeit zum Abendbrot. Sie sind dazu eingeladen, Herr Pastor. Wir bleiben auf der Terrasse, der Mond wird bald aufgehen, ich glaube nicht, daß es zu kühl wird.«

Beim Abendessen wurde darüber debattiert, ob die Autobahn, die noch im gleichen Jahr eröffnet werden sollte, mit ihrer schön geschwungenen Ausfahrt ›Babentin‹ auf die Dauer für das Dorf vorteilhaft oder nachteilig sein würde. Odaffsky meinte:

»Die Außenwelt wird stärker als bisher ins Dorf eindringen. Lüttjenmüller will auf seinem Abbau am Wald einen Campingplatz einrichten, und Heinricke will auf seinem Unland mehr als ein Dutzend Parzellen abstecken lassen, auf denen dann Leute aus Bremen, Hamburg oder München Ferienhäuser errichten werden.«

Frau Odaffsky fügte hinzu: »Dann werden also, mindestens im Sommer, hundert oder zweihundert Leute mehr im Dorf zu versorgen sein. Das heißt, die Kaufleute werden entsprechend mehr verdienen, und es wird mehr Arbeit geben. Schmied Sorsmann soll sich mit der Firma Esso in Verbindung gesetzt haben, er will eine Tankstelle am Dorfausgang einrichten. Auch das bringt mehr Geld und Arbeit ins Dorf.«

Pastor Kelm dachte noch einen Schritt weiter:

»Damit verlieren dann die Bauern im Dorf wiederum ein Stück von ihrer früheren Bedeutung. Wenn wir in Zukunft einen Haufen Einwohner auf Zeit bekommen, dann kommt auch mehr Geld ins Dorf, das nicht von den Bauern oder aus bäuerlicher Arbeit stammt. Ich glaube, schon jetzt ist es so, daß es in Babentin mehr Nichtbauern als Bauern gibt.«

Jadwiga Odaffsky setzte den Schlußpunkt:

»Stimmt, ihr Lieben, was ihr da sagt. Aber ihr tut beinahe so, als wäre das ein Unglück. Ich finde das gar nicht. Zu Babentinern werden sie mit der Zeit doch alle. Meine Eltern und der Herr Pastor sind es ja auch geworden. Und ich finde Babentin noch immer herrlich! Kann es irgendwo schöner sein als hier bei uns?«

Jadwiga war an den Rand der Terrasse getreten und hatte die Hände erhoben, als wollte sie die nächtliche Landschaft vorstellen. Der Mond zeichnete die Linien des Mädchenkörpers nach.

Weiter unten, über dem Wasserlauf der Queste, hatte sich ein Nebelstreif gebildet. Das Mondlicht verzauberte ihn zu einer silbernen Bordüre, über der in weiterer Ferne der Waldrand dunkelte. Die hohen Bäume rechts und links von der Terrasse – sie standen trotz des vorgeschrittenen Jahres immer noch in vollem Laub – schatteten bewegungslos gegen den nächtlichen Himmel. Der Mond schien so hell, daß nur die stärksten Sterne sich behaupteten.

Jadwiga Odaffsky hatte nur ausgesprochen, was alle empfanden. Der Pfarrer merkte, was jetzt von ihm erwartet wurde. So stand auch er auf und wandte sich an die Gastgeberin.

»Es ist spät geworden. Ich bedanke mich sehr für diesen schönen Abend.«

Und während sie alle um das Haus herum zum Vorplatz schritten, wo der Pastor seinen alten Volkswagen abgestellt hatte, wagte der junge Mann, allerdings mit etwas belegter Stimme, eine Bitte:

»Ich würde mich sehr freuen, Fräulein Odaffsky, wenn Sie und ich – wenn wir uns einmal etwas gründlicher unterhalten könnten. Ich hoffe, daß Ihre Eltern dagegen nichts einzuwenden haben. Ich möchte so gern in aller Ruhe einmal Verschiedenes mit Ihnen besprechen.«

Den Eltern Odaffsky sträubten sich ein wenig die Haare, aber schließlich: Wiga war großjährig, war zur Selbständigkeit erzogen worden und hatte allein zu entscheiden. Sie schien auch gar nicht überrascht:

»Gewiß, warum sollten wir uns nicht gelegentlich unterhalten? Ich schlage vor, wir wandern einmal ein bißchen durch den Babentiner Wald. Ich kenne da jeden Weg und Steg, und da sind wir ganz ungestört.«

11

Das ausnehmend schöne Wetter dieses Jahres blieb den Babentinern treu bis weit in den November hinein. Überall war das Getreidestoppel nach der Kornernte sofort geschält worden; allerlei Zwischenfrucht war eingesät und grünte üppig. Die Mähdrescher, Staub und Kaff spukkende Ungetüme, waren längst wieder gesäubert und standen in ihren Schuppen. Die mächtigen Maschinen waren zu kostspielig, als daß ihnen zuzumuten war, im Freien zu überwintern.

Nach den Mähdreschern zogen die gewaltigen Kartoffelroder über die Felder, siebten die Knollen aus dem Boden und sammelten sie in großen Blechkörben, die sich am Rande der Felder mit dumpfem Getrommel in die hinter dem tuckernden Trecker wartenden gummibereiften Lastkarren entleerten. Die Kartoffeln kamen rund und prall und trocken aus der Erde, so sauber, als wären sie bereits gewaschen. Die Maschine konnte natürlich zwischen Kartoffeln und gleich großen Steinen auf dem Felde nicht unterscheiden; es brauchte Hände, sie herauszulesen. Die Steine wurden am Feldrand gehäuft und würden dazu dienen, im Laufe der Zeit alle Sumpflöcher in den Landwegen aufzufüllen.

Wenn die Erde trocken war wie in diesem Herbst, dann schleppten Mähdrescher und Kartoffelroder ganze Wolken von Staub über die Felder. Die hoch auf den Maschinen thronenden Fahrer, die am Förderband die Steine aussortierenden Frauen und Burschen – ein leichtes Leben hatten sie alle nicht in diesen Erntetagen. Aber um wieviel schneller kam jetzt das Korn, kamen die Kartoffeln von den Feldern, wieviel Schweiß und Arbeit konnte man sich ersparen. Niemand hatte mehr nötig, etwa bei nieselnder Nässe die Furchen der Kartoffelfelder auf den Knien entlangzurutschen, mit Hacke und Händen die Knollen einzeln aus dem Boden herauszuwühlen und die schweren gefüllten Spankörbe über den losen Acker hinweg zu den Kastenwagen zu schleppen.

In noch höherem Maße fast als die Korn- und Kartoffelernte hatten die Maschinen das Einbringen der Runkel- und der Zuckerrüben erleichtert. Die Rüben werden als letzte Frucht im Jahr geerntet, also wenn das Wetter anfängt, kalt und regnerisch zu werden. Wie da früher auf den schmierigen Äckern in den eiskalt nassen Blättermassen der Rübenpflanzen an den klobigen Knollen herumgezerrt, mit dem Haumesser geschlagen, mit den nackten Händen geschichtet werden mußte! Nun aber hatten die bulligen Rübenroder diese Schufterei überflüssig gemacht. Gewiß, der erste Arbeitsgang des großen Roders war mit der Hand vorzubereiten, damit die Maschine säuberlich das Feld vom Rande her angehen konnte. Aber dann genügten ein Fahrer und vielleicht noch ein Helfer, um die Rüben aus dem Boden zu heben und in die Lesebehälter kollern zu lassen. Das nasse Kraut konnte getrennt gesammelt und in langen Reihen schon vorgeordnet abgesetzt werden. Wer noch die alte Weise der Rübenernte kannte, dem mußten die großen Maschinen wie Zauberwesen erscheinen.

»Ja«, sagte Bürgermeister Oltje in einer kleinen Tafelrunde bei Gastwirt Hartjens, »wenn wir nicht die vielen Maschinen eingeführt hätten, dann wären wir von den Großproduzenten USA oder Kanada längst an die Wand gedrückt worden und müßten alle in die Grube zur Arbeit gehen. Aber, weiß Gott, wir haben's geschafft. Mit weit weniger Arbeitskräften als früher produzieren wir so viel, daß wir, wären wieder einmal Notzeiten, die ganze Bundesrepublik ernähren könnten. Da schreiben sie immer von Rationalisierung und Automatisierung in der deutschen Industrie. Das stimmt sicherlich und ist alles ganz schön und gut. Aber die Landwirtschaft hat stärker noch als irgendwer automatisiert und rationalisiert. Wir brauchen uns wirklich nicht zu verstecken, und das Fernsehen könnte ruhig einmal den Leuten in der Stadt vor Augen führen, wie sich die deutsche Landwirtschaft technisiert hat und wie der deutsche Bauer von heute in höherem Maße als irgendein Facharbeiter in der Industrie ständig mit einem Dutzend komplizierter Maschinen umgehen muß, um mit einem Zehntel der Arbeitskräfte von früher die doppelte Leistung zu erwirtschaften.«

»Da hast du bestimmt recht, Peter Oltje!« mischte sich der lange Hentzel ins Gespräch, der ein geschickter und erfolgreicher Landwirt war, wenn ihm auch der Himmel nur einen nichtsnutzigen Sohn und zwei ebensolche Töchter beschert hatte. »Wenn man das manchmal sieht im Fernsehen, die bäuerlichen Trachten in Oberbayern oder Gott weiß wo und die forsche Dorfmusik und die Volkstänze und was sonst noch für Quatsch, dann fragt man sich wirklich: Wo leben die eigentlich, die Reporter? Auf dem Mond?«

Natürlich mußten die neuen Maschinen gepflegt werden; sie erforderten auch kleinere und größere Reparaturen. Da hatten es nun die Leute in Babentin gut getroffen. In anderen großen Kirchdörfern hatten sich die Genossenschaften Reparaturwerkstätten für landwirtschaftliche Maschinen angegliedert. Die wurden dann von angestellten Kraftfahrzeug- oder Maschinenbaumeistern geleitet. Die Bauern dort hatten oft genug die Erfahrung zu machen, daß Gehalts- oder Lohnempfänger ungern über ihre acht Stunden hinaus tätig sind. Manche Maschine hatte also über die Nacht oder noch länger zu warten, ehe sie in Reparatur genommen wurde.

In Babentin war das anders. Schmied Sorsmann hatte im Dorf stets ein besonderes Ansehen genossen. Niemand warf ihm mehr vor, daß er einmal Ortsgruppenleiter gewesen war. Sorsmann hatte gleich nach seiner Rückkehr aus der Lagerhaft begriffen, daß das Schmiedehandwerk sich ebenso zu ändern hatte wie die Landwirtschaft. Er sagte sich also: Bald werden keine Pferde mehr zu beschlagen, keine Pflüge mehr zu schmieden sein, keine eisernen Radreifen müssen dann noch gerundet, keine schlanken Rungen für die Leiterwagen gehämmert werden. Ich muß mich auf Maschinen umstellen.

Sorsmann schaffte sich also neue Handbücher an und studierte die Bedienungs- und Pflegeanweisungen der amerikanischen und deutschen Landmaschinenfabrikanten und ließ sich auch keinen Kursus entgehen. Da ihm seine Frau keinen Sohn geschenkt hatte, und der junge Stephan Biegert schon als Lehrling besonders anstellig gewesen und später, fern von Babentin, erstaunlich schnell Meister des Schmiedehandwerks und des Maschinenbaus geworden war, hatte Sorsmann den Stephan nach seiner Rückkehr in seinen Betrieb aufgenommen.

Doch vergaß Schmied Sorsmann nicht das warnende Beispiel, daß Stephans Bruder Max ihm und dem ganzen Dorf gegeben hatte. Die Biegert-Söhne waren offensichtlich ein lockeres Volk. Max hatte sich mit der unglückseligen Magdalene Klootmann eingelassen und dann gekniffen, als geheiratet werden sollte. Und wenn es damals auch um eine Vaterschaft gegangen war, die man einigen anderen jungen Männern ebenso wie dem Max Biegert hätte anlasten können, so stand doch fest, daß Max Biegert ein Luftikus und unverbesserlicher Schürzenjäger gewesen war, der nicht einmal vor den Töchtern der großen Höfe haltgemacht hatte. Daß er dann von Hinrich Klootmann und Kuno Hentzel gewaltig verdroschen und des Dorfs verwiesen worden war, das hatte jedermann eingeleuchtet, auch den Neu-Babentinern. Schließlich hatte Max Biegert den Töchtern der Flüchtlinge ebenso den Kopf verdreht wie den Töchtern der eingesessenen Bauern.

Der alte Sorsmann lag also seinem jungen Meister Stephan, der bei der Kundschaft beliebt und ihm selbst längst ans Herz gewachsen war, ständig in den Ohren:

»Stephan, du mußt heiraten! Wenn man hier als Junggeselle in die Jahre kommt und keine Familie gründet, dann wird man nicht mehr für voll genommen. Ich kann nicht mehr so, wie ich gern möchte, Stephan. Meinetwegen könnten wir uns schon jetzt gemeinsam ins Handwerksregister eintragen lassen. Aber du mußt heiraten, mein Junge!«

Stephan wußte, daß er diese etwas lästigen, höchst überflüssigen Ratschläge dem zweifelhaften Ruf seines Bruders Max verdankte. Er war zwar im Grunde ein von Natur aus heiterer Mensch, Leichtsinn jedoch bildete für ihn überhaupt keine Gefahr. Ihm kam es, ganz nach alter Sorsmannscher Weise, keineswegs darauf an, am Nachmittag pünktlich Schluß zu machen; er ließ keinen Bauern im Stich, dem mitten in der Roggenernte an seinem Mähdrescher die Antriebswelle des Strohförderbandes gerissen war; er arbeitete, wenn es darauf ankam, bis über Mitternacht hinaus. Was niemand wußte und was Sorsmann nicht einmal ahnte: Stephan hatte längst entschieden, wen er heiraten wollte. Bei der kleinen Feier zu seines Vaters bestandenem Examen als Großbaggerführer hatte Stephan, wie berichtet, die Tochter des Hofbesitzers Nr. 1, Heinrich Heinricke, kennengelernt und sich gut mit ihr verstanden. Dem alten Heinricke war das damals schon nicht recht gewesen, aber er gönnte seiner über Gebühr vom Betrieb beanspruchten Tochter die kleine Abwechslung mit dem tüchtigen und intelligenten jungen Mann. Heinricke hatte den einzigen Sohn im Krieg verloren, seine Frau war an einem zu spät erkannten Unterleibskrebs gestorben. Die ärztliche Versorgung des flachen Landes hatte nach Kriegsende lange Zeit sehr im argen gelegen. Wo nicht noch ein älterer Arzt, der nicht mehr Soldat hatte werden müssen, praktizierte, da mußten sich die

Leute, wie in der alten Zeit, selbst behelfen, was aber nur selten zu einem guten Ende führte. Wer damals schwer erkrankte, um den war es geschehen.

Wieder einmal hatte es sich gerächt, daß die großen Bauern in Babentin kaum Wert darauf legten, eine stattliche Kinderzahl um sich zu versammeln. Viele meinten, man solle sich möglichst nur einen Sohn leisten und höchstens zwei Töchter. Dann gebe es keine Schwierigkeiten unter den Erben, und der Hof blieb beisammen. Und daß der Hof ›beisammen‹ blieb, ja, sich nach Möglichkeit noch vergrößerte, das war das wesentliche Anliegen der Bauernsippen. Gelang es einem etwa vorhandenen zweiten Sohn nicht, in einen anderen Hof in Babentin oder Umgegend einzuheiraten, so wurde, wenn er nicht nach Bremen oder nach Amerika auswandern wollte, von ihm erwartet, daß er unverheiratet blieb. Denn eheliche Kinder (das heißt unerwünschte Miterben) durfte er nicht bekommen, sofern Hof und Tradition auch ihm teuer waren. Von einem zweiten Sohn wurde erwartet, daß er dem Bauern, also dem älteren Bruder, zeit seines Lebens als Großknecht diente. Wobei zwar für den jüngeren nicht viel an Lohn und Bargeld herausschaute, wohl aber sein Leben lang Nahrung, Kleidung und Unterkunft. Für die Kinder des älteren Bruders wurde er zum ›Onkel‹, oft genug auch, da nicht durch Frau und Familie abgelenkt, zum haltbaren Angelpunkt des ganzen Betriebs.

Friedchen, die nachgeborene Tochter der Heinrickes, war beim Tod der Mutter noch ein kleines Kind gewesen. Dem Vater war nichts übriggeblieben, als zunächst diesem heranwachsenden Mädchen viele Pflichten vorzeitig auf die schmalen Schultern zu bürden. Der Vater und der Hof beanspruchten Friedchen von früh bis spät. Kein Wunder, daß sie in der Schule nicht mit Leistungen aufwartete, die bei ihrem klaren Verstand und ihrem Fleiß eigentlich zu erwarten gewesen wären. Immerhin war sie nicht ein einziges Mal ›sitzengeblieben‹. Das lag nicht nur an ihrer Intelligenz, sondern auch daran, daß die einzige Tochter vom größten Hof in Babentin eben nicht sitzenblieb. Der damals noch die Schule mit harter Hand regierende Lehrer Knoche wußte genau, was sich in Babentin gehörte.

Friedchen Heinricke wäre nach beendeter Schulzeit gern auf eine Landfrauenschule oder auch für ein paar Jahre auf die Oberschule in der Stadt gegangen. Heinrich Heinricke war kein Unmensch, und schon gar nicht dem eigenen Fleisch und Blut gegenüber. Aber auch für ihn galt als oberste Regel, daß der Hof allem voranzugehen hatte, selbst dem eigenen Wohl und dem der Kinder, wenn sich die Wahl nicht vermeiden ließ.

Friedchen Heinricke, ein fleißiges, kluges und auch schönes Mädchen, wurde im Dorf allgemein bedauert. Auch sie beneidete manchmal ihre ehemaligen Mitschülerinnen, die Zeit und Geld genug besaßen, zum Friseur zu gehen, die immer wieder in einem neuen Fähnchen auftauchten und offenbar nie in die Verlegenheit gerieten, Schuhe oder Stiefelchen wirklich aufzutragen.

Aber andererseits, was war das schon: jeden Tag in die Fabrik fahren oder bei Odaffsky an der Maschine sitzen und immer dieselben Nähte steppen und sich jede Minute sagen lassen müssen, was man zu tun und zu lassen hat! Nein, dem braungebrannten Friedchen Heinricke mit dem schlanken muskulösen Körper, an welchem die harte Arbeit nur wenig Fett duldete, diesem vielleicht doch zu Unrecht bemitleideten Mädchen fuhr dann der stolze Gedanke durch den Kopf: Für mich wär' das nichts! Ich arbeite nicht für andere. Ich arbeite für uns. Nur der Vater hat mir etwas zu sagen, und der sagt mir nur, was auch ich mir sagen muß. Und wie ist das großartig, wenn jeden Abend das Vieh in den Stall zurückkommt, und die Melkmaschine tuckert und die Milch in die Kannen schäumt! Und nächstens werde ich mir wieder vom Vater erbitten, das Feld am Birkbusch allein mit dem großen Trecker und dem Fünfschar-Pflug zur Saat tiefzupflügen. Und der Vater wird antworten: »Friedchen, mein Bengel, klar, wenn du pflügen willst, man immer los! Meinen alten Knochen bekommt das sowieso nicht mehr so gut. Und du pflügst mir den großen Acker beim Birkbusch sicherlich schneidiger und ordentlicher als Benno oder Hermann.«

Der alte Heinricke hatte die Tochter damals gern zu dem kleinen Waldfest von Anton Biegert mitgenommen. Sie verdiente es, gelegentlich ausgeführt zu werden und ein wenig unter andere Leute zu kommen.

Mit dem Hochmut des frischgebackenen Meisters, der seines Wissens und Könnens sicher ist, hatte Stephan Biegert bei dieser Gelegenheit der braungebrannten, biegsam kräftigen Bauerntochter zu imponieren gesucht. Auch war er sehr empfänglich für weibliche Reize, wenn er sich auch nicht einbildete, wie sein lockerer Bruder Max, daß die Mädchen nur dazu geschaffen wären, den Männern Kurzweil zu bereiten. Diese seine Partnerin bei Vater Biegerts Fest jedoch schien gar nicht in seine bisherige Vorstellung von Weiblichkeit zu passen. Sie trug an jenem Nachmittag ein Kostüm aus grünem Wollstoff mit schwärzlichen und bräunlichen Noppen durchsetzt – Tweed muß das sein, sagte sich Stephan, der sich zu merken pflegte, was er in Zeitungen oder Zeitschriften las, Tweed, richtiger schottischer oder irischer Tweed –, sieht großartig aus, und es paßt zu ihrem braungebrannten Gesicht und auch zu ihrem Körper. Bißchen wie ein Rennpferd, bloß nicht so übernervös. Und wie sie zu fragen versteht! Wissensdurstig und immer geradeaus! Und es langweilt sie gar nicht, wenn ich ihr von meinem Beruf erzähle und von Maschinen und von meinem Steckenpferd, der Kunstschmiederei. Und das Haar trägt sie ganz dicht und glatt um den Kopf, und es glänzt wie reife Kastanien.

So war im Laufe des Nachmittags der zunächst recht herablassende Schmiedemeister Stephan Biegert bescheiden und sogar kleinlaut geworden.

Nachdem sich Friedchen Heinricke mit ihrem Vater verabschiedet hatte, blieb ein sehr nachdenklicher Stephan zurück, der sich bald in seine Schlafkammer verfügte. Die gefällt mir, hatte er sich gesagt. Aber da er bei aller Aufgeschlossenheit und Beweglichkeit ein nüchterner Mensch war, fügte er diesem Urteil sogleich hinzu: Heinrich Heinrickes Tochter, Hof Nr. 1 – mach dir nichts vor, Stephan, da wird nichts draus, da brauchst du deine Zeit nicht mit zu verplempern! Was ist in den Augen von solchen Leuten wie Heinricke schon ein Schmiedemeister?

Es wollte dem jungen Biegert in den folgenden Wochen und Monaten nicht gelingen, diese Begegnung aus seinem Gedächtnis zu streichen. Wie und ob überhaupt die Bekanntschaft fortgesetzt werden könnte, das blieb dem jungen Stephan zunächst ein Buch mit sieben Siegeln. Allerdings war auch Friedchen Heinricke höchst angetan von jenem Nachmittag. Einen so netten jungen Mann habe ich überhaupt noch nicht erlebt, sagte sie sich. Schade nur, daß er kein Bauer ist und keinen Hof oder sonstigen Besitz hat, sonst würde ich wohl...

Sie beendete den Satz auch in Gedanken nicht.

Einige Monate nach dem Fest fragte sie eines Abends ihren Vater, nachdem sie mit ihm lange Zeit über dem großen Kontobuch gesessen hatte:

»Hast du eigentlich mal wieder was von dem jungen Stephan gehört, den ich bei dem Fest des alten Biegert kennengelernt habe? Er hat mir gesagt, daß er sich bei Sorsmann vor allem um die Landmaschinen kümmern wird. Vielleicht könnte man ihm die technische Aufsicht über unsere Maschinen gegen eine Pauschale übertragen? Das würde ihm eine feste Einnahme garantieren und für uns wahrscheinlich, aufs Ganze gesehen, billiger kommen.«

Der Vater blickte seine Tochter forschend an, zögerte ein paar Sekunden mit der Antwort und erwiderte dann nicht besonders freundlich:

»Auf was du alles kommst, Friedchen! Pauschale! Vielleicht, das müßte man sich überlegen. Aber das müßte ich natürlich mit Sorsmann besprechen, der ist ja immer noch der Meister und Besitzer. Der junge Biegert hat dir wohl imponiert, was? So übel ist er nicht, aber auch wieder nicht so besonders, daß er dir noch nach zwei Monaten einfallen sollte.«

Der alte Heinricke hatte sich zu seiner ganzen hageren Höhe erhoben und blickte auf seine nachgeborene Tochter hinunter, die ihm als einzige von seiner Familie noch geblieben war.

Es entsprach Friedchens Wesen nicht, in solchen Augenblicken zu versagen.

»Ja, er hat mir ganz gut gefallen. Er redete nicht so albern, wie sonst die jungen Männer glauben, mit jungen Mädchen reden zu müssen. Er nahm mich für voll. Er war am Schluß sogar ein bißchen kleinlaut. Das hat mir erst recht an ihm gefallen. Warum soll ich mich nicht einmal nach ihm erkundigen? Da ist doch nichts bei!«

Heinricke brummte, nun unüberhörbar ärgerlich:

»Na, hoffentlich! Friedchen, das möchte ich mir auch ausgebeten haben!«

Der Alte sagte nicht einmal gute Nacht, als er das Zimmer verließ und zu seiner Schlafkammer im Oberstock stapfte. Dort standen immer noch die beiden großen Ehebetten nebeneinander. Solange er lebte, wollte er daran erinnert bleiben, daß in dem Bett nebenan seine Frau geschlafen hatte.

Friedchen saß in der großen Wohnstube noch eine Weile am Tisch und blickte auf ihre gefalteten Hände hinunter. War da wirklich ›nichts bei‹, wenn sie wegen der Pflege des Heinrickeschen Maschinenparks nur an Stephan Biegert und mit keinem einzigen Gedanken an Sorsmann gedacht hatte? Na, hoffentlich, hatte der Vater gesagt. Na ja, hoffentlich, dachte auch Friedchen und ging ein wenig benommen zu Bett.

Wenn Friedchen und Stephan gehofft hatten, einander bald wieder zu begegnen, so sahen sie sich enttäuscht. Für Friedchen gab es nie einen Grund, die Schmiede aufzusuchen. Das besorgte, falls es notwendig wurde, der Vater. Und was sollte Stephan Biegert auf dem Heinrickehof zu verrichten haben? Der Meister mußte in der Werkstatt bleiben. Wenn Heinricke sachkundige Hilfe brauchte, wurde ihm immer ein Geselle oder ein älterer Lehrling geschickt.

Aber noch nie, solange es Menschen auf dieser Erde gibt, hat mangelnde Gelegenheit verhindert, daß zwei junge Leute sich finden, die Sehnsucht nacheinander haben. Fanden sich doch selbst die Kuckucke im Babentiner Forst Jahr für Jahr von neuem, obgleich es kaum einen Vogel gibt, der so einzelgängerisch wie ein Kuckuck lebt. Im Frühling tönt der blaue Glockenruf des Kuckucks unablässig, so lange, bis die scheuen Vögel einander entdecken. Auch Stephans und Friedchens Herzen mögen solche, allerdings unhörbaren Signale ausgesandt haben.

Wenn das Getreide und die Frühkartoffeln von den Feldern sind, kehrt in der Landwirtschaft für eine Weile etwas Ruhe ein. Für die mittelfrühen und die Spätkartoffeln ist die Zeit noch nicht gekommen, und die spät gepflanzten Rüben fangen jetzt erst an, sich ihre dicken Bäuche anzumästen. In dieser kurzen Zwischenpause, zwischen der spätsommerlichen und der herbstlichen Erntezeit, wurde in Babentin der Feuerwehrball in Szene gesetzt, bei Gastwirt Hartjens, in allen Räumen und auf dem großen Saal.

In diesem Jahr nun hatte Heinrich Heinricke nach der guten Ernte des Vorjahrs der Freiwilligen Feuerwehr einen neuen Übungsturm gestiftet, da der alte schon recht baufällig geworden war. Den Bauern war es gutgegangen in den vergangenen Jahren, obgleich keiner das jemals öffentlich zugegeben hätte. Aber die Agrargesetzgebung hatte die Bauern begünstigt, und noch mehr waren sie begünstigt worden von der plötzlich aufgetauchten Theorie, wonach sich die Einkommen auf dem Lande stets ebenso zu verbessern hätten wie die der Stadtbevölkerung. So mit Arbeitern und Beamten gleichzuziehen, zu hören, daß die sogenannte Gesellschaft – was immer das sein mochte! – verpflichtet sei, aller Welt, also auch den Bauern, einigermaßen gleich hohe Einkommenssteigerungen zu sichern – notfalls auf Kosten der städtischen Steuerzahler, damit war man hier natürlich sehr einverstanden. Und ganz gewiß, es hatte sich gelohnt! Die Babentiner Bauern hatten ohnehin schon mit Neid gesehen, wie in der neuen »Kolonie« am Rande des alten Dorfes ein hübsches Haus nach dem anderen aus dem Erdboden wuchs, erbaut von Arbeitern und Handwerkern. Das hatte die Bauern nicht ruhen lassen. Nachdem Hentzel und Petersmann erst einmal damit begonnen hatten, sich neue, sogar buntgemusterte Fassaden vor ihre alten Fachwerkhäuser zu mauern, statt der hölzernen Pforten schicke verglaste Aluminiumtüren einzusetzen und die dunklen Treppenflure dadurch aufzuhellen, daß der Maurer ein Stück der alten Vorderwand einriß und das Loch mit Glasziegeln ausfüllte – seither fühlte sich jeder Hof, der etwas auf sich hielt, geradezu verpflichtet, sich auf modern umzufrisieren. –

Auf dem Feuerwehrball sollte Heinrich Heinricke für seine tatkräftige Unterstützung ausdrücklich geehrt werden. Und gleichzeitig war der Feuerwehrturm offiziell einzuweihen.

Der alte Heinricke murrte zwar zu Hause umher, das sei ihm alles zuviel und er habe sich den Spaß an Schützen- und Feuerwehr- und Genossenschaftsbällen längst abgewöhnt. Aber im geheimen tat es ihm doch wohl, daß das Dorf und sogar der Landkreis seine ›großzügige Spende‹ honorierten. Also mußte der schwarze Anzug aus dem Schrank geholt und zur Reinigung gegeben werden. Er trug ihn sonst nur zwei- oder dreimal im Jahr, wenn er, wie es von einem lutherischen Christen erwartet wird, am heiligen Abendmahl teilnahm.

Auch Friedchen war ausdrücklich mit eingeladen worden. Sie sollte mit dem Vater auf dem Ehrenplatz sitzen und würde den Herrn Feuerwehrbeauftragten des Landkreises zum Tischherrn haben.

Auch Stephan Biegert war natürlich in der Freiwilligen Feuerwehr aktiv, seit er wieder nach Babentin zurückgekehrt war. Ebenso selbstverständlich war es, daß ihm die Wartung der beiden schweren Motorpumpen, der Wasserschleuder und der anderen Feuerwehrgeräte anvertraut wurde.

Nach alter Sitte hatte den aktiven Feuerwehrleuten das Recht zugestanden, sich ihre Tischdamen vorher auszusuchen. Dabei verfuhr man durchaus männlich autoritär. Widerspruch von seiten der Weiblichkeit wurde nicht gestattet, wurde indessen auch kaum je probiert, denn Widerspruch bedeutete den Ausschluß vom Fest. Auf solche und ähnliche Weise wurde in Babentin von altersher dafür gesorgt, daß einige Male im Jahr Männlein und Weiblein des Dorfes kräftig durcheinandergemischt wurden; auf diese Art war es zu vielen glücklichen, natürlich auch minder glücklichen Ehebündnissen gekommen.

Stephan Biegert hatte daran gedacht, Friedchen Heinricke als Tischdame ›anzufordern‹. Doch das wäre aussichtslos gewesen, denn Friedchen stand als einzige weibliche Angehörige des Ehrengastes Heinrich Heinricke natürlich dem Herrn vom Landratsamt zu.

Stephan Biegert wollte jedoch sichergehen und nirgendwo falsche Hoffnungen erwecken. Manches Mädchen hatte bereits ein Auge auf den jungen Handwerksmeister geworfen. Er bat also seine hübsche Schwester Ludmilla, sie als Tischdame zur Kaffeetafel führen zu dürfen. Ludmilla hatte im geheimen einen anderen im Sinn als gerade ihren Bruder, mit dem sie sich im übrigen wunderbar verstand. Aber Ludmilla wußte auch, daß der von ihr bevorzugte junge Mann nicht wagen würde, sie vor der dörflichen Öffentlichkeit als seine Wahl zu präsentieren und damit Gerede oder Kritik herauszufordern. Soweit war man noch nicht, weder Ludmilla mit ihm, noch er mit ihr. Ludmilla und der eigenwillige Jochen Kruse mit dem schwärzlichen Kräuselhaar hatten ihre Sympathien für einander weder offen vor sich, noch gar vor anderen zugegeben – und es würde wohl noch einiges Wasser die Queste hinunterfließen, ehe der rechte Augenblick gekommen war.

Dem jungen Beamten aus der Kreisstadt stockte ein wenig der Atem, als er seiner Tischdame vorgestellt wurde. Er hatte sich innerlich auf eine jener nur mit Humor zu ertragenden Veranstaltungen eingerichtet, die an Stelle des Landrats wahrzunehmen, zu seinen dienstlichen Obliegenheiten gehörte. Er war entschlossen, sein offizielles Sprüchlein aufzusagen und dann so schnell und unauffällig wie möglich zu verschwinden. Gewiß würde man ihm ein handfestes Bauerntöchterchen an die Seite setzen, das vor Verlegenheit kein Wort herausbrachte. Aber nun stand er einer jungen Dame gegenüber mit tiefgebräunter Haut, einer eng an den schmalen Kopf geschmiegten, beinahe männlichen Frisur, im sommerlichen Schneiderkostüm aus leichtem, lichtblauem Leinen, in dessen Halsausschnitt sich eine cremefarbene Seidenbluse blicken ließ. Sieh mal an, dachte der Herr Assessor beeindruckt, hier in Babentin so viel Eleganz? Und plötzlich war der Feuerwehrbeauftragte des Landratsamts mit seiner dienstlichen Aufgabe sehr einverstanden. Aber wie er sich auch Mühe gab, seine Stellung, seine Würde und seine Bildung vor dieser jungen Dame zur Geltung zu bringen, Friedchen blieb bei einsilbigen Antworten. Sie hatte schon nach kurzer, unauffälliger Beobachtung begriffen, daß das junge Mädchen an Stephan Biegerts Seite seine Schwester sein mußte. Seine Schwester hatte er zum Kaffeetisch gebeten, das ist doch ganz gegen die Regel!

Mich hat er nicht bitten können, das ist klar – aber doch beinahe jede andere. Warum hat er es nicht getan? Meint er mich? Verrückt! Er sieht gut aus, der Stephan, und er gefällt mir noch besser als damals. Wenn er spricht, wird sein Gesicht so lebendig, wie es die Gesichter von unseren Babentiner Jungens niemals werden. Schon damals habe ich mir gedacht: für einen Schmiedemeister ist er eigentlich zu zierlich. Ich glaube, er ist um zwei, drei Fingerbreit kleiner als ich. Aber er ist sehr kräftig und sehnig und, wie er mir erzählte, hat er auf seiner Wanderschaft in Bremen oder in Hamburg Karate gelernt.

Stephan hatte schräg über die langen Tische hinweg immer wieder verstohlen versucht, einen Blick aus Friedchens Augen zu erhaschen. Endlich gelang es. Ihre Blicke sanken ineinander. Und plötzlich fühlten sie beide: Das also ist es! Alles ist entschieden.

Friedchen spürte, wie ihr das warme Blut den Hals hinauf bis unter die Ohren stieg. Hoffentlich merkt der fade Kerl neben mir nichts davon, dachte sie. Ich kann sein aufgeblasenes Gedöns nicht mehr hören. Aber noch muß ich's für eine Viertel- oder halbe Stunde aushalten. Niemand darf etwas merken. Dann werden die Ansprachen kommen; man wird sich im Freien ein wenig ergehen; das Wetter ist ja nicht schlecht; inzwischen wird der Wirt die Tische beiseite räumen lassen, damit getanzt werden kann. Die älteren Männer werden, mein Vater voran, in die große Gaststube hinübergehen und zu trinken anfangen. Ich werde ein bißchen tanzen, aber nicht mit Stephan. Keiner darf etwas merken. Aber bestimmt kommt dann ein Augenblick, wenn es vielleicht schon dunkel geworden ist, an dem wir uns unbemerkt von der Gesellschaft trennen können. Ich muß ihn sprechen. Ich will ihn sprechen, Stephan, meinen Stephan!

Wieso ›meinen‹ Stephan? Ich habe doch, wenn ich's mir genau überlege, überhaupt noch kein persönliches Wort mit ihm gesprochen.

Trotzdem wußten sie beide an diesem Nachmittag, daß sie einander nicht mehr entbehren konnten, daß sie vom Schicksal einander zugedacht waren, ob sie es wollten oder nicht.

Mit großer Befriedigung beobachtete Stephan, der sich im Kreis der trinkenden Männer hielt, ohne selbst viel zu trinken, daß Heinrich Heinricke die ihm dargebrachten Lobpreisungen und Danksagungen wie süßen Nektar in sich einschlürfte und dabei viele scharfe Getränke zu sich nahm. Die Wirkung blieb nicht aus. Der Alte hatte sich mit einigen Getreuen gegenüber dem Schanktisch in eine Ecke fallen lassen, hatte beide Arme auf den Tisch gestützt, schob nun allerdings die Schnapsgläser wie angeekelt von sich fort und trank nur noch Bier. Seine Augen waren bereits ein wenig blutunterlaufen. Er erzählte jedem, der es hören wollte, wie er sich im Ersten Weltkrieg als Grenadier eines Oldenburgischen Regiments in Flandern das Eiserne Kreuz verdient hatte. Es fanden sich viele, die ihm zuhören wollten, denn nun, am späteren Abend, bezahlte Heinricke alles, was an seinem Tisch getrunken wurde. Im Saal hinter der Gaststätte wurde getanzt, was das Zeug hielt. Der Staub wölkte aus den alten Eichenbohlen, und obgleich alle Fenster weit geöffnet standen, herrschte eine beinahe tropische Hitze. Aber so wie die Leute von Babentin daran gewohnt waren, sich im Schweiß ihres Angesichts ihr Geld zu verdienen, pflegten sie, es im Schweiße ihres Angesichts auch wieder zu vertanzen.

Auch wenn sie nichts anderes im Sinn gehabt hätte, wäre Friedchen Heinricke wohl kaum länger als ein halbes Dutzend Tänze in dem lärmenden, zappelnden Tohuwabohu verblieben, das von der ›Five Devils Combo‹ aus Blauenburg unermüdlich zu neuem Furor angespornt wurde. Vergnügungen solcherart, von denen andere Mädchen ihres Alters nicht genug bekommen konnten, lagen ihr nicht. Friedchen, hieß es im Dorf, na ja, die ist hochmütig, die kann sich das leisten. Mit dem Vater, dem

Hof und dem Geld! Sie kauft sich ja auch nie ein richtiges Ballkleid, wie wir andern alle, und erscheint immer wieder mit ihren langweiligen Kostümchen. Wahrscheinlich gibt es überhaupt nur eine im Dorf, die noch eingebildeter ist als sie, nämlich Jadwiga Odaffsky. Die kommt gar nicht erst zu unserem Feuerwehrball. Das ist ihr nicht fein genug. Und Friedchen kommt auch nur, weil ihr Vater diesmal im Mittelpunkt steht.

Als es dunkel geworden war, löste sich Stephan Biegert aus dem Kreis seiner beschwipsten Nachbarn und Kollegen und trat in die laue Nacht hinaus. Er schlenderte an der Front des Gasthauses entlang, als wollte er sich ein wenig die Beine vertreten, und bog dann um die Ecke in die Nebenstraße, die, an dem langgestreckten Ballsaal vorbei, zunächst in ein kleines Wäldchen aus Birken, Eichen und Kiefern führte, um dann zu einem sandigen Feldweg zu werden.

Es war, als hätte es ihm jemand zugeflüstert: Wenn sie nicht nach Hause gegangen ist, dann mußt du sie hier finden.

Kaum hatte er sich so weit von Hartjens' Gasthof und damit vom Kern des Dorfes entfernt, daß er die Musik vom Tanzboden her nicht mehr vernehmen konnte, als er am Rande der schon übermannshohen Fichtenschonung eine dunkle Gestalt erkannte.

Sie stand still und wartete in der Dunkelheit. Sie kam ihm nicht entgegen. Sie wartete, bis sie ganz sicher sein konnte, daß er es war. Er war es!

Die beiden jungen Menschen, er an die Dreißig, sie nur wenige Jahre jünger, verharrten einen ganzen Schritt weit voneinander entfernt, als ob die Kraft, die sie angezogen hatte, sie nun abstieß. Dann gingen sie wie selbstverständlich, sich immer weiter vom Dorf entfernend, nebeneinander her. Sie verloren kein Wort darüber, daß sie sich hier gefunden hatten. Es schien für sie beide nichts Natürlicheres zu geben, als dieses nächtliche Zusammentreffen.

Sie waren aus dem Schatten der Schonung hervorgetreten. Jeder folgte einer der beiden flach von den Treckern ausgefahrenen Spuren.

Stephan spürte: Das ist unsere Stunde. Ich darf sie nicht verstreichen lassen, ohne daß wir beim Namen nennen, was in uns vorgeht. Er begann mit fester Stimme:

»Seit damals, seit der kleinen Feier am Waldrand, habe ich immer an dich denken müssen, Friedel. So etwas ist mir noch nie passiert. Ich hatte große Angst, daß es nur mir so ginge und daß du mich längst vergessen hättest. Aber seit wir uns am Kaffeetisch vorhin wiedergesehen haben, weiß ich, daß es dir nicht viel anders ergangen ist als mir. Ich sage es ganz einfach heraus, weil es die Wahrheit ist: Friedel, ich liebe dich!«

Friedchen beschleunigte ihren Gang. Stephan fiel um einen halben Schritt zurück.

Plötzlich blieb sie stehen und wandte sich ihm zu.

»Du nennst mich Friedel, Stephan? Ich finde das hübsch. Wenn du immer zu mir Friedel sagen willst, dann werde ich mich freuen. Ich glaube – mein ganzes Leben lang freuen!«

Es war alles entschieden. Während sie langsam am Rande der Fichtenschonung weiter durch die laue Nacht wanderten, erörterten sie voller Sorge, daß der alte Heinricke wahrscheinlich nie mit einem Stephan Biegert in seiner Familie einverstanden sein würde.

»Wenn du willst, Friedel, gehe ich noch morgen zu ihm und schenke ihm reinen Wein ein. Ich bin schon was, und ich werde noch viel mehr werden. Was will er denn eigentlich? Die Bauern sind nicht mehr die Herren der Welt.«

»Ich weiß nicht, ob du das richtig siehst, Stephan«, sagte sie. »Mein Vater ist immer noch der Herr der Welt, seiner Welt natürlich. Und darin hat ihm keiner etwas vorzuschreiben. Er richtet sich noch heute nach dem, was ihm sein Vater und sein Großvater und was denen ihre Väter beigebracht haben. Lieber Stephan, hab ein bißchen

Geduld mit mir, mit uns. Wenn du kurzerhand zu meinem Vater gingest, das nähme ein schlechtes Ende. Wenn überhaupt jemand etwas bei ihm erreicht, dann bin ich es. Du mußt mir Zeit lassen, Stephan. Ich werde es schon für uns durchsetzen. Es wäre mir schrecklich, wenn es darüber zum Streit käme. Stephan, wenn ich mich so auf dich verlassen kann, wie du dich auf mich verlassen kannst, dann könnten vielleicht Jahre hingehen, bis mein Vater einwilligt – aber an unserer Sache würde das nichts ändern.«

Nach Stephans Geschmack war das nicht.

»Warten, Friedel? Ich habe lange genug auf die Richtige gewartet. Wieviel Zeit wollen wir noch verlieren? Du brauchst den Hof nicht. Ich kann dir ein ebenso gutes Leben garantieren, wie du es auf dem Hof hast. Oder ein noch viel besseres!«

Jetzt zum erstenmal trat Friedchen ganz nahe an den jungen Mann heran und legte ihm den Arm um die Schulter:

»Daran zweifle ich nicht, Stephan. Aber der Hof darf deshalb keinen Schaden leiden, und mein Vater soll nicht gekränkt werden. Du bist frei wie ein Vogel. Bei mir ist das anders. Ich heiße nun einmal Elfriede Heinricke und kann es nicht ändern. Wir müssen uns klug verhalten und nicht so, als wollten wir mit dem Kopf durch die Wand. Nur mit der Zeit werden wir unseren Willen bekommen.«

So redeten sie lange hin und her. Bis auf jene eine kurze Umarmung wagten sie es noch nicht, sich zu berühren. Erst weit nach Mitternacht kehrten sie zu Hartjens' Gaststätte zurück, getrennt natürlich und in zeitlichem Abstand. Friedchen ließ sich an der Hintertür des Ballsaals sofort von einem Nachbarssohn zum Tanz auffordern und schwenkte ihn kräftig über den Tanzboden, was eigentlich die Aufgabe des jungen Bauern gewesen wäre, welcher dieser jedoch infolge zahlreich genossener ›Klarer‹ nicht mehr Genüge tun konnte.

Stephan drängte sich fünf Minuten später unter die am Schanktisch aufgereihten Männer, die dort unverdrossen eins und immer noch eins zu sich nahmen. Seine lange Abwesenheit war keinem aufgefallen.

Als Friedchen vom Tanzsaal in die große Schankstube getreten war, hatten ihr Lärm, Bierdunst und Tabaksqualm beinahe den Atem verschlagen. Dann entdeckte sie zwei ihrer Hofnachbarn und bat sie, dafür zu sorgen, daß der Vater rechtzeitig und unbeschädigt wieder auf seinen Hof zurückkehrte.

»Ja, Friedchen«, sagten die Nachbarn, »da verlaß dich man drauf. Ist ja Nachbarschaftshilfe! Aber wer bringt dich nach Hause? Na, da werden ja wohl junge Kerle genug sein, die sich danach drängeln!«

Friedchen hatte ihr Hof-Nr.-1-Gesicht aufgesetzt, lächelte aber um die Mundwinkel.

»Mir kommt es so vor, Onkel Klaus, als ob in dieser Nacht eher die Frauen die Männer nach Hause bringen müßten. Wozu soll mich einer nach Hause bringen? Ich weiß den Weg selber.«

Sie atmete tief durch, als sie auf die Straße hinaustrat. Auf dem Nachhauseweg durch die klare Nacht wurde sie wiederholt freundschaftlich angerufen; es waren einige Pärchen unterwegs. Aber sie lächelte nur vor sich hin, während sie mit schnellen Schritten weiterging. Um ihren Hof zu erreichen, mußte sie durchs ganze Dorf. Als sie nur noch einige hundert Meter zurückzulegen hatte, hörte sie hinter sich ein Motorrad. Sie drehte sich um und flüchtete an den Straßenrand. Sie hatte sofort erkannt, daß das Motorrad sich in Schlangenlinien näherte, und beleuchtet war es auch nicht. Die Reifen knirschten, der Fahrer bremste hart.

»Friedchen! Sieh einer an, Friedchen, ganz allein!« schrie Kuno Hentzel, der schlechtgeratene Sohn des tüchtigen Landwirts Jürgen Hentzel. Anscheinend hatte ihm die Wut darüber, daß er an diesem Abend bei den Mädchen nicht zum Zuge gekommen war, den Verstand geraubt.

»Na los, Friedchen, hopp, hopp, rauf auf mein Rad! Kannst mich von hinten umfassen. Ich dreh' hundertzwanzig Sachen auf! Aber nicht grabbeln bei mir, verstehst du, nicht grabbeln! Das kann ich beim Fahren nicht leiden!«

Er griff nach ihrem Arm. In plötzlich ausbrechender Panik schrie Friedchen: »Laß mich, du Ekel!« und raste mit langen Sätzen davon.

Kuno Hentzel ließ den Motor seiner schweren Maschine aufheulen, hatte die Flüchtende in wenigen Sekunden eingeholt und fuhr ihr halbquer vor die Füße. Er brüllte in wildem Zorn:

»Dir werd' ich die Flötentöne beibringen, du hochnäsiges Biest! Los, steig auf, oder ich zeig' dir gleich hier im Graben, was eine Harke ist!«

Wieder griff er nach ihr. Da schlug sie ihm mit aller Kraft ins Gesicht und stieß gleich darauf mit beiden Fäusten so hart nach, daß Kuno zurücktaumelte und die schwere Maschine zwischen seinen Beinen aus dem Gleichgewicht geriet. Er hatte alle Hände voll zu tun, das Motorrad und sich selbst wieder zu fangen.

Graben, hatte er gebrüllt, Graben! Das gab der Bedrohten das rettende Stichwort. Friedchen sprang mit einem einzigen Satz ihrer langen Beine über den Straßengraben und rannte durch einen nicht eingezäunten Obstgarten auf die Ecke der Mauer zu, die um den väterlichen Hof gezogen war. Dort öffnete sie eine Tür in den Gemüsegarten, der bereits zu Heinrickes Anwesen gehörte. Hierhin konnte ihr der Bursche mit seinem Motorrad nicht folgen.

Der betrunkene Kerl versuchte es auch gar nicht. Na also, dann ab nach Bremen-Vegesack! Verfluchte Weiber hier im Dorf! Hochgestochene Säue!

Kuno ließ den schweren Motor aufbrausen und warf die

Kupplung so plötzlich ein, daß ihm fast der Lenker aus der Hand gerissen wurde. Gerade fing er sich noch, rutschte aber auf seinem Sitz nach hinten. Was! Will die auch verrückt spielen? Er drehte den Gashebel in seiner Hand auf volle Touren und spürte ein wüstes Gefühl des Triumphes, als die kraftvolle Maschine davonraste.

Einen Augenblick lang war er beinahe bei klarem Verstand gewesen. Dann drückte der alkoholische Nebel wieder auf sein Hirn und verschleierte ihm die Augen. Eine Sekunde genügte, über Tod und Leben des Kuno Hentzel zu entscheiden.

Als Friedchen das Aufbrausen des Motors hörte, wußte sie, daß sie gerettet war. Aber ein eiskalter Zorn wallte plötzlich in ihr auf: Stephan hätte mich begleiten müssen! Ich hab's ihm zwar untersagt, aber er hätte trotzdem darauf bestehen müssen! Ich bin ungerecht! Warum soll ich nicht ungerecht sein? Er liebt mich! Ich will zur Straße zurück. Hier in der weichen Erde verderb' ich mir meine neuen Schuhe. Soviel ist dieser schmutzige Schuft nicht wert, dieser Kuno!

In diesem Augenblick drang von gar nicht weit her ein widerlicher prasselnder Schlag an ihr Ohr: Metall, Glas auf Stein!...

Am Ausgang des Dorfes Babentin stand seit wer weiß wie langer Zeit eine etwa mannshohe steinerne Säule auf breitem steinernen Sockel, in die, kaum noch lesbar, die Worte eingemeißelt waren: »Sieben Meilen nach Bremen«*.

Vielen Babentinern erschien sie als ein Wahrzeichen der Ortschaft und ihrer ehrwürdigen Vergangenheit.

Friedchens Gedanken rasten: Dem Kuno ist etwas passiert; er hat den Meilenstein angefahren, der steht ja dicht an der Fahrbahn. Der Krach war bestimmt bis weit ins Dorf zu hören.

* Sieben Meilen alten Stils: etwa 53 Kilometer.

Sie eilte über den Wirtschaftshof und betrat das Heinricke-Haus durch die Hintertür. Vom Wohnzimmerfenster konnte man ein Stück der Straße bis zum Meilenstein übersehen. Friedchen machte kein Licht. Vor dem Meilenstein lag eine dunkle Masse. Die Scheinwerfer eines Autos näherten sich vom Dorf her, gleich darauf die eines zweiten Wagens. Die Fahrzeuge hielten am Meilenstein. Aufgeregte Männerstimmen waren zu hören.

Jetzt erst schaltete Friedchen das Licht in der Wohnstube ein und rannte auf die Straße.

Noch ehe sie den Kreis der sieben, acht Menschen, die sich vor dem Meilenstein versammelt hatten, erreichte, hörte sie eine Männerstimme.

»Kein Wunder, der war besoffen wie ein Schwein! Fritz Hartjens wollt's ihm noch verbieten, sich aufs Motorrad zu setzen. Aber das war doch zwecklos bei Kuno!«

Friedchen versuchte, sich in den Kreis der Männer zu drängen. Sie gaben ihr den Weg nicht frei. Bauer Lüttjenmüller vom Babentiner Abbau, der als erster mit seinem VW eingetroffen war, faßte sie an der Schulter.

»Laß man, Friedchen! Da wird dir bloß schlecht bei. Er ist mit dem Gesicht auf den Stein geflogen. Der ganze Kopf ist nur noch ein Brei!«

Friedchen schüttelte die Hand ab.

»Nein, Lüttjenmüller, ich will es sehen.«

Während Lüttjenmüller ihr zögernd Platz machte, murmelte er:

»Der verdammte Polizist war natürlich auch nicht da, um die Besoffenen vor ihren Autos zu schützen. Bei solchen Gelegenheiten liegt er immer im Bett. Will sich keinen Ärger machen.«

Friedchen Heinricke vermochte nur wenige Sekunden auf die Überreste des Mannes hinunterzublicken, der sie kaum zehn Minuten zuvor noch in Schrecken versetzt hatte. Dann wollte sich ihr doch der Magen umdrehen; sie wandte sich ab. Die kostbare Maschine war nur noch ein

Haufen Schrott. Es stank nach Benzin. Der Kraftstoff hatte sich nicht entzündet.

Die Kunde von dem Unglück mußte sich blitzschnell in Hartjens' Tanzsaal verbreitet haben. Sie setzte dem Fest ein jähes Ende. Schon bald, nachdem Friedchen wieder in die Wohnstube ihres Hauses zurückgekehrt war, brachten ihr die beiden Nachbarn, wie versprochen, den nur noch vor sich hinbrummelnden, halb bewußtlosen Vater vor die Tür, halfen ihr auch, ihn die Treppe hinaufzuschaffen und aufs Bett zu legen. Ausziehen wollte und konnte den Alten keiner. Friedchen löste ihm lediglich den Schlips, knöpfte ihm den Hemdkragen auf, zog ihm die Schuhe aus und deckte ihn mit einer Wolldecke zu. Der Alte fiel sofort in einen röchelnden Schlaf.

Es gab noch allerlei Unruhe gegenüber Heinrickes Hofeinfahrt. Friedchen fühlte sich noch zu aufgeregt, als daß sie hätte schlafen gehen wollen. Vom dunklen Zimmer aus beobachtete sie, wie die Leiche auf eine Bahre gehoben und in einen Krankenwagen geschoben wurde. Das Warnlicht des Krankenwagens überschüttete den befleckten Meilenstein immer wieder von neuem in kurzen Abständen mit bläulichem Licht. Dann war auch das vorbei.

Während Friedchen sich langsam in ihrem Zimmer im Obergeschoß des Hauses entkleidete – die schönen Schuhe schienen ruiniert zu sein, und die Strümpfe waren bis zur halben Wade zerrissen –, flatterten ihr nur noch ein paar blasse Gedankenfetzen durchs Hirn. Stephan, ja, wie soll das mit ihm weitergehen? Warum hat er mich nicht nach Hause begleitet? Ist es vielleicht doch besser, wenn man gleich mit der Wahrheit herausrückt? Stephan wollte es so! Der Vater wird mindestens zwei Tage brauchen, ehe er wieder zu sich kommt. Dann wird er noch lange auf sich selber wütend sein. Es hätte keinen Zweck, ihn in diesem Zustand anzusprechen.

12

In den sechziger Jahren des Jahrhunderts ging es den Leuten in Babentin so gut wie noch nie. Das galt sowohl für die alten wie für die neuen. Natürlich bestanden nach wie vor viele und spürbare Unterschiede. Die Bauern hatten einsehen müssen, daß es fraglich geworden war, ob sie noch den eigentlichen stolzen Kern der Dorfgemeinschaft bildeten. Oft genug hatten sie auch voller Neid sehen müssen, wie Flüchtlinge, Arbeiter, Handwerker billige Darlehen in Anspruch nehmen durften, wie sie beinahe mit Nichts zu hübschen Häusern kamen.

Diese tüchtigen Arbeiter und Handwerker halfen sich untereinander nach Leibeskräften, und das nach der Lohnarbeit, die Abende über und während der Wochenenden. Und da jeder nach seinen Fähigkeiten dem andern beim Tischlern, Zimmern, Schlossern, Malern, beim Ausschachten und Verputzen, beim Dielenlegen und Leitungziehen willig zur Hand ging, fehlte es diesen Häusern in der neuen ›Kolonie‹ an nichts. Sie waren ausgestattet mit blumenbunten Fliesen, mit Stuben- und Außenkaminen, eingebauten Aluminiumküchen und verborgener Deckenbeleuchtung. Versuchten die Bauern aber, einen Handwerker oder Grubengänger oder einen Elektriker vom E-Werk zu sogenannter Schwarzarbeit zu bewegen, so stießen sie fast stets auf taube Ohren. Denn diese Hilfeleistungen wurden im allgemeinen auf Gegenseitigkeit gewährt; die Bauern aber hatten kaum etwas anzubieten. Kartoffeln, Gemüse, Obst, das wuchs auch den Arbeitern in ihren Hausgärten, und im übrigen verdienten sie ja Geld genug, um sich alles andere zu kaufen. Die Großbauern hatten also für Dienstleistungen stets den vollen Preis zu zahlen.

Manche Neu-Babentiner konnten allerdings auch nicht vergessen, wie übel ihnen einige der Alteingesessenen nach dem Krieg mitgespielt hatten, als sie im Dorf Zuflucht hatten suchen müssen. Die neuen Babentiner hatten damals den Mund halten müssen und waren anfangs für jeden Liter Milch, jedes Stück Speck und jedes halbe Dutzend Eier dankbar gewesen, das ihnen aus dem Füllhorn der Bauernhöfe gespendet wurde.

Nun hatten im Laufe der Jahre die meisten Neu-Babentiner bewiesen, daß sie aus dem Nichts, mit dem sie hatten beginnen müssen, mehr gemacht hatten, als jene, die alles behalten hatten. Jedenfalls behaupteten das viele von sich, mit Stolz und sogar mit Hochmut.

Die Bedingungen, unter denen die Arbeiter in Hohwede oder Blauenburg, im Elektrizitätswerk oder in der Braunkohlengrube ihre keineswegs kargen Löhne zu verdienen hatten, waren gewiß oft genug nervenaufreibend. Mancher holte sich ein Magengeschwür. Aber jeden Tag um die gleiche Stunde war die Mühe beendet. Überstunden brachten doppeltes Entgelt. Sonnabend und Sonntag konnte man sich dem eigenen Garten widmen. Urlaub gab's in jedem Jahr drei Wochen oder gar vier, und wer sein Geld zusammengehalten, wer nichts mehr auf sein Haus oder sein Auto abzuzahlen hatte, der konnte sich sogar eine Ferienreise leisten.

Die Bauern hätten dafür auch Geld gehabt – und doch konnten sie es sich nicht erlauben. Denn das Vieh wollte jeden Tag gefüttert werden, ob Sonntag oder Alltag. Den ganzen Sommer über und eigentlich auch den ganzen Winter war immer etwas in Hof und Feld zu tun, was nicht aufgeschoben werden durfte. An längeren Urlaub oder gar an eine Flugreise nach Mallorca war niemals zu denken. So fürchterlich abzurackern wie Vater, Mutter und Kinder in einem bäuerlichen Familienbetrieb brauchten sich kein Handwerker und erst recht kein Grubenarbeiter.

Allmählich war es fast allen im Dorf bewußt geworden,

daß die Bauern ins Hintertreffen geraten waren. Und manchmal wurde das Wort ›Bauer‹ in der Kneipe schon wieder, wie in vergangenen Zeiten, mit einem geringschätzigen Unterton ausgesprochen, obgleich der Bauer nach dem Krieg ein König gewesen war; er hatte Kartoffeln, Eier und Milch und ließ die anderen darum betteln. Das hatten eben viele nicht vergessen.

Die Bauern wurden auch immer häufiger daran erinnert, daß sie bei den Kaufleuten oder den Handwerkern nicht mehr die erste Geige spielten. Die Kaufleute sagten sich: Die Lohnempfänger haben immer Geld in der Tasche und geben es aus. Alles, was sie brauchen, kriegen sie von uns; wir verdienen daran. Die Bauern sind knauserig und entnehmen soviel wie möglich dem eigenen Betrieb. Und zahlen tun sie oft genug erst nach einem halben Jahr, und dann muß man sie noch mahnen. Die Arbeiter hingegen finden es selbstverständlich, bar zu bezahlen.

An einem Sonnabendnachmittag gegen Ende Juli, einem kochendheißen Tag, mühten sich die Lüttjenmüllers auf einem ihrer Roggenäcker an der Landstraße mit dem Drusch des Getreides ab. Im Radio waren für den Abend Gewitter angesagt worden. Die Ernte war ohnehin schon reichlich verregnet; der Roggen war gerade noch trocken geworden. Wurde das Korn aber von einem harten Gewitterregen durchnäßt, so würden wiederum Tage, ja Wochen vergehen, ehe der Mähdrescher, der knochentrockenes Korn erfordert, wieder an die Arbeit gehen konnte – falls die Körner bis dahin nicht aus den Ähren gefallen oder schwarz geworden waren. Alle Lüttjenmüllers waren also auf dem Feld und schufteten, daß ihnen der Schweiß von den Stirnen und aus den Achselhöhlen rann, während der Staub die geröteten Gesichter mit grauem Puder überzog.

Drei Arbeiter aus der ›Braunkohle Elektro Hohwede‹ kamen die Landstraße entlanggeschlendert, gemächlich, in sauberem Hemd und schon in der Sonntagshose. Sie hatten die Hände in den Taschen vergraben und hielten sich im kühlen Schatten der dichtbelaubten Linden.

»Kiek dir das an, Franz, die Lüttjenmüllers! Die können nich jenuch kriegen! Schuften wie die Irren am Sonnabendnachmittag! So was kommt ja für uns nich mehr in Frage!«

Franz erwiderte: »Bei denen haben wir ein paar Jahre gewohnt nach dem Krieg, ehe wir unser Haus bauten. Ich kann dir sagen, die ließen einem keine Minute Ruhe. Von früh bis spät ›mach doch das‹ und ›mach doch jenes‹, und dann mußte man noch dankbar sein, wenn man paar Liter Magermilch bekam und ein halbes Dutzend Eier. Meine Frau vergißt das nie. Ich werde denen mal guten Tag sagen.«

Franz trat an den Straßenrand und schrie:

»Na, Lüttjenmüller, ihr schwitzt ja ganz schön! Und dreckig seid ihr auch! Wir haben schon gestern Feierabend gemacht, und heute gehen wir bloß noch spazieren. Aber immer nur schön im Schatten!«

Die Lüttjenmüllers waren mit der schweren Maschine gerade am Feldrand angekommen und wollten wenden. Sie hatten zwar gehört, daß jemand sie angerufen hatte, aber verstanden haben sie beim Dröhnen und Rasseln der Maschine kein Wort. Lüttjenmüller stellte den Motor ab.

»Was sagst du, Franz? Ich habe nichts verstanden.«

Die drei Männer am Straßenrand grinsten, Franz wiederholte:

»Ich sagte, Lüttjenmüller, ihr schuftet euch die Knochen kaputt, heute, am Sonnabend. Und seid so dreckig und verschwitzt wie nicht einmal wir in der Grube! Wir haben schon seit gestern Feierabend und können den feinen Maxe spielen. Ihr Bauern wart ja immer obenauf, weißt du noch? Aber das ist lange her. Heute sind wir die besseren Leute!«

Der Bauer Lüttjenmüller spürte den Hohn wie einen Faustschlag ins Gesicht. In Zeit- und Arbeitsnot, wie er war, fühlte er sich jetzt obendrein von einem beinahe kindischen Zorn gewürgt. Er schrie zurück:

»Tut euch nur nicht so dicke mit eurem Scheißwochenende auf anderer Leute Kosten! Ihr habt nichts und ihr seid nichts, daran hat sich nichts geändert. Und wenn's mal wieder andersrum kommt, dann rennt ihr uns wieder die Türen ein und bettelt um einen halben Liter Milch!«

Lüttjenmüller ließ den Motor wieder anspringen, wendete die schwere Maschine und walzte über das Feld davon. Seine Söhne waren abseits am Kastenwagen mit dem ratternden Trecker beschäftigt gewesen und hatten kein Wort mitbekommen. Aber immerhin hatten sie begriffen, daß es zwischen dem Vater und den drei feiertäglich gekleideten Männern auf der Landstraße eine Auseinandersetzung gegeben hatte. Sie stoppten den Trecker und blickten drohend herüber, während die drei betont gemächlich im Schatten der großen Bäume davonschlenderten.

»Alles nur Gelump, diese Industriearbeiter!« knurrte Lüttjenmüller in sich hinein und ließ sich auf dem hohen Sitz des Mähdreschers weiter durchrütteln. »Bei nächster Gelegenheit kriegen sie ihre Abreibung!« Den Söhnen würde er brühwarm auftischen, was ihm passiert war, und bald würde es das ganze Dorf wissen. Bis jetzt war man ja noch leidlich miteinander ausgekommen. Aber wenn die glaubten, sie könnten sich jetzt aufs hohe Roß setzen, weil sie wieder was zu fressen hatten, dann mußte man ihnen die Flötentöne beibringen. Die schienen tatsächlich zu glauben, daß sie's mit einem Bauern aufnehmen könnten. Die hatten Kuhdung im Gehirn, aber keinen Verstand. Und Anstand hatten sie schon gar nicht.

Der Vorfall machte im Dorf schnell die Runde. Die Vernünftigen auf beiden Seiten mahnten zur Mäßigung. Auch Pastor Kelm erfuhr davon. An einem der folgenden Sonntage predigte er über den Text aus dem Brief des Paulus an die Römer, 14. Kapitel, Vers 13: »Darum lasset uns nicht mehr einer den andern richten; sondern richtet vielmehr euren Sinn darauf, daß niemand seinem Bruder einen Anstoß oder Ärgernis bereite.«

Der junge Geistliche stand auf seiner Kanzel, umklammerte ihren Rand mit beiden Händen und sprach geradeaus ins Leere, ohne seine Gemeinde anzublicken. Mit harten Worten redete er den Leuten ins Gewissen, ermahnte sie, einander wenigstens nicht zu verachten, wenn man schon von Liebe nicht reden wollte. Er schonte weder die einen noch die anderen – und hatte es damit sowohl bei den einen wie bei den anderen verdorben. Aber das war ihm gleich. Er war ja nicht dazu da, den Leuten nach dem Munde zu reden, sondern ihnen die Wahrheit zu sagen, so, wie er die Wahrheit verstand, mit Gottes Hilfe hoffentlich richtig!

In einem Dorf wie Babentin können die schlimmsten Dinge passieren, aber da das Dorf sich wie ein lebendiger Leib verhält, vernarben in neunundneunzig von hundert Fällen alle Wunden. Mißwuchs wird ausgeschieden oder abgestoßen, Krankheiten schleichen eine Weile umher, lähmen den Frieden und heilen schließlich doch von innen heraus. Auf dem Dorfe ist man manchmal unverständig, leichtsinnig, bösartig, aber auf die Dauer kommt niemand damit durch. Dazu ist doch das Bewußtsein, daß man aufeinander angewiesen ist, zu wach.

Es war, als habe Pastor Kelms Predigt die Wende bewirkt. Denn auch diejenigen, die ihr ferngeblieben waren, bekamen ihren Inhalt früher oder später von den Nachbarn oder den Kollegen mitgeteilt. Und schließlich bewies der Zwischenfall sogar eine Art von reinigender Kraft. Man hatte erkannt, daß niemand auf dieser Erde im Himmelreich lebt, daß jeder, so oder so, sein Päckchen zu tragen hat. Als Heinrich Heinricke im Herbst des gleichen Jahres in Schwierigkeiten geriet, weil ihm während der Rübenernte zwei Frauen durch Krankheit ausgefallen waren, tat er zu seinem eigenen Erstaunen keine Fehlbitte, als er die Frauen jener beiden Spottvögel fragte, ob sie für die Erkrankten einspringen wollten. Auch das sprach sich im Dorf herum.

Es war nicht festzustellen, wer als erster davon gesprochen hatte. Jedenfalls unterhielt man sich in Hartjens' Gasthaus über die bevorstehende Rückkehr von Max Biegert, der einst das Dorf hatte verlassen müssen, weil er Klootmanns Magdalene nicht hatte heiraten wollen. Deshalb war er verprügelt und sozusagen ›verbannt‹ worden. Einer aus der Mittel- oder Unterschicht durfte eben eine Tochter aus der Oberschicht nicht ausschlagen, wenn er für ihren Zustand verantwortlich (oder auch nur ›mitverantwortlich‹) zu machen war. So lautete die alte Regel. Max hatte dagegen verstoßen und war mit aller nur wünschenswerten Deutlichkeit entsprechend belehrt worden.

Aber mit der Zeit wuchs Gras darüber. Und es kam etwas anderes hinzu. Die beiden Rächer, die Max damals verprügelt hatten, waren sozusagen über den Horizont des Dorfes hinweg verschwunden – ein jeder auf seine Weise. Hinrich Klootmann war mit seiner Maria nach Kanada ausgewandert und ließ so gut wie nie etwas von sich hören. Und Kuno Hentzel hatte sich am Meilenstein den Schädel eingeschlagen.

Der alte, schon sehr müde gewordene Bäcker Sneppendahl hatte an Max geschrieben:

»Lieber Max!
Meine Geduld geht jetzt zu Ende. Ich kann die Arbeit nicht mehr schaffen, und die Lehrlinge und Gesellen sind heutzutage keinen Schuß Pulver mehr wert. Wenn Du also noch Wert darauf legst, in meinen Betrieb einzutreten und ihn schließlich zu übernehmen, so darfst du mich nicht länger warten lassen. Von der Geschichte, die Dich vertrieben hat, spricht heute keiner mehr. Die Leute sagen, Magdalene hatte es sich sel-

ber zuzuschreiben. Und wenn überhaupt einer für ihren Tod geradestehen muß, dann ist es der alte Klootmann. Der hat übrigens sehr zu krebsen auf seinem Hof, nachdem Hinrich darauf bestanden hat, daß ihm das mütterliche Erbteil ausgezahlt wird. Und Hinrich, weißt Du ja, den sieht hier keiner mehr wieder. Und dem Kuno Hentzel weint keiner eine Träne nach.
Es wäre mir lieb, innerhalb der nächsten vierzehn Tage von Dir zu hören, ob ich noch mit Dir rechnen kann oder nicht. Wenn nicht, dann werde ich meinen Betrieb verkaufen. Aber ich hoffe doch, daß Du Babentin noch nicht vergessen hast.
Viele Grüße!
Dein ehemaliger Lehrmeister

Paul Sneppendahl.«

Max Biegert kam zurück und quartierte sich zunächst bei seinen Eltern ein, die längst ihr schönes neues Haus bewohnten. Aber schon vom ersten Tage an nahm er dem alten Sneppendahl die Zügel aus der Hand, was der sich gern gefallen ließ.

Max Biegert war noch immer unverheiratet. Er schien sich inzwischen die Hörner abgestoßen zu haben, machte einen gesetzten Eindruck, räsonierte nicht mehr in der Kneipe, schien nur noch seine Arbeit zu kennen.

In den Familien, die Töchter zu vergeben hatten, merkte man auf. Max Biegert, ja, wenn der zur Vernunft gekommen sein sollte, der wäre eine gute Partie. Aber Max schien es noch immer nicht eilig zu haben. Ihm schien nichts wichtiger zu sein, als dafür zu sorgen, daß Sneppendahls Semmeln und Brote, der Kuchen und all die kleinen Leckereien besser schmeckten als je zuvor und daß man wirklich nicht mehr nach Hohwede zu fahren brauchte, um alles einzukaufen, was man für eine festliche Kaffeetafel benötigte.

Während Max Biegert also von den Babentinern wieder

zu den achtbaren Männern des Dorfes gezählt wurde, ging es mit Karl Klootmann, dem großen Bauern, bergab. Niemand fühlte sich wohl, wenn er auf der Straße von ihm angesprochen wurde, und jeder beeilte sich, so schnell wie möglich wieder davonzukommen. Man wollte nicht in scheinbar vertraulichem Gespräch mit ihm beobachtet werden.

Der Alte mit dem runden Schädel bot immer von neuem Stoff zu kritischen oder ironischen Bemerkungen. Man nahm das Thema ›Karl Klootmann‹ so ernst oder auch so unernst, wie man über das Wetter spricht; zu ändern ist da nichts, aber man kann wenigstens darüber schimpfen.

Hatte man Karl Klootmann bisher nur übelgenommen, daß er seiner alten angesehenen Stellung im Dorf nicht mehr entsprach, so wandelte sich diese Mißbilligung in offene Verachtung, ja sogar in Haß, als bekannt wurde, daß die alte Frau Klootmann plötzlich ohne ersichtlichen Grund gestorben war. Die verhärmte Bäuerin wurde in Babentin schon seit langem bemitleidet. Allzuoft schon war man Zeuge geworden, wie der Bauer seine Frau anschnauzte, schlechtmachte, von einer Arbeit zur anderen jagte. Wenn etwas schiefging auf dem Klootmannschen Hof, so hatte immer Olga die Schuld. Dann hatte der Alte die Tochter zur ›Engelmacherin‹ getrieben und war damit – wenn auch nicht nach den Paragraphen des Strafrechts – zu ihrem Mörder geworden. Auch gegen jene ›weise‹ Frau hatte niemand öffentlich Anklage erhoben. Aber in Babentin wußte man natürlich Bescheid.

Dann hatte derselbe Karl Klootmann dem ohnehin von der Gefangenschaft schwer mitgenommenen Sohn seinen Herzenswunsch abgeschlagen, die heimgekehrte Maria Schlunk als Jung-Bäuerin auf den Klootmannschen Hof zu führen, weshalb Hinrich mit seiner Maria nach Kanada ausgewandert war. Der alte Klootmann hatte sich also durch seine Unduldsamkeit und seinen Eigensinn der eigenen Kinder beraubt. Doch war ›der Klotz‹, wie ihn irgendwer einmal genannt hatte, nie auf den Gedanken gekommen, sich selbst für all das Elend verantwortlich zu halten. Nein, an allem war die Bäuerin schuld. Auf Olga häufte der Bauer seine Wut, seine Enttäuschung – und wohl auch seine Verzweiflung. Olga Klootmann war von Natur ängstlich und ihrem Mann untertan wie eine Leibeigene. Es stimmte ja wohl: Sie hatte Magdalene nicht hinreichend bewacht. Und dem Hinrich hatte sie seine Zuneigung zu Maria Schlunk auch nicht ausgeredet, obgleich sie als seine Mutter wohl allein dazu imstande gewesen wäre.

Olga Klootmann hatte sich abgehetzt von Tag zu Tag, die schonungslosen Anordnungen des Mannes auszuführen, ohne Rücksicht auf ihre abnehmenden Kräfte. Endlich war auch der letzte Rest verbraucht. Eines Abends, während der Bauer sie mit einer donnernden Strafpredigt überschüttete, war sie vom Stuhl gefallen.

Gehirnschlag, notierte Doktor Berthold Eisenmütz, der seit einiger Zeit in Babentin eine Praxis aufgemacht hatte. Er war der Sohn des alten Dr. Eisenmütz aus Fuhrenbüttel. Karl Klootmann hatte den jungen Arzt herbeigerufen, nachdem er begriffen hatte, daß seine Frau nicht mehr ins Leben zurückzuholen war. Trauer empfand er nicht, wohl aber Zorn darüber, daß die stets im unrechten Augenblick versagende Olga sich nun auch noch seiner Schimpfrede ohne Erlaubnis entzogen hatte. Und sogleich fiel ihm ein: Ich muß mir bescheinigen lassen, daß sie ohne Gewalt vom Leben zum Tode gekommen ist. Fehlt gerade noch, daß die Babentiner sagen, ich hätte sie umgebracht.

Aber mochte er auch den Doktor unverzüglich ins Haus geholt haben – die Babentiner behaupteten es doch: Der Alte hat sie auf dem Gewissen! Olga Klootmann hat sich zu Tode geschämt und gegrämt.

Zum Begräbnis kam das ganze Dorf. Fast wollte es an diesem grauen Tag so scheinen, als habe man sich zu einer großen Demonstration zusammengefunden, um Einspruch dagegen zu erheben, daß hier ein armer Mensch zu Tode geschunden worden war. Und niemand hatte ihr helfen, niemand den Übeltäter in seine Schranken verweisen können.

Was man von dem alten Bauern hielt, wurde auf dem Friedhof deutlich. Es müssen mehr als zweihundert Männer und Frauen gewesen sein, die an das offene Grab traten und mit einem stillen Gebet drei Handvoll Erde auf den Sarg in der Grube niederrieseln ließen. Am Fußende hatte sich der einzige ›Leidtragende‹ aufgebaut, der ›Klotz‹, der Bauer Karl Klootmann, Hof Nr. 2. Die Sitte hätte es erfordert, daß jeder, der die Tote mit Erde zum letzten Mal gegrüßt hatte, an den Hinterbliebenen herantrat, um ihn seines Beileids zu versichern. Sorsmann, der alte Schmied, ein entfernter Verwandter Olgas, hatte als erster Abschied genommen und hätte nun zu Karl Klootmann treten und ihm die Hand reichen müssen. Statt dessen ging er an ihm vorbei, als gäbe es ihn gar nicht.

Das war das Signal für alle. Alle schritten sie an ihm vorbei, einer nach dem anderen, und verschwendeten auf den stämmigen Mann zu Füßen des Sarges keinen einzigen Blick. Der ›Klotz‹ aber stand wie ein Klotz, und auch der Pastor am Kopfende des Grabes schien wie aus Stein gehauen.

Endlich war der letzte Trauergast vorbeigezogen. Der Pastor rührte sich jetzt, schritt an der Grube entlang und trat auf Karl Klootmann zu. Er wenigstens wollte dem alten Bauern Trost und Beileid nicht versagen. Nun war es an dem ›Klotz‹, nicht zu sehen, was doch nicht zu übersehen war. Klootmann wandte sich und schritt quer durch die Menge, die sich vor ihm öffnete und hinter ihm wieder schloß, den Friedhofsweg zum Ausgang hinunter, bog aber nicht zur Kirche ab, sondern schlug die Richtung zu seinem Hof ein. Allen Babentinern sichtbar, brachte er so zum Ausdruck: haltet euren Gottesdienst für die Tote ohne mich. Für mich ist Schluß mit ihr, mit euch und mit ganz Babentin!

Es entsprach dem Geist Babentins, daß man sich durch das Verhalten des ›Klotzes‹ nicht beirren ließ. Die Tote war zu Grabe getragen, jetzt hatte man eine Predigt zu ihren Ehren und über den Sinn ihres Todes anzuhören. Die Kirche füllte sich bis auf den letzten Platz, wie sonst nur an großen Feiertagen. Vorsichtig dem anderen den Vortritt lassend und jedes Rumpeln auf dem hölzernen Flur nach Möglichkeit vermeidend, hatte die Gemeinde Platz genommen. Was würde der Pastor jetzt zu sagen haben?

Pastor Kelm war ein mutiger Mann. Er gehörte nicht zu jenen Geistlichen, die sich nach der alten, in allen Fällen bequemen Regel richten: De mortuis nil nisi bene*. So hatte er sich für seine Totenpredigt einen Text aus dem Prediger Salomo gewählt, wo es im 2. Kapitel, im 22. und 23. Vers, heißt: ›Denn was kriegt der Mensch von aller seiner Mühe und dem Streben seines Herzens, womit er sich abmüht unter der Sonne? Alle seine Tage sind voller Schmerzen, und voll Kummer ist sein Mühen, daß auch sein Herz des Nachts nicht Ruhe findet. Das ist alles eitel.‹

Mit harter Stimme schilderte Kelm die Mühsal dieses Menschen, den sie eben zu Grabe getragen hatten. Deutlich genug ließ er die Gemeinde wissen, wen er für schuldig hielt. Menschliches Dasein sei zwar nirgendwo und niemals denkbar ohne Irrungen, Mühsal, Zank und Streit, Not und Qual. Aber wehe dem, der solche Mühsal ohne Not oder gar mit Absicht heraufbeschwört! Die Menschen seien nicht auf dieser Erde, um einander zu kränken, sondern um sich, wenn irgend angängig, unter die Arme zu greifen. Er, der Pastor, wisse keinen Babentiner zu nennen, der Olga Klootmann Hilfe angeboten habe. Und auch er selber klage sich dieses Versäumnisses wegen an.

Erst am Schluß der Predigt schimmerte ein wenig Trost

* Über die Toten soll man nur Gutes reden.

und Versöhnung in Pastor Kelms Predigt auf. Denn Gott will nicht den Tod des Sünders, sondern daß er sich bekehre und lebe. Dieser Schluß, so meinten die Leute später, sei sicherlich auf Karl Klootmann gemünzt gewesen.

Aber von Versöhnung war auch in den folgenden Wochen nichts zu spüren. Ohne daß darüber auch nur ein Wort verloren wurde, war Karl Klootmann in Acht und Bann getan. Die Leute liefen ihm einer nach dem anderen fort, sein Haus verkam. Es blieb ihm nichts weiter übrig, als sich mit Gastarbeitern zu behelfen, mit Türken, die zwar willig waren, aber kaum ein Wort Deutsch verstanden, und den ewig brummigen Bauern bald so haßten, daß sie sich wohl bei der erstbesten Gelegenheit davonmachen würden. Der ›Klotz‹ blieb ein Klotz und vollkommen außerstande, einen Nachbarn oder den Bürgermeister oder die Genossenschaft um Unterstützung zu bitten.

Irgendwann muß in dem starrsinnigen Alten ein letzter Damm geborsten sein, so daß die Verzweiflung ihn endlich doch übermannte. Eines Abends erschien er in Hartjens' Gasthof, stellte sich an die Theke und goß einen Klaren nach dem anderen in sich hinein. Der konnte ihm nicht gut abgeschlagen werden. Aber die Männer, die an der Theke gestanden hatten, verkrümelten sich bald, ohne auch nur ein Wort mit ihm gewechselt zu haben. Der Gastwirt selber mußte nach Mitternacht mit einem Arbeiter von der Grube den sinnlos Betrunkenen in sein Auto laden und auf seinen Hof fahren. Dort zerrten ihn die beiden aus dem Auto, schleppten ihn ins Haus und legten ihn, da sie die Wohnstubentür verschlossen fanden, auf den Fußboden des Flurs. Mehr konnten und wollten sie nicht für ihn tun.

Karl Klootmann ließ es bei diesem einzigen Besuch im Wirtshaus bewenden. Immer häufiger jedoch fuhr er des Abends fort. Bald sprach es sich herum, daß er mehr als einmal in der Woche die halben Nächte in den schäbigsten Gasthäusern von Hohwede oder Blauenburg verhockte, soff wie ein Loch und jeden aufs großzügigste einlud, der bereit war, mit ihm zu sprechen, und das waren dort, wo ihn keiner kannte, nicht wenige.

Die Türken hatten nicht viel Ahnung davon, wie in Deutschland Landwirtschaft betrieben wird. Die Felder wurden nicht mehr sachgemäß bestellt, das Vieh wurde nicht gepflegt, die Ernte versäumt oder verludert, und in Klootmanns Haus sah es aus ›wie in einem umgekippten Zigeunerwagen‹ – so das Urteil der wenigen, die einmal Gelegenheit gehabt hatten, einen Blick ins Innere des Anwesens zu tun. Die alte, noch fauler und noch dicker gewordene Breden war sozusagen zur Haushälterin avanciert. Aber sie kümmerte sich nicht viel um den Alten; wenn er alles drunter und drüber gehen ließ, warum sollte dann gerade sie sich den Kopf darüber zerbrechen? Was die alte Schlunze ihrem Brotherrn, immer gleich für zwei oder drei Tage, zusammenkochte, war zum Erbarmen. Daß Klootmann lieber soff, als solchen Fraß zu sich zu nehmen, dafür hatten die Babentiner noch am ehesten Verständnis. Inzwischen sprach sich in Babentin auch herum, daß Klootmann die Zinsen auf die große Hypothek nicht mehr zahlen konnte, die er hatte aufnehmen müssen, um seinen Sohn Hinrich ein für allemal abzufinden. Es ging eigentlich nur noch um die Frage, ob Klootmann mit Tod abgehen würde, ehe die Pleite ihn ereilte, oder ob die Pleite den alten Bauern noch vor dem Sensenmann einholen würde. Denn lange machte er's bestimmt nicht mehr.

Allerdings, wie mit dem Heiraten läßt man sich in Babentin auch mit dem Sterben manchmal reichlich Zeit. Die alten Bauern sehen so klapprig aus, als ob sie keinen Tag länger leben könnten, gehen mühsam am Stock und essen kaum mehr als ein Vogel. Aber rechnen können sie immer noch, und wenn sie auch von Tag zu Tag ein wenig klappriger werden, leben sie dann doch noch drei Jahre oder auch fünf. Nur die Geburten halten sich auch in Babentin üblicherweise an die Neunmonatsfrist. Zumindest lassen sie sich nie hinausschieben, so sehr auch einigen Beteiligten daran gelegen sein mag. Die Ehen, die sich anschließen, sind oft genug wie das Wetter an der Nordsee im Winter: grau, stürmisch, verhangen und voll bösartiger Überraschungen. Man könnte meinen, sie hielten nicht lange. Aber das ist ein Irrtum. In Babentin mögen in manchen Häusern oft genug die Fetzen fliegen, und voreilige Beobachter mögen annehmen, daß spätestens übermorgen der eine oder andere den Scheidungsanwalt in der Kreisstadt aufsuchen wird. Doch dazu kommt es nicht. Die Kinder, das Haus, das Grundstück, die Felder, die Wiesen, das Auto und die Guthaben bei der Sparkasse oder der Volksbank – all das vermischt, ergibt einen zähen Kitt, der auch die brüchigste Ehe zusammenhält. Und zu guter Letzt, im Alter, weiß endlich jeder vom anderen, daß der schließlich der einzige ist, auf den man sich verlassen kann.

13

An einem Sonntagabend im Februar hatten sich die drei Odaffskys in ihrem großen Wohnzimmer um den Kamin versammelt. Einen richtigen, gut ziehenden Kamin hatte die Frau des Hauses sich gewünscht, als Odaffsky endlich daran hatte denken können, sich ein Wohnhaus nach seinem Geschmack zu bauen.

Selbstverständlich hatte Odaffsky den Auftrag an den Babentiner Maurermeister David Lorns gegeben, der einer seit Ewigkeiten in Babentin ansässigen Handwerkerfamilie, zumeist Maurern und Zimmerleuten, entstammte. Das Haus zu entwerfen, aufzuzeichnen und die statischen Berechnungen anzustellen, hatte sich Lorns allerdings nicht zugetraut; damit wurde ein Architekt aus der Kreisstadt beauftragt. Maurermeister Lorns hatte sich dann große Mühe gegeben und erstklassige Arbeit geliefert. Das Feuer im Kamin brannte bei jedem Wetter so gleichmäßig und zugleich kräftig, daß die Umsitzenden nicht fortgesetzt in den Flammen zu stochern brauchten. Mächtige Scheite aus Birken-, Eichen- und Kiefernholz ruhten neben dem Kamin auf einem eisernen Gestell; das Feuer würden den Abend über nicht ausgehen.

Das Wetter war den ganzen Tag über sehr unfreundlich gewesen. Sturm, Schnee, Regen, nasse Kälte verlockten nicht dazu, die Nase vor die Tür zu stecken. Um so mehr aber war es dazu angetan, die drei Menschen zu einem nachdenklichen Gespräch um den Kamin zu vereinen.

Gegenstand des Gesprächs an diesem Abend war wieder einmal das heimatliche Dorf gewesen und was sich darin von Tag zu Tag, von Woche zu Woche abspielte; Babentin mit seinen menschlichen und allzu menschlichen Ereignissen.

»Es ist eigentlich zum Lachen«, sagte Odaffsky. »Wenn man über Babentin redet, so läuft das immer auf Geschichten hinaus, die sich um irgendeinen Hans und eine Grete drehen. Liebesgeschichten, Ehegeschichten, Heiratsgeschichten, Kinderkram. Als ob es nichts Wichtigeres gäbe!«

Frau Josephine erwiderte nachdenklich:

»Ist das so erstaunlich, Werner? Arbeit, Erfolg oder Mißerfolg – das hat doch fast immer irgendwie mit dem Verhältnis zwischen Mann und Frau zu tun, ob vordergründig oder hintergründig. In der Stadt, natürlich, da geht man aneinander vorüber und weiß nichts vom anderen. Aber hier auf dem Dorf, da weiß jeder, was der andere treibt, und er treibt immer etwas als Mann oder als Frau. Man mag das lächerlich oder anrüchig oder auch nur peinlich finden, aber es ist wahrscheinlich nur natürlich, daß man sich dafür interessiert, was der Hans mit der Grete tut und umgekehrt.«

Jadwiga hatte sich von dem ledergepolsterten Schemel, auf dem sie gehockt hatte, erhoben, war neben den Kamin getreten und stützte den Ellbogen auf das Sims.

»Ja, Mutter, das stimmt! Und wenn Leute wie wir, sogenannte Gebildete, glauben, wir stünden über den Dingen, so befinden wir uns im Irrtum. Für mich gilt das sicherlich. Und darüber möchte ich mit euch beiden mal ganz offen reden. Ich werde einfach allein mit den Dingen nicht fertig. Und sie gehen ja auch euch an.«

Die junge Frau hatte ihre Stellung am Kamin nicht verändert. Die Eltern sahen zu ihr hinüber. Die rote Glut schimmerte durch das leichte Kleid und zeichnete die schönen Linien des Körpers nach. Ein wirklich schönes, stolzes Mädchen, dachte Odaffsky. Er lächelte über sich selbst. Es stimmt schon wieder: das Männlich-Weibliche kommt uns überall in die Quere.

»Gewiß, Jadwiga, es wäre gut, wenn wir uns aussprächen. Wir denken natürlich auch darüber nach, schon seit einiger Zeit. Und glauben auch zu wissen, warum du in den vergangenen Monaten manchmal so merkwürdig geistesabwesend warst.«

Jadwiga löste sich vom Kamin und begann in dem großen Raum auf und ab zu gehen, hinter dem Rücken der Eltern, als wollte sie vermeiden, ihnen ins Gesicht zu sehen.

»Ich kann mich nicht entscheiden. Ich weiß, daß ich euch dadurch das Leben schwer mache.«

Schon stockte sie. Odaffsky versuchte, ihr weiterzuhelfen, und fragte: »Um wen geht es?«

Die dumme Frage schien Jadwiga etwas mutiger zu machen.

»Nun, das wißt ihr doch wohl. Ich bin nun ein paarmal mit ihm im Wald spazieren gewesen. Ich weiß, das war für ihn nicht so ganz einfach. Wenn uns jemand gesehen hätte – das Geklatsche ist gar nicht auszudenken! Wo Richard doch als Pastor in Sachen Anstand und Keuschheit Musterschüler sein muß! Aber ich hab' ihn auf die Probe gestellt. Ich wollte wissen, ob er um meinetwillen den Dorfklatsch riskiert. Das hat er getan. Aber damit hat er mir den Schwarzen Peter zugeschoben. Ich muß Farbe bekennen. Und davor drück' ich mich. Sehr anständig ist das nicht. Aber kann ich wirklich seine Frau werden? Ja, wenn Richard kein Pastor wäre...«

»Sprich den Satz ruhig zu Ende, Jadwiga!« sagte ihre Mutter.

»Wenn er Kaufmann wäre oder Bauer oder Ingenieur oder sonst was Vernünftiges, dann würde ich ihn heiraten. Andererseits hat er gerade als Pastor so viel Mut und Anstand bewiesen, so viel Fleiß und Entschlossenheit, daß ich gerade deshalb auf ihn aufmerksam wurde, ob ich wollte oder nicht. Ihr habt mir gewiß nicht beigebracht, einen Pastor für einen komischen Heiligen zu halten. Aber fest steht wohl, daß er von Berufs wegen fromm zu sein hat und, zumindest nach außen, ein Ausbund an Bravheit und Tugend. Ich habe nichts gegen Anstand und gute

Sitte, und schon gar nichts gegen Nächstenliebe. Aber von Berufs wegen? Ich müßte ja als Frau Pastor mitmachen. Ich bezweifle sehr, daß mir das liegt. Ich will ihn nicht länger warten lassen; ich muß also demnächst endgültig ja oder nein sagen, das heißt, ich muß ihn erst ermutigen zu fragen, damit ich überhaupt antworten kann. Wenn ich ihm aber den Laufpaß gebe, dann muß ich aus Babentin verschwinden. Odaffskys Wiga hat ihn abblitzen lassen, würde es heißen. Und mindestens solange ich noch hier bin, wäre er als Pastor in Babentin geliefert. In die Kirche kann ich dann auch nicht mehr gehen, denn irgendwie würde er sich doch verraten, so tief getroffen, wie er dann wäre. Was soll ich also tun? Was soll ich tun? Ich will ja kein Unheil anrichten!«

Das war beinahe ein Notschrei. Die Eltern überlegten lange. Mochte Jadwiga hinter ihrem Rücken noch so ruhelos hin und her wandern – wichtiger war, daß jetzt das Richtige gesagt wurde.

»Ja, meine liebe Jadwiga«, sagte Werner Odaffsky endlich. »Im Grunde kannst nur du allein entscheiden. Aber wenn du von mir etwas hören willst: Ich würde dir auch lieber einen anderen Mann wünschen als diesen Dorfpastor, obwohl gegen Richard Kelm sowohl als Pastor wie als Mensch bestimmt nicht viel einzuwenden ist. Frommsein als Beruf, sagst du, das gefällt dir nicht. Mir auch nicht. Aber es mag ja Männer geben, die es nicht als Beruf, wohl aber als Berufung betrachten, sich um das seelische Wohl ihrer Mitmenschen im Sinne des Mannes aus Nazareth zu bemühen. Wie aber die Dinge in Babentin liegen: du würdest als seine Frau ebenso in einem Haus mit gläsernen Wänden sitzen wie er selber. Und wie ich gewisse Weiber hier kenne, die würden euch noch bis ins Schlafzimmer nachspüren. Wenn du also diesen Richard Kelm, einen, wie ich zugeben muß, eindrucksvollen und sympathischen Mann, heiratest, wird sehr viel Zurückhaltung und Fingerspitzengefühl von dir verlangt werden. Und mach dir nicht allzu viele Gedanken darüber, was geschehen wird, wenn du nein gesagt hast. Das ist das Risiko, das Richard Kelm eingegangen ist, als er begann, sich um dich zu bewerben. Mit einem Fehlschlag mußte er von vornherein rechnen – und er hätte sich damit abzufinden.«

Jadwiga hatte ihre Wanderung unterbrochen, um genau zuzuhören. Und sie blieb auch stehen, als nun ihre Mutter zu sprechen begann. Josephine Odaffsky machte ihr klar, daß man die Sache auch von einer anderen Seite aus ansehen konnte:

»Was Vater gesagt hat, ist natürlich sehr zu beachten, Wigalein. Aber gerade ein Mann wie Richard Kelm, der nach außen hin stets Haltung bewahren muß, ein Pastor, der den Leuten die Beichte abnimmt und sonntags von der Kanzel die Leviten liest, der braucht doch noch mehr als andere einen privaten Bereich, wo er das sein kann, was alle anderen sind: ein Mann, der auch ein Anrecht auf alltägliche Freuden und Leiden besitzt. Und diesen Bereich kann ihm allein die Frau verschaffen, die er liebt. Bei ihr kann er sich von den vielen Rückschlägen und Enttäuschungen erholen, an denen das Leben eines Pastors wohl nicht gerade arm ist. Das ist wahrscheinlich wesentlich mehr, als die meisten Ehefrauen zu leisten haben. Und ich kann mir denken, daß gerade dich solch eine Aufgabe befriedigte. Eines allerdings läßt sich durch nichts ersetzen: Wenn du ihn heiraten willst, dann muß er dir körperlich und seelisch sympathisch sein, als Mensch also, vor allen Dingen aber als Mann. Wenn du da auch nur die geringste Reserve spürst, dann gib die Sache auf, lieber heute als morgen! Bedenke, daß du mit diesem Mann für den Rest deines Lebens das Schlafzimmer teilen mußt. Wenn dir die Aussicht darauf Furcht oder gar Widerwillen bereitet, dann bist du auf einem falschen Weg. Es ist noch längst nicht aller Tage Abend. Für jemand, der so aussieht wie du, schon gar nicht!«

»Körperlich und seelisch, sagst du? Nein, es ist mir nichts an ihm unsympathisch. Nicht einmal seine schlecht gebundenen Schlipse und seine ausgebeulten Anzüge, und das Haar könnte er sich auch anders schneiden lassen. Aber ich liebe seinen Kopf und seine Hände und seine Stimme. Eine so richtig fromme Pfarrfrau kann ich wahrscheinlich niemals werden. Aber dafür zu sorgen, daß er nicht ins Schwärmen oder Salbadern und in pastörliche Routine gerät, das werde ich sicherlich zustande bringen. Und sollte er mir schließlich doch zu feierlich werden, dann necke und verulke ich ihn so lange, bis er wieder zu sich kommt. Denn von uns beiden bin ich der Stärkere. Ich glaube sogar, daß es das ist, was er in mir sucht: den Halt. Ich bin die Stärkere. Warum also nicht?«

Ja, warum also nicht! Aber wie die Sache nun weiter voranzutreiben wäre, das wußte keiner von den dreien. Odaffsky hatte noch einmal frisches Holz aufgelegt, so daß die Flammen bis in den Schornstein züngelten. Draußen lagerte kalt und feindlich die Februarnacht. Aber die drei Menschen fühlten sich geborgen in dem Gefühl, daß sie zusammengehörten. Der vierte war eigentlich schon mit eingeschlossen, obgleich er schwerlich etwas von seinem Glück ahnte.

Spät am Abend stellte Josephine fest: »Wir haben es eigentlich gut getroffen, Werner, meinst du nicht auch? Immer noch im gleichen Schlafzimmer und fühlen uns wohl dabei. Ein Geschenk des Himmels – oder?«

Werner Odaffsky lachte und war durchaus nicht anderer Meinung. Josephine fuhr fort: »Ich glaube, Werner, dir wird nichts anderes übrigbleiben, als ein bißchen nachzuhelfen. Wenn Jadwiga sich wirklich entschieden hat, dann bringt sie es fertig, den jungen Mann einfach aufs Standesamt zu kommandieren. Aber das wäre wider den guten Geschmack. Ich glaube wirklich, du müßtest ein wenig nachhelfen.«

»Schön«, sagte Odaffsky. »Ich nehme mir den allzu braven Burschen demnächst vor.«

Trotz allem: Es wollte den beiden Odaffskys nicht recht gelingen, mit der offenbar bereits getroffenen Wahl ihrer Tochter aus voller Überzeugung einverstanden zu sein; sie waren bestenfalls bereit, sich mit dieser Wahl abzufinden. Auch Jadwiga selbst konnte einen kleinen Rest von Widerstand gegen die praktisch schon getroffene Entscheidung nicht überwinden.

Vollkommen einig mit sich selbst fühlte sich indessen niemand in Gegenwart des Pastors. Er vertrat im Dorf die unbestimmten Ansprüche einer höheren Macht, deren Existenz nicht einmal beweisbar war. Und Richard Kelm mochte in der Woche noch so alltäglich aussehen in seinem schlechtgeplätteten dunkelgrauen Anzug, es umgab ihn auch ohne Altar und Talar so etwas wie eine magische Aura, die ihn von allen anderen Leuten im Dorf unterschied.

Solange noch der alte Friske Pastor gewesen war, hatten die Babentiner die Fragwürdigkeit des geistlichen Amtes kaum empfunden. Pastoren müssen sein, schon wegen der Taufen, Trauungen und Begräbnisse. Und sonntags hatte man auf seinem Platz in der Kirchenbank zu sitzen, um die schon hundertmal gehörten Floskeln und Ermahnungen über sich ergehen zu lassen. Pastor Friske hatte kein besonderes Talent bewiesen, diese Floskeln abzuwandeln und, auf neu poliert, den Leuten plausibler zu machen. Das hatte auch keiner von ihm erwartet, und bekanntlich ist der Kirchenschlaf besonders gesund.

Richard Kelm dagegen hatte von Anfang an alle seine Amtshandlungen ernst genommen und war mit den Leuten im Dorf so umgegangen, als wäre die Bergpredigt erst gestern wie eine revolutionäre Brandrede vor einer stumpfen Menge gehalten worden. Richard Kelm hatte so gepredigt, als stünden die Babentiner in diesem Augenblick dem lieben Gott von Angesicht zu Angesicht gegenüber und hätten ihr Tun und Lassen ohne Ausflüchte zu verantworten.

Alle Achtung also vor diesem Richard Kelm! Man mochte ihn im geheimen sogar schätzen. Aber alltags machte man lieber einen Bogen um ihn.

Daß die Odaffskys ihre geliebte Tochter Jadwiga einem so zum Außenseiter verurteilten Mann nur ungern anvertrauen mochten, bedarf also keiner weiteren Erklärung. Es kam allein auf Jadwiga an, ob sie mit den vielen Vorbehalten fertig werden würde.

Am Montag nach jenem Kamingespräch hatte Odaffsky nach dem Telefonhörer gegriffen, sich mit dem Pastor verbinden lassen und ihn für einen der nächsten Tage um eine kleine Unterhaltung in seinem Büro gebeten. Er hätte gern ›eine private Angelegenheit, die auch Sie persönlich angeht‹, mit ihm besprochen. »Ich wäre Ihnen sehr verbunden, wenn Sie es einrichten könnten.« Das ›sehr‹ hatte Odaffsky betont.

Odaffsky meinte, Kelms Überraschung, ja Verwirrung zu spüren. Aber der Pfarrer zögerte kaum und erwiderte scheinbar gleichgültig:

»Gewiß, Herr Odaffsky, das wird sich einrichten lassen. Wenn es Ihnen recht ist, kann ich heute nachmittag gegen halb sechs bei Ihnen anklopfen.«

Am späten Nachmittag des selben Tages saßen also die beiden Männer im Büro der Firma ›Babentiner Textilien GmbH‹ einander gegenüber. Nach kurzem Vorgeplänkel – man sprach über einen noch glimpflich verlaufenen Autounfall auf der Hohweder Landstraße – kam man zum Thema.

»Ich soll Sie grüßen, Herr Pastor«, sagte Odaffsky, »von meiner Frau und von Jadwiga. Wir haben gestern abend von Ihnen gesprochen, und dabei hat sich einiges ergeben, was zwischen uns erörtert werden sollte.«

Es kam Odaffsky so vor, als hätten Kelms Augen sich

geweitet; seine Stirn war weiß geworden. Er spürte ein wenig Mitleid mit dem jungen Mann, was ihn aber nicht hinderte, ungerührt fortzufahren:

»Wissen Sie, lieber Herr Kelm, ich bin in einer unendlich weit zurückliegenden Vergangenheit einmal mit Begeisterung Soldat gewesen. Von daher ist mir noch geblieben, daß man nicht wie eine Katze um den heißen Brei herumgehen soll. Ich bin überzeugt davon, daß Sie es ehrlich meinen, wenn Sie sich um meine Tochter bewerben. Denn daß Sie das tun – nun, ich bin ja nicht blind. Ich habe den Eindruck, daß meine Tochter Sie mag. Sie würde wahrscheinlich ja sagen, wenn Sie sie fragten, ob sie Pastorenfrau werden will. Aber wenn Sie, mein lieber Herr Kelm, meine Jadwiga gar nicht erst fragen, dann kann sie Ihnen auch nicht antworten. Und Jadwiga wird, wie ich sie kenne, die ganze Geschichte demnächst satt bekommen. Sie hat mir nach dem Abitur zunächst sehr tüchtig in der Firma geholfen; ich würde sie ungern entbehren. Aber sie hat auch stets daran gedacht, in Münster oder Hamburg Tiermedizin zu studieren. Fängt sie aber erst an, wird sie nicht aufhören, ehe sie ihr Examen gemacht hat. Darüber vergehen viele Jahre. Wenn Sie also, lieber Herr Kelm, Jadwiga nicht verlieren wollen, dann würde ich Ihnen raten, nicht mehr allzuviel Wasser den Berg hinunterfließen zu lassen. – Und lassen Sie mich auch dies noch offen aussprechen. Meine Frau und ich finden es nicht ideal, daß Jadwigas Wahl auf einen Geistlichen lutherischer Konfession gefallen ist. Wir sowohl wie Jadwiga sind ja als Katholiken geboren worden und haben uns erst hier den Evangelischen angeschlossen, da wir doch ohne Kirche nicht sein wollten. Die dogmatischen und institutionellen Unterschiede zwischen katholisch und evangelisch haben mich von jeher wenig interessiert. Darüber mögen sich die Theologen streiten. Mir kam es nur darauf an, der Kirche verbunden zu bleiben, ganz gleich, welcher. Aber auch dies möchte ich noch sagen: Ich möchte in Ihnen – falls es überhaupt dazu kommt – nichts weiter sehen als einen Schwiegersohn, der gut für seine Familie sorgt und der meine Tochter oder uns nicht dazu zwingt, ständig Halleluja zu singen. Das mag zynisch klingen oder grob, Herr Kelm, aber so ist es nicht gemeint. Ich möchte damit nur zum Ausdruck bringen, wie sehr uns daran liegt, daß meine Tochter mit Ihnen auf ganz normale Weise glücklich wird, glücklich als Frau, glücklich als Gefährtin und Mitarbeiterin ihres Mannes, glücklich als Mutter seiner Kinder. Für uns, die Schwiegereltern, und auch für meine Tochter Jadwiga sollte nach der Heirat nur der Richard Kelm existieren – ein großartiger Bursche übrigens, wenn ich mich nicht täusche – und nicht der Herr Pastor. Der sollte erst in Kraft treten, wenn Kelm sein Amtszimmer oder die Kirche betritt. Sollten Sie da anderer Meinung sein, mein lieber Herr Kelm, dann würde ich vorschlagen, keine weiteren Spaziergänge mit meiner Tochter zu unternehmen und auch, so leid es mir tut, nicht auf weitere Einladungen in unser Haus zu rechnen.«

Odaffsky sagte sich, vielleicht bin ich ein bißchen brutal gewesen. Aber wenn Kelm der ist, den Jadwiga in ihm zu sehen glaubt, dann muß er jetzt Farbe bekennen.

Richard Kelm sah aus, als sei ein Urteil über ihn gesprochen worden.

»Ich wüßte nicht, Herr Odaffsky, wann ich jemals beansprucht hätte, außerhalb meines Amtes als etwas Besonderes behandelt zu werden. Es ist das Amt und nicht meine Person, das als nicht alltäglich, wenn Sie so wollen, als nicht ›normal‹ anzusehen ist. In meinem Privatleben werde ich mich nie auf dieses Amt berufen. Das wäre nach meiner festen Überzeugung nichts anderes als Gotteslästerung. Ich glaube also nicht, daß Jadwiga sich aus solchem Grunde jemals zu beklagen hätte. Ich will ganz offen sein, Herr Odaffsky: Ich brauche Jadwiga nötiger als das tägliche Brot. Ich liebe sie.«

Odaffsky blickte auf seine Hände hinunter und

schwieg. Was sich zwischen Richard und Jadwiga zusammengebraut hatte, war also nicht mehr aus der Welt zu schaffen. Nach wie vor war Odaffsky nicht so recht damit einverstanden. Doch hätte er wohl früher eingreifen müssen. Schließlich sagte er scheinbar gleichmütig und ohne aufzublicken:

»Nun gut, mein lieber Richard! Kommen Sie also endlich zum Schluß und einigen Sie sich mit Jadwiga!«

Pastor Richard Kelm erwiderte leise:

»Ich will es versuchen, Herr Odaffsky!«

Mehr war nicht zu sagen. Die beiden Männer trennten sich mit einem festen Händedruck.

Ein grotesker Zufall wollte es, daß Richard Kelm und Jadwiga Odaffsky auf ihrem letzten Waldspaziergang beobachtet wurden. Was die alte Tratsche, die Breden, im Wald zu suchen gehabt hatte, danach wurde nicht gefragt. Aber es stimmte offenbar, was sie herumerzählte; daß sie die beiden auf einem abgelegenen Waldweg, tief in ein Gespräch versunken, hatte verfolgen können. Der Tag war hell und windig gewesen. Aber in der Nacht zuvor hatte es in Strömen gegossen. Das vorjährige Gras auf den Waldwegen war vollgesogen von Feuchtigkeit, aber die beiden Spaziergänger schien es gar nicht gestört zu haben, daß ihnen Schuhe, Strümpfe und Hosenbeine bis zur halben Wade durch und durch genäßt wurden.

Das war einmal eine aufregende Nachricht für Babentin! Die stolze, um nicht zu sagen ›hoffärtige‹ Jadwiga Odaffsky und der tugendreiche Pastor Richard Kelm – zusammen auf einsamen Waldpfaden! Bei so viel Nässe und windiger Kühle! Die müssen's ja sehr hitzig miteinander gehabt haben! Na, wenn der Pastor wieder mal predigt über Anstand und gute Sitte, dann wird's Gekicher geben auf den hinteren Bänken! Das walte Gott, Amen!

Die beiden jungen Menschen waren bei ihrem entscheidenden Zwiegespräch viel zu versunken in sich selbst gewesen, um zu merken, daß ihnen eine alte Vettel hinterherschlich. Sie hatten sich nach diesem letzten Waldgang in verwirrter Trauer, in einer noch nie so erlebten Benommenheit voneinander getrennt. Weshalb es eigentlich so schrecklich schiefgelaufen war, das wußte hinterher keiner von beiden zu sagen. Daß sie sich aber trotz aller Zuneigung nicht hatten einigen können, das stand fest und war gewiß auch nicht mehr zu ändern. Es gelang den alten Odaffskys nie, aus Jadwiga herauszuhorchen, was sich da hinten im Babentiner Forst eigentlich abgespielt hatte. Jadwiga war nach Hause gekommen und hatte lediglich erklärt:

»Vater und Mutter, damit ihr es gleich wißt: ich heirate Richard Kelm nicht. Und er will mich auch nicht heiraten.«

Damit war Jadwiga auf ihr Zimmer gegangen und hatte sich eingeschlossen. Es drängte sie niemand, sich genauer zu äußern. Wenn die Odaffskys es auch nicht offen zugegeben hätten – es war ihnen ein Stein vom Herzen gerollt.

Im Dorfe schwirrte es geradezu vor blödsinnigen und anzüglichen Gerüchten. Die Babentiner waren zwar mit der Zeit sehr moderne Leute geworden mit Autos, Fernsehern, sogar mit Geschirrspülern hie und da. Und ganz im geheimen: In der Babentiner ›Kolonie‹ sollen sich einige Frauen sogar zu transparenten Nachthemden entschlossen haben... Aber in Wahrheit hatte sich nicht allzuviel verändert. Noch immer galt die alte Regel: Ein Mädchen und ein junger Mann im Wald, mehr braucht man nicht zu wissen. Im Notfall wurde schnell geheiratet. Aber der Pastor und eine Jungfrau im Walde, die dann hinterher keine mehr war – damit wurde die Welt auf den Kopf gestellt! Dann wankten die Grundfesten der alten Babentiner Ordnung.

Pastor Kelm wurde schon am zweiten Tag nach dem verhängnisvollen Waldspaziergang zugetragen, was hinter seinem Rücken geredet wurde. Verzweifelt, wie er war, war Richard Kelm Manns genug, sich gegen Verleumdung zu wehren. Nicht nur er wurde ja verleumdet, sondern auch das Mädchen, das er geliebt und nun verloren hatte. Kelm zögerte nur einen halben Tag, dann faßte er den Stier bei den Hörnern und berief durchs Telefon den Gemeinderat seines Kirchspiels zu einer Sondersitzung ins Pfarrhaus.

Von den zehn Mitgliedern des Gemeindekirchenrats waren fünf Bauern, drei Handwerker und nur zwei Arbeiter, obgleich die Zahl der Haushaltsvorstände aus dem Arbeiterstand die der Bauern in Babentin längst um mehr als die Hälfte übertraf. Doch wenn die Arbeiter sich auch nicht nach solchen Ehrenposten drängten, bedeutete das doch nicht, daß sie sich etwa nicht zur Kirche rechneten. Auch sie legten großen Wert darauf, daß ihre Kinder getauft und konfirmiert wurden, daß Ehen vor dem Altar geschlossen und die Toten kirchlich begraben wurden. Pastor Kelm hatte in den wenigen Jahren seiner Amtszeit zu seinem immer wieder neuen Erstaunen die Erfahrung gemacht, daß ihm die Arbeiter im Gemeindekirchenrat im allgemeinen viel vorbehaltloser zustimmten und seine Vorschläge eher unterstützten als die Bauern. Die Bauern zeigten sich stets vorsichtiger und Neuerungen gegenüber mißtrauischer, waren auch stets darauf bedacht, dem Pfarrer deutlich zu machen, daß er ein Diener der Gemeinde und nicht etwa ihr Vorsteher zu sein hatte.

Der Rauch der Pfeifen und Zigaretten wölkte um den großen alten Tisch im Amtszimmer des Pastorats. Der Gemeindekirchenrat hatte sich an diesem Abend vollzählig versammelt. Die Männer ahnten natürlich, um was es gehen würde. Wie die Frauen im Dorf, hatten auch sie ihren Spaß an Klatsch und Tratsch. Ja, es muß bekannt werden, daß es mehr als einen Mann in Babentin gab, der als Verbreiter von Gerüchten und als Schütze aus dem Hinterhalt selbst notorische Klatschbasen wie die alte Breden oder die alte Schmitten noch übertraf.

Pastor Kelm hatte längst gelernt, diese wenig erfreuliche Seite des öffentlichen Lebens zu berücksichtigen. An diesem Tage aber schlug er alle Bedenken in den Wind. Der Zorn, die Trauer, die Enttäuschung, die ihn erfüllten, ließen ihn auf jede weit ausholende Einleitung verzichten. Nach denkbar knapper Begrüßung hatte er sich sofort erhoben und begann mit verhaltener, leise bebender Stimme:

»Meine Herren, liebe Brüder! Über mich und Fräulein Jadwiga Odaffsky gehen die wildesten Gerüchte um. Ich bin ja erst wenige Jahre in Babentin und noch verhältnismäßig jung. Es könnte sein, daß ich die Sitten und Gebräuche in diesem Dorf noch nicht hinreichend kenne. Ich habe mir aber große Mühe gegeben, kein Ärgernis zu erregen. Nun ist mir von Angehörigen der Gemeinde, auch von zwei Brüdern aus dem hier versammelten Kreis, wiederholt geraten worden: Herr Pastor, Sie sollten heiraten; es ist nicht gut, daß der Mensch allein sei. Das ist es in der Tat nicht! Aber wie soll ich das wohl bewerkstelligen? Soll der Gemeindekirchenrat etwa einen Beschluß darüber fassen, wann und wen ich zu heiraten habe? Soll ich vielleicht im Kreisblatt eine Anzeige aufgeben mit dem Text: Pfarrer sucht Pfarrfrau; sie muß lange Röcke tragen, den Katechismus beherrschen, gut kochen können, Schminke und Lippenstift verachten? Angebote mit Tauf- und Konfirmationsschein unter Kennwort ›Sündenfall‹? – Oder wie stellt man es sich im Dorfe vor, daß ein Pastor sich eine passende Lebensgefährtin sucht? Soweit ich es bisher erlebt habe, kauft kein Babentiner die Katze im Sack. Es wird herumprobiert und herumgeschäkert, bis sich die Pärchen gefunden haben. Wenn's dabei schiefgeht, so hat man eben Pech gehabt, und die Pechvögel müssen es ausbaden. Solche Faxen liegen mir nicht. Ich habe um Fräulein Jadwiga Odaffsky seit längerer Zeit geworben, war Gast im Hause ihrer Eltern und habe versucht, sie davon zu überzeugen, daß es gut ausgehen würde, wenn wir beide heirateten. Dieser Versuch, wie ich hiermit bekanntgebe, ist fehlgeschlagen. Gerade auf jenem Waldspaziergang, bei dem uns jemand nachgeschlichen sein muß, sind Jadwiga und ich zu dem Schluß gekommen, daß es besser ist, wenn wir nicht heiraten. Warum das so und nicht anders ausgegangen ist, das ist unsere private Angelegenheit, und niemand hat das Recht, sich da einzumischen. Wir haben beide in dieser Zeit das getan, was sonst, wie mir scheint, in diesem Dorf nicht allzu hoch im Kurse steht: Wir haben den Anstand gewahrt, haben uns auch nach strengsten Babentiner Begriffen nichts zuschulden kommen lassen. Was über uns gemunkelt wird, ist nichts als Lüge. Ich habe mir ebensowenig vorzuwerfen wie Fräulein Jadwiga Odaffsky. Sollte trotzdem der Gemeindekirchenrat der Meinung sein, daß ich mich falsch verhalten habe, dann bin ich bereit, noch heute meine Versetzung zu beantragen oder notfalls, falls die Versetzung nicht genehmigt wird, meinen Beruf an den Nagel zu hängen und mir eine weniger anspruchsvolle Beschäftigung zu suchen. Ich bitte Sie, meine Herren und Brüder, jetzt mit Ihrer Meinung nicht hinter dem Berg zu halten. Ich verlange, daß diese Angelegenheit noch heute vollständig geklärt wird.«

Pastor Kelm setzte sich auf seinen Stuhl und kreuzte die Arme über die Brust.

Die Männer rings um den Tisch saßen wie zu Denkmälern erstarrt. Keiner blickte den anderen an. Doch hinter den Stirnen rumorte es. Die Bauern waren es nicht gewohnt, daß mit ihnen so unverblümt geredet wurde; es paßte ihnen gar nicht. Will uns der Pastor Vorschriften machen? Wir lassen uns keine Vorschriften machen, auch nicht vom Pastor. Die Handwerker dachten: der Pastor redet sich um seine Stellung, aber er muß ja wissen, was er tut. Die Arbeiter dachten: mit dem Pastor ist schlecht Kirschen essen im Ernstfall. Aber Courage hat er. Da muß man Respekt haben!

Heinrich Heinricke klopfte seine erloschene Pfeife mit ein paar harten Schlägen in den blechernen Aschenbecher. Dann holte er einen abgegriffenen Lederbeutel aus der Hosentasche und begann, sich die Pfeife von neuem zu stopfen. Währenddessen fing er an zu reden, so als spräche er eigentlich zu sich selbst, ein bißchen undeutlich und so leise, daß die anderen genau hinhören mußten.

»Ja, Herr Pastor, wie das nun mal so ist. Die Leute erzählen viel, und am liebsten über den lieben Nächsten. Wie das nun mal so geht! Was soll man dagegen machen? Wir leben ja in einer Demokratie, und da kann man keinem den Mund verbieten. Da würd' ich mich nicht so drüber aufregen. Und dann, Herr Pastor, das muß ich ja wohl auch noch sagen, in Babentin ist das eben immer so gewesen. Wenn ein Mädchen mit einem jungen Mann in den Wald geht, dann hat sie vorweg schon zu allem ja gesagt. Ja, Herr Pastor, das muß ich ja denn wohl sagen, Sie hätten man lieber mit Jadwiga Odaffsky in ihrem Elternhaus reden sollen. Ist ja nun schade, daß die Geschichte in die Brüche gegangen ist. Aber man weiß nie, wozu es gut ist. Die Leute meinen eben, ein Pastor muß auch den Schein vermeiden, daß etwas nicht in Ordnung ist. Und wenn Sie meine Meinung hören wollen: Die Leute haben recht! Was sollen wir vom Gemeindekirchenrat denn nun man bloß in dieser Sache unternehmen? Wir können nicht hinter jedes Klatschmaul einen Aufpasser stellen. Und außerdem, die alte Breden hat ja gar nichts Falsches erzählt, das haben Sie ja eben selber zugegeben.«

Einige nickten; Heinrich Heinricke ist nicht auf dem Holzweg. Den läßt der gesunde Menschenverstand nicht so schnell im Stich. Der Pastor spielt sich ein bißchen zu dicke auf.

Aber dann erhob Malermeister Felbert seine Stimme:

»Herr Pastor, daß Sie wegen dieser dummen Sache bei Ihrer vorgesetzten Behörde um eine andere Stelle einkommen wollen, das ist ja wohl nicht Ihr Ernst. Die Leute in Babentin regen sich gerne auf, aber dann regen sie sich auch wieder ab. Ich glaube, wenigstens hier in diesem Kreise ist keiner, der Ihnen etwas Unrechtes zutraut. Und auch im Dorf werden sich die Verständigen wieder durchsetzen. Sie werden sagen: Der Pastor hat da was getan, was er besser nicht hätte tun sollen. Aber bestimmt hat er sich nichts vorzuwerfen, und damit wäre ja dann auch Jadwiga Odaffsky aus dem Klatsch heraus. Herr Pastor, ich möchte das bei dieser Gelegenheit aussprechen: Sie haben sich in den wenigen Jahren, die Sie unter uns sind, viel Achtung erworben. Wir würden Sie ungern ziehen lassen.«

Jetzt meldete sich auch der Arbeiter Florian Mamrotschki zu Wort, ehemals Flüchtling aus dem ›Warthegau‹, und einer der wenigen Leute im Dorf, die kein Hehl daraus machten, der SPD anzugehören, was ihn nicht hinderte, sich eifrig an kirchlichen Aktivitäten zu beteiligen. Florian Mamrotschki klopfte mit der flachen Hand auf den Tisch, um seinen Worten Nachdruck zu verleihen:

»Ich denke, es ist eine Schweinerei, was da dem Pastor hinterhergeredet wird. Was soll denn das heißen: in Babentin darf kein junges Mädchen mit einem jungen Mann in den Wald gehen? Es ist doch besser, sie gehen in den Wald als in die Kneipe oder rasen auf dem Motorrad herum und brechen sich den Hals. Wenn der Pastor uns gezeigt hat, daß man im Wald eine ernsthafte Sache besser und ruhiger bereden kann als anderswo, sollte man ihm dankbar sein. Es ist höchste Zeit, daß die verdammten alten Babentiner Zöppe endlich abgeschnitten werden.«

Von den Bauern zog dieser und jener den Mund schief. Der Mamrotschki! Der läßt sich keine Gelegenheit entgehen, Brand- oder Brandt-Reden zu halten. Felix Krupke, Vorarbeiter in der Straßenmeisterei, sprang seinem Kollegen bei. Wegen seiner Umsicht und Verträglichkeit war er in den Rat gewählt worden. Er bewährte sich auch in diesem Fall:

»Es ist ja nichts Neues, daß wieder einmal alle recht haben. Heinricke meinte, die alten Gebräuche haben schon ihren Sinn. Stimmt, aber sie können ihn auch mit der Zeit verlieren. Felbert meint, der Pastor soll sich nicht beirren lassen, sondern hierbleiben. Stimmt, aber nur, wenn der Pastor das auch gerne will. Mamrotschki meint, daß Zöppe abgeschnitten werden müssen. Stimmt, aber manchmal wachsen nur neue nach, die schlimmer sind als die alten. Und Sie, Herr Pastor, meinen, daß man Sie beleidigt hat und Fräulein Odaffsky auch. Stimmt ganz und gar! Aber wenn man wegen jeder üblen Nachrede gleich die Flinte ins Korn schmeißen wollte, dann gäbe es schließlich mehr Flinten auf dem Acker als Korn. Ich glaube also, Herr Pastor, Sie sollten sich die Sache noch einmal überlegen. Wir vom Gemeindekirchenrat werden natürlich alles tun, die bösen Mäuler zu stopfen. Aber wie die Erfahrung lehrt, wird das uns und Sie nicht viel weiterbringen. Vielleicht sollten wir öffentlich, vor versammelter Gemeinde, am nächsten Sonntag nach dem Gottesdienst eine Ehrenerklärung für Sie abgeben, Herr Pastor?«

Das war ein gutgemeinter Vorschlag, aber Krupke drang damit nicht durch. Die Bauern konnten sich nicht dafür erwärmen, denn, worauf Heinricke noch einmal hinwies, im Walde gesehen worden mit einer weiblichen Person, das war ja der Pastor wirklich. Schön war's ja nicht, daß die alte Breden den beiden nachspioniert hatte, aber gelogen hatte sie nicht.

Die Sitzung dauerte nicht viel länger als eine Stunde. Die Männer trennten sich voneinander, ohne einen Beschluß gefaßt zu haben.

Die ganze Affäre fand schon am nächsten Sonntag ein Ende. Nach der Predigt bat der Pastor die Gemeinde, noch für einen Augenblick in der Kirche zu verweilen. Als der Schlußvers verklungen war, trat Pastor Kelm – nicht mehr im Talar, sondern im dunklen Straßenanzug – an die vorderste Kirchenbank, faßte die Brüstung mit beiden Händen und hielt folgende Ansprache:

»Liebe Gemeinde, jeder unter euch weiß, was in den letzten vierzehn Tagen über mich und Fräulein Jadwiga Odaffsky geredet worden ist. Ich möchte hier den Tatbestand klarstellen. Ich habe Fräulein Odaffsky heiraten wollen, aber sie hat meinen Antrag abgelehnt. Meine Aussprache mit Fräulein Odaffsky hat im Wald stattgefunden. Ich wüßte nicht, was daran auszusetzen wäre. Ich habe vor dem Gemeindekirchenrat ausführlich dargelegt, was sich ereignet hat und warum es sich ereignet hat. Wenn die Gemeinde glaubt, nach dieser Geschichte, in der ich mir nichts vorzuwerfen habe, mich nicht länger als Pastor ertragen zu können, so soll sie darüber abstimmen, mir Mitteilung machen und den Herrn Superintendenten um meine Abberufung bitten. Wenn die Gemeinde mich weiter als Pastor haben will, dann soll jedermann dafür sorgen, daß nicht mehr hinter meinem Rücken geredet wird. Im übrigen habe ich mit Herrn Odaffsky verabredet, daß er gegen jeden gerichtlich vorgehen wird, und zwar wegen übler und ehrenrühriger Nachrede, der weiter den Ruf seiner Tochter schädigt. Ich danke Ihnen, daß Sie meine Erklärung angehört haben. Ich hoffe, daß es das erste und das letzte Mal gewesen ist, daß ich auf diese Art und Weise zu meiner Gemeinde habe sprechen müssen. Ich wünsche Ihnen Gottes Segen und einen geruhsamen Sonntag.«

Pastor Kelm schritt am Altar vorbei in die Sakristei.

Für die Babentiner, besonders für die Alteingesessenen, war es durchaus neu, daß in solcher Weise mit ihnen geredet wurde. Dennoch genoß der Pastor nach dieser bösen Geschichte mehr Ansehen im Dorf als zuvor. Zwar verstummte der Klatsch nicht so schnell, aber gleichzeitig konnten die Babentiner sich rühmen, den Pastor nun endgültig eingemeindet und zu einem waschechten Babentiner umgewandelt zu haben. Denn über wen in Babentin war noch niemals bösartig geklatscht worden...

Jadwiga Odaffsky scheute sich fortan, ins Dorf zu gehen. Sie erinnerte die Eltern an ihr Versprechen, sie Tiermedizin studieren zu lassen. Nun sei es soweit. Sie bat, sich an einer Universität einschreiben zu dürfen, die möglichst weit von Babentin entfernt lag, also etwa München, vielleicht sogar Innsbruck. Vater und Mutter Odaffsky schlugen ihr nichts ab. So begann Jadwiga Odaffsky ihr Studium an der Veterinärmedizinischen Fakultät zu Innsbruck. Werner und Josephine Odaffsky ließen es sich nicht nehmen, die Tochter mit ihrem Wagen dorthin zu kutschieren. Nun konnte sie sich erst einmal ein paar Jahre in der Fremde umsehen, und dann würde immer noch reichlich Zeit genug sein, sich einen Partner fürs Leben zu suchen. Denn nach Babentin paßte das schöne, stolze, wohl auch ein wenig milde und extravagante Polenmädchen gewiß nicht!

Im schönen alten Hotel ›Goldener Adler‹, gegenüber dem ›Goldenen Dachl‹, lagen im verdunkelten Zimmer die beiden Odaffskys in ihren Betten und redeten über den ereignisreichen Tag.

»Mir ist inzwischen ziemlich klargeworden, Josi, warum Kelm und Jadwiga nicht zusammenkommen konnten. Man braucht sich nur die Wesensart dieser beiden vorzustellen, dann erklärt sich alles von selbst. Kelm hat immer von seinem Beruf und seiner sogenannten Berufung gesprochen, um als ehrlicher Mann Jadwiga ganz klarzumachen, wen sie da heiraten wollte. Das ist der Jadwiga auf die Dauer etwas zu viel geworden. Wie ich sie kenne, hat sie ihm klipp und klar die Frage gestellt, ob er, falls sie heiraten würden, seiner sogenannten Berufung oder seiner Frau und seinen Kindern den Vorrang geben würde. Kelm wird sich eine Weile gewunden haben, aber Jadwiga hat ihm sicherlich nicht erlaubt auszuweichen.

Kelm ist ebenso ehrlich wie unverbesserlich konsequent. Er wird gesagt haben, daß im Zweifelsfall, den Gott verhüten möge, seine Berufung vor allem anderen stehen müßte. Es ist ganz unmöglich, daß Jadwiga sich mit solchem Verweis auf den zweiten Platz zufriedengeben konnte. Meinst du nicht auch, Josi, daß dieses Gespräch im Wald, das so viel Staub aufgewirbelt hat, so ähnlich abgelaufen sein muß?«

Josephine stimmte ihm zu: »Sie hat eine erste bittere Erfahrung gemacht. Aber davon wird man nicht gleich umgebracht, sondern meistens nur stärker und klüger. Ich habe keine Sorge um Jadwiga.«

Wenn Jadwiga diesem vertraulichen Zwiegespräch ihrer Eltern zugehört hätte, wäre sie wohl nicht einverstanden gewesen. Sie wußte, daß die Wunde, die ihr zugefügt worden war, zwar vernarben, aber von Zeit zu Zeit immer wieder schmerzen würde.

Werner Odaffsky beendete das Nachtgespräch nach einiger Zeit mit der Bemerkung:

»Der gute Pastor wird einiges durchgemacht haben. Aber früher oder später wird er schon eine geeignete Pfarrfrau finden. Solche Töpfe finden immer den passenden Deckel. Ich muß nur immer wieder sagen, ich mag ihn! Er ist ein Mensch, vor dem ich großen Respekt habe. Aber deshalb mußte er ja nicht gleich meine Tochter heiraten.«

Pastor Kelm lebte noch längere Zeit in seinem großen, öden Pfarrhaus wie ein Einsiedler, nur unvollkommen betreut von der alten Schmitten. Sein Amt versah er mit so unermüdlicher und unnachsichtiger, ja brennender Eindringlichkeit, daß er manchem Babentiner, der ein wenig genauer hinzuhorchen und zu beobachten verstand, beinahe unheimlich wurde. Längst wagte niemand mehr, über ihn zu lästern.

Um so überraschter war man, als ruchbar wurde, daß

Richard Kelm bei einem der Großbauern, dem wortkargen Reinhard Clavelsborn – Hof Nr. 7 – um die Hand der zweiten Tochter Vera angehalten hatte. Das war ein Mädchen, das die Sanftmut ihres Vaters, eines Mannes, der nie von sich reden machte, geerbt zu haben schien und in dem Rufe stand, fleißig und tüchtig, aber sehr spröde zu sein. Ob und wie sich zwischen Richard Kelm und Vera Clavelsborn schon vorher etwas angebahnt hatte, darüber vermochte niemand in Babentin auch nur das Geringste auszusagen. Zischeleien gab es diesmal nicht.

Nach kurzer Brautzeit wurde geheiratet. Das ganze Dorf beteiligte sich begeistert an der Hochzeit, und die Brautleute wurden mit Geschenken überschüttet. Es war, als wollte man wieder gutmachen, was man dem Pastor zwei Jahre zuvor angetan hatte.

Pünktlich stellte sich das erste Kind ein, ein Junge, bald auch das zweite, ein Mädchen.

Im Pfarrhaus ist alles in Ordnung, sagten die Leute. Frau Vera Kelm, geborene Clavelsborn, ging mit leisen Schritten durch das nun blitzsaubere alte Pfarrhaus, war zu ihren Kindern gut und machmal auch streng. Sie fragte nie danach, ob im Zweifelsfall die Familie oder das geistliche Amt vorzugehen habe. Das hatte sie ihrem Mann von vornherein anheimgestellt, ohne auch nur einen Gedanken daran zu verschwenden.

14

Die neuen Umrisse der menschlichen Landschaft in Babentin traten immer deutlicher zutage. Das Übergewicht der Bauern war dahin; sie liebten es auch gar nicht mehr, Bauern genannt zu werden, sie waren Landwirte. Und viele, besonders die jüngeren, wußten Rechenstift und Kalkulation besser zu handhaben als viele Kaufleute. Den Großbauern galt der Untergang des Karl Klootmann und seines ehemals stolzen Hofes als Mahnzeichen; auch sie waren vom Schicksal keineswegs für die Ewigkeit mit ihren stolzen Höfen belehnt worden.

Karl Klootmann war umgekommen auf eine Weise, wie sie allen notorischen Trinkern in Babentin früher oder später vorbestimmt schien. Je mehr Schnaps und Bier die Trunkenbolde in sich hineingeschüttet hatten, desto hartnäckiger bestanden sie auf ihrer Fahrtüchtigkeit. Die Gastwirte, auch Fritz Hartjens in Babentin, nahmen es sehr ernst mit ihrer Verpflichtung. Volltrunkene vom Steuer ihres Autos zurückzuhalten. Aber schließlich konnten sie nicht hinter jedem hergehen, der den Schankraum verließ. Allein in den sechziger Jahren sind in Babentin fünf junge und drei ältere Leute durch Trunkenheit am Steuer ums Leben gekommen.

Es war, als habe es der Bauer Karl Klootmann, Hof Nr. 2, darauf angelegt gehabt, mit möglichst lautem Trara zur Hölle zu fahren. Arbeitskräfte aus dem Dorf, mit denen er hätte Deutsch sprechen können, fand er nicht mehr. Nachdem ihm auch die Türken und Jugoslawen wegen seiner Schimpfkanonaden davongelaufen waren, hatte Karl Klootmann in verbissener Wut versucht, den Hof auf eigene Faust in Gang zu halten. Aber das überstieg die Kraft des schnell alternden Mannes. Wozu auch?

Für wen? Das Haus verkam auf unvorstellbare Weise. Die Raten für die noch nicht abbezahlten landwirtschaftlichen Maschinen wurden nicht mehr überwiesen. Die Maschinen wurden vom Hof geholt und anderswo versteigert. Die Felder verunkrauteten. Das Vieh wurde unregelmäßig gefüttert und rumorte und brüllte so lange in den Ställen, bis sich ein Nachbar seiner erbarmte, durch den Zaun kletterte und den Tieren Futter vorwarf. Klootmann saß dann schon längst in Hohwede an einer Theke.

Solange Olga Klootmann noch gelebt hatte, war das Schlimmste immer wieder verhütet worden. Frau Klootmanns Dasein neben diesem Mann war so kläglich gewesen, daß einige der Gastarbeiter länger auf dem Hof geblieben waren, als sie angesichts des ewig zeternden Klootmanns vorgehabt hatten – nur, um der alten Frau zu helfen. Dann aber hatte sich Olga Klootmann ohne Abschied aus dem Staube gemacht, indem sie ihre letzte Zuflucht auf dem Friedhof gefunden hatte. Damit erst war Karl Klootmanns Untergang endgültig besiegelt.

Auf der Rückkehr von einer über zwei Nächte fortgesetzten Sauftour in Blauenburg hatte Klootmanns Auto mit einem allzu stabilen Straßenbaum übermäßig enge Bekanntschaft geschlossen. Drei Tage später starb der Bauer im Hospital von Blauenburg, ohne das Bewußtsein wiedererlangt zu haben. Gott sei ihm gnädig, flüsterte die fromme Diakonisse, als sie dem Toten die Augen zudrückte. Gott sei ihm gnädig – das war in der Tat das einzige, was man ihm noch wünschen konnte.

Der Hof kam schon nach kurzer Zeit unter den Hammer. Zwar waren Erben zweiten und dritten Grades vorhanden, aber die waren klug beraten und hielten es für angebracht, die Erbschaft auszuschlagen. Zu erben waren nämlich nur Schulden. Denn selbst der Wert des vorzüglichen Ackerlandes, auch der üppigen Wiesen und Weiden und des Anteils am Babentiner Forst reichte nicht aus, all die Verbindlichkeiten abzudecken, die zum Teil jetzt erst ans Tageslicht kamen. Alle Gebäude, auch die meisten Landmaschinen, waren so verbraucht, verludert und überaltert, daß kein Mensch sie haben wollte. Die Babentiner Bauern und Arbeiter waren längst viel Besseres gewöhnt. Den ganzen Plunder anstecken und verbrennen, meinten die Leute; das wäre noch das Vernünftigste, was man mit dem Hof anstellen könnte.

Alle Babentiner, die dergleichen beurteilen konnten, erkannten bald, daß sich einiges im Dorf verändern mußte, wenn nun der Klootmannsche Besitz neu verteilt würde. Zunächst wurde ein an die schon bestehende Neu-Babentiner ›Kolonie‹ grenzendes Flurstück von der zuständigen Kreisbehörde in den Bebauungsplan einbezogen, in kleine Hausgrundstücke eingeteilt, vermessen und für den Verkauf freigegeben. Es durften, wie auch in der ›Kolonie‹, auf diesem Flurstück nur Einfamilienhäuser errichtet werden. Die Grundstücke waren sehr gefragt. Zweite und dritte Söhne von Mittel- und Kleinbauern, jüngere Arbeiter aus der Braunkohlengrube, von Odaffskys Textilfabrik und anderen Betrieben in der weiteren Umgebung erwarben die Grundstücke für lächerlich geringe Anzahlungen.

Wenn man die jungen Leute fragte, die auf den Rohbauten der neuen ›Kolonie‹ an jedem Sommerabend und jedem Wochenende unermüdlich zimmerten, schabten, klopften, hämmerten, schmierten, kleisterten, mauerten, fugten und zementierten, dann wußten sie stets nur die Kosten für die Rohmaterialien anzugeben. Alles übrige wurde bestenfalls über den Daumen gepeilt. Man verließ sich auf Nachbarschaftshilfe und Schwarzarbeit, und das wollte nicht an die große Glocke gehängt werden.

Außerhalb der ›Kolonie‹ aber suchten ein paar hundert Morgen guten Landes neue Besitzer. Sehr verlockend waren die verkommenen Felder nicht anzusehen. Man würde Schweiß und Geld aufzubringen haben, sie wieder in musterhafte Verfassung zu bringen. Heinricke, gewiß, der würde einige Äcker kaufen, um seinen eigenen Besitz abzurunden. Für Lüttjenmüller galt das gleiche, auch für den Bauern Clavelsborn, Hof Nr. 7, jene Familie im Dorf, die so gut wie niemals von sich reden machte, die aber trotzdem ohne besonderen Aufwand von einem grünen Zweig auf den nächsten zu kommen schien. Die Clavelsborns waren, wie übrigens auch Heinricke, schuldenfrei und mußten sogar einiges auf der hohen Kante haben – wieviel, das wußte allerdings niemand.

Aber es gab auch eine ganze Anzahl von mittleren und größeren Bauern, die bewußt der Versuchung widerstanden, ihren Besitz durch den Zukauf Klootmannscher Felder zu vergrößern. Denn auch dies gehörte zu den Erkenntnissen, die sich zu Beginn der siebziger Jahre in Babentin durchgesetzt hatten: Am besten kommen die Höfe zurecht, die keine fremden Arbeitskräfte benötigen und allein von der Familie bewirtschaftet werden. Mit den Pferden hatten nur die Männer umgehen können. Das hatte sozusagen als unumstößliches Gesetz gegolten. Ein Trecker indessen konnte auch von einer Frau gesteuert werden, und mit der Melkmaschine, den dazugehörenden Motoren, den Zentrifugen für die Milch, mit der automatischen Fütterung der Schweine, und der ebenfalls mehr oder weniger automatisierten Beseitigung des Stalldungs zurechtzukommen, das war auch für die Frauen nicht schwierig; mitgeholfen hatten sie ohnehin seit jeher.

Die Klootmannschen Äcker waren also längst nicht so schnell an den Mann zu bringen, wie die vielen Gläubiger des Verstorbenen gehofft hatten. Doch kam ihnen – also der Genossenschaft, der Kreissparkasse, der Volksbank von Hohwede, den Landmaschinen- und Autoverkäufern, den Düngemittellieferanten und fast allen Handwerkern im Dorf – eine ganz neue Entwicklung in Babentin zu Hilfe. Diese an einem guten Beispiel zu erläutern, macht erforderlich, ein paar Jahre zurückzugreifen.

Von den vielen bunten Fäden des Gewirkes, das den Namen Babentin trägt, mögen manche für eine Zeitlang verschwinden, aber sie sind trotzdem da. Auf der Rückseite des Gewebes laufen sie weiter und tauchen früher oder später auch wieder auf seiner Vorderseite auf, wo man sie sehen kann. So war etwa lange Zeit nichts von Friedchen Heinricke und ihrem treuen Liebhaber Stephan Biegert, von dem ehemaligen Luftikus Max Biegert, auch nicht von der kleinen hübschen Ludmilla Biegert, von dem Großbaggerführer Anton Biegert und seiner Frau und anderen mehr oder weniger braven Leuten im Dorf zu hören gewesen. Jedenfalls nichts, was die Gemüter erregt hätte. Sie hatten eben nicht von sich reden gemacht. Und wer in Babentin ein bißchen Verstand im Kopf hatte, vermied es möglichst, von sich reden zu machen.

Wie stand es aber nun, zum Beispiel, um die hübsche Ludmilla Biegert? War es denn denkbar, daß ein so liebenswürdiges Menschenkind wie Ludmilla – meist Milly genannt – nicht endlich auch mit einem jungen Burschen ins Gerede kam?

Vater Anton Biegert hatte seinerzeit von dem Kleinbauern Dietrich Kruse das Grundstück erworben, auf dem er dann für sich und die Familie sein Wohnhaus errichtet hatte. Ganz leicht war den beiden das Geschäft nicht geworden, denn Biegert wollte natürlich möglichst wenig zahlen und Dietrich Kruse möglichst viel bezahlt haben. Aber beide waren sich darüber klar gewesen, daß sie sich einigen wollten und mußten. Denn Kruse stand bereits auf der Warteliste der Männer, die in dem großen Werk in Blauenburg Arbeit aufnehmen wollten. Und Anton Biegert hatte begriffen, daß die Preise von Jahr zu Jahr stiegen.

Es hatte also längere Debatten gegeben, die bald bei Kruse, bald bei Biegert stattfanden, wobei natürlich die Familien im Hintergrund teilnahmen. Dabei hatten Dietrich Kruses Sohn Jochen und Anton Biegerts Tochter Ludmilla häufiger miteinander im selben Zimmer gesessen, als es sonst denkbar gewesen wäre.

Ludmilla Biegert war zierlich, zugleich kräftig gebaut, hatte dunkles Haar und dunkle Augen, die aus einem lieblich und gesund anmutenden Gesicht strahlten. Jochen Kruse schob gern das Kinn ein wenig vor und zog die starken dunklen Augenbrauen zusammen, was ihm ein trotziges Aussehen verlieh. Für den Abkömmling eines alten Babentiner Geschlechts war er etwas klein geraten, also nur mittelgroß, aber außerordentlich kräftig gebaut. Schon seit längerer Zeit war er in der Hohweder Bezirksmolkerei als Maschinist tätig, fuhr jeden Morgen mit dem VW in die Stadt und kehrte abends wieder heim. Man sagte ihm nach, daß er nüchtern und fleißig, jedoch nicht besonders verträglich und oft genug ohne ersichtlichen Grund schlechter Laune sei.

Gerade weil dem Jochen Kruse dieser Ruf vorausging, war Ludmilla Biegert angenehm überrascht, als sie ihn am Tisch ihrer Eltern und dann auch auf seinem eigenen väterlichen Hof aus der Nähe kennenlernte.

Jochen Kruse hatte es von jeher schwierig gefunden, Freundschaften und, noch schwieriger, Liebschaften anzuknüpfen. Nun hatte er wieder einmal mit seinem Vater bei Anton Biegert am Wohnzimmertisch gesessen, und auch Ludmilla und ihre Mutter saßen dort und hatten zugehört. Mutter Biegert allerdings hatte sich vor gelegentlichen Einwürfen keineswegs gescheut, und auch Jochen Kruse wußte einiges aus seiner Arbeitswelt zu erzählen. Nur Ludmilla hatte ernst, manchmal auch mit einem Lächeln um die Mundwinkel, dabeigesessen, Strümpfe für Vater und Bruder gestopft, im übrigen aber geschwiegen. Sie schien gerade an einem besonders kniffligen Punkt ihrer wohltätigen Arbeit angelangt zu sein; eine hellrote Zungenspitze stahl sich zwischen den Lippen hervor, strich langsam unter der Oberlippe in den anderen Mundwinkel hinüber und verschwand wieder. Das gleiche Spiel wiederholte sich unmittelbar darauf noch ein- oder zweimal. Sodann schien die Schwierigkeit überwunden, ein befriedigtes Lächeln zuckte um Ludmillas Nase und Mund. Sie hatte nicht bemerkt, daß Jochens Augen während des kleinen Zwischenspiels auf ihr geruht hatten. Auf seinem Gesicht spiegelte sich, ohne daß er es wußte, ihr Lächeln. Bald darauf war das gute Werk vollendet. Ludmilla legte den Strumpf vor sich auf den Tisch, strich ihn mit der rechten Hand glatt, lächelte sehr befriedigt – und blickte hoch.

Und da traf ihr Blick die Augen des jungen Mannes und im gleichen Augenblick war es um beide geschehen. Die anderen hatten nicht das geringste bemerkt.

Es vergingen Wochen, ja Monate, und beide wußten mit dem, was sie da in jenem Augenblick des gemeinsamen Lächelns erlebt hatten, nicht recht was anzufangen. Was da am Tisch in Biegerts Haus von Jochen zu Ludmilla und umgekehrt übergesprungen war, ließ sich zunächst überhaupt nicht in Worte fassen, ja fürchtete sich sogar vor Worten und Gebärden.

Nach Monaten erst, als der Kauf des Grundstücks längst abgeschlossen war, als die Zusammenkünfte in dem einen oder dem anderen Haus kaum noch fortgesetzt wurden, schlossen die beiden jungen Leute engere Bekanntschaft.

In den Familien Biegert und Kruse brauchten die sich anbahnenden Beziehungen nicht geheimgehalten zu werden. Weder die Eltern noch die Geschwister dachten daran, Widerstand zu leisten. Warum sollten die beiden nicht Gefallen aneinander finden, wenn es ihnen so paßte, und schließlich auch heiraten? Die beschränkten Verhältnisse, aus denen die jungen Leute stammten, hatten viel Ähnlichkeit miteinander, so daß keiner von ihnen vor der schwierigen Aufgabe stand, sich umgewöhnen zu müssen. Kruse hatte als kleiner Bauer nicht leben und nicht sterben können, war schließlich dem Zug der Zeit gefolgt und verdiente seinen Lebensunterhalt nun in einer Fabrik, mit deren eigentlichen Zielen und Zwecken ihn wenig oder nichts verband. Anton Biegert war ein wenig besser dran: Die riesige Maschine, die ihm anvertraut war, forderte Stunde für Stunde höchste Umsicht und Aufmerksamkeit, und kein Mensch, der sich so gefordert fühlt, kann auf die Dauer sein Dasein für gleichgültig oder sinnlos halten. Die Umstände der Zeit hatten es mit sich gebracht, daß sowohl Biegert wie Kruse aus ihrem Wurzelboden herausgezerrt worden waren. Das machte sie miteinander verwandt und ihre Familien zu Nachbarn.

Es ist also nicht weiter verwunderlich, daß Ludmilla sich ihrer Mutter gegenüber eher aussprach als mit dem Mann, um den es ihr ging. Ludmilla hatte bei gemeinsamer Hausarbeit geäußert, es sei doch eigentlich schade, daß die Zusammenkünfte mit den Kruses nicht fortgesetzt würden. Der alte Kruse sei doch ein sehr freundlicher Mann, mit dem der Vater gewichtige Männergespräche geführt hatte, und auch der Sohn sei doch nie aufdringlich gewesen, und was ihm zum Gesprächsthema eingefallen sei, das habe doch jedesmal Hand und Fuß gehabt. Außerdem sei der Jochen gar nicht so mürrisch, wie manche Leute behaupteten. Er wüßte zwar keine Witze zu erzählen, Gott sei Dank, kann man da nur sagen, aber – »auf Jochen, glaube ich, kann man sich immer verlassen, meinst du nicht auch, Mutter? Und wenn er oft so ein Gesicht macht, als wäre ihm nicht ganz wohl in seiner Haut, so ist ihm vielleicht wirklich nicht wohl in seiner Haut, und er möchte was anderes sein, als er ist, kann aber nicht mit sich ins reine kommen. Ich denke manchmal über Jochen nach und frage mich, warum er nicht glücklich ist. Er hat doch einen guten Posten in der Großmolkerei.«

Mutter Biegert war aufmerksam geworden. So stand es also! Auch ihr war der Jochen Kruse stets ein wenig grobschlächtig vorgekommen, ehrlich zwar und anständig, aber nur selten heiter und aufgeschlossen. Aber wenn man es sich recht überlegte: Die gern lustige und mit sich selbst stets einige Ludmilla, die sich oft genug als eher zu leichtherzig erwiesen hatte – und auf der anderen Seite der schwerblütige, etwas störrische Bauernsohn: die beiden ergänzten sich nicht schlecht. Mutter Biegert gab also zur Antwort: »Du hast ganz recht, Milly. Wir haben ja sonst wenig Anschluß im Dorf. Und für dich ist es ganz gut, wenn du ein bißchen unter die Leute kommst. Wir könnten ja, wenn Vater einverstanden ist, die Kruses für nächsten Sonntagnachmittag zum Kaffee einladen. Und ein paar Happen zum Abendbrot hinterher, das läßt sich immer einrichten.«

Jochen Kruse hatte bei sich zu Hause kein Wort darüber verlauten lassen, daß ihm die zierliche Ludmilla mit der bräunlichen Haut nicht aus dem Kopf gehen wollte. Sein Vater merkte aber doch mit der Zeit, was die Glocke geschlagen hatte, und meinte zu seiner Frau, die stets nur wenig sprach und früh gealtert war, da sie viel zu schwer hatte arbeiten müssen:

»Liese, wir wollen uns da gar nicht einmischen. Wenn unser Jochen die Ludmilla heiraten will, dann soll es uns recht sein. Ich glaube, da bekämen wir eine gute Schwiegertochter. Wenn sie man bloß auch ja sagen wollte. So sicher bin ich da nicht!«

Dietrich Kruse war seiner Sache nur sehr selten sicher. Ihm war in seinem bisherigen Dasein nicht sehr sanft mitgespielt worden. Er wäre gern Bauer geblieben, hätte seine Pferde über die Äcker gelenkt, seine fünf oder sechs Kühe gemolken, sein Dutzend Schweine gemästet und hätte sich gern bis ans Ende seines Lebens bei Wind und Wetter auf dem Acker und auf dem Hof geplagt. Aber die Zeit war gegen ihn gewesen und er hatte – wie in Babentin die Redensart lautete – ›aufgegeben‹, den Kampf aufgegeben, klein beigegeben und in der Fabrik Zuflucht gesucht und gefunden, eine ganz leidliche Zuflucht, wie sich dann, Gott sei Dank, herausgestellt hatte.

Es dauerte fast ein ganzes Jahr, ehe man in Babentin merkte, daß sich zwischen Jochen Kruse und Ludmilla Biegert etwas angesponnen hatte. Das war ungewöhnlich, denn in Babentin haben die Wände Ohren und die Mauern sind durchsichtig. Aber die meisten Babentiner hatten ja ›nichts zu verbergen‹. Daß die Beziehung zwischen Jochen und Ludmilla für die vielen Neugierigen so lange unerkannt blieb, mag vor allem darauf zurückzuführen gewesen sein, daß Ludmilla und Jochen sich selbst über ihren eigenen Zustand nicht klarwerden konnten. Ludmilla zwar glaubte längst über sich und den anderen Bescheid zu wissen; der andere reagierte auch, jedoch so verborgen und scheu, daß Monat für Monat verstrich, ohne daß es zu einem Zusammenspiel kam. Ludmilla war es schließlich, die dann am Rande des dörflichen Weihnachtsbasars, den Pastor Kelm mit viel Eifer eingeführt hatte, ihren Jochen kurzerhand beiseite nahm und ihm auf den Kopf zusagte:

»Jochen, so geht das nicht weiter mit uns. Entweder sprechen wir uns mal aus, oder du bist mein stiller Verehrer gewesen. Denn mein Verehrer bist du ja wohl. Für meinen Geschmack aber ein bißchen zu stille.«

Jochen stand in der Dunkelheit wie zu Stein erstarrt. Um alles in der Welt, gewiß, er hatte zu lange gezögert. Seine Mutter warf ihm ja immer vor, daß er den Mund nicht aufbekam. Teufel noch mal, jetzt muß ich aber mit der Sache heraus, sonst bin ich Ludmilla los. Und das wäre ja nun wirklich nicht das, was ich eigentlich will!

Jochen raffte sich also zusammen.

»Ludmilla, ja, ich wollte dich schon lange danach fragen, aber ich habe mich bloß nicht getraut: Willst du meine Frau werden?«

Für Umschweife war Jochen Kruse nicht zu haben, ganz offenbar nicht! Jetzt stand Ludmilla Biegert wie erstarrt. Kinder, war der Mann direkt!

Sie mußte tief Atem holen. Der gelinde Schock, der ihr versetzt worden war, löste sich in lautem Gelächter. Sie lachte so vergnügt und anhaltend, daß sie zunächst nicht antworten konnte. Dem Jochen wurde das bald zuviel. Er faßte das Mädchen am Oberarm und rüttelte sie – und nicht einmal sehr sanft:

»Ludmilla, lach doch nicht so laut! Das hören sonst noch die Leute im Gemeindehaus! Lachst du mich etwa aus? Ludmilla, das nehm' ich dir übel. Ich meine es todernst!«

Ludmilla hörte sofort auf zu lachen. Sieh mal an, dachte sie, jetzt kann er sogar reden. Ach, Jochen, was bist du für ein dummer Jochen!

Sie griff nach seiner Hand, die immer noch um ihren Oberarm gespannt war, nahm sie von dort herab und in ihre eigenen beiden Hände, wie man einen noch nicht flüggen Vogel einfängt:

»Jochen, nein, ich lach' dich nicht aus. Aber deine Frage kam so plötzlich. Es war, als sollte ich noch heute aufs Standesamt. Ach, Jochen, da ist nicht viel zu fragen und nicht viel zu sagen: Ich will deine Frau werden. Schon seit einem Jahr will ich das.«

Noch am selben Abend unterrichteten Bräutigam wie Braut ihre Angehörigen, daß sie sich einig wären. Die zeigten sich viel weniger überrascht, als die beiden erwartet hatten. Jochens Mutter mahnte jedoch:

»Die Ludmilla, die soll uns recht sein. Das ist ein nettes Mädchen, fleißig und sauber, und hat was gelernt, und die Eltern sind gute Leute. Aber nun sage ich dir eins: Ludmilla mag viele Eigenschaften haben, aber eine hat sie sicherlich nicht im Übermaß, nämlich Geduld. Also schiebe nichts auf die lange Bank. So ein Mädchen wie sie findest du sobald nicht wieder!«

Das war goldrichtig. Jochen indessen brummte nur Unverständliches zur Antwort und hüllte sich dann in Schweigen. Die Mutter hatte ihn wieder einmal durchschaut. Denn gerade das schwebte ihm vor: die Sache auf die lange Bank zu schieben!

Ludmilla spürte bald, daß ihrem Jochen nicht allzuviel daran lag, einen Termin für das Aufgebot zu verabreden, dem dann die Trauung in kurzem zeitlichen Abstand würde folgen müssen.

Es vergingen zunächst Monate, schließlich ein Jahr und mehr, und die beiden Liebesleute schienen noch immer nach dem Weg zum Standesamt zu fahnden; sie suchten den nicht gerade selten benutzten Pfad offenbar in der falschen Richtung. Über die möglichen Ursachen dieses scheinbaren Unvermögens ließ sich nun in Babentin allerdings endlos, und auch höchst zweideutig, schwatzen.

Auch das berührte die beiden Liebesleute kaum. Ludmilla hatte mit der Zeit erkennen müssen, was ihren Jochen im geheimen beunruhigte, ja quälte, und machte, wie es unter Liebenden zugeht, seine Qual zu der ihren und zerbrach sich den Kopf, wie sie zu lindern wäre.

Während Jochen anderen Leuten gegenüber eher noch wortkarger wurde, öffnete er sich seiner Ludmilla immer rückhaltloser, wurde sogar gesprächig, wenn es galt, die geliebte Braut an seinem Kummer teilnehmen zu lassen.

Jochen Kruse war als Sohn eines kleinen Bauern groß geworden. Mit zunächst spielerischen, dann immer ernsthafterem Eifer hatte schon der kleine Junge sich aller Arbeiten angenommen, die auf dem väterlichen Hof und auf den Feldern Tag für Tag, jahrein, jahraus anfielen. Schon früh war ihm bewußt geworden: Dies ist unser Hof, und wenn Vater und Mutter einmal aufs Altenteil gegangen sein werden, dann wird es mein Hof sein. Und was mein ist, das muß ich halten, und dafür ist keine Mühe zuviel.

Dann aber hatte der Vater der Landwirtschaft traurig, aber auch erleichtert Lebewohl gesagt, weil er in Gefahr geriet, sich immer höher zu verschulden. Denn die stets steigenden Kosten bei nicht annähernd ebenso schnell steigenden Erträgen zogen die Schlinge um seinen Hals bald so eng zusammen, daß er, wollte er wenigstens sein Wohnhaus und seinen Garten behalten, Arbeit gegen Lohn hatte suchen müssen.

Jochen Kruse hatte nur begriffen, daß Vater und Mutter keine Bauern mehr sein wollten, daß Vieh und Felder verloren waren. Er war schon als Kind im allgemeinen gehorsam gewesen und neigte nicht zu dummen Streichen. Aber wenn ihn einmal ›der Bock stieß‹, war nicht das geringste mit ihm anzufangen; auch Prügel unter Entzug des Mittag- und Abendessen vermochten den kleinen Burschen dann nicht umzustimmen. Eher ließ er sich durch gütliches Zureden bewegen nachzugeben, vergaß aber trotzdem seine Absicht nicht, und setzte seinen Willen früher oder später doch noch durch, wenn auch auf behutsamere Weise.

Jochen also hatte sich nie damit abgefunden, daß es mit der von klein auf geliebten Bauernwirtschaft aus und vorbei sein sollte. Allmählich hatte er begriffen, daß der Vater nur notgedrungen den angestammten Beruf aufgegeben hatte; er wußte auch die finanziellen Zwänge in ihrer Unerbittlichkeit nach und nach richtig einzuschätzen. Aber sein Wille, Bauer zu werden oder vielmehr Bauer zu bleiben, war dadurch nicht gebrochen worden. Nächtelang konnte er wach liegen und seine Wünsche und Vorhaben überdenken: Ich werde mir unseren Hof wiederholen, werde so viel Land dazukaufen und weiteres pachten, bis auch nach heutigen Begriffen eine ›volle Ackernahrung‹ gegeben ist. Und dann werde ich schuften, daß mir das Blut unter den Nägeln hervorspritzt. Da sollte es doch mit dem Teufel zugehen, wenn ich dann nicht auf einen grünen Zweig komme, die Schulden abzahle und mindestens einer der Mittelbauern von Babentin werde. Stets hatte er sich auch gesagt: eine Bäuerin brauche ich dazu, die fleißig ist, klug und sparsam und mir Söhne und Töchter schenkt, um der ganzen Quälerei überhaupt erst einen

Sinn zu geben. Denn schon der Großvater und die Großmutter haben nicht nur für sich gearbeitet, sondern auch für meinen Vater und meine Mutter, und die wiederum für mich, wenn auch die Zeitverhältnisse ihnen einen Strich durch die Rechnung gemacht haben. Diesen Strich will ich ausradieren. Ich will wieder dahin zurück, wohin ich gehöre: auf unseren Hof und in die Babentiner Feldmark.

Und dann war ihm Ludmilla Biegert in die Quere gekommen. Ja, tatsächlich in die Quere, denn er hatte überhaupt keine Zeit gehabt, sich zu fragen, ob sie eine gute Bäuerin werden würde. Wenn er ehrlich mit sich sein wollte, mußte er sich eingestehen, daß er auf Ludmilla nicht mehr hätte verzichten können, auch wenn sie nicht das geringste Talent zur Bäuerin besessen hätte. Aber das Schicksal hatte es gut mit ihm gemeint: Ludmilla war sicher nicht besonders kräftig, aber das würde sie ausgleichen durch Geschick und Fleiß, durch Klugheit und Sparsamkeit. Er dachte noch einen Schritt weiter: Gerade weil sie mehr Grips im Kopf hat als andere Mädchen und die meisten Männer, muß sie einsehen, daß wir erst einmal festen Boden unter die Füße bekommen müssen. Und das bedeutet: gegen Lohn arbeiten, so viel sparen wie möglich, um die ersten Maschinen anschaffen und die ersten Felder kaufen zu können. Der Vater hat ja so genau gewirtschaftet, daß er am Schluß nicht nur ohne Schulden, sondern sicherlich mit einem guten Heckpfennig aus dem Verkauf seiner Wiesen und Felder hervorgegangen ist. Ich bin der einzige Sohn, meine beiden Schwestern sind unter der Haube; es geht ihnen gut. Der Vater wird mir mein Erbteil zuvor auszahlen müssen, und irgendwann werden wir anfangen. Aber vorher zu heiraten, das wäre Unsinn. Dann kommen gleich die Kinder und kosten viel Geld, und dann können wir nicht mehr bei den Eltern wohnen, müssen uns neue Möbel kaufen und dergleichen. Das wäre alles ganz falsch. Ludmilla muß einsehen, daß wir noch warten müssen, bis wir für unseren alten, neuen Hof einen neuen Anfang erarbeitet haben.

Zunächst war Ludmilla wie vor den Kopf geschlagen, als sie erkennen mußte, daß der Mann, den sie liebte, gar nicht mit aller Macht in das neue Leben drängte, ja, daß etwas ganz anderes im Herzen dieses Mannes die gemeinsame Zukunft auf den zweiten Platz verwies. Wozu noch warten? Jochen hatte gute Arbeit, sie selbst würde ebenfalls arbeiten, bis die Kinder kämen. Daß sie nun zunächst verzichten und warten sollte, stellte nicht nur ihre Geduld, sondern auch ihre Liebe auf eine schwere Probe. Aber eines Tages begriff sie dann doch, daß er recht hatte.

Wenn mein Jochen jeden Morgen, den Gott werden läßt, weiter nach Hohwede zu seinen Maschinen in die Molkerei fahren muß, die ihn im Grunde nichts angeht, dann wird er mir vorzeitig müde und unzufrieden und wird mir eines Tages vorwerfen, daß ich es gewesen bin, der ihn gehindert hat, seinen Lebenswunsch zu erfüllen. Wenn nun die Kleinhöfe nicht mehr lebensfähig sind, dann muß man eben dafür sorgen, daß Jochen zu einem Hof kommt, der ihn und die Familie trägt, der also groß genug ist, modernen Landmaschinen ausreichend Arbeit zu verschaffen, damit sie verzinst und abgezahlt werden können.

Ludmilla war noch jung, aber sie war schon eine kluge Frau. Sie hatte wohl gemerkt, daß es Jochen widerstrebte, dem Mädchen, das er liebte, Bedingungen zu stellen, Vorbehalte zu machen und sie zu zwingen, sich seinen Sehnsüchten anzupassen. Und er merkte bald, und es bewegte ihn sehr, daß er in Ludmilla wirklich die richtige Frau gefunden hatte. Jetzt stand ihm, der immer allein mit seinen Gedanken gewesen war, plötzlich ein Gefährte zur Seite, der mit erstaunlicher Tatkraft und Fantasie Schwung und Leben in seine Pläne brachte.

Als nun nach Karl Klootmanns kläglichem Tod die vielen guten Ländereien des verwahrlosten Hofes zum Verkauf standen, sagte sich Ludmilla sofort: jetzt oder nie! Gewiß, man würde einige der Kruseschen Felder, die nur verpachtet worden waren, wieder in eigene Regie übernehmen können, andere vielleicht zurückkaufen, wenn die neuen Eigentümer damit einverstanden wären. Aber das alles hätte nicht annähernd ausgereicht, den Kruseschen Hof auf eine gesunde Ackernahrung zu vergrößern. Klootmanns Felder jedoch, die zum größten Teil dicht am Dorf lagen, die konnten aus dem Kruseschen Hof einen guten Mittelhof machen. Woher aber das Geld nehmen?

Jochen Kruse begriff sehr wohl, daß Ludmilla recht hatte mit ihrem ›jetzt oder nie‹. Doch hatte er aus dem Schicksal seiner Eltern und aus manch anderem im Dorf die Lehre gezogen, daß, wo nichts ist, auch gewöhnlich nichts hinkommt, und daß nur wer hat, hat. Diese Rechnung allerdings machte er ohne den Wirt, und der Wirt hieß in diesem Falle Ludmilla. Wir werden das schon schaffen, alter Griesgram, rief sie. Wir dürfen nur nicht dauernd vor uns hinbrummen, wir müssen die Sache unter die Leute bringen. Vielleicht finden wir Hilfe, wo wir es gar nicht erwarten. Laß mich nur machen!

Ludmilla war nicht zu bremsen. Sie fragte ihren Jochen auch gar nicht erst um Erlaubnis. Sie versuchte ihr Heil zuerst bei den Großbauern in der kindlichen Annahme, daß die alle sehr viel Geld auf der hohen Kante haben müßten und Verständnis dafür aufbringen würden, wenn ein fleißiger Mann aus alter Babentiner Familie die Partei der Bauern stärken wollte. Aber Heinricke, Lüttjenmüller und Clavelsborn hörten sich Ludmillas beredte Bitten zwar freundlich an, zuckten aber dann mit den Schultern und meinten: Ja, da müßt ihr schon selber sehen, wie ihr fertig werdet. Der neue Rübenroder kostet viel Geld und ist noch nicht bezahlt, und dann muß dieser Sohn oder jene Tochter abgefunden werden, die in die Stadt gezogen sind. Wir werden euch nichts in den Weg legen, sagten die großen Bauern, die Kruses sind immer gute Leute gewesen und die Familie ist so alt wie Babentin selber, aber lockermachen können wir nichts.

Auf größeres Verständnis stießen Ludmilla und Jochen (das heißt vor allem Ludmilla mit ihrem sich schnell entwickelnden Geschick als Verhandlerin) bei Bürgermeister Oltje und bei Otto Pipendorp, dem Vorsteher der Genossenschaft, demselben, der sich seit dem Kriege mit nur einem Bein durchs Leben schlagen mußte. Otto Pipendorps viel bewiesene Zuverlässigkeit, seine Kenntnis der Babentiner Verhältnisse hatten ihn als den richtigen Mann empfohlen, Kurt Hartjens zu ersetzen, dem der Ärger als Genossenschaftsvorsteher ein Magenleiden eingetragen hatte. Der hatte sich von seinen Ersparnissen in der Babentiner ›Kolonie‹ ein Häuschen gebaut, um sich dort von dem ewigen Zank in seiner bisherigen Stellung zu erholen und bei viel Gartenarbeit und Zeitunglesen seine Magengeschwüre auszukurieren.

Otto Pipendorp war ja mit Irene Schlunk verheiratet, einer warmherzigen und von Natur wohlwollenden Frau. Ohne sie wäre Otto wohl ein korrekt verknöcherter Bürokrat und Oberbuchhalter geworden. Irene jedoch, mit der Otto auch all seine geschäftlichen Probleme zu besprechen pflegte, sorgte dafür, daß auch in der Babentiner Genossenschaft das Menschliche nicht zu kurz kam. So war Otto also mit der Zeit nachsichtiger geworden und hörte aufmerksam zu, wenn die Kunden ihm ihre Sorgen vortrugen.

Als Irene Pipendorp von dem Besuch Ludmillas bei ihrem Mann gehört und erfahren hatte, worum es ging, legte sie ihrem Otto nahe:

»Du mußt ihnen helfen! Besprich dich doch mal mit Bürgermeister Oltje. Es sind so viele kleine Höfe in Babentin in die Binsen gegangen, daß man jedem beispringen sollte, der mit dem Rummel in der Stadt und dem Krach in der Industrie nicht fertig wird und nun in Babentin einen neuen Bauernhof gründen will. Warum sollen die Großbauern alles schlucken? Denen täte es nur gut, wenn ihnen einer vormachte, daß man auch heute noch einen lebensfähigen Hof einrichten kann, ohne daß man schon von vornherein im Speck sitzen muß!«

Pipendorp fühlte sich längst nicht mehr, was bei seiner Herkunft eigentlich zu erwarten gewesen wäre, als Vertreter der großen und größeren mittleren Bauern. Er wußte, daß das Dorf sich mit der immer engeren Vermischung von Lohnarbeitern, Angestellten und Beamten auf der einen und den Landbesitzern auf der anderen Seite abzufinden hatte. Dieser neue Zustand würde auf die Dauer nur erträglich sein, wenn zwischen den beiden Gruppen ein möglichst reger Austausch stattfand. Pipendorp rang einige Tage mit sich selbst. Dann wußte er, was er zu tun hatte: Die Genossenschaft würde Kruse die Kredite gewähren, die er brauchte, um sich einen bescheidenen, aber ausreichenden Maschinenpark zuzulegen. Die Maschinen würden so lange Eigentum der Genossenschaft bleiben, bis die Kredite abgezahlt waren. Darüber hinaus aber würde Pipendorp persönlich den Kruses aus seinem Vermögen ein privates Darlehen gewähren.

Bürgermeister Oltje war grau geworden. Der niemals versiegende Ärger, den, bei nur geringem Entgelt, sein Ehrenamt ihm eintrug, hatten ihn vorzeitig altern lassen. Bei jeder neuen Wahl hatte er sein Amt zur Verfügung gestellt, in der Hoffnung, daß das Dorf endlich einen anderen wählen würde. Aber stets war er mit so überwältigender Mehrheit wiedergewählt worden, daß er sich dem Wunsch der Leute nicht glaubte entziehen zu können.

Ludmilla saß in dem kleinen Büro der Bürgermeisterei dem Peter Oltje gegenüber. Sie hatte von den Enttäuschungen berichtet, die ihr Heinricke und Lüttjenmüller bereitet hatten. Oltje meinte trocken:

»Wenn du mich vorher gefragt hättest, Ludmilla, hätte ich dir gleich abgeraten, es bei Clavelsborn oder bei sonstwem auf den großen Höfen zu versuchen. Nicht jeder von den Großen hat es verstanden, Lehren aus der neuen Zeit zu ziehen. Manche glauben immer noch, wenn sie nur in den alten Stiebeln weitermachen, dann könnte ihnen nichts passieren. Soweit ich die Verhältnisse kenne, wird der Klootmannsche Hof wohl nicht der einzige sein, der den Bach hinunterschwimmt, wenn sich das auch nicht immer auf so dramatische Weise abzuspielen braucht. Ich glaube, daß in unserer Feldmark noch manches Stück Land den Besitzer wechseln wird in den nächsten zehn, zwanzig Jahren. Und wenn so gute Leute wie Jochen Kruse und du, Ludmilla, die Absicht haben, wieder Landwirte zu werden, dann kann sich das Dorf gar nichts Besseres wünschen. Ludmilla, hör zu, wir müssen uns was Neues einfallen lassen. Der Sparkassenleiter hat mir neulich anvertraut, daß die Arbeiter im Dorf im Verhältnis viel höhere Sparbeträge angesammelt haben als die Landwirte. Manche Bauern scheinen tatsächlich nur von der Hand in den Mund zu leben. Viele glauben ja auch, daß ein Volkswagen für sie nicht gut genug ist, mindestens muß es ein Mercedes-Diesel sein.«

So hatte Bürgermeister Oltje noch eine ganze Weile seinem Herzen Luft gemacht und Ludmilla hatte zuhören müssen. Nun, da Oltje mit fünfundsechzig etwa am Ende seines tätigen Lebens stand, war er gesprächig geworden wie nie zuvor, so, als könnte er die vielen Erfahrungen, die er gesammelt hatte, nicht mehr länger bei sich behalten und müsse sie nutzbar machen.

Ludmilla hatte gar nicht so ungern in sich aufgenommen, was Oltje zu berichten gehabt hatte. Das Für und Wider landwirtschaftlicher Betriebe in dieser Zeit war vor ihren Ohren nicht allzuoft erörtert worden. Jetzt aber hatte sie sich eingehend damit zu befassen, wenn sie ihrem Mann beistehen wollte.

Bürgermeister Oltje hatte eine Zeitlang in seiner Pfeife gestochert, als gäbe es nichts Wichtigeres auf der Welt, als sie zu säubern, einen dünnen Pfeifenreiniger durch den

Stiel zu ziehen und den Kopf mit goldgelbem Virginiatabak erneut zu stopfen. Ludmilla saß ganz still. Ihr war als Kind noch beigebracht worden, daß man in Gegenwart von alten Leuten nicht zu reden hatte, wenn man nicht dazu aufgefordert wurde. Die Pfeife war ihm nur ein Vorwand, um Zeit zu gewinnen. Gut, sie ließ ihm Zeit.

»Ja, wirklich, Ludmilla«, sagte er, als die Pfeife endlich brannte, »ich glaube, man sollte sich etwas Neues einfallen lassen. Was kriegen denn die Arbeiter, wenn sie ihr Geld auf die Sparkasse bringen? Vier Prozent, fünf Prozent, je nachdem, wie lange sie es festlegen. Das ist ja, weiß Gott, nicht viel und deckt kaum die fortschreitende Geldentwertung. Kruse hat gute Freunde unter seinesgleichen. Und die Biegerts sind unter den Zugewanderten erst recht geachtete Leute. Man könnte doch den Leuten, die gutes Geld auf der Sparkasse haben, sagen: Warum immer bloß bei der Sparkasse? Legt doch euer Geld bei Kruses ein und helft ihrem Hof auf die Beine, die zahlen euch denselben Satz wie die Sparkasse und vielleicht noch ein Prozent mehr. Ich glaube, daß daraus was werden könnte, Ludmilla. Es müßten nur ein paar angesehene Leute den Anfang machen. Ich werde mal mit meinen Jungens sprechen, denen ich ja den Hof schon abgegeben habe. Ich glaube, die hätten was über. Und Otto Pipendorp will ja auch nicht knauserig sein. Wenn wir beiden vorangehen, würden sich wohl noch andere finden. Ob da wohl die paar hunderttausend Mark zusammenkämen? Ich glaube, das müßte reichen. Sicherheiten brauchten wir alle ja nicht. Die einzige Sicherheit, auf die es uns ankommt, das seid ihr beide. Ihr könntet dann immer noch, wenn das Geld nicht reicht, den Rest bei einer Hypothekenbank aufnehmen.«

Die Aussichten waren atemberaubend. Ludmilla war ganz blaß geworden. Ja, Peter Oltje – es hatte schon seinen Grund, daß die Leute ihn immer weiter als Bürgermeister behalten wollten! Auf so etwas wären Jochen und ich nie gekommen. Aber Ludmilla ließ sich nicht fortreißen. Sie flüsterte, vor Aufregung plötzlich ganz heiser:

»Ja aber, Herr Oltje, die Zinsen, die Zinsen! Wie sollen wir denn die Zinsen herauswirtschaften, wenn alles fremdes Geld ist auf dem neuen Hof?«

Oltje warf der jungen Frau einen anerkennenden Blick zu.

»Die Zinsen, allerdings! Mit wieviel rentiert sich denn so ein Betrieb hier in Babentin? Wenn man so sparsam wirtschaftet, wie zum Beispiel wir auf unserem Hof, ohne fremde Arbeitskräfte. Wir stellen unsere Arbeitszeit, sechzig oder siebzig Stunden in der Woche, überhaupt nicht in Rechnung, weil wir alle zur Familie gehören. Daraus hat sich bei uns ergeben, daß wir im Durchschnitt der letzten Jahre auf sechs Prozent, ja einmal sogar auf zehn Prozent des insgesamt in unserem Betrieb steckenden Kapitals gekommen sind. Daraus kannst du ableiten, Ludmilla, daß eine Verzinsung und Rückzahlung von zusammen vielleicht sechs oder sieben Prozent bei einigem Glück möglich sein sollte. Eins steht natürlich schon jetzt fest: Große Sprünge werdet ihr nicht machen können. Von stolzen Autos oder Urlaubsreisen kann keine Rede sein. Und Weihnachtsgeld oder bezahltes Kranksein, das gibt's schon ganz und gar nicht. Ihr werdet krummliegen müssen für viele Jahre. Hoffentlich bereut ihr dann nicht doch noch, daß ihr unbedingt einen eigenen Hof bewirtschaften wolltet. Der wirklich eigene Hof wird es erst sein, wenn alle Schulden abgezahlt sind, und das wird Jahre, nein, Jahrzehnte dauern.«

Ludmilla hatte mit großen Augen zugehört. Kein Wort war ihr entgangen. Sie sagte:

»Herr Oltje, da kennen Sie Jochen schlecht. Wenn der sich etwas vorgenommen hat, dann geht er mit dem Kopf durch die Wand. Wenn er nicht wieder Bauer sein kann, dann wird er nie glücklich werden. Das weiß ich ganz genau. Er wird nicht nachgeben, bis er wieder auf dem eigenen Hof sitzt, auf einem Hof, der wirklich groß genug ist, damit wir auch unter heutigen Verhältnissen damit auskommen. Und weil wir nun einmal beschlossen haben zu heiraten, so werde ich mitmachen, und ich glaube, Jochen wird sich nicht zu beklagen haben über mich. Im Osten, wo meine Eltern her sind, da haben die Leute noch viel härter gearbeitet als hier, und wir sind von klein auf daran gewöhnt worden, ich meine, an den Gedanken gewöhnt worden, daß man nie etwas geschenkt bekommt.«

Bürgermeister Oltje sog machtvoll an seiner Pfeife, im Pfeifenstiel gurgelte es. Er stieß ein blaues Rauchwölkchen in die Luft und bestätigte, als spräche er zu sich selbst: »Ja, so ist das wohl! Besseres können Eltern ihren Kindern gar nicht beibringen.«

Ludmilla hatte weitergedacht:

»Herr Oltje, Sie haben einen schönen Plan – aber ich kann mir noch immer nicht vorstellen, daß daraus etwas werden könnte. Sehen Sie mal, wenn Jochen oder ich selber zu den Leuten gingen und ihnen vorschlagen würden, was Sie sich ausgedacht haben, dann würden die meisten wohl antworten: › Du hast wohl den Verstand verloren. Warum sollten wir dir was pumpen?‹ – Der Plan ist sehr schön, Herr Bürgermeister, aber wenn wir damit bei den Leuten vorsprächen, die würden uns bloß auslachen.«

»Liebe Ludmilla«, sagte Oltje, »wahrscheinlich hast du recht. Man soll sich nichts vormachen. Aber du mußt die Sache ein wenig anders anschauen: Den Bauern sollte klar sein, wenn sie ihr Babentin gesund halten wollen, dann sollten sie alles tun, damit tüchtige Leute wieder Bauer werden. Und für die Nichtbauern gilt andersherum genau das gleiche: Warum bleiben denn die Arbeiter alle hier auf dem Dorf, obwohl sie es so weit zu ihren Arbeitsstellen haben? Warum? Denk nur an deine Eltern, und auch an Jochen und seinen Vater. Sie wollen in Babentin bleiben, und wenn es hier genug Arbeit gäbe oder wenn sich Kleinbetriebe noch rentieren würden, dann hätte wohl keiner von all den Arbeitern daran gedacht, sich außerhalb der Ortschaft Arbeit zu suchen. Natürlich, unter den jungen Leuten gibt es viele, die kein Sitzfleisch haben. Die wollen in die Welt. Auch früher sind schon viele aus Babentin weggegangen, manche bis nach Amerika, einige sogar nach Australien. In unserer ›Kolonie‹ aber wohnen lauter Leute, die unter allen Umständen im Dorf bleiben wollen, auch wenn sie weit zur Arbeit fahren müssen. Ich erkläre mir das so: Die Vorfahren all dieser Leute, der Großvater und oft noch die Eltern, sind Bauern gewesen, und es steckt ihnen allen im Blut, daß man eigentlich nur zwischen Feldern und Wiesen und Wäldern und ohne Lärm und Gestank glücklich und zufrieden sein kann. Aber ein Dorf ist keine Vorstadt, es muß leben können und dazu gehören eben die Leute, die das Land bearbeiten, und das sind die Bauern. Also gerade die Neu-Babentiner sollten sich darüber freuen, wenn junge Leute aus ihren Kreisen unter allen Umständen wieder Bauer werden wollen. Wenn man ihnen das richtig klarmacht und wenn sie begreifen, daß sie ihr Geld, das sie gespart haben, gar nicht besser anlegen können, dann müßtet ihr auch in der ›Kolonie‹ Unterstützung für eure gute Sache finden.«

Aber Ludmilla war nicht zu überzeugen. »Ich sagte es ja schon, Herr Bürgermeister. Wenn einer von uns kommt, Jochen oder ich – das werden die Leute nicht ernst nehmen, und die ganze Geschichte fällt ins Wasser.«

Bürgermeister Oltje wußte, was er jetzt zu sagen hatte. »Also hör mal genau zu, Ludmilla. In den nächsten Tagen, wenn wir alle mehr Zeit haben, vielleicht am Sonnabend, müssen wir uns mal zusammensetzen, dein Vater und Jochens Vater, natürlich du und Jochen und der Otto Pipendorp und ich. Bis dahin werden wir uns mal die ganze Geschichte durch den Kopf gehen lassen, und ich denke, daß wir dann an einem Abend mit der Sache ins reine kommen. Wahrscheinlich hast du recht, Ludmilla; ihr würdet wenig erreichen. Aber wenn Otto Pipendorp und ich sich dahinterklemmen, dann müßte es doch wohl mit dem Teufel zugehen, wenn wir nicht hunderttausend oder auch zweihunderttausend Mark zusammenbekämen. Mit dem Geld, das deine und Jochens Eltern beisteuern können, würde das wohl fürs erste reichen. Also, am Sonnabend, acht Uhr abends, treffen wir uns bei mir im Büro und werden alles besprechen. Ich werde vorher mit Otto Pipendorp unter vier Augen reden. Aber eins ist Bedingung: Kein Mensch im Dorf darf vorher auch nur ein Sterbenswörtchen erfahren.«

Ludmilla machte sich, von bangen Hoffnungen erfüllt, auf den Heimweg.

Es sah aus, als wollte Bürgermeister Oltje vor sich selbst und vor ganz Babentin noch einmal beweisen, was man mit ein bißchen Fantasie und viel gutem Willen auf die Beine stellen kann, wenn man nur das Wort ›Dorfgemeinschaft‹ ernst nimmt. Es dauerte nicht lange, und es wurde so viel Geld gezeichnet, daß der geplante Halbbauernhof Kruse Gestalt gewinnen konnte. Ein beträchtlicher Teil des ehemals Klootmannschen Besitzes ging in das Eigentum des neuen Hofes über. Was sonst noch von Klootmanns Feldern zu haben war, wurde von Kruse gepachtet. Da weder Otto Pipendorp noch Bürgermeister Oltje für die Beträge, die sie Jochen Kruse zur Verfügung stellten, mehr verlangten als einen einfachen Schuldschein, begnügten sich damit auch alle anderen im Dorf, die die Hälfte oder ein Drittel ihrer Sparguthaben auf Kruse übertrugen. Im überschaubaren Bereich des Dorfes wußte jeder, wer Jochen Kruse und Ludmilla Biegert waren. Und man wußte, was es bedeutete, daß Otto Pipendorp und Peter Oltje sich für die beiden verbürgt hatten.

Und plötzlich hatte der Krusesche Hof seinen Spitznamen weg: ›Dorfhof‹ nannten ihn die Leute, und Kruse wurde zum ›Dorfbauern‹. Damit hatte irgendein Witzbold zum Ausdruck bringen wollen, daß der neu erstandene und wesentlich vergrößerte Kruse-Hof in gewisser Weise dem ganzen Dorf gehörte.

Es verstand sich andererseits von selbst, daß es genug Leute gab, die dem Vorhaben mißtrauisch gegenüber standen und nicht müde wurden, seinen Untergang zu beschwören. Nun, die Sache ging nicht schief. Anfangs allerdings sah es beinahe so aus, als behielten die Zweifler recht. Denn im ersten Jahr konnte Jochen Kruse den vereinbarten Zins von fünf Prozent nicht zahlen. Die Ernte war nicht gut ausgefallen, und Jochen hatte im Überschwang des Anfangs allzu teure Anschaffungen riskiert. Er hatte dabei den Rat Otto Pipendorps in den Wind geschlagen. Das hatte sich gerächt. Jochen hatte versprechen müssen, in Zukunft vorsichtiger zu sein.

So schlecht das Anfangsjahr gewesen war, so erfolgreich war das zweite. Jochen konnte den laufenden ebenso wie den rückständigen Zins in vollem Umfang begleichen, und seine Anteilsinhaber waren zufrieden. Oltje hatte allerdings richtig prophezeit: Jochen und Ludmilla hatten zwölf, ja fünfzehn Stunden am Tag arbeiten müssen. Die Eltern und Geschwister hatten helfend eingegriffen, und um die Ernte und dann die Frühjahrsbestellung unter Dach und Fach zu bringen, hatte man fremde Arbeitskräfte einstellen müssen. Und auch die Nachbarn hatten sich nicht vergeblich bitten lassen.

Otto Pipendorp kritzelte ein paar Zahlen untereinander auf seinen Notizblock, kratzte sich mit dem Kugelschreiber versonnen am Hinterkopf und meinte zum Bürgermeister: »Wenn alles gutgeht, kann Jochen nächstes Jahr schon mit den Abzahlungen anfangen!«

Und Peter Oltje stellte abschließend fest:

»Und ich selbst kann nächstes Jahr den Bürgermeister an den Nagel hängen, mich aufs Altgedinge zurückziehen und mir sagen: Da habe ich zuletzt noch für die Kruses und für Babentin ein nützliches Werk zuwege gebracht. Und das ist auch was wert!«

15

Mochte das Krusesche Anwesen nach außen hin auch einen abgewetzten, vielleicht sogar schäbigen Eindruck machen: wer in den Schuppen oder in die Ställe sah, konnte die sorgsam gepflegten neuen Maschinen bewundern, und die Ställe des Milchviehs, des Jungviehs und der Schweine waren übersichtlich und geräumig angelegt und blitzten vor Sauberkeit. Lange Schnüre von Giftpapier unter der Decke sorgten dafür, daß sich kaum noch eine Fliege halten konnte. Leider waren mit den Fliegen auch die Schwalben verschwunden, die früher in den Ställen genistet hatten. Aber alles Gute ist nicht beisammen, und die Kruses freuten sich, daß die Schwalben trotzdem dem Gehöft treugeblieben waren, nur nisteten sie jetzt unter den über die Mauer hinausragenden Dächern oder am Giebel. In automatischen Tränken stand den Tieren stets Wasser bereit, auch der Dünger wurde selbsttätig aus dem Stall befördert, türmte sich unter dem hoch aufragenden Fördergestell zu einem gleichmäßigen Kegel, und ließ sich, wenn der Kegel zu groß wurde, leicht mit dem Greifer in den Kastenwagen laden. Der Düngerstreuer verteilte dann die anrüchige Ladung gleichmäßig über die Felder.

Also bei den Kruses war alles in Ordnung, und wo alles in Ordnung ist, da gibt's nicht viel zu reden.

Aber in unserem Dorf brauchen die Geschichtenerzähler nie lange auf neue Anregungen zu warten. So mehrten sich gerade um die Zeit, als Kruse seine Zinszahlungen aufnahm und damit alle Zweifler Lügen strafte, die Beschwerden der Babentiner Eltern über die neuen Schullehrer in einem solchen Maße, daß auch Leute, die gar keine Kinder hatten, sich davon betroffen fühlten und die Schauermeldungen aus den Klassenzimmern eifrig kolportierten.

Es war schon lange keine Rede mehr davon, daß der alte Lehrer Knoche mit einem oder zwei Zweitlehrern, die häufig wechselten, den Babentiner Kindern Lesen, Schreiben und Rechnen beibrachte. Franz Knoche, der noch den Rohrstock für das wirkungsvollste Erziehungsmittel gehalten hatte, war längst in den Ruhestand getreten und hatte sich in der ›Kolonie‹ ein Häuschen gebaut.

Bald darauf hatte eine weise Kreisverwaltung beschlossen, wie es ihr von oben vorgeschrieben war, die Schulen stärker zusammenzufassen und an den ›Mittelpunkten‹ zu größeren Anstalten zu vereinen. Die vergrößerten Schulen, so hieß es, würden den Kindern mehr Lehrer für die einzelnen Fächer und dazu eine reichere Ausstattung mit Lehrmitteln anbieten. Der Zufall hatte es gewollt, daß Babentin Mittelpunkt eines solchen neuen Schulbezirks wurde. Die Kinder aus den umliegenden kleineren Ortschaften wurden nun mit Autobussen zur Mittelpunktschule Babentin und nach Schulschluß wieder heimbefördert.

Die Babentiner hatten sich für eine Weile aufgeregt: Was das alles kostet! Dann aber hatten sie sich damit abgefunden und waren sogar ein bißchen stolz darauf, daß am Dorfrand einige weitläufige einstöckige Schulhäuser gebaut wurden, welche die Bedeutung Babentins vor der Um- und Mitwelt sicherlich erhöhen mußten. Indessen wurde man bald gewahr, daß nicht alles Gold ist, was glänzt.

Gewiß, der alte Hauptlehrer Knoche hatte nie eine besondere Rolle in Babentin gespielt, aber er stammte immerhin aus Hohwede, sprach, wenn es nicht zu vermeiden war, das gleiche Platt wie die Babentiner und gehörte, wie der Briefträger, der Pfarrer, der Gendarm und der Straßenbaumeister, zu den wenigen unvermeidlichen

Staatsdienern. Lehrer Knoche war ein humorloser, das heißt auch freudloser Mann gewesen, den sein mißratener Sohn häufiger, als einem Hauptlehrer gut tat, vor dem ganzen Dorf blamierte. Die Frau Hauptlehrer aber galt als eine ebenso lauthalsige wie wirrköpfige Person, die ein sonderbares Geschick darin besaß, sich, nach Babentiner Begriffen, vorbeizubenehmen; die Leute meinten allgemein, daß ›die Lehrersche‹ ein bißchen tüttelig sei.

Tilemann Knoche, der Sohn, war inzwischen aus Babentin verschwunden und in der Fremde ›zu nichts gekommen‹, worüber sich in Babentin kein Mensch wunderte.

Seit in Babentin die Hauptmittelpunktschule erstanden war, vergrößerte sich die Zahl der Lehrer im Handumdrehen auf ein gutes Dutzend. Und diese neuen jungen Lehrer, ach du liebe Zeit, das war ein ›Gesocks‹, um mit Bäkker Sneppendahl zu sprechen, der sowieso dazu neigte, ab und zu und nicht sehr laut darauf hinzuweisen, daß ›so was unter Hitler‹ doch wohl nicht möglich gewesen wäre.

Als Schulleiter war dem Hauptlehrer Knoche ein älterer Herr aus Blauenburg gefolgt, über den die düstere Kunde durch Babentin schlich, er sei strafversetzt worden, strafversetzt nach Babentin, man sollte es nicht für menschenmöglich halten! Was heißt das überhaupt strafversetzt? Hatte er silberne Löffel gestohlen? Nein, aber es kam schließlich doch heraus (wie immer alles in Babentin herauskommt), wessen er sich schuldig gemacht hatte. Der Mann hatte sich aktiv für eine rechtsradikale Splitterpartei eingesetzt, die von der bundesrepublikanischen Demokratie nicht viel hielt und sogar, wenn auch nur theoretisch, propagierte, das Gewalt vor Recht gehen müsse, wenn ›das Volk‹ es so wolle. Doch was konnte die vorgesetzte Schulbehörde schon groß ausrichten!

Der Mann war längst ›Beamter auf Lebenszeit‹. Ältere Lehrer mit administrativer Erfahrung waren ohnehin knapp. Außerdem stand der Mann in dem Rufe, ein gar nicht schlechter Pädagoge zu sein. Man versetzte ihn also ›straf‹ ins einigermaßen entlegene Babentin, wo er kein Aufsehen mehr erregen und niemand ihm zuhören würde, sollte er fortfahren, sich politisch rechtsradikal zu betätigen. Die Babentiner hätten ihm wirklich nicht zugehört, denn hier waren die Leute weder rechts- noch linksradikal; sie hielten sich alle nach Möglichkeit in der Mitte, allerdings mit einem leichten Drall nach rechts, ob sie sich nun zu den Christ- oder den Sozialdemokraten rechneten. Es soll im Dorf sogar einige eingetragene Mitglieder der einen wie auch der anderen Partei gegeben haben, aber darüber liefen lediglich Vermutungen um.

Der neue Babentiner Schulleiter war auch insofern ein ›Beamter auf Lebenszeit‹, als er um alles in der Welt nicht seine Pension aufs Spiel setzten wollte. Also hielt er fortan lieber den Mund, nachdem er sich einmal die Finger verbrannt hatte. Im großen und ganzen wurden die Babentiner seiner nicht recht gewahr; die Kinder erzählten lediglich, daß der Unterricht in Geometrie und Algebra bei ihm sogar Spaß machte. Die Eltern nahmen ein so erstaunliches Urteil gern zur Kenntnis, beklagten sich aber mit der Zeit immer lauter darüber, daß der Schulleiter die jüngeren Lehrer nach ihrem eigenen Belieben schalten und walten ließ. Und zumeist, wie die Babentiner bald herausfanden, schalteten sie links. Na ja, sagten die Alten, was ist bei so viel männlicher Lockenpracht und so abgewetzten Jeanshosen der jungen Lehrerinnen auch anderes zu erwarten!

»Dies ganze junge Lehrervolk«, verkündete die alte Schmitten jedem, der es hören wollte, »das sieht ja aus wie eine Zigeunerbande, vor der man die Türen zuschließen muß. Und wie es erst bei denen in der Wohnung aussieht! Sodom und Gomorrha! Die haben überhaupt keinen Anstand im Leibe, und so was soll unsere Kinder erziehen!«

Die alte Schmitten übertrieb natürlich. Aber ein Körnchen Wahrheit ließ sich auch in solchen Übertreibungen finden. Immerhin machten einige der jungen Leute aus ihrer Ablehnung der bürgerlichen Welt und der ›kapitalistischen Ausbeutung‹ kein Hehl. Doch die meisten kamen schon nach einigen Monaten zu einer realistischen Beurteilung – vor allem dadurch, daß sie sich wohl oder übel nicht nur mit den Kindern, sondern auch mit den Problemen der Eltern beschäftigen mußten. Und die Bauern und Arbeiter von Babentin waren Menschen, die sich in ihrem arbeitsreichen Alltag längst eine eigene Meinung gebildet hatten und von noch so arbeiterfreundlich klingenden Theorien nicht allzuviel hielten.

Außer den jungen Lehrern gab es in Babentin auch eine auf beinahe groteske Weise ältlich und verschrumpelt wirkende Lehrerin namens Lotte Haake. Sie war mit dem neuen Schulleiter in Babentin erschienen und hatte zum Befremden der Babentiner sogleich erklärt, daß sie Jungsozialistin sei und in diesem Sinne unterrichten werde.

»Die und Jungsozialistin«, rief der Friseur Klinkbiel dem Schmied Sorsmann zu, dessen eisengrauen dichten Haarschopf er gerade unter Kamm und Schere hatte, »die alte Tante! Die hat doch längst den Anschluß verpaßt.«

Komischerweise gelang es im Laufe der Zeit gerade diesem Fräulein Lotte Haake, sich aufs harmonischste der Babentiner Dorfgesellschaft einzuordnen. Denn Lotte Haake, der niemand im Dorf ein Verhältnis mit einem der jungen Lehrer nachsagen konnte, entwickelte ein bewundernswertes Talent für Dorfgeschichten und Klatsch und hielt es nicht für unter ihrer Würde, an jeder zweiten Ecke stehenzubleiben und mit so wenig angesehenen Leuten wie der alten Breden und dem nun schon sehr betagten Allerweltskerl Erich Sankt ausführlich zu erörtern, ob der junge Doktor Eisenmütz aus Fuhrenbüttel mit seiner neuen Sprechstundenhelferin aus Bremen schon gekunkelt habe oder noch nicht. Kein Zweifel, Fräulein Haake hatte sich Heimatrechte in Babentin erworben, das heißt:

ehrlich und fleißig geklatscht. Von ihrem Anspruch auf Jungsozialismus machte sie im Laufe der Jahre immer seltener Gebrauch. In der Babentiner Luft hielt sich dergleichen nicht.

»Glücklicherweise«, so sagten die Babentiner, nachdem sie erst einmal mit der Mittelpunktschule vertraut geworden waren, »wird heute unseren Kindern mehr in der Schule abverlangt, als seinerzeit von uns gefordert wurde. Wenn man das so sieht, was die alles lernen müssen, dann kann einem ja noch im Alter angst und bange werden!«

Wenn die Babentiner Kinder erst über die Konfirmation und die Lehrzeit hinaus waren, wenn sie schon in aller Herrgottsfrühe auf dem Trecker sitzen mußten, um im naßkalten November Rüben in die Zuckerfabrik nach Blauenburg zu fahren, dann fanden sie bald Anschluß an die Generation der Eltern und Großeltern. Sie mochten von der Schule her ein paar modische Begriffe oder Redensarten beibehalten haben – in ihrem Wesen aber waren sie babentinisch geblieben. Die Alten konnten beruhigt feststellen: Sie sind doch in Ordnung und werden da weitermachen, wo wir aufhören werden.

Wie es immer auf dem Lande gewesen ist: die Jüngeren wuchsen beinahe von selbst in die Tätigkeit der Älteren hinein, zuerst spielerisch, dann stets ernsthafter angeleitet und schließlich den Alten ein Werkzeug, eine Maschine nach der anderen aus der Hand nehmend und sich so dem Dienst an der guten Mutter Erde anvertrauend. Und der war immer hart, ganz gleich, ob er mit Pflug und Sense oder mit Trecker und Mähdrescher vollbracht wird. Und doch ist es dieser Dienst, der die Menschen, die ihn mit Verstand verrichten, in dieser Zeit der giftigen Abgase und verseuchten Weltmeere trägt und zufriedenstellt.

»Es ist ja nicht so«, hatte sich der wohl intelligenteste der Babentiner Bauern, der sonst wenig redselige Reinhard Clavelsborn, bei einer der letzten Generalversammlungen der Landwirtschaftlichen Genossenschaft vernehmen lassen, »daß wir Landwirte erst heute anfangen müssen, zu rechnen und den Kurszettel für Agrarprodukte zu studieren. Ich bin alt genug, um mich noch genau der Zeit erinnern zu können, in der wir, wenn die Heuernte bevorstand, um zwei Uhr morgens aufstanden, um vor Tau und Tag, sechs Mann hintereinander, die Wiesen zu mähen. Weiß Gott, das war schwere Arbeit, und abends war man so steif wie ein Sägebock. Aber mein Vater saß auch manchen Abend über seinem Wirtschaftsbuch und rechnete, daß ihm die Schweißtropfen auf der Stirn standen. Man wußte nicht viel von Export und Import, und von der EG war noch keine Rede. Aber was auf den zweimal im Jahr stattfindenden Viehmärkten in Hohwede geboten und verlangt wurde, das war für den Erfolg eines jeden Wirtschaftsjahres, soweit es sich um die Viehhaltung drehte, genauso wichtig wie heute die Beschlüsse der neunmalklugen Landwirtschaftskommission in Brüssel. Es war sogar noch wichtiger, denn es gab keine Bauernverbände wie heute, die sofort Krach machen und politischen Druck ausüben, wenn sie meinen, die Einkommen der Bauern müßten genauso steigen wie die der städtischen Angestellten und Arbeiter. Solche Forderungen hätte man in der Vergangenheit für baren Unsinn gehalten, denn den Leuten, die vom Lande leben, wird es schon an der Wiege gesungen, daß es keinen anderen Beruf gibt, der so sehr von Wind und Wetter und auch von Angebot und Nachfrage abhängig ist, wie der des Bauern. Jeder von uns weiß ja auch, daß schon etwas Wahres dran ist, wenn den Bauern heute nachgesagt wird, ihre Klagen wollten nie verstummen, und ewig behaupteten sie, daß es ihnen schlechter gehe als anderen Leuten. Stimmt! Auch das ist nichts Neues. Es ist heute so, wie es früher war: Fallen die Kartoffeln gut aus, so ist der Roggen nicht besonders ergiebig gewesen; steht uns eine gute Gerste ins Haus, so haben womöglich im selben Herbst die Rüben den geringsten Zuckergehalt. Grund zum Beklagen haben wir also jedes Jahr. Und wer nicht dauernd dahinter her ist, wie der Teufel hinter der armen Seele, mit richtiger Fruchtfolge, zeitiger Bestellung der Felder, schneller und kluger Nutzung der Sonnentage einschließlich der Sonntage während der Getreideernte, der merkt sehr schnell an seinem Konto, was die Glocke geschlagen hat. Nirgendwo rächen sich Faulheit, Unfähigkeit und Unvernunft so schnell und zuverlässig wie im landwirtschaftlichen Betrieb. Das war früher so und das ist heute genauso. Und das kann uns kein Staat und kein Verband und keine EG abnehmen. Wir müssen selber damit fertig werden. Ich für mein Teil sage: Gott sei Dank, daß das so ist, daß mir keiner dreinreden kann, und daß ich's, abgesehen von Gottes Hilfe, mir allein zu verdanken habe, wenn's mir gutgeht. Und wenn's mir schlechtgeht, ist es in erster Linie meine Schuld, und die wäscht mir kein Regen ab!«

Einige der Männer, die an der Generalversammlung der Genossenschaft teilgenommen hatten, berichteten später ihren Frauen, daß Clavelsborn, der sonst kaum den Mund auftat, wieder einmal bewiesen habe, daß er von allen Bauern den meisten Grips hatte.

»Aber«, fügte Lüttjenmüller hinzu, »wenn er man nicht immer bloß klugschnacken wollte, der Clavelsborn, sondern auch mal ein Amt übernehmen in der Genossenschaft oder im Dorf oder womöglich im Kreistag. Aber immer sagt er, er hat dafür keine Zeit. Die Zeit und Kraft, die er hat, die muß er auf seinen Hof verwenden, sagt er. Na ja, der ist ja auch erstklassig in Ordnung, aber für wen? Seine Tochter hat den Pastor geheiratet. Der wird nie ein Bauer werden. Und seine beiden Söhne sind im Krieg geblieben. Also für wen? Na, vielleicht ist unter den Kindern von Pastor Kelm und Vera Clavelsborn ein Junge, der wieder Spaß daran hat, am Tag fünfzehn Stunden zu arbeiten, um sich dann sagen zu lassen: Da sieht man, was das für ein dummer Bauer ist!«

Auch Bürgermeister Oltje sprach, spät abends noch,

mit seinen beiden Söhnen, die den schönen alten Mittelhof musterhaft bewirtschafteten und damit den Vater instand setzten, sich der Bürgermeisterei zu widmen. Oltje blieb stets gegenwärtig, daß sich seit dem Kriege die Bevölkerungsstruktur von Babentin entscheidend verändert hatte, ja, daß seit dem Ende der sechziger Jahre nicht einmal mehr die Hälfte der Einwohner des Dorfes zur Landwirtschaft zu rechnen war. Oltje stellte den Söhnen folgendes vor Augen:

»Clavelsborn hat nur von den Bauern gesprochen. Das mag hingehen in diesem Fall, denn schließlich waren wir ja auf der Jahresversammlung der Landwirtschaftlichen Genossenschaft. Aber die vielen Angestellten und Arbeiter, die gehören doch genauso zu Babentin. Die aber können nicht, wie ihr, einfach in die Fußstapfen der Väter treten. Die müssen alle ganz was Neues anfangen. Und man darf sich auch nichts vormachen: Es gibt mehr als eine Tochter auf den guten Höfen, die von der Schinderei in der Landwirtschaft nichts mehr wissen will und sich geschworen hat, keinen Bauern zu heiraten, sondern einen Mann mit Monatsgehalt und geregelter Arbeitszeit, und möglichst in der Stadt, wo man alles kaufen kann, wenn man nur das Geld dazu in der Tasche hat. Die Bauerntöchter machen mir mehr Sorge als die Bauernsöhne. Denn woher sollen die jungen Bauern geeignete Frauen bekommen, wenn die Töchter den ganzen Tag in hübschen Kleidern hinter der Schreibmaschine sitzen wollen? Wie war's denn damals? Die ›überschüssigen‹ Töchter mußten früher in die Stadt gehen, wurden Dienstmädchen und heirateten, wenn's hoch kam, einen Unteroffizier oder einen Briefträger. Und die ›überschüssigen‹ Söhne wanderten nach Amerika aus oder gingen ins Ruhrgebiet und kamen nie wieder. Ich glaube, das hat sich in unserer Zeit zum Vorteil gewandelt. Jetzt braucht keiner mehr auszuwandern, sondern er kann in Babentin wohnen bleiben, baut sich ein hübsches Haus in der ›Kolonie‹ und fährt jeden

Morgen mit dem Auto zur Arbeit, als Angestellter beim Landratsamt oder in irgendeine Fabrik. Und wer hier im Dorf wohnen bleibt, mag er sich auch sein Brot woanders verdienen, der bleibt ein Babentiner, und die Kinder behalten nassen Sand an den Stiefeln, wie man so sagt, und sie brauchen nicht zu vergessen, daß man Brotgetreide immer noch nicht in der Fabrik herstellen kann und daß Zuckerrüben am besten auf lehmigem Boden wachsen, aber nicht in der Retorte. Bei uns ist in den letzten Jahren ganz schön durcheinandergeheiratet worden, Arbeitertöchter werden Bauersfrauen, Bauernsöhne werden Industriearbeiter, und die Flüchtlinge, das kann man wohl sagen, die haben's geschafft. Wenn ihre Söhne in Babentiner Bauernhöfe eingeheiratet haben, dann ist es mit den Höfen eigentlich in allen Fällen aufwärtsgegangen. Heute würde sich kein alter Bauer mehr aufhängen, Gott sei Dank. Und ich sage euch auch noch dies: Wenn es gelänge, die Arbeiter, deren Väter und Großväter ja meist noch Bauern gewesen sind, wieder auf dem Lande unterzubringen, sowie bei uns in der ›Kolonie‹, mit einem Garten und ein paar Blumen am Zaun und einem Gemüsegarten hinter dem Haus, dann würde eine neue Zeit anfangen, und daß Odaffsky nun schon fünfzig Leute in seiner Fabrik beschäftigt, würde ihm keiner mehr übelnehmen, sondern für das einzig Vernünftige halten.«

Die Söhne fühlten sich nach diesem Abend veranlaßt, einander wieder einmal vorzustöhnen:

»Bestimmt, der Vater weiß Bescheid! Dem kann im Dorf höchstens Clavelsborn das Wasser reichen. Aber er könnte ja seinen Verstand auch mal für den eigenen Vorteil einsetzen. Er hätte doch mit Leichtigkeit an die besten Äcker von Klootmann herankommen können. Und wir könnten ganz gut noch ein paar Dutzend Morgen mehr bewirtschaften. Statt dessen hat er dem Kruse geholfen! Na ja, was soll man machen, so ist der Vater eben!«

So ist das in Babentin: Man kommt vom Hundertsten

ins Tausendste. Mit den Lehrern hat's angefangen, und am Schluß gibt der Bürgermeister seine Weisheit zum besten. In Babentin hängt eben alles, was geschieht, miteinander zusammen. Jeder nimmt Anteil an jedem. Schon morgen kann es passieren, daß man auf den Nachbarn angewiesen ist: daß der Grubenarbeiter sich von Pipendorp das Auto ausleiht, daß Bürgermeister Oltje bei einem Antrag ans Kreisamt auszuhelfen hat, daß das Postfräulein einer alten Rentnerin die Formulare erklären muß, daß Heinricke seinen im Moor versackten Trecker nur mit den Treckern von Schlunk und Kruse wieder aufs Trockene zerren kann, und daß Bäcker Sneppendahl auch noch am Sonntagnachmittag Kuchen verkaufen muß, weil bei Bauer Hentzel unerwartet Besuch aus Hamburg eingetroffen ist.

Der Babentiner Schule waren vom Oberschulrat zwei jüngere Lehrkräfte zugeteilt worden, die beide als Hauptfach Biologie studiert hatten. Es handelte sich um einen Dieter Bleich und eine Melitta Kocke. Zwar unterrichteten die beiden auch in anderen Fächern, aber es wurde bald deutlich, daß ihre eigentliche Leidenschaft der Biologie gehörte.

Die niedliche Carmen Schnitz mit ihrem für Babentin ungewöhnlichen Vornamen, zwölf Jahre alt, ein lustiges und aufgewecktes Kind, das eigentlich auf die Oberschule nach Blauenburg hätte gehen sollen, sich aber mit Händen und Füßen dagegen gewehrt hatte, ihre Babentiner Schulkameraden im Stich zu lassen, stellte sich gleich nach der Rückkehr von der Schule in der Küche vor ihre Mutti und bekannte mit dem strahlendsten Gesicht von der Welt:

»Du, Mutti, heute hat uns unsere neue Lehrerin, Fräulein Kocke, in der Biologiestunde genau erklärt, warum ihr abends immer die Tür vom Schlafzimmer so fest zumacht. Das ist, damit ich nicht höre, daß ihr dasselbe macht, was unser Hahn macht, wenn er auf die Henne steigt oder Nachbars Karo mit unserer Waldine, wenn die läufig ist. Da bin ich aufgestanden und habe vor der ganzen Klasse gesagt: So was machen aber mein Vati und meine Mutti nicht, und da hat die Lehrerin gelacht und hat gesagt, wenn sie das nicht gemacht hätten, Carmen, dann gäbe es dich gar nicht. Manche von den anderen Kindern haben gelacht, als die Lehrerin das sagte, aber die meisten haben bloß dumm geguckt. Mutti, wie ist denn das nun mit dem Hahn und der Henne, macht ihr das auch immer so?«

Die Frau des Elektromeisters Schnitz war im allgemeinen nicht leicht zu erschüttern und prüde konnte man sie wirklich nicht nennen. Aber jetzt geriet sie doch aus der Fassung. Sie nahm sich zusammen: bloß jetzt nicht dem Kind die Naivität nehmen! Solange es mir noch alles erzählt, kann ich nur dankbar sein. Laut sagte sie:

»Carmen, weißt du, das ist so eine Sache. Ich will ja nicht sagen, daß die Lehrerin gelogen hat. Aber das mußt du ja wohl schon selber gemerkt haben, daß Menschen anders sind als Tiere. Die Hauptsache bei der ganzen Sache ist, daß der Vati und die Mutti sich liebhaben. Dann kann man sich nämlich gar nichts Schlimmes tun. Und dann haben auch die Eltern ihre Kinder lieb und umgekehrt. Bei uns ist das doch so, Carmen, nicht wahr?«

Frau Schnitz hatte das Gefühl, sich leidlich aus der Affäre gezogen zu haben. Carmen bestätigte beinahe entrüstet: »Ja, klar, Mutti, wir haben uns alle sehr lieb. Aber warum hat Fräulein Kocke uns das nicht ebenso schön erklärt?«

»Ach, das kann man ihr wohl nicht übelnehmen, Carmen, weißt du! Die ist noch gar nicht verheiratet, die hat noch gar keinen Mann, den sie liebhaben kann.«

Carmen nickte in ernsthafter Zustimmung mit dem Kopf. Die Mutti hatte die Sache ins rechte Lot gebracht. Carmens Aufregung war verflogen. Das Mittagessen schmeckte vorzüglich.

Die Leute fragten sich später, ob sich die beiden Lehrer wohl vorher verabredet hätten, denn am Tage darauf klärte der neue Biologielehrer, Herr Dieter Bleich aus Hannover, eine andere Klasse auf ähnliche Weise auf. Nicht alle Eltern in Babentin wurden mit den Fragen ihrer Sprößlinge im trauten Heim so geschickt fertig wie Frau Schnitz. Es setzte sogar Ohrfeigen, und die Kinder waren nun überzeugt, daß es sich um etwas Verbotenes handeln mußte, wodurch natürlich ihre Neugier und ihr Appetit auf mehr gewaltig angestachelt wurden. Jedenfalls waren fast alle betroffenen Eltern nun der Meinung, daß ihnen die Schulbehörde zwei Kuckuckseier ins Babentiner Nest gelegt hatte. Oder war vielleicht sogar das Kultusministerium für die neuen ›Richtlinien‹ verantwortlich zu machen? Die Eltern besprachen sich erst untereinander, dann mit dem Bürgermeister, und schließlich schickten sie eine Delegation zum Schulleiter von Babentin und erklärten energisch, daß sie von dieser Sorte Unterricht nichts wissen wollten, aber auch gar nichts! Und ein paar Verständige fügten hinzu:

»Sehen Sie mal, Herr Hauptlehrer Sperling, die beiden Junglehrer sind ja wohl aus der Großstadt. Da sehen die Kinder nur Autos und Hochhäuser. Aber hier auf dem Lande ist das ganz anders. Da wissen schon die kleinen Kinder: wenn man von der Sau Ferkel haben will, muß man sie vorher zum Eber bringen, und wenn die Kühe Kälber kriegen sollen, müssen sie zuvor beim Bullen gewesen sein – das heißt, jetzt kommt ja der Tierarzt und besamt sie künstlich. Aber auch das verstehen die Kinder längst. Und so dumm sind sie nicht, daß sie sich nicht denken könnten, beim Menschen werde es wohl nicht viel anders vor sich gehen. Aber das kommt langsam, so nach und nach, und Vater und Mutter helfen vorsichtig ein bißchen mit. Also, Herr Hauptlehrer Sperling, wenn sie Ihren Untergebenen nicht befehlen, diese Dinge in Zukunft etwas vorsichtiger zu behandeln, dann gibt's Krach im Dorf, und zwar gewaltig!«

Nichts wäre dem Herrn Hauptlehrer nach allem, was

vorangegangen war, peinlicher gewesen als ein Krach an seiner Schule, ganz gleich, aus welchem Anlaß, über den dann womöglich noch etwas in der Kreiszeitung stünde. Er nahm sich also Fräulein Kocke und Herrn Bleich eindringlich vor und versuchte, ihnen auseinanderzusetzen, daß sie sich auf dem Dorf befänden und nicht in der Großstadt. Damit hatte die Umerziehung der beiden Lehrer begonnen.

Aber die beiden verfingen sich schließlich doch noch in den Fallstricken des Satans. Herr Bleich und Fräulein Kocke hatten sich erst in Babentin kennengelernt. Der Mißerfolg ihres Biologieunterrichts brachte sie einander näher. Vielleicht hatten die beiden – schön war weder der eine noch die andere, und viel Courage hatten sie auch nicht – sich gleichzeitig zu der Erkenntnis durchgerungen, daß auf die Dauer selbst die kühnste Theorie nicht die Praxis zu ersetzen vermag. Unwiderstehlich war in ihnen das Bedürfnis gewachsen, einmal auf eigene Faust auszuprobieren, was es mit dem Hahn und der Henne auf sich hat. Leider ließen sie dabei die hierzulande notwendige Vorsicht außer acht.

Herr Bleich hatte Quartier bezogen in einem ehemaligen Küsterhaus, das der Pfarrgemeinde gehört hatte. Man hatte es umgebaut, um darin die Registratur des Dorfes und ein Beratungszimmer des Gemeinderates unterzubringen und zugleich eine Wohnung für einen der neuen Lehrer bereitzustellen. Doch war es immer noch ein Fachwerkbau alten Stils geblieben. Die Fenstersimse lagen nur einen Meter über dem Erdboden, und wenn man nicht die Läden schloß oder die Vorhänge vorzog, dann war für Neugierige nicht zu verbergen, was im Innern des Hauses vorging.

Dieter Bleich und Melitta Kocke wurden, als sie endlich einmal die Theorie der sexuellen Aufklärung am eigenen Leibe ausprobieren wollten, so hemmungslos von ihrer Leidenschaft mitgerissen, daß sie in der Eile die Vorhänge um einen Spalt breit offenließen. Ein unglückseliger Zufall wollte es, daß gerade an diesem Abend zwei Bengels aus der Nachbarschaft durch das erleuchtete Fenster auf die Idee gebracht wurden, dem Lehrer an die Scheiben zu klopfen und ›Dämelsack‹ zu rufen. Lautlos wie die Katzen waren sie bis zum Fenster vorgedrungen, entdeckten sogleich die Lücke im Vorhang und spähten ins Zimmer. Mann, das war 'ne Sache! Junge, Junge, allerhand! Aber schon nach kurzer Zeit wurde den beiden ebenso heiß wie unheimlich zumute. Sie rannten ins Dorf zurück, wo sie ein bösartiger Zufall der alten Breden in die Arme führte. Brühwarm berichteten sie ihr. Vielleicht hatten sie – trotz schulischer Aufklärung – nicht einmal so ganz begriffen, was sie gesehen hatten. Aber die alte Breden begriff sofort. Sie fuhr die beiden an:

»Macht, daß ihr nach Hause kommt, ihr beiden Lausejungen, sonst erzähl' ich das alles eurem Vater!«

Die alte Breden guckte natürlich auch durch den Spalt, und damit war das Unheil geschehen.

Abzuleugnen war nichts mehr. Drei Zeugen, das war genug! Das ganze Dorf schwirrte vor mehr oder weniger echter Empörung und vor unterdrücktem Gelächter. Aufrechte Väter taten sich zusammen und richteten eine Eingabe an den Oberschulrat: Er möge das Dorf von so fragwürdigen Jugenderziehern befreien. Der Schulleiter schloß sich dieser Forderung nach einigem Zögern an. Ungenügend zugezogene Vorhänge waren den Babentinern auf keinen Fall zuzumuten. Dem Oberschulrat blieb nichts weiter übrig, als dies einzusehen und die beiden Ärgerniserreger zu versetzen, noch dazu jeden an einen anderen Ort.

Das hinderte jedoch die beiden nicht, sich ein halbes Jahr später dem Hafen der Ehe anzuvertrauen.

»Ja«, sagte die alte Breden, als das ruchbar wurde, »wenn sie das man vorher gemacht hätten, dann könnten sie heute noch in Babentin Lehrer sein!«

16

»Die Biegertskinder, da kann auch kein Mensch draus schlau werden!« sagten die Leute zuweilen. So ganz unrecht hatten sie nicht. Wenn nicht gerade ein aktuelles Ereignis die nimmermüden Zungen in Gang hielt, so boten die Biegertskinder stets Stoff genug.

So meinte beim Damenkegeln (jeden ersten und dritten Donnerstag in Hartjens' Gasthof) die Frau Elektromeister Schnitz:

»Die Ludmilla, das ist wirklich ein feiner Mensch. Vor der kann man nur Respekt haben! Die hält ihren Jochen auf Draht, das muß ihr der Neid lassen. Ich glaube, die ist überhaupt die Seele vom Geschäft auf Kruses Dorfhof. Kinder, was rackert die sich ab! So hübsch, wie sie früher mal war, eh sie sich mit dem brummigen Jochen eingelassen hatte, ist sie ja nicht mehr. Hat ja nicht mal mehr Zeit, zum Friseur zu gehen. Und wie ihr neulich Irene nahegelegt hat, sie soll doch auch in unseren Kegelklub eintreten, da hat sie gesagt: Kinder, ich kegle den ganzen Tag im Haus und auf dem Acker; schiebt ihr man eure ruhige Kugel alleine weiter. Aber wenn ihr mich zu eurem Sommerfest einladet, dann komme ich gern und bringe auch Jochen mit.«

Ja, vor der Ludmilla Kruse, geb. Biegert, hatte der Damenkegelklub Respekt. Ihre Kinder hielt sie fein in Ordnung und ihren Jochen auch. Die werden noch mal den schönsten Hof in Babentin haben, wenn sie erst aus den Schulden raus sind. Ja, wer so ein Mädchen aus einer guten Flüchtlingsfamilie geheiratet hat, der hat meistenteils das Große Los gezogen. Ach, wie sich das in Babentin geändert hatte! Anfangs waren für die eingesessenen Babentiner die Flüchtlinge der letzte Dreck gewesen. Aber mit der Zeit hatte jedermann anerkennen müssen, daß die Leute aus dem Osten – natürlich gab es auch unter ihnen Faulpelze und Quasselköpfe – ganz schön fix waren und daß ihnen, was das Arbeiten anbelangt, keiner etwas vormachen konnte.

»Die Biegertskinder, da soll einer draus schlau werden!« so redeten also die Leute in Babentin. Ludmilla konnte man ja noch einigermaßen begreifen, aber ihr Bruder Stephan, was war mit dem? Stephan ›ging‹ immer noch mit Friedchen Heinricke. Das gehörte beinahe schon zum Babentiner Alltag und war kaum noch einer besonderen Erörterung wert. Aber die beiden konnten sich offenbar zu keinem Entschluß durchringen, was das Heiraten anbelangte. Der alte Heinricke hatte eben ›nein‹ gesagt, und daran war kaum etwas zu ändern.

»Nun gut«, sagten die Leute, »Friedchen und Stephan, die ewigen Brautleute! Man muß abwarten. Solche Geschichten dauern manchmal viele Jahre.«

Natürlich waren Friedchen und Stephan nicht die einzigen Liebesleute im Dorf, die ein gutes Paar abgegeben hätten, aber den Weg zu Standesamt und Traualtar allem Anschein nach nicht ausfindig machen konnten. Dergleichen hatte es in Babentin schon von jeher gegeben, manchmal wurden die Leute alt und grau und starben schließlich darüber. Stephan und Friedchen würden wohl nicht auf diese Weise enden, dafür waren beide zu selbstbewußt und zu tatkräftig. Abwarten, Breden, abwarten!

Am unverständlichsten blieb den Leuten in Babentin Max Biegert, der älteste der drei Geschwister. Max war doch, solange er noch in Babentin wohnhaft war, also bis zum Anfang der sechziger Jahre, bestimmt kein Freund von Traurigkeit gewesen, hatte oft genug das halbe Dorf auf den Kopf gestellt, und kein Rock war vor ihm sicher. Dann war die nie vollkommen aufgeklärte Geschichte mit Magdalene Klootmann passiert. Lenchen war elend im Acker verblutet, und da Max Biegert unter ihren zahlreichen Liebhabern (in der Erinnerung hatten die alten Weiber von Babentin der Magdalene von Jahr zu Jahr mehr angedichtet) der ansehnlichste gewesen war, hatte man ihm nach der ungeschriebenen Verfassung des Dorfes die Pflicht auferlegt, Magdalene zu heiraten. Aber Max war eben kein richtiger Babentiner, sondern bloß ein zugewanderter. Er hatte die eherne Notwendigkeit einer solchen Verpflichtung nicht anerkennen wollen, war daraufhin, wie es sich gehört, von Verwandten der unglückseligen Magdalene halb totgeschlagen und des Dorfes verwiesen worden. Viel später erst hatte er wieder nach Babentin zurückkehren dürfen. Erstaunlicherweise hatte er das auch getan, obgleich er bei seiner Tätigkeit wahrscheinlich auch anderswo recht gut gefahren wäre. Aber Babentin war eben die Heimat; die Heimat seiner Eltern hatte er kaum noch bewußt erlebt. Babentin erschien ihm als der einzige Platz, an dem es sich zu leben lohnte.

Als Max dem alten Sneppendahl die Leitung der Bäckerei allmählich aus der Hand genommen hatte, fragten sich die Leute: Welche unter den Töchtern des Landes wird sich Max jetzt aufs Korn nehmen? Denn schließlich braucht ein Bäckermeister eine Bäckermeisterin, allein schon deshalb, weil er ja nicht gleichzeitig in der Backstube und im Laden stehen kann. Aber Max bewies sich zwar bald als ein großartiger Geschäftsmann, doch ans Heiraten dachte er offenbar nicht.

Die Leute sagten sich: So einer, wie der, kann doch nicht ohne Frauen auskommen. Und jetzt, wo er was geworden ist im Dorf, kann er sich auch nicht im Wald oder hinter den Scheunen herumdrücken, um seinen Spaß zu haben. Alt genug ist er längst, schon weit über die Mitte Dreißig. Wann also heiratet er endlich? Und wen?

Aber Max legte es offenbar darauf an, solche Fragen weiter offenzuhalten und außerdem – die Babentiner kamen ihm natürlich bald auf die Sprünge: Max fuhr ein schönes, schnelles Auto, den einzigen BMW im Dorf, und damit gelangte man schnell mal nach Bremen oder Hamburg und konnte sich dort eine Nacht lang amüsieren. Max hatte Geld genug in der Tasche.

Sneppendahl wußte außer Max niemand, der ihn hätte beerben können. Das Alter hatte ihn abgeklärt, und selbst die Erinnerung an das ›Tausendjährige Reich‹ vermochte ihm nur noch ein spöttisches Lächeln abzunötigen. Worauf es ihm allein noch ankam, das war: Die Bäckerei sollte auch nach seinem Tod den Namen ›Sneppendahls Bäckerei‹ behalten. Dazu aber hatte sich Max Biegert mit Vergnügen verpflichtet.

Die Auswahl an Kuchen und Konditorwaren wurde beinahe von Monat zu Monat immer größer und verlokkender. Ihre Qualität sprach sich herum; Max Biegert erfreute mit seinem Bienenstich, seinen Butterkuchen und Makrönchen, seiner Schwarzwälder- und Schokoladentorte nicht nur Babentiner Leckermäuler, er lieferte sie auch an die neuen Supermärkte in Hohwede und Blauenburg. Bald waren drei Verkäuferinnen in ›Sneppendahls Bäckerei‹ beschäftigt. Max mußte anbauen, um Unterkünfte für seinen zweiten Konditormeister und die vier Bäckergesellen zu schaffen. Wenn es irgend anging, fuhr Max mit seinem Mercedes-Lieferwagen die Ware selbst in die Stadt. Man mußte immer wieder mit den Großkunden reden, das hatte er bald begriffen, wenn man sie sich nicht nur warmhalten, sondern das Geschäft ständig erweitern wollte.

Max wohnte noch immer bei seinen Eltern in der Babentiner ›Kolonie‹. Er hatte sich den Dachboden zu zwei kleinen Zimmern nebst Duschbad ausbauen lassen und trug zur Freude seiner Eltern großzügig zum Haushalt bei.

Die Mutter dachte: Ein Windhund ist er ja gewesen, der Max, aber jetzt hat sich das geändert. Beinahe zu sehr! Er denkt bloß noch an die Arbeit und ans Geldverdienen. Wenn er doch endlich eine vernünftige Frau heiraten würde! Aber dazu können auch wir ihm nicht verhelfen.

Geldverdienen, das war es! Darauf kam es an! Seit Max in die eigene Tasche wirtschaftete, hatte er richtig Geschmack daran gewonnen. Max war überzeugt, daß die Bauern überhaupt keine Ahnung vom Geldverdienen hätten, auch die größten nicht. Hatten sie einmal eine günstige Ernte erlebt oder vom unerwarteten Vorteil gestiegener Preise profitiert, so kamen sie vielleicht von ihren Schulden herunter (sie schienen immer Schulden zu haben), oder sie steckten das Geld in neue Maschinen oder Autos oder womöglich in eine neue Polstermöbelgarnitur, die überhaupt nicht in ihre guten Stuben paßte. Ihre Höfe zu erweitern oder zu vergrößern, daran dachten sie kaum. Das mußte ihnen schon unter die Nase gerieben werden, wie nach Karl Klootmanns Zusammenbruch. Und auch dann zögerten sie noch; sie hatten ja genug, und viel mehr als sie schon hatten, konnten sie nicht bewirtschaften.

Seit Max Biegert von einer Babentiner Großbauernfamilie so übel mitgespielt worden war, hatte er sich vorgenommen: Denen werde ich's zeigen! Die sollen noch grün werden vor Neid!

Es hatte seinen guten Grund, daß Max Biegert nach Möglichkeit seine Produkte selbst an die Großabnehmer in den umliegenden Kleinstädten lieferte. So hielt er sich seine Kunden warm, kam mit ihnen ins Gespräch und erfuhr vieles, was ihm wichtig war und was er in Babentin nie erfahren hätte. In Hohwede gab es nun schon zwei Supermärkte; alle Männer und Frauen, die aus Babentin über Hohwede zur Arbeit fahren mußten, pflegten dort einzukaufen. Denn Brinkmayers Laden in Babentin war im großen und ganzen der Dorfladen geblieben, der er vor dem Krieg gewesen war. Das bedeutete, daß er immer weiter ins Hintertreffen geriet. Im ABC-Supermarkt zu Hohwede war manches billiger zu haben als bei Brinkmayer, und vor allem gab es dort hunderterlei zu kaufen, was anzubieten Brinkmayer nicht einmal im Traum eingefallen wäre.

Max Biegert hatte sich einmal die Zeit genommen, einen ganzen Tag lang sein Auto neben den Haupteingang des Supermarkts zu stellen und sich die Leute anzusehen, die bei ABC einkauften. Am Abend fuhr Max mit der Gewißheit nach Hause, daß der größere Teil der Kunden aus den vielen Ortschaften der Umgebung stammte, darunter auch viele Leute aus Babentin.

Der Schluß ergab sich von selbst: Man mußte den Leuten die Möglichkeit geben, in Babentin einzukaufen. Hinzu kam, daß, nachdem die neue Autobahn eröffnet war, alle Fahrzeuge, die von der Abfahrt in Richtung Hohwede oder Blauenburg fahren mußten, durch Babentin kamen. Doch allein die Einwohnerschaft von Babentin war nun auf fast zweitausend Seelen angewachsen. Arme Leute, die nichts verdienten oder keine gute Rente bezogen, gab es hier so gut wie gar nicht. Jedermann hielt sich die Kreiszeitung oder sogar ein überregionales Blatt, und fast jede Familie besaß einen Fernsehapparat oder wenigstens ein Radio und entging damit der Werbung nicht. All das Zeug, das im Fernsehen angepriesen wurde, müßte man natürlich vorrätig haben; dann fühlten sich die Babentiner auf der Höhe der Zeit. Und das würde nicht nur für die Arbeiter und Angestellten gelten, sondern gerade auch für die Bauern. Bauer, daß ich nicht lache: Landwirte, Ackerwirte, Forstwirte, so wollen sie sich jetzt nennen. Und am liebsten als ›Produzenten‹ gelten, wie Stahlmagnaten oder Auto-Industrielle: Roggen-, Rüben- und Kartoffelfabrikanten...

Da Max wußte, daß seine Elten dichthalten konnten, breitete er seine Pläne vor ihnen aus. Er wunderte sich keineswegs darüber, daß die beiden Alten durchaus nicht sogleich auf seine Zukunftsträume eingingen. Im Gegenteil: wenn er wissen wollte, was an seiner Sache schiefgedacht war, dann brauchte er sie nur seinen Eltern vorzutragen. Anton Biegert, der sich nun schon der Pensionsgrenze näherte, hatte einen scharfen Verstand und fühlte sich nie versucht, den Boden der Wirklichkeit zu verlassen.

»Mutter, mach uns doch noch eine Tasse Kaffee«, sagte Vater Biegert. »Das wird ja heute wohl ein langer Abend werden.«

Während Mutter Biegert Wasser in den Kessel rauschen ließ und den Elektroherd auf drei schaltete, ließ sich der alte Biegert berichten, was sein Sohn vor dem Hohweder Supermarkt beobachtet hatte. Dann setzte Mutter Biegert das Tablett auf den Tisch, schenkte ein und kam ihrem Mann zuvor:

»Das ist ja alles schön und gut. Aber die Leute hier sind nun einmal daran gewöhnt, zu Brinkmayer zu gehen und sich Salz und Zucker, Streichhölzer, Weizenmehl und Haferflocken dort zu kaufen. Wenn du nun in Babentin ein großes Geschäft einrichtest, wo man womöglich sogar Gefriergemüse und Konserven, Kosmetiksachen und Süßigkeiten, Kaffee und Tee, Zeitungen und Obst kaufen kann wie im Supermarkt, dann ist Brinkmayers Geschäft natürlich im Handumdrehen erledigt. Das kannst du doch nicht wollen.«

Der alte Biegert stimmte sofort zu:

»Ja, Max, so ist es. Brinkmayer gehört seit alten Zeiten zum Dorf. Seine beiden Schwestern sind mit Bauern verheiratet, und sein Bruder wohnt auch in Babentin und hat es sogar bis zum Amtsrat in der Kreisbehörde gebracht. Wenn du die Familie verärgerst, Max, und wenn Brinkmayer seinen Laden zumachen muß, dann hast du schon mal die ganze Bauernschaft gegen dich. Man darf die Leute nicht vor den Kopf stoßen. Das kann einen teuer zu stehen kommen. Also, Max, überlege dir die Sache! Mit der Bäckerei bist du gut vorangekommen. Aber ich habe in meinem Leben immer feststellen können, daß die Bäume nicht in den Himmel wachsen.«

Max hatte kaum etwas anderes erwartet und war deshalb auf eine Antwort vorbereitet.

»Stimmt schon, Vater, man dürfte Brinkmayer das Geschäft nicht kaputtmachen. Das würde einem das ganze Dorf übelnehmen. Aber ich könnte ja dem alten Brinkmayer und seiner Frau vorschlagen, ihr Geschäft mit einzubringen! Dann hätten sich das alte und das neue Babentin wieder einmal zusammengefunden, wie es schon auf mehr als einem Bauernhof geschehen ist.«

Max schwieg, als wäre ihm in diesem Augenblick ein Gedanke in die Quere gekommen. Mutter Biegert konnte sich denken, woran er dachte.

»Renate Brinkmayer – da liegt der Hase im Pfeffer!« rief sie. »Die Alten halten das Geschäft doch nur, um ihrer Renate die Zukunft zu sichern, wenn sie mal nicht mehr da sein werden. Renate hilft ja schon lange im Geschäft mit, der Alte kommt ohne sie gar nicht aus, seine Frau ist viel zu oft krank. Renate ist ja nicht immer sehr freundlich im Geschäft, und viel reden tut sie auch nicht, aber sie ist schon eher mal bereit, was anzuschreiben als der Alte. Sie ist schon ziemlich überständig, die Renate, und es traut sich keiner an sie ran; sie gibt auch keinem Gelegenheit dazu. Also, Max, wenn du die Brinkmayers nicht verärgern willst und damit das ganze Dorf, dann mußt du dich vor allen Dingen mit Renate verständigen. Wenn die einverstanden ist, dann werden's die Eltern auch sein.«

Man erzählte sich im Dorf, daß Renate Brinkmayer einmal in den zweiten Sohn von Tischlermeister Elwertsen verliebt gewesen sei und daß dieser die Hochzeit versprochen habe. Aber dann habe der junge Elwertsen gemeint, es wäre ganz gut, wenn er sich vorweg ein bißchen Wind um die Nase wehen ließe, und war zur See gegangen. Das war nun schon viele Jahre her. Gotthold Elwertsen hatte niemals wieder von sich hören lassen. Renate Brinkmayer war darüber welk und sauer geworden. Ihre Mundwinkel waren stets ein wenig abwärts gezogen, über der Nase hatte sich eine senkrechte Falte in die Stirn gegraben, und ihr Haar trug sie gescheitelt und im Nacken zu einem festen Knoten zusammengedreht.

Allerdings gaben manche im Dorfe zu – unter ihnen auch Max, alter Fachmann, der er in solchen Dingen war –, daß Renate Brinkmayer einmal ein recht schönes Mädchen gewesen sein mußte. Max hätte es sogar genauer zu sagen gewußt: Ihr Gesicht zeigte ein klassisch einfaches, schönes, wenn auch strenges Profil; aber von vorne betrachtet, sah sie doch ein bißchen alltäglich aus – obschon ihre großen grünen Augen unter dunklen, beinahe allzu dichten Brauen einen merkwürdigen, beinahe exotischen Reiz besaßen.

Max Biegert hatte sich nie um Renate gekümmert. Sie zu gewinnen, hätte einen langen und schwierigen Feldzug und den Einsatz der ganzen Persönlichkeit erfordert. Max war auf leichtere Eroberungen aus gewesen. Und jetzt, da er sich ›die Hörner abgestoßen‹ hatte und vor allem zu Geld, zu viel Geld kommen wollte, war ihm ein spätes Mädchen wie Renate Brinkmayer vollkommen gleichgültig geworden.

Die drei an Anton Biegerts Tisch kamen an diesem Abend zu keinem Beschluß. Später lagen sie noch lange wach und dachten nach.

In den Wochen danach mochte Max Biegert die anstehenden Fragen hin und her wenden, wie er wollte, es blieb dabei: Renate Brinkmayer war der Stein des Anstoßes. Manchmal sagte sich Max Biegert mit all der Kaltschnäuzigkeit, die er sich in diesen Dingen angeeignet hatte: Das einfachste wäre, ich heirate sie, dann habe ich die Alten auf meiner Seite und das Geschäft dazu, schlage also alle Fliegen mit einer Klappe. Doch so abgebrüht war Max Biegert nun wieder nicht, als daß ihn die Vorstellung, eine ›sitzengebliebene Jungfrau‹ heiraten zu müssen, nicht mit Grausen erfüllt hätte. Doch unablässig trieb ihn sein Ehrgeiz weiter voran. Auch packte ihn zuweilen die Furcht:

Wenn ich mich nicht beeile, kommt mir ein anderer zuvor, denn Babentin ist reif für einen Supermarkt. So entschloß er sich schließlich, wenigstens bei den alten Brinkmayers vorzufühlen, ob seinen Plänen dort Widerstand entgegengesetzt würde. Das mußte natürlich ganz unverbindlich und harmlos angefangen werden, denn die Brinkmayers, wie alle alteingesessenen Babentiner, waren mißtrauisch von Natur und lehnten gern unbesehen alles ab, was nicht auf ihrem Mist gewachsen war.

An einem Samstagabend rief Max Biegert bei Brinkmayer an: »Ich wollte fragen, ob ich Sie für eine halbe Stunde besuchen kann, vielleicht morgen, Sonntagnachmittag. Ich hätte einiges zu besprechen, was auch Sie interessiert.«

Der alte Mann wollte nun doch gleich wissen, worum es sich denn handele. Max Biegert hatte das erwartet.

»Herr Brinkmayer, ich habe mir gedacht, da die Bäckerei jetzt gut geht und Babentin sich an meine Erzeugnisse gewöhnt hat, wäre es vielleicht ganz einträglich, den Leuten außer Back- und Konditorwaren noch was anderes anzubieten. Aber um alles in der Welt möchte ich Ihrem Geschäft nicht in die Quere kommen; und da ist es vielleicht besser, man spricht sich vorher ab, anstatt sich hinterher in die Haare zu geraten. Sneppendahls Bäckerei und Brinkmayers Laden, das sind zwei alte Babentiner Einrichtungen, die schon lange nebeneinander bestehen. Die haben sich nie das Wasser abgegraben. Das muß natürlich so bleiben. Und darum geht's, Herr Brinkmayer.«

Das war alles sehr schön in Watte verpackt, aber Brinkmayer erfaßte auf der Stelle, daß Gefahr im Verzug war. Es war ihm natürlich nicht entgangen, daß manche Babentiner Familie sich daran gewöhnt hatte, im Supermarkt zu Hohwede einzukaufen, was in Babentin nicht zu haben war. Waren die Leute aber erst einmal im Supermarkt, so kauften sie auch das, was in Babentin zu haben war, das heißt: in Brinkmayers Laden. Jetzt hatte also der verdammte Gernegroß, der Max Biegert, Rosinen im Kopf. Immerhin konnte es nicht schaden, sich den jungen Mann anzuhören, bevor er Ernst machte. So jung konnte der übrigens gar nicht mehr sein... Brinkmayer erwiderte also:

»Na schön, Max, dann komm du man morgen nachmittag so gegen fünf bei mir vorbei. Ein Glas Bier und 'n Korn, die wirst du ja wohl auch nicht abschlagen!«

Der alte Brinkmayer fragte sich, ob es besser wäre, allein mit dem Besucher zu sprechen, oder ob nicht Frau und Tochter gleich mit anhören sollten, was Biegert vorzubringen hatte. Aber Renate Brinkmayer wehrte sofort ab:

»Vater, ich will nicht dabeisein. Was man von diesem Biegert hört, das macht ihn mir nicht gerade sympathisch. Früher war er hinter den Mädchen her und jetzt ist er's hinter dem Geld. Das ist nicht nach meinem Geschmack. Und außerdem, wenn Mutter und ich dabei sind, dann sieht das so aus, als ob wir ihn furchtbar wichtig nehmen. Darauf soll der gar nicht erst kommen. Ich wollte sowieso morgen nachmittag mit Mutter bei Tante Liselotte einen Besuch machen; der geht es gar nicht gut. Warum sollen wir das aufschieben, bloß weil Herr Biegert sich bei uns eingeladen hat?«

So traf Max Biegert den alten Brinkmayer allein im Hause an.

Der Bommerlunder war hinuntergekippt, der Schaum vom Bierglas abgetrunken. Die Einleitungszeremonie war mit Anstand beendet; man konnte zur Sache kommen. Max Biegert begann weitschweifig darzulegen, wie sich die Ansprüche der Leute in Babentin und ringsherum mit den Jahren geändert hätten, wie keiner mehr mit dem zufrieden sein wollte, was im Dorf angeboten wurde, wie die Zeitungen, die Fernsehwerbung, die vielen Prospekte und Kataloge, die den Leuten ins Haus flatterten, auch auf dem Dorf jedermann den Mund wässerig machten – und wie der einzelne kleine Kaufmann kaum noch dagegen angehen könnte und wie man sich überlegen müßte, den Einfluß der sich immer mehr breitmachenden Supermärkte einzuschränken. Er beschloß seine wohlvorbereitete Rede mit den Worten:

»Was wir in Babentin brauchen, Herr Brinkmayer, ist ja nicht gerade ein Supermarkt, aber immerhin ein großes, modern aussehendes Geschäft, wo die Leute in Ruhe mit einem Karren umherwandern können, wo sie aus allen Regalen herausnehmen können, was ihnen Spaß macht und wo ihnen dabei bestimmt allerlei einfällt, worauf sie sonst gar nicht gekommen wären. Und da dürfen eben nicht bloß Salz und Zucker, Brot und Semmeln verkauft werden, sondern es müssen auch Strümpfe und Lippenstifte zu haben sein, und alle Reinigungsmittel und viele Arten Käse, Marmelade, Konserven und auch Tiefgekühltes, Brathühner, Gemüse und Speiseeis, alles für die Schönheitspflege und Kekse, Konfitüren, Schokoladen und Pralinen. Ganz gewiß, Herr Brinkmayer, könnte ich das alles allein auf die Beine stellen. Aber dann würde die Bäckerei Sneppendahl dem Kaufmann Brinkmayer Konkurrenz machen. Und die Babentiner würden sagen, Brinkmayer und Sneppendahl machen sich gegenseitig kaputt. Nein, Herr Brinkmayer, wenn wir uns nicht einigen, fällt der ganze schöne Plan ins Wasser, und der ABC-Markt in Hohwede und andere Auswärtige schöpfen den Rahm ab. Ich hoffe, daß Sie sich die Geschichte überlegen und daß wir zu einer Abmachung kommen. Ich bin der Meinung, daß sich die Bäckerei am leichtesten vergrößern ließe. Man könnte vom Laden her die Wand durchbrechen und eine große Verkaufshalle anschließen. Ihr Laden, Herr Brinkmayer, ließe sich nicht so leicht erweitern, es sei denn, man baut Ihr ganzes Haus um, aber das kostet zuviel Geld. Überhaupt das Geld! Für den Anfang würden wohl auch wir beide zusammen nicht das notwenige Kapital aufbringen. Aber wir könnten uns in den ersten Jahren einer Gesellschaft anschließen, etwa der EDEKA. Ich bin sicher, daß wir schon in weiteren fünf Jahren so viel verdient haben, daß wir uns unabhängig machen können.«

Der Alte war kein Dummkopf. Er hatte auch die versteckte Drohung nicht überhört. Nein, dumm war Brinkmayer nicht, aber er war eben alt. Und seine Frau war kränklich. Und schließlich ging es um ihre Renate, das einzige Kind...

Brinkmayer drehte sein Bierglas im Kreise. Er feuchtete sich die Lippen an, als wolle er sprechen. Aber dann sackte er in den Stuhl zurück und schwieg weiter. Biegert beschwichtigte sich im stillen: Man muß ihm Zeit lassen; es ist ein bißchen viel auf einmal, was ich ihm da gesagt habe. Brinkmayer war vor der Zeit gealtert und seine Frau auch. Der Kummer der Tochter hatte auch ihnen den Lebensmut genommen. Im Grunde hatten sie es längst satt, jeden Tag von morgens halb acht bis abends um sechs mit anderthalb Stunden Mittagszeit hinter dem Ladentisch zu stehen und abends dann noch zu rechnen, Bestellungen aufzugeben und Fakturen zu prüfen. Nur wegen Renate hatten sie durchgehalten. Vielleicht fand sich mit der Zeit doch noch jemand, der die Tochter zur Frau haben wollte und vielleicht das Geschäft übernahm und den Lebensabend der Alten sicherte. Und plötzlich schoß dem vor sich hinbrütenden Brinkmayer der Gedanke durch den Kopf: Wenn der Max Biegert unser Geschäft aufschlucken will, dann wär' es doch das beste, er heiratet Renate!

Aber sogleich fiel diese Hoffnung wieder in sich zusammen: Mit Renate wird nicht zu reden sein! Sie will bestimmt nichts anderes, als unseren Laden so weiterführen, wie er bisher gewesen ist, so lange, bis ihr ehemaliger Verlobter wieder im Dorf auftaucht und sie heiratet. Daß das geschehen könnte, damit rechnet natürlich kein Mensch mehr – außer Renate!

»Ja, mein lieber Max«, sagte der Alte schließlich, »das war ein bißchen viel auf einmal! Du hast ja wohl nicht erwartet, daß ich gleich zu allem ja und amen sage. Ich muß das erst mit meinen Leuten bereden. Für heute ist mein Bedarf gedeckt. Es hat keinen Zweck, eine so wichtige Sache zu überstürzen.«

Brinkmayer hatte sich erhoben. Die Unterredung war für ihn beendet, das war deutlich.

Brinkmayer erwartete, daß seine Frau den Biegertschen Plan zögernd, seine Tochter ihn aber sofort ablehnen würde. Er hatte sich getäuscht.

Bei Mutter Brinkmayer zündete er sofort. Wenn man die Bäckerei Sneppendahl und die Brinkmayersche Gemischtwarenhandlung zusammenlegte, dann konnte man auch gleich die Besitzer zusammenlegen, und zwar ins selbe Bett. Max Biegert war doch ein recht ansehnlicher Mann; was er in vergangenen Jahren angestellt haben mochte, war vergessen. Er arbeitete wie ein Pferd und hatte Erfolg. Mit Renate – könnte er da nicht noch viel weiter kommen, als er sonst gekommen wäre? Und Renate auch?

Wie stand es mit Renate? Sie nahm die Eröffnungen ihres Vaters merkwürdig distanziert auf, so sachlich, wie selbst der alte Brinkmayer nicht darüber denken konnte. Auch sie hatte natürlich schon oft an ihre Zukunft gedacht und sich gesagt, daß es so wie bisher mit dem Laden nicht mehr lange weitergehen konnte. Doch hatte sie sich bislang nicht entschließen können, Vater und Mutter zu einer Erweiterung des Geschäfts zu bewegen. Sie wußte, daß die Eltern an dem kleinen Dorfladen hingen, daß sie sich ihr Leben lang ehrlich und fleißig gemüht hatten und daß es nicht leicht wäre, ihnen beizubringen, daß die Gemischtwarenhandlung in ihrer bisherigen Form zum Untergang verurteilt war.

Nicht nur, daß Renate nicht nein sagte, sondern immerhin ein lebhaftes Interesse bekundete, verwunderte den alten Brinkmayer. Sie rückte sogar mit Plänen heraus, die sie selbst schon entworfen hatte, um dem Geschäft auf die Sprünge zu helfen.

Vierzehn Tage nach dem Besuch Max Biegerts konnte Brinkmayer beim Abendbrot feststellen:

»Wenn ihr beiden also auch der Meinung seid, daß der Plan einiges für sich hat, dann sollte ich den Max jetzt ruhig mal anrufen, damit wir alles besprechen – oder sind wir noch nicht so weit?«

»Ruf ihn ruhig an, Vater! Nächsten Sonntagnachmittag kann er kommen.« Und sie fügte hinzu: »Ja, wir müssen mit ihm reden, das ist wohl klar. Aber wir müssen eine genaue Vorstellung davon haben, worauf wir hinauswollen, sonst wickelt er uns ein!«

Dagegen war nichts einzuwenden.

»Renate«, sagte der alte Brinkmayer, »was wir wollen, das weißt du am besten. Es geht sowieso um deine Zukunft. Unsere liegt schon hinter uns. Du hast einen klaren Kopf und kannst auch reden. Ich glaube, es ist das beste, wenn du unseren Standpunkt vertrittst.«

Zunächst war es an der Kaffeetafel ein wenig steif hergegangen. Renate Brinkmayer redete kein Wort. Für den Anfang ein bißchen quer durch die Gegend zu schwätzen, das überließ sie ihrem Vater und Max Biegert, mit gelegentlichen Beihilfen von der Mutter. Sie selbst machte kein Hehl daraus, daß sie den Besucher mit kühler Nüchternheit beobachtete, also darauf aus war, sich ein Urteil darüber zu bilden, ob die Brinkmayers es wagen konnten, mit diesem Mann in ein Geschäft einzusteigen, das über ihre Existenz entscheiden würde.

Es belustigte Max zunächst, daß das ältliche Mädchen ihn so ohne jede höfliche Rücksicht unter die Lupe nahm. Dann aber begannen ihn die ruhig beobachtenden Augen allmählich zu beunruhigen. Er versuchte ein paarmal, sie anzulächeln, gab das aber bald auf, da Renate ihm nicht einmal die Spur eines Antwortlächelns gönnen mochte.

Nach der zweiten Tasse Kaffee begann Renate plötzlich zu fragen, sehr direkt. Max kam sich beinahe vor wie ein Angeklagter, der sich vor dem Richter zu verteidigen hat. Ganz allmählich wurde er eine Veränderung gewahr, die sich in ihm selbst vollzog, gegen seinen Willen sicherlich, aber unabwendbar.

Weiß Gott, dies Mädchen war ein Gegner, den man ernst zu nehmen hatte! Aber warum Gegner! Er war doch auf eine Partnerschaft aus. Max hatte angenommen: Mit den Brinkmayers werde ich schon fertig. Die können froh sein, daß ich sie nicht einfach über den Haufen renne, können sich freuen, daß ich mich ihres Mädchens annehme. Später werde ich die Melodie pfeifen, nach der wir alle tanzen. In der Nachmittagsstunde um Brinkmayers Eßtisch erkannte er nun, daß er im Begriff stand, sich eine Partnerin einzuhandeln, die sich nie die Butter vom Brot nehmen lassen würde. Aber nun war es zu spät, er konnte nicht mehr zurück. Immer häufiger ließ er seine Blicke auf dem Gesicht des Mädchens ruhen. Wenn sie sprach, konnte er sie ungestört betrachten, und plötzlich dämmerte ihm die Einsicht: Bin ich blind gewesen oder dämlich? Diese Renate Brinkmayer mit den eng an den Kopf gekämmten Haaren, mit den dicht anliegenden kleinen Ohren, den starken Brauen über den sonderbaren, ins Grünliche spielenden Augen, der geraden Nase und dem schmalen, etwas harten Mund, aus dem, wenn sie spricht, zwei Reihen tadelloser Zähne hervorblitzten – bin ich blind gewesen? Das ist gewiß kein hübsches Gesicht. Hübsche junge Gesichter gibt's in Babentin viele. Aber schön – das ist etwas anderes. Und dieses nicht mehr junge Mädchen ist auf eine Weise – schön!

Max Biegert war von Renates Anblick so gefangengenommen, daß er gar nicht genau zuhörte, als sie ihm auseinandersetzte, daß sie und ihre Eltern nicht daran dächten, ihre Selbständigkeit ohne Not aufzugeben. Wenn sie das aber doch täten, dann wären Garantien nötig. Vor allem die Garantie, daß sie selbst aus der Leitung jener Abteilung in dem neuen Geschäft, die aus Brinkmayers Laden hervorgehen sollte, nicht verdrängt werden könnten. Auch müßten die Eltern bis an ihr Lebensende aus den Überschüssen des Geschäfts versorgt werden. Und wenn Max Biegert die Absicht habe, den gesamten neuen Supermarkt zu leiten, also auch in der Gemischtwarenhandlung den Ton anzugeben, dann beanspruche sie für sich das gleiche in der Sneppendahlschen Bäckerei. Die neue Firma könnte also nur zustande kommen, wenn man sich von vornherein darauf einigte, daß es zwei gleichberechtigte Partner gäbe: Max Biegert und Renate Brinkmayer.

Mit anderen Worten: Max Biegert hatte sich in der Falle, die er für andere gestellt zu haben glaubte, selbst gefangen. Das Gitter war bereits hinter ihm ins Schloß geschnappt, ein Entweichen war nicht mehr möglich. Er merkte es nur noch nicht.

Am späten Abend lag Max Biegert noch lange wach und starrte in die Dunkelheit. Was ist eigentlich mit mir los, fragte er sich. Ich habe doch wirklich viele Puppen tanzen lassen in den vergangenen Jahren und meinen Spaß daran gehabt. Bis es mir allmählich langweilig wurde, mir immer wieder zu beweisen, wie leicht sich die Mädchen rumkriegen lassen. Darüber bin ich hinaus. Ein Geschäft aufbauen, eigentlich aus dem Nichts, und dann immer weiter damit vorankommen und sich immer was Neues einfallen lassen – das macht doch wirklich mehr Spaß als eine Puppe nach der anderen aufs Kreuz zu legen. Und jetzt, da ich glaube, daß mich nichts mehr erschüttern kann, läuft mir diese Renate über den Weg. Sie hat grüne Augen, na schön – aber sie können einem durch und durch gehen. Wenn sie wenigstens mit den Augen ein wenig lächeln würde!

Mann Gottes, was ist mit mir los? Ich werde mich doch nicht etwa in das alte Mädchen verliebt haben!? Jetzt ist für mich der Zahltag gekommen, scheint mir. Jetzt, da ich glaubte, mit all den Weibergeschichten fertig zu sein! Aber ich kann nicht mehr zurück und so tun, als hätte ich an den großen Superladen nie gedacht. Und außerdem: wenn es mich endlich erwischt hat – ich habe eigentlich immer darauf gewartet in den vergangenen Jahren –, dann werde ich nicht kneifen. Man weiß ja auch nie, was noch kommt.

Renate Brinkmayer – eine abgestandene Jungfrau, wie man hier sagt. Renate Brinkmayer mit langen Beinen und schmalen Hüften und mit dem schmalen Gesicht und um die Nasenflügel reichlich hochmütig – so habe ich mir diejenige vorgestellt, auf die ich einmal fliegen würde. Nun bin ich geflogen.

Max Biegert war sich in dieser Nacht über sein Schicksal klargeworden. Sonderbar beruhigt schlief er ein, als hätte er eine Schlaftablette genommen.

Renate Brinkmayer war der gleichen Meinung wie ihr Partner: Wenn wir den Superladen auf die Beine stellen wollen, dann ist keine Zeit zu verlieren. Sonst kommen die großen Gesellschaften selber auf die Idee, die ›ABC‹ oder die ›Gut Kauf‹.

Renate hatte, nachdem auch die Eltern ja gesagt hatten, schon nach den ersten vorbereitenden Gesprächen mit Max Biegert erkannt, daß sie diesen Mann erobert hatte, ohne je die Absicht oder auch nur die Spur einer Neigung dazu gehabt zu haben. Mit der Klarsicht einer um ihre Liebe geprellten Frau, aber zugleich viel zu selbstbewußt, um sich aufzugeben, begriff sie, daß Max Biegert ihr immer dienen würde – obgleich es ihm niemals gelingen dürfte, sie zu erregen, ja auch nur ihr Mitgefühl zu erwekken. Max war dieser Frau, die in ihrem Leben nur ein einziges großes Gefühl gekannt hatte, sogar auf eine sonderbar untergründige Weise zuwider. Aber Renate konnte auch rechnen, wenn sie wollte: Max Biegert war ein gerissener Geschäftsmann und erfüllt von einem Ehrgeiz, der ihr selbst ganz fremd war. Er würde das neue Geschäft gewaltig voranbringen, so daß die Eltern und sie selbst keine Existenzangst mehr haben mußten. Ich werde schon aufpassen, daß keine Dummheiten gemacht werden. Max Biegert wird sich wundern. Ich bin neugierig, ob es ihm schmecken wird, daß er endlich einmal parieren muß.

Aber auch Max Biegert verstand zu rechnen. Wenn diese Renate, die so eigenwillig und selbstbewußt war, seine einzige Partnerin sein würde, hätte sie ihn wohl bald auf die zweite Stelle verwiesen. Max Biegert war nicht bereit, sich damit abzufinden. Ein rettender Einfall kam ihm zu Hilfe: Im Dorf gab es seit sechs Jahren die Fleischerei von Julius Hopke. Hopke hatte in Konitz im ehemaligen Westpreußen eine Fleischerei besessen. Nach der Flucht hatte er lange Jahre in Blauenburg als Obergeselle in einer Fleischfabrik gearbeitet, sich dann aber, nachdem er angestrengt gespart und seine Frau fleißig mitverdient hatte, in Babentin niedergelassen. Er hatte sich gesagt: In Babentin gibt es jetzt Arbeiter und Angestellte genug, und die Bauern verlieren langsam die Lust an der Hausschlachterei. Dort muß sich also eine Fleischerei rentieren. Das war richtig kalkuliert. Julius Hopke hatte sich mit seiner Schlachterei durchgesetzt und konnte daran denken, seinen Betrieb zu erweitern.

Max Biegert brauchte sich also nicht lange den Kopf zu zerbrechen, wer der dritte Partner im Superladen sein könnte. Ursprünglich hatte Max daran gedacht, nur verpackte Fleischwaren anzubieten, war sich auch darüber klar gewesen, daß er damit Hopke Konkurrenz machen würde. Allerdings konnte er kaum hoffen, damit sehr erfolgreich zu sein. Nun aber sagte er sich: Hopke könnte der dritte vollberechtigte Partner werden. Und den brauche ich, sonst werde ich von Anfang an untergebuttert.

Julius Hopke war keineswegs auf den Kopf gefallen; der Biegertsche Plan leuchtete ihm sofort ein. Auch die maßgebenden Leute im Dorf ließen sich von dem guten Sinn des Unternehmens ohne viel Mühe überzeugen. Altbürgermeister Peter Oltje (inzwischen war sein Sohn Ludwig zum amtierenden Bürgermeister gewählt worden), Otto Pipendorp, Vorsteher der Genossenschaft, und der Leiter der Babentiner Volksbank (früher Sparkasse), auch so wichtige Leute wie Heinrich Heinricke, August Schlunk, Bauer Lüttjenmüller und der alte Sorsmann – sie alle hießen, wenn auch manche erst nach einigem Überlegen, den Plan gut. Man konnte sich der modernen Entwicklung ohnedies nicht entziehen; da war es schon besser, man nahm die Sache in die eigene Hand. Max Biegert hatte über seinen ursprünglichen Plan weit hinausgehen müssen. Er hielt es für richtig, gleich Nägel mit Köpfen zu machen. Glücklicherweise brauchte kein neues Grundstück gekauft zu werden. Die Sneppendahlsche Straßenfront und das Grundstück dahinter waren groß genug, den Bäckerladen um das Sechs- bis Achtfache zu erweitern. Natürlich reichte das Geld der drei Teilhaber nicht. Aber die Volksbank und die Landwirtschaftliche Genossenschaft zeigten sich bereit, die erforderlichen Vorschüsse zu gewähren. Von Anfang an gewöhnten sich die Leute in Babentin und Umgegend daran, wenn sie von dem neuen Geschäft sprachen, ›bei Biegert‹ zu sagen. ›Wir haben bei Biegerts eingekauft.‹ Biegert selbst allerdings wußte, Julius Hopke begriff es auch nach einiger Zeit, und Renate Brinkmayer hatte von Anfang an nicht daran gezweifelt, daß sie und nur sie allein, wenn es nötig war, die letzte Entscheidung in allen anstehenden Fragen zu treffen hatte, so sehr sie auch Bäcker und Fleischer in ihren Bereichen schalten und walten ließ, wie es ihnen paßte. Die breite Mitte des Geschäfts bildete die Gemischtwarenhandlung, die Renate unmittelbar unterstand, und die nach und nach ihr Warenangebot vergrößerte. Bäckerei und Fleischerei würden schließlich lediglich die – allerdings unentbehrlichen – Flanken bilden.

Im Laufe der Jahre merkten auch die Leute von Babentin, begabt mit Spürnase für dergleichen, wer ›bei Biegert‹ letzten Endes das Kommando führte. Ab und zu fragte man sich auch, weshalb der Max nicht die Renate zur Frau nahm. So ältlich und so jüngferlich ist sie doch gar nicht, wie man ihr immer nachgeredet hat.

Für Max Biegert jedoch war es allmählich zur unumstößlichen Gewißheit geworden, daß er noch manches Jahr bei Renate Brinkmayer würde ›abdienen‹ müssen. Irgendwann, vielleicht wenn sie beide die Fünfzig überschritten haben würden und wenn bis dahin Max Biegert bei der Stange geblieben war, ja, vielleicht würde dann Renate Brinkmayer endlich weich werden und mit derselben kühlen Nüchternheit, mit der sie ihre geschäftlichen Entschlüsse zu fassen pflegte, einwilligen, Max Biegerts Frau zu werden. Aber bis zu diesem Tag war's noch lange hin.

Natürlich hatte Max Biegert inzwischen so manchen inneren Sturm zu überstehen. Am Samstagnachmittag war es dann wieder soweit. Er stieg in sein Auto, möglichst unauffällig, fuhr hintenherum aus dem Dorf hinaus und brauste über die Autobahn nach Bremen oder nach Hamburg. Gewöhnlich kehrte er erst am Sonntag früh nach Babentin zurück, stellte sein Auto, wiederum möglichst unauffällig, in die Garage und schlief bis weit in den Tag hinein.

Diese Ausflüge erleichterten Max Biegert jedesmal um ein paar hundert Mark. Erstaunlicherweise hatte er stets ein schlechtes Gewissen, wenn er am Montag früh zum erstenmal Renate Brinkmayer durch den Laden gehen sah. Aber was soll ich machen, fragte er sich. Was der Mensch braucht, muß er haben. Und zum Säulenheiligen habe ich kein Talent.

17

»Stephan, der ist eigentlich der beste von den drei Biegertskindern, aber viel Glück scheint der nicht zu haben, jedenfalls nicht in der Liebe. Die beiden kümmern sich wohl überhaupt nicht darum, daß das Dorf über sie redet. Ich meine Friedchen Heinricke und Stephan Biegert.« So sprach die alte Schmitten zur Lehrerin Lotte Haake, als die wieder einmal hören wollte, was es Neues im Dorfe gab. Neu war das ja gerade nicht mit Friedchen und Stephan, aber wert, daß man sich darüber ausließ, das war es allemal. Immerhin schienen die beiden ihr nun schon lange bestehendes Verhältnis vor dem alten Bauern geheimzuhalten. Stephan ließ sich niemals auf Heinrickes Hof sehen. Wenn dort etwas von seiner Schlosserei, seiner Landmaschinen- und Auto-Reparaturwerkstatt oder von seiner Kunstschmiede zu verrichten war, schickte er stets einen von seinen Gesellen auf Heinrickes Hof. Friedchen Heinricke hingegen erschien oft auf Stephans großem Anwesen. Denn die Esso-Tankstelle, die Stephan Biegert so nebenbei betrieb, führte natürlich alle Autobesitzer aus der Umgegend an seine Zapfsäulen. Zwar beschäftigte Stephan Biegert einen Tankwart und einen Lehrling, aber wenn Friedchen Heinricke aufkreuzte, war Stephan merkwürdigerweise stets in der Nähe und bediente sie persönlich. Kein Mensch hatte je Gelegenheit, mit anzuhören, was Friedchen und Stephan sich beim Tanken erzählten. Allerdings brauchte man auch gar nicht die Ohren zu spitzen, denn was mit den beiden los war, das wußte sowieso jeder im Dorf. Stephan hatte das alte Jagdhaus am Babentiner Forst gekauft, in dem seine Eltern und die Kinder nach der Flucht aus dem Osten in den ersten Jahren Zuflucht gefunden hatten. Er hatte sich das

Häuschen mit viel Aufwand und Geschmack umgebaut, hatte ein wahres Schmuckstück daraus gemacht und wurde darum beneidet. Dies auch deshalb, weil wohlhabende Jagdpächter aus Bremen und Oldenburg ihm für das Haus schon das Zehnfache von dem geboten hatten, was er hineingesteckt hatte. Allerdings vergeblich. Jeden zweiten Vormittag kam eine Frau, brachte das Haus in Ordnung und kochte auch ein bißchen auf Vorrat.

Bis dann eines Tages ein paar Neugierige gewahr wurden, daß zuweilen spät abends Friedchen Heinricke in ihres Vaters großem Mercedes-Diesel das Dorf in Richtung Hohwede verließ und daß immer dann, wenn die Scheinwerfer des Autos langsam hätten in den Wald eintauchen sollen, die Lichter plötzlich verloschen. Die Fahrerin mußte also den Wagen irgendwo am Waldrand abgestellt haben. Viel zu raten gab es da nicht: Stephan Biegerts Haus war nur etliche hundert Schritte von der Stelle entfernt, an welcher die Hohweder Landstraße in den Wald mündete.

Das ging also einige Jahre, und die Leute in Babentin gewöhnten sich an die Vorstellung, daß Friedchen Heinricke den Stephan Biegert zwar nicht heiraten durfte, weil der Alte das nicht wollte, daß sie aber keinesfalls daran dachte, auf ihren Liebhaber zu verzichten. Stephan gab sich überhaupt nicht mit anderen Frauen ab, nahm auch kaum jemals an den örtlichen Festen teil, machte sich auch gar nichts daraus, daß manches Mädchen in Babentin ihm wohlwollend nachschaute oder ihm auch von vorne schöne Augen machte.

So war das eben in Babentin: Die Leute gewöhnten sich an die ausgefallensten Dinge, wenn wenigstens dem Augenschein nach die guten Sitten nicht mutwillig verletzt wurden und wenn sich niemand im Dorf geschädigt zu fühlen brauchte. Die Babentiner pflegten außergewöhnliche Umstände mit der Zeit nicht nur zu respektieren, sondern deckten sie sogar, vor allem Fremden gegenüber, nach Möglichkeit mit dem Mantel der christlichen Nächstenliebe zu. Stephan Biegert war immer hilfsbereit, war überall beliebt. Er lachte gern mit, wenn andere Leute sich freuten, fand aber gar keinen Geschmack an Schadenfreude, die nicht nur in Babentin hoch im Kurs stand. Wenn ihn aber doch jemand gelegentlich fragte, vielleicht abends im Wirtshaus, wie es denn nun eigentlich stehe mit ihm und Friedchen, denn ewig könne ›das doch nicht so weitergehen‹, dann zog der freundliche Stephan die Augenbrauen zusammen, faßte den Neugierigen am Revers, schüttelte ihn ein wenig und erwiderte leise, aber mit einer Stimme, die so klang, als spräche er mit zusammengebissenen Zähnen: »Hör gut zu, mein Junge! Laß du man die Finger von solchen Erzählchen, sonst kannst du was erleben!«

Friedchen kam seltener unter die Leute als Stephan, aber auch sie mußte sich einmal verteidigen, und zwar bei einer Sitzung des Landfrauenvereins, als sie von der im Grunde wohlwollenden, wenngleich neugierigen Bäuerin Roderick gefragt wurde:

»Friedchen, das geht doch nun schon lange genug mit dir und dem Stephan. Wollt ihr denn die Geschichte nicht endlich mal ehrlich machen?«

Friedchen Heinricke erblaßte, sie bekam einen steifen Nacken, ihre Nasenflügel blähten sich. Schneidend und übermäßig laut, so daß die Nachbarn sich umdrehten, empfahl sie: »Tante Roderick, kümmere du dich nur um deine Gesine. Wenn ich einmal einen Rat von dir brauche, dann werde ich ihn mir schon holen.«

Immerhin war an solchen kleinen Kontroversen zu erkennen, daß die Leute spürten, wie kühn Friedchen den muffigen Plunder dörflicher Konventionen abgetan und sich ihr eigenes Glück erkämpft hatte. Daß die meisten Babentiner diesen Umstand respektierten, ließ sich auch daraus entnehmen, daß sie eines Tages nicht mehr von ›Friedchen‹ sprachen. Unmerklich war aus dem vertraulichen Dorfnamen ein distanzierendes ›Fräulein Heinricke‹ geworden.

Ihre Familie bestand jetzt nur noch aus dem alten Heinrich und dem einzigen ihm noch verbliebenen Kind. Beide Heinrickes brauchten nicht darüber zu sprechen – es war ihnen selbstverständlich, daß alles getan werden mußte, den Hof zu erhalten und nicht in andere Hände geraten zu lassen.

In alten Tagen hätte die Tatsache, daß der Hof keinen Sohn, sondern nur noch eine Tochter hatte, vielleicht zu einer Tragödie geführt. Auf alle Fälle hätte sie sein Ende bedeutet. Nun aber erwies sich, daß wirklich eine neue Zeit angebrochen war. Denn die vielen Maschinen, die sowohl auf dem Acker wie in der Viehhaltung und auf dem Hof eingesetzt werden konnten, machten die Muskelkraft eines Mannes mehr und mehr überflüssig.

Der alte Heinricke war nie in Geldverlegenheit. Gemessen an seinem großen Vermögen und an seinen echten Einnahmen bezahlte er stets nur Steuern, die, verglichen mit der Besteuerung städtischer oder industrieller Einkommen, geradezu albern niedrig angesetzt wurden. Da er niemals gezwungen gewesen war, seine Produkte gleich nach der Ernte zu verkaufen, hatte er Jahr für Jahr die jeweils günstigsten Preise auf den Märkten abwarten können und auch in sogenannten schlechten Jahren stets guten Gewinn gemacht. Es fehlte ihm also nicht an Geld, um sich stets die neuesten und besten Maschinen anzuschaffen. Seine Tochter konnte ohne Hilfe mit den Melkmaschinen vierzig Kühe melken, ohne sich anstrengen zu müssen. Der Dünger und die Jauche des Viehs wurden automatisch gesammelt und in einen Gärtank befördert, wo sich der nährstoffreiche Dreck in eine dickliche Flüssigkeit verwandelte. Zweimal im Jahr wurde sie, wiederum automatisch in große Sprengwagen gepumpt, die dann, hinter dem Trecker schaukelnd, den bräunlichen Saft über die Felder versprühten.

Es ist schon berichtet worden, daß Friedchen Heinricke sich den neuen Landmaschinen mit geradezu brennendem Interesse widmete. Sie vervollständigte ihre fachliche Bildung durch die Teilnahme an landwirtschaftlichen Kursen, aus denen sie stets als eine der besten Schülerinnen hervorging. Ihr Vater hatte sich mehr als einmal bei Sitzungen der Genossenschaft gerühmt:

»Meine Tochter nimmt es mit jedem anderen Bauern auf. Da kann mit dem Mähdrescher oder dem Kartoffelroder passieren, was will – sie hat den Schaden gleich beim Wickel, und wenn nicht gerade etwas gebrochen ist, dann sind wir nach zehn Minuten wieder im Gange. Und das hat es überhaupt noch nicht gegeben, daß sie nicht morgens als erste aus dem Bett ist! Wir haben ja nur die beiden Jugoslawen ständig im Betrieb, gute Leute, muß ich sagen, den einen schon seit acht Jahren, den andern seit fünf; die wollen natürlich mal wieder nach Hause, aber dann sorgen sie gleich dafür, daß ein Verwandter von ihnen die Stelle bei uns einnimmt. Die Jugoslawen sind mir, offen gestanden, lieber als Deutsche, denn sie gehorchen meiner Tochter aufs Wort. Und machen immer genau das, was ihnen gesagt wird. Wenn das Bauernsöhne aus Babentin wären – na ja, man weiß ja, daß unsere Jungs sich nicht gern von Mädchen etwas sagen lassen. Neulich hat mir der Frantischek gesagt ›Chef, deine Tochter, das Fräulein, die ist bei uns der Bauer‹. Ich habe darauf nur gesagt: ›Solange, wie ich lebe, bin ich der Bauer; aber dann wird meine Tochter der Bauer sein, da hast du schon recht.‹«

Den älteren Leuten war noch durchaus erinnerlich, daß Heinrich Heinricke in jungen Jahren seiner Ehefrau, die ihm von seinen Eltern zudiktiert worden war, weil sie viel Geld und Land mitbrachte, reichlich Kummer und Scham bereitet hatte. Denn Heinrich konnte die Finger nicht von den zahlreichen Mägden auf dem Hof lassen und, wie die Verhältnisse damals noch lagen: dem Hoferben konnte und durfte eine Magd nicht widerstehen, wollte sie nicht ihre Stellung aufs Spiel setzen – und so gute Stellungen wie auf Heinrickes Hof waren in der Gegend kaum zu finden. Drei- oder viermal war es auch vorgekommen, daß Heinrich Heinricke eine Magd geschwängert hatte. Nach alter guter Sitte in Babentin wurden dann die Mädchen mit einer ansehnlichen Morgengabe ausgestattet und, möglichst nicht in Babentin selbst, sondern in der Umgebung, mit einem Arbeiter oder dem Sohn eines kleinen Bauern verheiratet. Das war auch immer gutgegangen. Ein Makel blieb auf die Dauer weder an den Mädchen noch an ihren späteren Ehemännern, noch an dem verantwortlichen Großbauern hängen.

Heinrich Heinricke hatte sich schließlich die Hörner abgestoßen, hatte seine Frau lieben gelernt, nachdem sie ihm erst einmal einen Sohn und eine Tochter geschenkt und damit zu einem beinahe verzückt zärtlichen Vater gemacht hatte. Der Krieg hatte ihn des Sohnes beraubt und ihm nur die Tochter gelassen. Nun war er durchaus damit einverstanden, daß die Tochter im Dorf für hochmütig, ja hoffärtig gehalten wurde, auch, daß aus dem nachbarlich vertrauten Friedchen das kühle ›Fräulein Heinricke‹ geworden war. Es war ihm auch recht, daß sie sich unter der Woche männlich kleidete, und zwar in die Spezialanzüge, die Odaffsky in seiner Fabrik mit wachsendem Erfolg produzierte. Teufel noch eins, sagte sich der Bauer manchmal, das Mädel sieht wirklich schick aus in dem dunkelgrünen Drillich mit ihren langen Beinen und den schmalen Hüften und den gar nicht so schmalen Schultern. Und das rote Tuch ums Haar steht ihr glänzend mit der roten Schleife im Nacken, und der schmale Kopf – wie 'ne Fürstin im Räuberzivil, meine Tochter, ja, die kann sich sehen lassen!

Wenn dann die Tochter den Trecker kontrolliert hatte und auf hohem Sitz durchs Tor ins Freie gerollt war, dann stakste der alte Bauer über den Hof, um in jedem Winkel nach dem Rechten zu sehen; die Hakennase stieß aus seinem Gesicht wie der Schnabel eines Raubvogels; die blaßblauen Augen blickten höchst vergnügt; er kratzte sich das stoppelbewehrte Kinn (rasieren tat er sich nur abends, und das auch nicht jeden Tag). Und wenn er dann der kleinen Marika begegnete, der Tochter des bewährten Frantischek, dann schenkte er ihr ohne sichtbaren Anlaß eine Mark.

Heinrich Heinricke wußte als Bauer und aus seiner eigenen Jugend, daß man gegen Fleisch und Blut nicht ankommt. Meine Tochter ist sie, sagte sich der Alte manchmal, und bestimmt hitzig genug. Sie wird schon ihren Spaß haben und sich trotzdem nichts vergeben. Elfriede kannte vor dem Vater keine Geheimnisse. Dazu waren beide nach dem vorzeitigen Tod der Mutter viel zu sehr aufeinander angewiesen. Der Vater hatte sich daran gewöhnt, zur Tochter so unverblümt zu reden, als wäre sie seine verstorbene Frau. Und die Tochter zweifelte nie daran, daß sie auf das volle Verständnis ihres Vaters rechnen konnte, wenn sie nur rückhaltlos ehrlich war.

Damals, als sie auf der leeren Dorfstraße von dem betrunkenen Kuno Hentzel übel belästigt worden war, hatte sie einen schweren und nie ganz verwundenen Schock erlebt. Animalische Gier erfüllte sie mit Schrecken, erregte sie aber gleichzeitig mehr, als sie zugeben mochte. Bei nächster Gelegenheit hatte sie Stephan Biegert von dem schrecklichen Erlebnis erzählt; er war der einzige, mit dem sie darüber sprechen konnte. Stephan hatte seinen Arm in den ihren gelegt und leise gesagt:

»Ich werde immer nur tun, was du willst, Friedel, und das gern. Und dann kannst du mir schenken, was du willst, Friedel. So soll es sein.«

Das waren merkwürdige und nicht ganz durchsichtige Worte. Aber so war eben Stephan: Immer ein bißchen schwärmerisch und – wie nannte man das auf der Schule? – poetisch. Und er schmiedete so wunderbare Sachen in Eisen! Friedchen war eigens hinübergefahren nach Blauenburg, um sich das große schmiedeeiserne Tor zur neuen Berufsschule anzuschauen, das Stephan Biegert nach eigenem Entwurf geschmiedet hatte. Vor diesem Tor hatte sie zum erstenmal in ihrem Leben gespürt, daß es außer dem Nützlichen, dem Praktischen, dem Verwertbaren noch andere Dinge unter der Sonne gab. Das ist schön, hatte sie empfunden, das ist ganz einfach schön. Und dieser Mann, der das gemacht hat, der liebt mich. Ein Bauer ist er nicht und will auch keiner werden. Aber er macht wunderschöne Dinge und ist zärtlich. Sehr zärtlich. Ich habe nicht gewußt, daß es so etwas gibt.

Heinrich Heinricke hatte sich auf seine schlichte Art gedacht: Mit Elfriede ist es also soweit; mit jedem und mit jeder ist es mal soweit; natürlich muß sie sich vorsehen oder darauf achten, daß er sich vorsieht. Der Stephan ist ja ein netter und sauberer Bursche, nichts gegen ihn einzuwenden. Da hat sie Glück, ich übrigens auch. Aber ein Bauer ist Stephan nicht, ist mehr so ein Hansdampf in allen Gassen, mit Reparaturwerkstatt und Tankstelle und Kunstschmiede, na ja, was ist das schon. Aber wenn er Friedchen Spaß macht, in drei Deubels Namen, soll sie ihn doch haben, solange sie will. Daß die Sache im Rahmen bleibt, dafür wird sie schon sorgen.

Es war dann nicht Friedchen, sondern eher noch Stephan, der dafür sorgte, daß ›die Sache‹ im Babentiner Rahmen blieb. Er pflegte Friedel manchmal ›meine blonde Gräfin‹ zu nennen, was sie nicht ungern hörte; nichts wärmte sie mehr als seine Schwärmerei, wie sie es nannte, wäre sie doch selbst nie auf so zärtliche Namen gekommen. Für ihn, den um eine Handbreit kleineren Stephan aus dem Osten, war die Tochter von dem stolzen Hof Nr. 1 ein immer neues Geschenk und Wunder.

Stephan hatte sein Häuschen am Waldrand in ein Tuskulum verwandelt, in dem alles darauf abgestellt war, der Geliebten die heimlichen Abende und Nächte zu verzaubern.

»Stephan«, sagte sie einmal in der Nacht, als sie gestillt nebeneinander ruhten, »ich bin ›der Bauer‹ auf unserem Hof, sagen die Leute. Und sie sagen auch, der Vater läßt mich nicht heiraten, damit kein anderer Bauer wird. Ich will ja auch nichts anderes sein als Bauer auf unserem Hof. Aber das ist doch nicht alles, Stephan. In Wahrheit bin ich deine Frau. Jetzt und immer.«

Stephan erwiderte darauf:

»Sei du nur ›der Bauer‹, solange du willst, Friedel. Bei uns bist du meine Frau. Damit bin ich zufrieden, wenn du zufrieden bist.«

Er zog sie noch einmal in seine Arme. Die Bäuerin aber war am nächsten Morgen die erste auf dem Hof, wie immer – vielleicht nicht ganz ausgeschlafen. Der alte Bauer lächelte in sich hinein, wenn er's bemerkte. Und er dachte sich: Meine Tochter, die ist bestimmt nicht von Pappe, und der Stephan scheint sich auf die Sache zu verstehen. Na ja, ich gönne es ihnen beiden. Sollen sie nur ihren Spaß haben, die beiden! Einen besseren hat noch keiner erfunden, solange die Erde steht, und wird auch keiner erfinden.

Doch mit des Geschickes Mächten ist kein ewiger Bund zu flechten. Die beiden Kinder der neuen Zeit waren davon überzeugt, daß man sich auf Motoren, Maschinen und Generatoren verlassen konnte. Und genauso hatten sie sich auch auf die modernen, als absolut sicher empfohlenen Mittel der Empfängnisverhütung verlassen. Mit Kindern, so meinten sie, wäre in ihrem Fall nichts anzufangen. Die knabenhafte Friedel würde sich von Kindern in ihrer Arbeit nur abgelenkt und behindert fühlen. Und ihrem Stephan erschien das heimliche, wenn auch längst nicht mehr geheime Verhältnis mit seiner ›Gräfin‹ wie ein wunderbarer Traum, den er sich durch Kindergeplärr nicht stören lassen wollte.

Sie fragten sich später manchmal und bespöttelten sich dabei, wer nun eigentlich schuld gehabt hätte, daß es schließlich doch ›zum Klappen‹ gekommen war. Denn nach einer Reihe von bangen Tagen hatte Friedel sich einzugestehen, daß sie schwanger war. Was nun? Stephan wußte keine Antwort, aber Friedel wußte immerhin schon einen Vorteil daraus zu ziehen: »Die Geschichte hat auch ihr gutes, Stephan. Für die nächsten Monate brauchen wir uns überhaupt nicht vorzusehen.«

So war sie, seine Friedel! Eine wie sie gab es nicht zum zweitenmal!

Stephan Biegert hätte nun wohl bei dem Bauern Heinricke vorsprechen und ihn um die Hand seiner Tochter bitten müssen. Aber das erschien ihm, so wie die Verhältnisse lagen, mehr oder weniger lächerlich. Seine Friedel war bestimmt Manns genug, die gemeinsame Sache vor dem Vater zu vertreten.

Der Alte wollte zunächst zornig werden, als er erfuhr, daß die von ihm begünstigte ›Austoberei‹ seiner Tochter nun eine durchaus unerwünschte Konsequenz hatte. Ja, er sprach sogar der Tochter davon, daß es ja jetzt in der Stadt ›Möglichkeiten‹ genug gäbe – es koste nur Geld, aber darauf solle es ihm nicht ankommen. Noch nie hatte er seine Tochter so entsetzt und so voller Wut erlebt wie nach diesem Vorschlag.

»Vater, hast du den Verstand verloren? Du denkst wohl, ich lasse das gleiche mit mir machen, was Magdalene Klootmann auf Befehl ihrer Eltern riskiert hat! Nein, mein Lieber, ich verblute nicht im Acker! Wie konntest du mir überhaupt mit einem solchen Vorschlag kommen!«

Zu Ehren von Heinrich Heinricke ist zu sagen, daß er sich nach diesem Ausbruch wirklich beschämt fühlte. Seine Tochter, die Friedchen, ›der Bauer‹, stolz wie 'ne Fürstin – und im Acker verbluten? O mein Herr und Gott, daran durfte man nicht einmal denken!

Der Alte sagte sich endlich: Was soll ich ihr viel dazwischenreden! Sie bekommt den Hof, und ihre Kinder bekommen ihn nach ihr – und das ist schließlich das einzige, worauf es ankommt! Sie wird schon wissen, was sie zu tun hat!

Sie wußte es. Kühl überlegte sie, was jetzt zu geschehen hatte, und setzte ihren Vater und ihren Geliebten davon in Kenntnis. Sie fand keinen Widerspruch, weder beim einen noch beim anderen.

Elfriede würde weiter ›der Bauer‹ auf dem Heinrickehof bleiben und ihn in eigener Verantwortung bewirtschaften. Da sie aber ihr Kind nicht unehelich zur Welt bringen wollte, würde sie spätestens im fünften Monat der Schwangerschaft mit Stephan Biegert die Ehe eingehen. Stephan würde seine Betriebe weiterführen, sollte sich aber nach Friedels Meinung intensiver als bisher der Kunstschmiederei widmen. Es würden sich sicherlich geeignete Meister finden, die anstelle Stephans die Leitung der Reparaturwerkstätten übernehmen könnten. Sie also wollte selbständiger Bauer und er sollte selbständiger Handwerker bleiben, Kunsthandwerker, wenn es nach ihr ginge, aber hineinreden wollte sie ihm da nicht. Schon des Kindes wegen müßten die Eheleute dann zusammenwohnen. Im Heinrickeschen Haus wäre Platz genug; man könnte sich im oberen Stockwerk ein paar hübsche Zimmer ausbauen. Aber selbstverständlich sollte Stephan sein Häuschen am Waldrand behalten; zu viel schöne Erinnerungen steckten darin.

Pastor Kelm in Babentin wußte natürlich schon seit langem von dem etwas sonderbaren Verhältnis zwischen Stephan und Elfriede. Was ihm da immer wieder von eifrigen Tugendwächtern zugetragen wurde, beunruhigte ihn mit der Zeit außerordentlich, obwohl er daran gewöhnt war, daß jede zweite oder dritte Braut, die vor seinen Altar trat, bereits ein Kind unter dem Herzen trug. Wenn es, wie die Babentiner sagten, ›gefunkt‹ hatte, dann mußte eben schleunigst geheiratet werden, denn die Beteiligten waren sich darüber im klaren, daß sie etwas getan hatten, was gegen die Babentiner Moral verstieß. Man wußte schon, was sich schickte, auch wenn man es für langweilig und altmodisch hielt.

Stephan und Friedchen aber hatten es offenbar darauf angelegt, sich um die Babentiner Moral nicht kümmern zu wollen. Das ging nun schon seit mehr als vier Jahren, daß Friedchen ihren Stephan draußen im Waldhaus besuchte. Sie gaben also dem Dorf ein Beispiel, das nach Pastor Kelms Ansicht nicht Schule machen durfte. Nun aber mußte auch nach Friedchens Meinung geheiratet werden. Doch fürchtete Pastor Kelm jetzt etwas ganz anderes: daß nämlich dies sonderbare Brautpaar auf die kirchliche Trauung verzichten und sich mit der standesamtlichen begnügen könnte. Das wäre nun in der Tat für Babentin ein unerhörter Vorgang gewesen, mit – nach Kelms Ansicht – gar nicht absehbaren Folgen. Aber natürlich konnte Pastor Kelm nicht hingehen und den beiden die kirchliche Trauung nahelegen.

Der Pastor erhielt Hilfe von unerwarteter Seite. Mutter Biegert war es, die ihren Sohn inständig bat, die Ehe kirchlich einsegnen zu lassen. Sie hatte die ganze Sache nie recht begriffen. Fräulein Heinricke hatte die Mutter Biegert stets in sonderbare Verlegenheit gebracht, wenn sie ihr begegnete. Die war doch viel zu ›eingebildet‹, die paßte doch gar nicht zu den Biegerts! Zugleich aber hatte es sie auch mit einem gewissen Stolz erfüllt, daß ihr Stephan ein so einmaliges Mädchen auf die Dauer zu fesseln wußte. Und als gute Mutter und verständige Frau hatte sie sich niemals eingemischt. Stephan war schließlich alt genug um zu wissen, was er tat.

Die zweite Person, die darauf bestand, daß kirchlich geheiratet werden mußte, war der alte Heinricke. Er hatte mit Kirche und Pastoren nie viel im Sinn gehabt, sie aber auch nie öffentlich abgelehnt oder gar geschmäht, denn das hätte gegen die gute Sitte verstoßen. Kirche und Pastor, das mußte sein, wo käme man sonst hin! Aber viel mehr, als daß sie eben vorhanden waren, schien dem alten Heinricke nicht erforderlich zu sein.

Lange hatte sich der alte Heinricke dagegen gewehrt, diesen Stephan Biegert, der für ihn minderen Ranges war, in seine alte Bauernsippe aufzunehmen. Aber schließlich besaß er nur diese Tochter, und vorläufig kriegen ja Töchter ohne Männer keine Kinder. Und wenn keine Kinder da sind, was wird dann aus dem Hof! Elfriede hatte den Alten in der Tat tief beschämt, als sie seinen Vorschlag, dem Kind noch vor der Geburt den Garaus zu machen, in zorniger Entrüstung ablehnte. Wie um wiedergutzumachen, was er angerichtet hatte, kam der Alte auf die Idee, der Tochter vorzuschlagen:

»Sieh, Friedchen, was sollen wir mit einem Kunstschmied in der Familie? Du bist der Bauer und das genügt. Du machst deine Sache genausogut wie ich, oder noch besser! Was brauchen wir uns um die andern Leute zu kümmern. Wir sind so unabhängig wie heute kein König mehr. Du brauchst gar nicht zu heiraten; wenn dein Kind ein Junge wird, dann adoptiere ich ihn und dann haben wir einen richtigen Heinricke und einen richtigen Erben für unseren Hof? Und die Leute laß man ruhig reden. Die reden immer und hören auch wieder auf. Wir Heinrickes haben uns noch nie darum gekümmert, was die Leute über uns reden!«

Aber die Tochter hatte geantwortet:

»So geht es nicht, Vater! Stephan Biegert ist mein Mann und der Vater meines Kindes. Es war mir bis jetzt gleichgültig, ob wir offiziell Mann und Frau genannt wurden. Aber Stephan würde es mir übelnehmen, wenn ich ihm den Sohn gewissermaßen entzöge, indem ich ihn allein als meinen Sohn registrieren lasse und du dann nachher der Adoptivvater wirst. Nein, das geht nicht, Vater. Das Kind ist sein Kind genauso wie meins, und um das deutlich zu machen, muß geheiratet werden.«

Der Alte hatte klein beigeben müssen, dann aber im plötzlichen Umschwung seiner Gefühle erklärt: »Na gut, Friedchen, wenn denn geheiratet werden soll, dann mit Pauken und Trompeten! Kirchliche Trauung, standesamtliche Trauung und zwei Tage lang Hochzeit mit hundert oder hundertfünfzig Gästen! Die Leute sollen sehen, wer der Bauer ist auf Heinrickes Hof, und ich gehe dann sogleich aufs Altenteil, und Stephan Biegert muß dann natürlich auch all die Ehre bekommen, die ihm nach deiner Meinung zugestanden werden muß –«

Der Alte unterbrach sich plötzlich, als fiele ihm etwas ein. Ein listiges Lächeln stahl sich um seinen Mund, und er begann noch einmal, mit veränderter Stimme:

»Friedchen, hör mal zu! Da habe ich neulich in der Zeitung gelesen, daß die Regierung ein neues Gesetz beschlossen hat, wonach bei einer Eheschließung die Eheleute nicht unbedingt den Namen des Mannes tragen müssen. Der Mann kann sich ebenso für den Namen der Frau entscheiden. Sie können auch aus ihren Namen einen Doppelnamen machen. Das wäre doch eigentlich für uns eine großartige Sache! Du brauchst in Zukunft gar nicht Elfriede Biegert zu heißen, sondern kannst bei Elfriede Heinricke, meinetwegen mit Bindestrich Biegert, bleiben, und deine Kinder heißen dann rechtens von Anfang an Heinricke. Wäre das nicht die beste Lösung?«

Ja, auch Friedchen hatte die Notiz gelesen und sie auch schon mit Stephan besprochen. Der liebte seine Friedel viel zu sehr, begriff auch längst, wie unlösbar sie mit dem Hof verbunden war, sagte sich wohl auch im geheimen, was bin ich schon groß, bin aus dem Osten vertrieben und kann von Glück sagen, daß ich hier in Babentin etwas geworden bin. Wenn es meine Friedel glücklich macht, dann soll sie unser Kind Heinricke oder Biegert-Heinricke oder Heinricke-Biegert nennen, ganz wie es ihr gefällt.

Friedchen Heinricke hatte Einspruch erheben müssen. Nach ihrer Meinung war der Vater von akuter Verschwendungssucht befallen, denn was er für die Hochzeit plante, das mußte viele tausend Mark verschlingen. Aber der Alte hatte lachend abgewehrt:

»Mein liebes Friedchen, noch bin ich der Bauer! Als Hochzeitsgeschenk kriegst du den Hof überschrieben, aber noch ist die Hochzeit nicht vorbei. Ich bin es, der sie ausrichtet, und du hast da überhaupt nichts zu bestellen! Nein, meine liebe Elfriede, das soll eine Hochzeit werden, wie es noch keine in Babentin gegeben hat! Und pleite gehen wir daran noch lange nicht, mein Kind, dazu bist du viel zu tüchtig!«

Immerhin traten Stephan und Friedchen Heinricke als ein etwas ungewöhnliches Paar vor den Altar. Stephan zwar trug sich korrekt in Schwarz mit silbergrauer Krawatte, wie es neuerdings im Dorf üblich war. Aber Friedchen hatte es in ihrer stolzen Ehrlichkeit abgelehnt, ein Brautkleid herkömmlichen Stils zu tragen, auch den Schleier hatte sie verworfen.

»Ich und Schleier! Stephan, na hör mal, das mußt du doch besser wissen! Nein, wir treten vor den Altar, wie wir sind, oder wir lassen es bleiben.«

Friedchen hatte sich also für ein beinahe schmuckloses glattes Kleid aus moosgrüner Seide entschieden, das keine Zweifel an ihrer makellosen Figur aufkommen ließ. Oder hatte sie noch etwas anderes mit diesem eng anliegenden Brautkleid bewirken wollen? Denn wer es sehen wollte, und die Frauen sahen es alle: ihr Leib wölbte sich bereits ein wenig vor. Die stolze Elfriede Heinricke verkündete der Mitwelt, daß sie ein Kind trug und nur wegen dieses Kindes sich zur Ehe entschlossen hatte, einer Ehe, die in Wahrheit keiner Einsegnung durch Standesamt oder Kirche bedurfte.

Kein Mensch in Babentin sollte es jemals wagen, über sie, über ihre Ehe, über ihren Mann und über ihr Kind herzuziehen. Sie allein hatte darüber zu befinden, was richtig wäre. Die Babentiner sollten sich noch daran gewöhnen, auf Friedchen stolz zu sein und ebenso auf Stephan Biegert, den Kunstschmied, über dessen Arbeit sogar das Fernsehen unlängst einen Bericht gebracht hatte.

So richtig glücklich aber war der alte Heinricke. Wenn man nur die Sache richtig anfängt und nicht mit dem Kopf durch die Wand geht, dann biegt sich mit der Zeit alles zurecht, sagte er immer wieder. Und als dann ein neuer Heinrich ohne große Umstände das Licht der Welt erblickte, war der alte Heinrich überglücklich. Die Zukunft des Hofes schien gesichert. Und Friedchen sollte nur noch mehr Kinder bekommen, damit die Zukunft nicht nur auf diesem einen beruhte.

Friedchen brauchte ihre Pflichten nicht lange zu vernachlässigen; bald nahm sie das Kind mit aufs Feld, legte es ins Gras und nährte es, wenn es hungrig war. Der Alte konnte sich an diesem Bild nicht sattsehen. Er fühlte sich stark genug, jede nur denkbare Arbeit zu leisten, zu der Friedchen nicht mehr genügend Zeit und Ruhe fand. Zugleich entwickelte er sich, ebenso leidenschaftlich, zu einem zärtlichen Kindermädchen, lernte sogar, das Kind trockenzulegen. Ach du liebe Güte, beteuerte er oft genug, wie einfach ist das heutzutage mit den Papierwindeln, die man bei Biegert gleich im Hundert kaufen kann! Wirklich, da ist auch für einen alten Mann gar nicht mehr viel zu lernen!

Seine verschiedenen Ämter nahm Heinrich Heinricke allmählich nicht mehr mit der gebührenden Sorgfalt wahr und löste sich aus einem nach dem anderen. Mehr als einmal verkündete er lachend im Beirat der Genossenschaft, im Gemeinderat oder vor dem Schalter der Volksbank, wo er sich mit anderen Babentinern traf:

»Kinder, eine verrückte Welt heutzutage, eine zu verrückte Welt! Alles drunter und drüber! Seht euch bloß an, wie's auf unserem Hof zugeht! Meine Tochter ist der

Bauer, und ein erstklassiger dazu! Verheiratet ist sie auch! Mit dem Stephan Biegert; aber Biegert heißt sie deswegen doch nicht, sondern Heinricke. Und mein Schwiegersohn, der hat gar nicht eingeheiratet, und der Bauer hat nicht ausgeheiratet, und der Opa – das bin ich –, der sitzt auf dem Altenteil, aber regieren tut er trotzdem; und obendrein ist er Kindermädchen im Hause, kriegt aber keinen Lohn und prellt die Krankenkasse um die Beiträge. Und um die Arbeitslosenversicherung. Und wenn's mit dem Hof schiefgeht, dann ist die Kunstschmiede da – und geht's mit der Kunstschmiede schief, dann ist der Hof da. Kann überhaupt nichts passieren! Kinder, eine verrückte Welt, diese Welt von heute! Übrigens: mir gefällt sie!«

18

Zu Beginn des letzten Viertels dieses Jahrhunderts ruht das Dorf Babentin, wie von jeher, im weiten grünen Kranz seiner Felder und Wiesen, Weiden und Wälder. Man mag darüber streiten, ob die große Wandlung es schöner gemacht hat oder häßlicher. Von den alten bäuerlichen Fachwerkhäusern im Kern des Dorfes sehen nur noch wenige so aus wie in der ersten Nachkriegszeit. Die Pferdeställe sind längst in Kuh- und Schweineställe verwandelt oder in Schuppen für Maschinen und Geräte. In den Küchen blitzt es vor Chrom, Nickel und Emaille, genauso wie in den neuen Mammuthäusern am Rande der Großstädte. In den Wohnungen entdeckt man so gut wie nichts mehr von dem, was man früher ›Bauernmöbel‹ nannte; auch die Inneneinrichtung hat sich den städtischen Stil angepaßt und verrät die zur Zeit ihres Ankaufs von der Möbelindustrie verordnete Mode. Am Sonntagvormittag stehen hundert oder zweihundert Autos der Kirchgänger auf dem neu eingerichteten Parkplatz, so wie am Nachmittag neben dem Fußballplatz, der von hohen Masten herunter mit Flutlicht angestrahlt wird. Man bemängelt auch schon, daß Babentin ein großes Schwimmbad fehlt. Die Queste, die sich ums Dorf schlängelt, gäbe klares und erst unterhalb von Babentin verschmutztes Wasser zur Genüge; man brauchte also das Schwimmbad nur oberhalb des Ortes anzulegen. Aber dazu hat es bislang noch nicht gereicht. Zur Zeit wird erwogen, alle elektrischen Oberleitungen unterirdisch zu verlegen, da im Winter, wenn es schneit und stürmt (und es stürmt manchmal von der Nordsee herüber ganz gewaltig!), die Stromzufuhr allzuoft unterbrochen wird. Die Babentiner Bauernhöfe sind längst genauso abhängig vom Strom geworden wie etwa

Odaffskys Textilfabrik. Die Futterkocher und Melkmaschinen, die Düngerstapler und die Heu- und Strohgebläse, die Häcksel- und Rübenschneider und vieles andere, auch zahlreiche Geräte im Hause, erfordern Strom Tag und Nacht.

»Ohne Strom«, sagt der alte Heinricke, »läßt sich heute ein Bauernhof gar nicht mehr denken! Wenn das E-Werk ausfällt, das gibt immer eine schöne Bescherung!«

Der Alte stammt ja noch aus der Zeit, da in Babentin eine Petroleumlampe als Errungenschaft galt; als noch alle Kraft, die auf dem Bauernhof gebraucht wurde, allein von den Muskeln der Pferde und der Menschen geliefert wurde; als noch die Sensen durchs Korn rauschten und Schwärme von Mädchen und Frauen die Garben banden und zu Hocken aufsetzten; als noch drei der vier Pferde vor den Pflügen gingen, wenn der Acker zur Saat umgebrochen wurde; als tagein, tagaus der Mist aus den Ställen auf die großen Haufen gekarrt und dann, in schwere Fuhren aufgeteilt, auf die Felder hinausgefahren wurde, wo er mit der Forke zu verstreuen war. Er stammte aus der schon verschollenen Zeit, da man an naßkalten Herbsttagen die Kartoffeln mit Hacken und Händen Knolle für Knolle aus den regenfeuchten Äckern wühlen mußte.

Heinrich Heinricke hat die Pferdeköpfe von den Giebeln der Bauernhäuser ebenso verschwinden sehen wie die Pferde, und er hat es schon verlernt, mit der Sense umzugehen. Jetzt wartet er auf die Anlieferung des großen Ackertreckers, der für den Ackerknecht (der kein Knecht mehr ist) eine im Winter gewärmte, im Sommer gekühlte, gegen Regen und Staub abgeschirmte Kabine bereithält. Und das Wahrzeichen des Dorfes ist nicht mehr allein der Kirchturm, sondern, am Rande des Dorfes gegen die Questewiesen hin, der hohe, klobige Turm aus Zement, in dem die Mitglieder der Genossenschaft ihr Getreide trocknen können, wenn es in nassen Jahren mit mehr als dem erlaubten Wassergehalt von den Feldern kommt.

Aber im Grunde hat sich nicht so viel in Babentin geändert, wie man annehmen könnte, wenn man nur den äußeren Schein in Rechnung stellt. Mochten früher die Bauern ihren Stolz darein gesetzt haben, die schweren, glänzend gewichsten Kummete ihrer gestriegelten Pferde in gutem Leder mit kupfernen, ja sogar silbernen Beschlägen blitzen zu lassen, so fährt nun mit gleichem Stolz der junge Lüttjenmüller wie zur Parade den neuen großen Trecker durchs Dorf, den der Vater zu den beiden, die er schon besitzt, hinzugekauft hat.

Und auf dem Schützenball oder beim Feuerwehrfest zeigen sich die Schönen Babentins in Toiletten, die viel nobler und anspruchsvoller sind als die versnobt schlampigen Kleider der jungen Leute in den Diskotheken.

Durch nichts allerdings unterscheidet sich das Babentin der siebziger Jahre von dem Vorkriegsdörfchen stärker als durch den Schwarm von Einfamilienhäusern, die in der Babentiner ›Kolonie‹ entstanden sind. Mit wieviel Geschmack und Fantasie hier auf kleinen Grundstücken ein hübsches Haus hinter dem andern in sorgsam gepflegten Gärten mit Bäumen, Büschen und Blumen, zum großen Teil in ›Eigenarbeit‹, erbaut wurde, das muß immer wieder Staunen und Bewunderung erregen. Die Männer, die hier wohnen, nehmen es in Kauf, jeden Morgen mit dem Auto eine weite Strecke zurückzulegen und abends das gleiche nochmals, bei jedem Wind und Wetter, nur um mit Frau und Kind weiter ›auf dem Lande‹ leben zu können. Vielen fällt die Fahrerei nicht leicht, und manche geben auf und ziehen in die Stadt; aber die meisten finden, ihr Haus in der Babentiner ›Kolonie‹ sei das beste, was das Leben ihnen gewährt hat.

Bürgermeister Oltjes frühe Erkenntnis, daß, wenn man überleben wollte, ein neues Babentin geschaffen werden müßte, in dem sich Stadt und Land aufs engste verschwistern – diese Einsicht eines Mannes mit gesundem Menschenverstand hat sich vorzüglich bewährt. Wer einmal in der ›Kolonie‹ ansässig geworden ist, der hat, auch wenn er am Tag acht Stunden in brausenden Maschinensälen arbeiten muß, sich und seine Familie vor der die Persönlichkeit zerstörenden oder doch gefährdenden Großstadt gerettet. Die Babentiner denken darüber nicht weiter nach; aber sie spüren den Frieden, der von den weiten, grünen Fluren, der reinen Luft und dem hohen Himmel ausstrahlt; sie schlafen tief des Nachts und sind erfrischt, wenn sie morgens wieder an die Arbeit gehen müssen.

Das Leben in Babentin wird wirklich gelebt. Man kennt sich, man weiß ziemlich genau, was beim Nachbarn und auch noch recht gut, was am andern Ende des Dorfes vorgeht. Temperamente und Charaktere lassen sich auf die Dauer unter keiner Maske verbergen, und im allgemeinen wird jeder nach seinem Wert und Wesen einigermaßen richtig eingeschätzt. Man hilft einander, weil man sich kennt, und man nimmt Anteil, weil man den anderen braucht.

Die stolze Elfriede Heinricke gehört genauso zum Dorf Babentin wie der Allerweltskerl Erich Sankt, die geschwätzige Schmitten und die klatschsüchtige Breden. Aber es gab hier auch so wunderbare Menschen wie die alte Mutter Manschewski, der fast das ganze Dorf zum Grabe folgte, als sie Anfang der siebziger Jahre vor Biegerts Superladen umfiel und den Atem aushauchte.

Altbürgermeister Oltje wandert durchs Dorf, und jeder grüßt ihn freundlich und mit Respekt; er sieht immer noch nach dem Rechten – wie ein Fürst, der zwar die Regierung schon an den Sohn abgetreten hat, es aber doch nicht lassen kann, sich wenigstens noch der Kleinigkeiten anzunehmen.

August Schlunk auf dem musterhaft bewirtschafteten Pipendorpschen Hof ist zwar immer noch tätig, aber Otto Pipendorps Ältester ist begeisterter Bauer, hat auf der Landwirtschaftsschule mit Fleiß und Leidenschaft gelernt und brennt nun darauf, sein Wissen auf dem väterlichen

Hof anzuwenden. Sein Großvater mütterlicherseits, eben August Schlunk, muß den Jungen ab und zu erinnern, daß Praxis und Theorie sich nicht immer decken und daß im Zweifelsfall der Praxis der Vorzug gebührt.

Anton Biegert regiert immer noch den riesigen Schaufelbagger in der Grube der ›Braunkohle Elektro Hohwede‹. Hoch über dem rasselnden Ungetüm hockt er in seinem Kästchen aus Glas. Er kann längst nicht mehr entlassen werden. Er ist seiner Rente und seiner Grubenpension so sicher wie kein hanseatischer Reeder seiner Schiffe.

Der Supermarkt ›bei Biegert‹ blüht und gedeiht. Immer wieder ist man stolz darauf, sagen zu können: Bei uns in Babentin haben sich die großen Verkaufskonzerne nicht durchsetzen können. Hier machen wir alles auf eigene Faust! Ja, und schließlich wird Max Biegert, der nun schon viele Jahre um seine Babentiner Rahel dient, um die kühle, enttäuschte, aber doch heimlich unruhige Renate Brinkmayer, ans Ende seiner Wartezeit gelangen. Geschäftlich hat sich das Gespann Brinkmayer/Biegert/Hopke, von Renate kutschiert, ganz ausgezeichnet bewährt.

Und Stephan Biegert? Der ist wirklich ein Sonderfall. Daß ein Schmied ein Künstler sein kann oder doch ein Kunsthandwerker, wenn man es bescheidener ausdrükken will, das haben die Babentiner in der Zeitung gelesen und auch auf dem Bildschirm gesehen; es muß demnach stimmen. Aber sonst hat Stephan so gar nichts Auffälliges an sich, er füllt den Leuten den Tank und scheut sich nicht, selber anzupacken, wenn während der Getreideernte Clavelsborns Mähdrescher zu Bruch gegangen und ein Gewitter nicht auszuschließen ist.

»Was kann schon in einem Dorf groß passieren?« sagen die Leute in der Stadt.

In Wahrheit ist ein Dorf wie Babentin eine offene Bühne, auf der zu gleicher Zeit zahlreiche Tragödien und Komödien gespielt werden. Und jeder ihrer Akteure erleidet nicht nur sein eigenes Schicksal, sondern er wirkt, meist ohne sein Zutun, auch auf das Schicksal der anderen ein. So ist ein jedes mit dem benachbarten verflochten oder rührt es doch leise an – und alle zusammen sind das Leben des Dorfes und sind in all ihrer Vielfalt doch leichter zu überschauen als in der Großstadt.

Babentin zu lieben heißt: das Leben zu lieben. Und das ist das einzige, was sich im Leben lohnt!